D1559126

TE DI MI PALABRA

CONCEPCIÓN REVUELTA

TE DI MI PALABRA

PLAZA JANÉS

Primera edición: febrero de 2019

© 2019, Conchi Revuelta
© 2019, Penguin Random House Grupo Editorial, S. A. U.
Travessera de Gràcia, 47-49. 08021 Barcelona

Penguin Random House Grupo Editorial apoya la protección del *copyright*.
El *copyright* estimula la creatividad, defiende la diversidad en el ámbito de las ideas
y el conocimiento, promueve la libre expresión y favorece una cultura viva.
Gracias por comprar una edición autorizada de este libro y por respetar las leyes del *copyright*
al no reproducir, escanear ni distribuir ninguna parte de esta obra por ningún medio sin permiso. Al hacerlo
está respaldando a los autores y permitiendo que PRHGE continúe publicando libros para todos los lectores.
Diríjase a CEDRO (Centro Español de Derechos Reprográficos,
http://www.cedro.org) si necesita fotocopiar o escanear algún fragmento de esta obra.

Printed in Spain – Impreso en España

ISBN: 978-84-01-02267-8
Depósito legal: B-347-2019

Compuesto en Pleca Digital, S. L. U.

Impreso en Rodesa
Villatuerta (Navarra)

L 0 2 2 6 7 8

Penguin
Random House
Grupo Editorial

A Fernando, mi marido, que siempre dice:
«Puede ser difícil pero no es imposible.
Nunca sabes en manos de quién caen tus sueños»

A Covadonga y José Luis, mis hijos. Os quiero

La ilusión manaba a mi alrededor cual volcán en erupción. Ahora ya lo sé. Gracias por enseñarme que la vida no es lo que obtenemos, sino lo que contribuimos, lo que da un significado a nuestras vidas.

PATRICIA CAMINO TERÁN
(1974-2017)

PRIMERA PARTE

El destino mezcla las cartas y nosotros las jugamos.

WILLIAM SHAKESPEARE

1

Vega de Pas, provincia de Santander, 1910

—Mujer, ¿qué parió?

—Una *niñuca*.

—¿Y la Remedios?

La partera bajó los ojos y movió la cabeza, mientras se limpiaba las manos con el blanco delantal. Por sus mejillas rodaban lágrimas rabiosas de impotencia, de pena, de furia y dolor. Tantos niños había traído al mundo, los cuales le proporcionaron grandes sonrisas, y precisamente esta, a la que con tantas ganas esperaba, le llenó de pena el alma, ya que mientras recibía con alegría a su nieta, sintió cómo en un instante la joven vida de su hija escapaba.

Vidal se dejó caer sobre la silla y con coraje se arrastró de su cabeza la boina. Como un chiquillo al que le acabaran de quitar lo que más quería, lloró sin consuelo, nada le importó que la casa estuviera llena de mujeres; limpió con sus grandes y delgadas manos las lágrimas que recorrían su cara y con un gesto duro pidió quedarse solo en su cabaña. Aunque su voz tan endeble apenas se oyó.

Cuando su suegra, que le había escuchado y entendía perfectamente la necesidad de Vidal por estar solo, intentó abandonar la pobre estancia, la retuvo con fuerza.

—Suegra, busque una paisana que amamante a la niña. Y llámela Vega; así era como quería ponerla su madre.

Sin más, salió de la cabaña de entre las hembras que abarrotaban la cocina, cogió la colodra y se la colgó al cincho que sujetaba su roído pantalón. Luego, puso sobre su hombro izquierdo el dalle y se dirigió hacia los prados.

—¡Maldita sea mi suerte! —susurró entre dientes, mientras se alejaba de la cabaña vividora.

A su mujer la conoció en octubre por Nuestra Señora del Rosario, en Bustiyerro, y en menos de dos años, por las Nieves, se casaron.

Aquella pasiega de ojos claros y pómulos sonrojados le cautivó nada más verla danzando en la romería. Buscó la manera de acercarse a ella al son de la pandereta, mientras Remedios bailaba la jota, y entre saltos y vueltas consiguió rozar discretamente su mano y robarle la sonrisa. Recordó las primeras palabras que le dijo aquel día y, por supuesto, su respuesta.

—¿Dónde te han tenido escondida, *panoja*?

—Debajo un *bombo* he salido, pasiego.

Y con las mismas, la moza se había dado la vuelta; había agarrado el brazo a su amiga y mientras lo hacía, con un giro coqueto le había regalado una mueca cómplice y pícara al chico. Ahora él recordaba con nostalgia y pena aquel gesto, sintiendo cómo su corazón se partía en dos.

Otra vez se había quedado solo. Igual que cuando era un chaval y tuvo que tirar para adelante ante la repentina y temprana muerte de sus padres. De nuevo la soledad, la tristeza y el silencio volvían a rondarle. Algo debía de estar haciendo mal, para que Dios Nuestro Señor le mandara tanta pena.

La pequeña Vega no le preocupaba en ese momento. Sabía que su suegra se ocuparía de ella. Él estaría presente para el entierro y los oficios religiosos y después, una vez terminado agosto, recogería las vacas y se perdería entre las bravas montañas pasiegas. Tenía labor pendiente; cabañas por construir, lastras por colocar en los tejados y cerradas por terminar piedra a piedra. Todo ello, durante largas horas de silencio y escasos recuerdos en los prados altos. Ya nadie le esperaba en la cabaña vividora, ahora su casa estaba repartida por los montes, junto al ganado; un tiempo aquí y otro allá, así pasaría el resto de su vida. Procuraría que a su pequeña no le faltara de nada para vivir, pero él prefería la más absoluta soledad.

Debía de estar escrito, ese era su sino. Por tanto, no volvería jamás a tentar a la suerte. Posiblemente los paisanos le aconsejarían que buscase alguna moza casadera o quizá alguna viuda joven, que las había, pero ninguna sería como su Remedios; por lo tanto, ¿para qué molestarse? Sus necesidades de hombre ya sabría él cómo cubrirlas, y la compañía se la darían los montes pasiegos. Subiría al castro cuando sus ganas de gritar fueran tan grandes que asfixiaran su garganta, y así se desahogaría. Otras veces, se acercaría al Cueto Berana por el Alto de la Braguía, y allí donde se dividen las aguas del Pas y del Pisueña lloraría tranquilo su pena. Por aburrimiento desde luego no iba a ser; los pasiegos no conocen el significado de esa palabra, desde el amanecer hasta que el sol se esconde siempre tienen labor que hacer.

Virtudes miró el cuévano niñero que con tanto cariño su abuelo Demetrio, covanero de Vega de Pas, había hecho para la criatura, y no pudo por menos que recordar con cuánto esmero había sido fabricado aquel cuévano. El hombre escogió las mejores varas de avellano, recogidas en buena luna, la mejor, la menguante de enero. Con su maña propia, hendió por la punta y entre sus rodillas dobló y extrajo las varizas. Después las puso a remojar unos días y cuando estuvieron a punto, comenzó con el buen arte que le caracterizaba a tejer el cuévano para el primero de los chicuzus que iba a parir su hija Remedios. Cada parte que hacía se la mostraba a Virtudes como si aquella cuévana fuera la primera que creaba, hasta que, ya terminada, se la mostró orgulloso a Remedios, quien no pudo reprimir su emoción al ver la de su padre, que esperaba ansioso la llegada de aquella criatura que iba a ser su primer nieto.

Una vez terminada, Remedios, con la ayuda de las buenas manos de su madre, acondicionó y vistió la cuévana con los mejores paños que encontraron; la sabanilla era tan blanca que ni las nieves recién caídas lucían así, y las puntillas estaban tan bien almidonadas que iba a resultar difícil que perdieran la prestancia.

Absorta estaba en su pensamiento Virtudes cuando asomó en la cabaña Ción, amiga de su difunta hija, y que, avisada por las vecinas, llegaba para amamantar a la pequeña.

La mujer, al verla entrar sofocada y deshecha por la pena, le pidió que se sosegara; la moza apenas hacía dos días que había parido y un disgusto semejante podía dejar sus mamas secas, y ahora tenía que alimentar a dos pequeños. Ción lo haría con gusto, por el cariño que le tenía a su amiga.

Las jóvenes se habían criado juntas, tanto que precisamente Virtudes había sido quien la amamantó a ella debido a unas fiebres que su madre tuvo cuando ella llegó al mundo y quedó imposibilitada para hacerlo. Por ese motivo, Vega iba a ser como si de su hija se tratase; los criaría a los dos como buena pasiega.

La muchacha se aproximó hacia el lecho donde su querida amiga Remedios descansaba, y posó en la frente de la malograda sus labios temblorosos, pegando sobre ella un largo beso que jamás hubiera querido darle. Luego se acercó a Virtudes y tomó en sus brazos a la pequeña Vega, la arrimó con fuerza a su pecho y le ofreció uno de sus dedos, el cual la criatura agarró con ganas. Buscó con la mirada asiento, a la vez que iba soltando su camisa, pero Virtudes, antes de que esta dejara al descubierto sus pechos, le pidió que llevara a la recién nacida a Candolias, que a partir de ese momento, con toda seguridad, iba a ser su casa.

El covanero, carente de noticias sobre el parto de su hija y aparentemente tranquilo, tejía unas cestañas que Amalia la quesera le había encargado para colocar en su burro. De vez en cuando levantaba la vista ojeando en la distancia para ver si alguna paisana le daba cuenta del alumbramiento. Cobijado del sol de la tarde, bajo la solana, Demetrio tenía la mente puesta en aquella situación. Algo malo le rondaba por la cabeza y no daba pie con bola. Había comenzado por dos veces el cesto y tuvo que deshacer la labor en más de una ocasión. Algo que jamás le sucedía debido a la destreza que tenía en aquel arte. El gato pardo que le acompañaba siempre se levantó de su letargo, y aquel gesto hizo que el hombre volviera a echar la vista hacia arriba.

Ción se aproximaba por la ladera de la cabaña. Demetrio, al verla, se levantó y fue a su encuentro.

Según caminaba, observaba la mirada casi perdida de la moza y reconoció al primer golpe de vista que el cuévano que portaba era el fabricado por sus diestras manos para su nieto.

—¿Qué ha pasado?, ¿por qué traes al *chicuzu* contigo?

—Tire para la casa, allí le cuento.

Aquellos escasos pasos que dieron hasta el interior de la cabaña le resultaron terriblemente largos y cansinos, más que si hubiera subido a lo alto del Picón del Fraile de una sola tirada.

—Traigo malas noticias, Demetrio, las peores que se pueden dar. Remedios...

La joven pasiega no pudo terminar la frase, su garganta se agarrotó.

—Pero ¿cómo va a ser eso? ¿Y Virtudes? ¿Dónde está mi mujer?

La joven no era capaz de contestar, tan solo le miraba con los ojos llenos de lágrimas. Demetrio salió de la cabaña corriendo, agarró el palo que tenía posado junto a la puerta de entrada y subió la ladera saltando los cercados rápidamente en dirección a la cabaña de su yerno.

Ción tomó en sus brazos a Vega. La recién nacida estaba hambrienta y lloraba desconsolada. Abrió su camisa blanca, sacó su rebosante seno y acercó la boquita de aquella pequeña, que en solo un segundo comenzó a tirar de su pezón con ansia.

Desde aquel momento la sintió como suya, como si la hubiera parido. Tenía la obligación de criar a aquella niña. Recordó en ese instante cómo Remedios le había dicho que, si le pasaba algo, debía ser ella quien se ocupara de amamantar a su hija y así lo iba a hacer, por algo eran hermanas de leche. Y ahora su hijo y la pequeña Vega lo serían también.

Virtudes se acercó al lecho donde su malograda hija yacía y se quedó durante un rato sentada junto a su niña. Tomó su mano muerta, pero aún caliente, y la besó sin medida. En silencio, escuchando únicamente el latir de su corazón herido y en la distancia los campanos de las vacas en su ir y venir por los prados, sacó toda la rabia y todo el dolor que jamás imaginó que se podía llevar dentro. Maldijo el momento del suceso, maldijo su vida, que gustosa cambiaría por la de su hija, y lloró en soledad hasta que sus ojos se secaron. No quiso alivio de nadie, ni palabras de duelo. Aquello era lo peor que podía mandarle Dios; sin haber cometido ningún mal a semejante alguno, el Señor le había enviado el más vil de los castigos. No había consuelo para una madre que había sentido cómo en sus manos, ¡en sus propias manos!, el corazón de su hija se había parado.

Cuando logró recomponerse, más por necesidad que por ganas, no admitió que nadie la ayudara a amortajarla. Entre lágrimas, lavó su cuerpo, trenzó su larga y oscura melena, limpió su rostro con cariño, besó sus ojos, y finalmente cruzó con una dulzura extrema las manos sin vida sobre el pecho inerte de la difunta.

A los dos días del fallecimiento y muy de mañana, cuando hacía apenas un par de horas que el sol había salido, Remedios recorrió a hombros de cuatro vecinos el que iba a ser su último paseo por aquellos segados y verdes prados.

El cortejo fúnebre estaba encabezado por don Damián, el cura, al que acompañaba un grupo reducido de personas. Los hombres vestidos con capa, tal y como mandaba la ocasión y en cumplimiento pascual; las pasiegas habían unido a su traje habitual una mantilla terciada sobre los hombros. Vidal llevaba en sus brazos a la pequeña Vega. Un paso más atrás sus suegros, Virtudes y Demetrio, que sosteniendo sus cuerpos el uno al otro iban arrastrando su pena y su dolor. Detrás, sus familiares cercanos y sus vecinos. Al final de la comitiva, casi escondida, con las lágrimas ahogando su garganta y cargada con la cuévana en la que portaba a su pequeño, asida del brazo fuerte y joven de su marido, iba su amiga Ción.

El sonido acompasado y lento de las campanas de la iglesia de Nuestra Señora de la Vega guardaba el recorrido. Al paso del féretro con los restos mortales de Remedios, los paisanos que se afanaban en sus labores diarias paraban su quehacer descubriendo la cabeza en señal de respeto por la fallecida y, resignados, hacían la señal de la cruz sobre su cuerpo.

El domingo siguiente al deceso se celebró el funeral. La iglesia estaba llena de vecinos; la muerte temprana de Remedios conmovió a los veganos.

Todos la conocían desde su nacimiento y sentían la necesidad de acompañar a aquel desolado marido y a unos padres que, con la mirada puesta sobre la imagen de la Virgen, intentaban mantener la compostura, aunque sus rostros reflejaban una desolación devastadora difícil de ocultar. Después de la comunión, cuando el recogimiento de los fieles hizo enmudecer el templo, el llanto de la pequeña Vega rompió el silencio, y todas las miradas quedaron clavadas en la niña. La abuela Virtudes cogió a la criatura e intentó calmar su llantina. Bastaron sus brazos para templar sus gemidos. En ese momento, se dio cuenta la pasiega de que recuperaba en ese pequeño cuerpo la vida de su hija, y ante la blanca imagen de la Virgen de la Vega, prometió criarla y luchar por ella con todas sus fuerzas hasta sus últimos días, dejándose en ello su aliento si era necesario.

2

Años más tarde

Vega entró en la cocina con la masera llena y encontró a su abuela Virtudes meneando ágilmente la cántara, igual que la había dejado hacía casi una hora.

—*Güela*, no sé cómo decirla que yo puedo hacer la mantequilla, sus brazos están cansados de tanto menear. Luego la dolerán.

—Calla, *niñuca*, si por ti fuera no haría nada en todo el día. Desde que murió tu abuelo no me dejas ni moverme y bastante tienes tú con el *chicuzu* y con la barriga que llevas encima y, por si todo eso fuera poco, ayudas a Ción y te encargas de las vacas. ¿No te cansas nunca, hija?

—Parece mentira que una mujer como usted, con todo lo que ha trabajado, me diga a mí que si no me canso. Las mujeres hemos venido a este mundo a trabajar. Aunque no lo parezca. ¿No es así? Además, quiero que esté bien para poder ayudarme a parir el hijo que llevo aquí dentro.

—Estoy perfectamente. No tienes que tratarme como una vieja, puedo hacer muchas cosas más.

La muchacha se giró sonriendo y fue colgando en la tocinera la matanza; así quedaba alejada de los ratones y curaría bien, gracias a la cercanía de la lumbre.

Vega se había convertido en toda una mujer. Una pasiega de ojos y pelo claros, espigada y fina. Era una muchacha alegre y jovial, siempre dispuesta a ayudar. Jamás se quejaba por nada, era fuerte y trabajadora; subía los prados ágilmente con el cuévano a cuestas y bajaba al mercado con el borrico cargado de cestañas rebosantes de mantequilla y quesos para sus clientas, porque también ejercía de vendedora.

Cada semana, cargaba el borrico donde transportaba parte del cargamento y se acercaba a Selaya, a Luena, a San Roque de Riomiera, o a cualquier otro pueblo donde poder vender su mercancía.

Comenzó desde muy niña, primero acompañando a su abuela Virtudes y después, cuando su abuelo enfermó y esta tuvo que quedarse para atender al hombre, ella se hizo cargo de aquel trabajo, siguiendo siempre las instrucciones de su abuela. Nunca le faltaba la sonrisa en la boca. Con frío, con lluvia, tronara o no, Vega no descansaba nunca.

Desde que nació, había vivido con sus abuelos. Su padre, desde el fallecimiento de su madre, se volvió solitario y triste. Perdió la alegría y la sonrisa se borró de su cara; solo aparecía por el pueblo cuando había vendido alguna vaca, y asomaba por la cabaña de sus suegros a darles el dinero que había sacado por ella. Vega recordaba con cariño esos días. Él la sentaba en sus rodillas y la abrazaba durante un rato; luego la besaba en la frente, se despedía con gesto apagado y volvía a perderse por los prados. Nunca se repuso de la pérdida de su mujer. Y como no podía ser de otro modo, igual que vivió los últimos años, murió solo.

Unos días después de que su hija se casara, la vida se le fue en su prado; en el más alto. Falleció de un cólico miserere; al menos eso fue lo que dijeron. Aunque ella siempre pensó que había muerto de pena.

Vega se casó con el hombre de su vida. El niño con el que compartió teta, el chaval que la protegía y la llevaba de la mano por los prados desde que empezaron a andar, con el que jugaba y aprendió a ordeñar las vacas, con el que subía a recoger la hierba en verano, con el que corría entre los maizales, con el que fue a su primera romería. Con Bernardo, Nardo, como Ción, su madre, le llamaba.

Fue casi de casualidad cuando Vega se dio cuenta de que no le gustaba nada que otras mozas, vecinas y amigas suyas, tontearan o simplemente hablaran con él. El muchacho era un buen mozo; alto, delgado, de ojos azules y pelo castaño, y aunque nunca se había parado a pensar en él como un posible pretendiente, aquel día, un domingo en concreto al salir de misa, observó cómo reía y se divertía con otros mozos veganos. Entonces comprendió que era un hombre, y no un compañero de juegos ni de tareas.

Bernardo, junto con otros jóvenes del pueblo, se disponía a tirar unos bolos. Las mozucas, sentadas en las inmediaciones de la bolera, hablaban mientras miraban a los mozos. En eso estaban cuando Luisa clavó los ojos en Bernardo; este, para estar más cómodo y liberar sus brazos, se quitó la chaqueta y se remangó las blancas mangas de su camisa recién planchada. Vega se giró hacia su amiga y se fijó en la manera en que le miraba.

—Cómo te envidio, Vega, todos los días pegada a Nardo con lo guapo que es. ¡Ya me gustaría a mí esparcir la hierba en el pajar con él!

—Chica, qué atrevida eres. ¿Quieres dejar de mirarle así?, se va a dar cuenta de que hablamos de él. ¡No le mires más!

—Anda esta, ni que fuese tuyo.

—¿Y si lo fuera?

Luisa la miró enfadada, molesta con la respuesta que su amiga le había dado. Se levantó y se fue.

En lugar de salir detrás de ella, Vega se quedó mirando a Bernando atontada, como si nunca le hubiera visto, y en ese momento se dio cuenta de que aquel iba a ser su marido, el pasiego con el que iba a compartir su vida. Con él quería tener y criar hijos y con él haría la muda incansable de cabaña en cabaña, durante todos los días de su vida.

El cielo se tornó gris oscuro en un instante y comenzó a descargar agua como si nunca hubiera llovido. Los muchachos recogieron y corrieron a cobijarse. Pero Vega estaba sumida en sus pensamientos, hasta el punto de no sentir cómo la lluvia caía sobre su cabeza y calaba su pelo claro.

Bernardo la vio allí sentada y se acercó a buscarla.

—¿Qué te pasa? ¿Estás atontada o qué?, ¿no ves cómo llueve, truena y relampaguea? Anda, vamos para casa.

Bernardo la agarró por el brazo para que se levantara y cubrió sus cabezas con la chaqueta de los domingos para protegerlos de la lluvia.

Aquel fue el primer día de su nueva vida. Ambos, cobijados por aquella chaqueta de domingo, se miraron a los ojos y sin decir ni una palabra se besaron. Sus labios se unieron movidos por el cariño. Un cariño que estaba traspasando fronteras para convertirse en amor. Un amor noble, dulce y bueno, que no tardaron en revelar a sus familias, las cuales vieron con muy buenos ojos aquella relación. Tal vez ellos habían sido los únicos que no se habían dado cuenta de que estaban hechos el uno para el otro; que, en el fondo, ese era el destino que alguien escribió para ellos desde que nacieron.

Pero no les resultó sencillo casarse. Carpio, el padre de Bernardo, cayó enfermo y el muchacho tuvo que afrontar todos sus quehaceres solo. Su hermano aún era demasiado joven y, aunque voluntarioso, intentaba ayudar en todo lo que podía, era un chico endeble. Además, sufría constantemente dolores por todo su cuerpo que nadie había sabido diagnosticar. Por lo tanto, la mayoría de los días no podía trabajar al ritmo que era necesario en aquellas bellas pero duras tierras pasiegas.

Durante el verano de 1932, Bernardo se acercó hasta Candolias, a la casa de la que ya era su novia desde hacía un tiempo, y le propuso ir a hablar con don Casimiro.

—*Niñuca*, ya no aguanto más. De este verano no pasa que nos casemos. Vamos a ver al cura.

—Espera, hombre, deja que al menos me lave la cara.

—Anda, ¡qué más da! Tú estás guapa de todas las maneras. Vamos, antes de que se me pasen las ganas.

Y así lo hicieron. Bernardo llevó de la mano, casi corriendo por los caminos hasta el pueblo, a su rubiuca, y durante el cuarto de hora escaso que tardaron en llegar hasta la parroquia, el mozo no dejó de hablar; solo se calló al entrar en la iglesia y plantarse delante del cura.

Dispondrían todo para casarse en poco más de un mes. El sacerdote los conocía bien, los había visto nacer y sabía de sus intenciones desde hacía tiempo, por lo que se ofreció gustoso a preparar la ceremonia y ayudarlos con el papeleo necesario. Así pues, a primeros de agosto, por las Nieves, igual que lo hicieron los padres de la muchacha, Vega y Bernardo se casaron.

Dos jóvenes llenos de vida y de ilusiones que se presentaron muy de mañana ante la preciosa iglesia de la Virgen de la Vega. Ella estaba sonriente y feliz. Para aquella ocasión vistió el traje de boda de su madre; Virtudes lo tenía guardado con celo y en el momento que la joven le dijo que iba a casarse, lo sacó del baúl y se lo mostró a la chica. Vega se emocionó; jamás pensó que pudiera lucir ese vestido, desconocía su existencia, ya que su abuela jamás había mencionado que lo tenía. Bernardo llevaba la ropa de los domingos, la misma chaqueta que años atrás los cubrió de la lluvia aquella mañana festiva y bajo la cual descubrieron su amor.

Pocas fueron las personas que los acompañaron, los familiares más cercanos y algún que otro vecino y amigo de los contrayentes. La ceremonia fue amena, ya que don Casimiro quiso hacerla de una manera distinta. Resultó una misa cargada de emoción, en la que el sacerdote quiso recordar las trastadas de los jóvenes durante su niñez y las disparatadas anécdotas que junto a ellos había vivido en la escuela. Tras la ceremonia, pasaron unas horas con sus invitados celebrando el acontecimiento. Ción se encargó de preparar el guiso, y la propia Vega los postres; los quesos corrieron por cuenta de Virtudes y el pan tierno lo llevó Merceditas, sobrina de Ción y buena amiga de la novia. Durante las primeras horas de la tarde, cuando el sol calentaba con ganas, los novios partieron con un vendedor ambulante, amigo del difunto Vidal, que tuvo a bien trasladarlos a Santander.

El tiempo que duró el viaje la pareja estaba emocionada. Tomás, el comerciante, iba hablando continuamente de las grandezas de la capital. Les indicaba qué era aquello que debían ver, por dónde debían pasear y en qué lugar podían comer algo, e igualmente les aconsejó la pensión de una conocida suya vecina de Luena, que hacía años había decidido bajar a la capital y montar aquel negocio, en el cual podían alojarse, ya que según les dijo las sábanas estaban limpias y los huéspedes eran de fiar. Y allí fue donde se alojaron y donde por primera vez, envueltos de la vergüenza y el miedo, unieron sus cuerpos, fundieron sus ganas y descubrieron los más íntimos rincones de cada uno de ellos.

La mañana siguiente estuvo llena de sorpresas. Acostumbrados a sus montañas y sus prados, a los suaves y armónicos sonidos de campanos, arroyos, ríos, vientos, y de sus propias pisadas sobre la hierba seca, el bullicio de aquella ciudad les asombró. Asustados ante la grandiosidad de la urbe, caminaban sin rumbo. El ajetreo del mercado, el habla cantarina de las pescadoras en la plaza de la Esperanza, el ir y venir de carros y autos que se entremezclaban, les resultaban novedosos y, acostumbrados al silencio, se preguntaban cómo aquellas personas eran capaces de vivir entre tanto ruido. Ni tan siquiera el 15 de agosto, por la patrona, habían visto tanta gente junta.

Desde el ayuntamiento hasta la catedral, paseando por la calle La Blanca, Vega admiraba las cafeterías, las flores en la vía pública frente a la puerta de la floristería, los dulces de las hermosas confiterías, pero sobre todo los escaparates de los comercios de ropa y calzado, donde la joven se veía reflejada en sus enormes cristales. Lógicamente no llevaba su traje de boda; quería conservarlo tal y como había hecho su abuela, y nada más terminar la misa se lo había cambiado por otro más sencillo. Bernardo enseguida se dio cuenta de lo que su rubiuca estaba pensando y le dijo:

—Ven, vamos a comprar un vestido.

—¡Estás loco! Será carísimo y además... ¿Para qué lo quiero?

—Para que yo te vea guapa. ¿No te parece bastante motivo o qué?

Los ojos de la pasiega brillaron de ilusión. En unos minutos salía del comercio con un bonito vestido azul marino con pequeños lunares blancos de corte camisero y con un sencillo volante que cubría la botonadura del pecho; un lazo azul marino ajustaba su cintura, y la falda recta le llegaba a media pierna. Sobre su cabeza, un sombrerito a juego con el vestido, adornado con una plumita blanca. Estaba realmente guapa, parecía una muchacha de la capital. Al dar unos pasos más, la inmensidad del mar asomó ante sus ojos; no daban crédito, habían oído hablar del mar, en concreto de aquella hermosa bahía, pero nunca pudieron imaginar que era tan voluptuosa. Se sentaron en el paseo Pereda y pasaron cerca de una hora recorriendo con la mirada, de un lado a otro, todos y cada uno de los puntos que desde allí se divisaban. Emocionados con el espectáculo que contemplaban, se les fue la tarde y desde el lugar donde se encontraban escucharon el sonar de las campanas de la catedral que indicaban que eran ya las siete. Ansiosos por llegar al Sardinero, tomaron el tranvía y desde allí, admiraron el bello paisaje.

Solo fueron dos días. El martes a primera hora, Tomás los recogió en el mismo lugar donde los había dejado el domingo, y en unas horas ya estaban de regreso en casa.

Pocos días después de su vuelta, el pueblo comenzó a preparar una ilustre visita.

La presencia en el municipio del doctor Madrazo hacía que fuera habitual ver por Vega de Pas a personas célebres del mundo de la cultura y la política, pero en esta ocasión la visita era importante. El presidente de la República, don Niceto Alcalá-Zamora, visitaba a su amigo y, como no podía ser de otra manera, los veganos querían agradecer al insigne visitante su detalle.

El motivo oficial era agasajar al cirujano pasiego don Enrique Diego-Madrazo y Azcona, orgullo de la medicina española, quien justo en ese día celebraba los treinta y ocho años de la creación de su sanatorio quirúrgico en Vega de Pas. Ataviados con los trajes típicos, recibieron al presidente; entre ellos estaba Vega, que, junto a otras mujeres del pueblo, hicieron sonar las panderetas a la llegada del visitante.

Poco tiempo tardó la pareja en tener descendencia. Un precioso niño, con los ojos claros como los de su padre y el pelo rubio como el de su madre, vino a alegrar la vida de Vega y Bernardo.

Tenían todo perfectamente organizado; ella abandonó la casa de su abuela y marchó con su marido y su hijo a cumplir con las labores pasiegas. De aquí para allá con la casa a cuestas, cargando con el cuévano niñero, el mismo que su abuelo Demetrio hizo para ella y que ahora transportaba el pequeño y perfecto cuerpo de su chicuzu, al que llamó Vidal en recuerdo de su padre.

Vega recorría alegre junto a su marido las verdes tierras

pasiegas. Junto a ellos, las vacas, que a medida que avanzaban por los caminos y las branizas hacían sonar sus campanos, alegrando el trayecto de los errantes.

Trabajaban duro todo el día, pero durante la noche se acurrucaban en su camastro de paja, se abrazaban como si fuera la primera vez que lo hacían y dejaban que sus cansados cuerpos reposaran.

Pero la juventud y la pasión eran la mezcla perfecta, y en cuanto sentían la proximidad, sus cuerpos prendían y la pasión se desataba. Vega se dejaba hacer; le encantaba sentir vagar las manos desmañadas de Bernardo por todo su cuerpo, sus labios ocupando lugares recónditos de su boca y su respiración acelerada y caliente. Él abría sus muslos cerrados con delicadeza, y dirigía sigiloso sus largos dedos hasta su sexo. Ella, ansiosa, reclamaba su miembro con la mirada, y cuando la penetraba, sentía vibrar todo su cuerpo. En la mayoría de las ocasiones, Bernardo se apartaba y dejaba fuera de su vagina el semen caliente, pero antes procuraba que ella hubiera conseguido el orgasmo. Luego, derrotados, dormían plácidamente hasta que apuntaban las primeras horas del día. Pero el *coitus interruptus* alguna de esas veces debió de fallar, y Vega, a los pocos meses de tener su primer hijo, volvió a quedarse embarazada.

3

Tras un invierno duro, en el que los primeros meses de embarazo hicieron pasar lo suyo a Vega, el buen tiempo había llegado en todos los sentidos. Los mareos y los vómitos habían desaparecido y la chica volvía a estar en plenas facultades. Pesada, debido al calor y a su abultada tripa, pero con ganas de trabajar y fuerzas suficientes para hacerlo.

Pero el destino, escrito y desconocido, no hacía presagiar la desagradable sorpresa que sufriría la joven pareja que a punto estaba de convertirse en padres por segunda vez. Todo su mundo perfectamente planificado iba a dar un giro brusco que quebraría la armonía de su familia.

Un día de verano, cuando el tiempo mandaba segar y recoger la hierba para el invierno, Bernardo, mientras afilaba el dalle, se desvaneció sobre el verde.

Vega, que se acercaba como cada día con la cestilla de la comida, observó cómo el hombre estaba tendido, pero pensó que tal vez la posición se debía a la labor del picado de la guadaña, o que simplemente, como en muchas ocasiones hacía, se había dejado caer por un instante sobre la hierba mientras ella llegaba. Al aproximarse más, observó que no se movía. El corazón le dio un vuelco. Soltó el hatillo con los alimentos y corrió hacia su marido gritando su nombre.

Ya a su lado, intentó reanimarle. El joven abrió los ojos. Estaba desconcertado; no recordaba lo que estaba haciendo, ni tan siquiera dónde estaba. La muchacha se asustó y quiso levantarle, pero Bernardo no tenía fuerzas para caminar y ella no podía cargar con él. Era un hombre corpulento y el desnivel del terreno no acompañaba en absoluto. Intentar bajar con él supondría rodar ambos por la ladera. Le acomodó sobre la hierba segada y corrió en busca de ayuda.

Cuando llegó al pueblo le faltaba el aire, estaba exhausta; la invadía el miedo a perder a su marido. Encontró a Ignacio y a Fonso, buenos amigos de Bernardo. Los hombres en cuanto la vieron notaron que algo le pasaba: se mostraba sofocada y angustiada, su rostro estaba descompuesto; la sonrisa que habitualmente se dibujaba en su cara, había desaparecido por completo. Alarmados, corrieron hacia ella.

—¿Qué pasa, mujer?

—¡Es Bernardo! Se me ha desmayado en el prado. Tenéis que ayudarme, por favor, yo no puedo sola.

—¿Dónde está? Tú vete para casa, que subimos a por él.

Vega les indicó el lugar donde estaba su marido y corrió a buscar a don Matías, el médico.

Cuando Ignacio y Fonso bajaron a Bernardo, el médico ya esperaba en casa. El galeno le examinó detenidamente y al cabo de un buen rato salió a la cocina, donde Vega estaba en compañía de su suegra y de su abuela Virtudes. La cara del médico era preocupante, igual que la de don Casimiro, el cura, que enterado de lo que había sucedido se había acercado a la vivienda y había permanecido dentro de la pequeña habitación durante el tiempo en el que Bernardo era atendido.

—No me atrevo a asegurar lo que voy a decir, pero desde luego todo apunta a que Bernardo sufre una dolencia coronaria. Es grave. Debe guardar reposo absoluto. Y hacerse algunas pruebas para confirmar lo que te estoy diciendo, pero ponte en lo peor.

—¿En lo peor? Dios mío, pero... ¿Qué me quiere decir? ¿Que se va a morir?

—No, mujer, tanto como eso... De momento no puedo decir eso, pero... tampoco te aseguro que vaya a mejorar. Bueno, mejorar quizá sí, aunque... En fin, hay que mirar bien y hacer las pruebas que te digo.

—¿Y qué hago? ¿Dónde voy?

—De eso no te preocupes, yo me encargaré de prepararlo todo. Es un hombre muy joven, fuerte y con ganas de vivir. Ten en cuenta que voy a hacer todo lo que esté en mis manos para ayudaros. Aunque todo esto costará sus buenos cuartos y no sé si tú...

—Lo sé. No se inquiete por el dinero, usted busque lo que sea necesario. Yo me ocuparé de pagar. Se lo agradezco.

Vega despidió al médico y pasó a ver cómo se encontraba su marido.

Los días siguientes fueron un calvario para la joven pareja. Con el miedo metido en los huesos, respirando sospechas y malos presagios, Bernardo se sometió a todas las pruebas que los doctores le indicaron. Pero los resultados no fueron halagüeños. Si bien la dolencia no era tal y como en un principio había pensado don Matías, no resultaba en absoluto cosa buena ni fácil de tratar. Precisaba cuidados, medicinas, reposo absoluto y, sobre todo, paciencia. Su corazón sufría una enfermedad congénita difícil de detectar, y de la cual les advirtieron que había tenido mucha suerte, ya que normalmente producía una muerte súbita en el momento que se sufría el ataque.

Todas aquellas pruebas médicas acabaron con los escasos ahorros que el matrimonio tenía, y también con los de la abuela Virtudes.

Virtudes trajinaba por la cocina; más que hacer, daba vueltas de un lado a otro, revolviendo cacharros y vasijas. Su cabeza no dejaba ni un solo instante de pensar en lo que se le venía encima a su nieta; ella ya era mayor, posiblemente cualquier día muriera sin pena ni gloria, pero aquí quedaba esa pobre niña con un hijo, otro en camino y un marido enfermo, sin recursos suficientes para subsistir.

El futuro se mostraba oscuro, tanto como un día invernal, cuando las cumbres blancas se cubren de bruma y amenaza tormenta. A partir de entonces se aproximaba un largo invierno, uno de esos a los que los pasiegos están habituados, pero que, a diferencia de años anteriores, este iba a resultar interminable. Una capa blanca cubriría las branizas como de costumbre, pero no había hombre en la casa que pudiera recoger el ganado, dirigirlo y alimentarlo de cabaña en cabaña; un invierno blanco que les llenaría su existencia de oscuridad. Iba a ser largo y penoso, les iba a costar ver las estrellas lucir y el sol calentar. Tocaba trabajar más, a todas horas, y duro. Tocaba comer menos y dormir lo justo. Tocaba rezar mucho.

Tan preocupada estaba la mujer que, sin decir ni media

palabra a su nieta de lo que estaba pensando, se dispuso a hablar con el cura. Sabía que el hombre tenía buenos contactos, gentes de dinero, personas de la alta sociedad que quizá pudieran necesitar algún servicio. No tenía ni la más remota idea de en qué podía ayudar, pero seguro que en alguna de los cientos de casonas que había por la región, alguien precisaría una buena cocinera, una modista o quién sabe qué. Por este motivo, Virtudes se arregló como no solía hacerlo nunca; luego se colocó su pañuelo negro en la cabeza y se calzó con destreza las almadreñas. La mañana estaba fría y aunque los rayos del sol despuntaban tímidamente, la pasiega se abrigó. Recorrió el escaso kilómetro y medio que la separaba del centro del pueblo y sin detener su caminar llegó hasta la iglesia.

Los feligreses acudían lentamente por los caminos y, poco a poco, la iglesia se iba llenando. El fervor de los pasiegos estaba más que demostrado; abarrotaban el templo cada domingo a pesar de las últimas noticias que llegaban, las cuales advertían que, con la República, el clero había perdido seguidores y los días de misa y rosario estaban a punto de terminar. Pero los veganos no parecían atender aquellas noticias y continuaban con su vida y sus costumbres.

Al acabar la misa, Virtudes le hizo un gesto a don Casimiro; quería hablar con él. Después de un buen rato, una vez que el sacerdote tuvo recogida la sacristía, se asomó a la puerta y le indicó a la mujer que podía pasar.

—Gracias por su atención, padre. Usted verá, conocedor como es de la situación que tenemos en la casa con la enfermedad de mi pobre nieto, bueno, el marido de mi nieta... Ya sabe, yo me preguntaba si quizá usted, que es un hombre de mundo, que conoce a mucha gente de pesetas, pues pudiera darse el caso de que quizá... En fin, si puede ser, claro...

—Virtudes, por favor, ¡dígame de una vez qué es lo que quiere, mujer! El tiempo no está para perderse y mucho menos en esta sacristía, con el frío que hace.

—Sí, sí, padre. Es verdad, aquí se tiene que quedar usted helado, ¿ehhh? Bueno, pues lo que yo digo es que si usted tiene conocimiento de alguna familia que necesite ayuda: cocinera, costurera, no sé, alguien que les ayude en la casa... hágale saber que una servidora está dispuesta a trabajar.

El cura, sorprendido, no pudo contener la risa y soltó una carcajada.

—Pero, mujer, a sus años, ¿dónde quiere ir a trabajar?

Virtudes, ofendida, no pudo por menos que sentirse muy molesta, y olvidándose de con quién estaba hablando, cambió el tono amable de su voz e hizo aparecer su genio.

—Oiga, padre no creo yo que esto que le estoy diciendo sea para risa. Bastante mal lo estamos pasando como para que usted, un hombre que se supone de bien, venga a reírse en mi propia cara. ¡Déjelo, he sido capaz toda mi vida de solucionar mis problemas y ahora también puedo hacerlo! No, si ya lo decía mi pobre Vidal: «A los curas de la misa, la media, y de la media, la mitad».

—Pero ¡Virtudes! ¡Qué falta de respeto! ¡Qué manera de tratarme en la casa del Señor!

—Pues tanto que pregona, si esta es la casa del Señor, será de todos, ¿no? Y no creo yo que mi persona le haya faltado al respeto. Más bien usted ha sido quien se ha burlado de mí. Yo no merezco este trato, padre.

—Bueno, mujer, vamos a tranquilizarnos. Disculpe.

No creía yo que le iba a sentar tan mal mi carcajada, pero no ha sido con mala intención, de verdad. Perdone mi osadía y volvamos a la conversación.

—No, no, deje, para qué. Si usted piensa así, mal va a poder ayudarme a encontrar un apaño.

Virtudes abrió la puerta de la sacristía con rabia y recorrió el pasillo de la hermosa capilla. Pasó junto a todos los santos que allí habitaban sin mirarlos siquiera, ni persignarse, algo que con tanta fe acostumbraba a repetir una y otra vez mientras recorría la iglesia.

El cura se despojó de la casulla blanca y la colgó en el ropero. Se acercó al escritorio y se dejó caer sobre el recio sillón. Se había disgustado con la discusión mantenida con la pasiega. Le tenía aprecio, sabía que era una buena persona. No debería haberse reído de ella; entendía la desesperación de la mujer y sabía que en cuestión de tiempo la subsistencia iba a ser complicada para ellas. Tenía que ayudarlas, no podía abandonar a sus feligresas en un momento tan duro. Cierto era lo que Virtudes le había dicho, conocía gente poderosa y adinerada; preguntaría por ahí, quizá alguien necesitara una buena cocinera.

Mientras el cura recapacitaba en el acogedor sillón de su sacristía, Virtudes caminaba ligera. Al aproximarse a la vivienda observó a su nieta, que, cargando con el barreño, se disponía a extender las sábanas blancas sobre el prado. Esta se volvió y saludó a su abuela con la mano, y aunque la distancia aún era prudencial, pudo observar el caminar resuelto y el gesto fruncido de su abuela. No necesitaba hablar con ella, la conocía muy bien y sabía que algo le había sucedido.

—Hola.

—Hola, *güela*, mala cara trae. ¿Pasó algo en la iglesia?

—No, ¿qué va a pasar?, oí misa y ya. Nada más que contar. ¿Se le pasaron los dolores a Bernardo?

—Ahí está, le dejé hace rato. Ando acaldando la casa y el ganado y no puedo estar a todo. Ahora veré.

—Deja, que ya voy yo.

4

Las pisadas pausadas y cortas de Brigitte recorrían en silencio los bellos jardines que rodeaban la casona. Tras ella, a solo unos metros de distancia, su esposo conversaba distendidamente con su anfitrión, don José Ramón, conde de Güemes. La tarde estaba tibia; el aire suave balanceaba las hojas en los árboles y ofrecía una sinfonía singular, agradable y relajante que calmaba la mente y el alma de Brigitte.

Apenas llevaba un año en España y aún no tenía muchas amistades. Las que frecuentaba normalmente estaban en Madrid, lugar donde la pareja había vivido hasta el momento. La joven decidió volver al lado de su esposo y tomó su brazo, apoyando en él casi todo el peso de su cuerpo. Se sentía algo cansada ya que la jornada había sido agotadora para ella.

—¿Te sientes bien, mi vida?

—Sí, solo estoy algo cansada; quizá deberíamos volver a la casa si al conde no le importa.

—Por favor, Brigitte, cómo me va a importar. Si quieres que te diga la verdad, yo también estoy cansado, ya no tengo edad para tanto ir y venir. Hay que tener en cuenta que paso la mayoría de los días entre estas cuatro paredes desde que mi querida esposa murió. Espero paciente el momento de reunirme con ella. —Sonrió.

—No diga eso, José Ramón, aún está usted muy joven para dejarnos. Además, espero que sea el padrino de nuestro hijo. Sabe que mi padre sintió mucho cariño por usted, y para mí sería muy importante que aceptara esta proposición.

—Querida niña, nada me hará más feliz. Pero quizá alguien más joven fuera más indicado.

Mientras regresaban, observaron que hacia ellos se dirigía Tomás, el mayordomo del conde.

—Señor, don Casimiro, el cura de la Vega, ha venido a visitarle.

—¡Hombre, por fin! Dile que espere un momento, ve sirviéndole una copita.

Cuando el mayordomo se alejó puso en antecedentes a sus amigos.

—Es el cura del que os hablé el otro día. Estoy seguro de que él sabrá de alguna buena mujer que puede ayudar a Brigitte. Vamos.

El cura entró en la estancia y se despojó de su negro bonete.

No era el conde un hombre muy dado a los curas y los rezos, y por eso don Casimiro, cuando le llegó el recado de que aquel quería hablar con él, se extrañó.

Pocas veces habían conversado y cuando lo hicieron fue para tratar asuntos livianos, temas sin importancia; realmente no habían sido más que cruces de palabras de compromiso, por uno y otro lado. Se podía decir que no eran amigos, por supuesto, pero es que ni tan siquiera eran buenos conocidos. El conde tenía fama de severo y seco. Don Casimiro sabía de ese carácter por las gentes de los pueblos cercanos que trabajaban en sus fincas y su ganado. La curiosidad le había hecho preguntar en multitud de ocasiones por José Ramón Mendoza, conde de Güemes.

Los anfitriones se tomaron su tiempo antes de entrar en la biblioteca donde habían acomodado al cura. Brigitte decidió pasar por su habitación y, por supuesto, su esposo la acompañó. Y el conde se acercó hasta su despacho.

Esta situación estaba incomodando a don Casimiro. El cura no era amigo de perder el tiempo y además, por las referencias que tenía de aquel hombre, todavía menos. Solo esperaba que la visita no fuera en vano.

El conde entró en la estancia frotándose las manos y saludando amable y ágilmente al sacerdote con un tono de voz alto y simpático. Este, en cuanto notó su presencia, sentado como estaba de espaldas a la puerta, se levantó para saludarle, aunque no pudo evitar que su rostro mostrara el descontento por la espera, algo que no pasó desapercibido al dueño de la casa.

—Mi querido don Casimiro. ¡Cuánto tiempo sin saber de usted! Antes de nada, reciba mis disculpas por la espera. Estoy seguro de que su tiempo es sumamente importante. Espero que mi mayordomo al menos le haya ofrecido un jerez.

—Buenas tardes, don José Ramón. Tenga usted por seguro que el bueno de Tomás me ha ofrecido un licor, pero he rehusado tal invitación; no acostumbro a tomar nada los días entre semana. Manías. Y sí, está usted disculpado por la espera. Algo a lo que, si quiere que le diga la verdad, no estoy muy acostumbrado; más cuando alguien ha solicitado que me desplace hasta su casa porque quiera tratar algún asunto conmigo. Porque es así, ¿verdad?

El conde se molestó con la respuesta del cura. De no ser porque era necesaria su ayuda, bien le habría puesto de patitas en la calle por su arrogancia. Tosió aliviando su garganta y comenzó a hablar.

—Bueno, ¿y qué tal van las cosas por el valle? Estamos en tiempos convulsos, las revueltas son constantes; la gente no se conforma con nada, las minas están que revientan con tanta exigencia por parte de los mineros, los operarios en las fábricas continuamente paran máquinas y producción. La República no nos va a deparar nada bueno. Estamos en manos de desalmados, de gentes sin preparación, de obreros resabidos y de piojos resucitados. Se creen que porque cuatro intelectuales apoyen a este Gobierno, van a ser capaces de sacar adelante este país. Pero bueno, afortunadamente por aquí las cosas están más calmadas. Los ganaderos están a sus asuntos, las mujeres no se preocupan por votar o no, se dedican a sus labores. ¿No le parece, padre?

—Lo que a mí me parece es que es necesario que las cosas cambien. Los hombres deben progresar, no es bueno ser sirviente de nadie toda la vida. Todos los hombres son iguales ante los ojos de Dios Nuestro Señor, por lo tanto, todos deben tener los mismos derechos. Sabido es que no todos pueden ser ricos, ni todos seremos nunca iguales, desgraciadamente, pero lo que es de ley es el respeto, y tanto ha de tenerse a un obrero o un simple pastor como a un conde o un ricachón.

El conde se sorprendió con la respuesta del cura. No era

común que los miembros del clero hablaran con tanta claridad sobre sus ideas políticas, y menos que esas ideas estuvieran en la misma línea que la expresada por don Casimiro. El gesto de don José Ramón cambió, pero afortunadamente la conversación se iba a dar por concluida, pues en ese instante aparecieron en la biblioteca Pablo y Brigitte. Era momento de las presentaciones.

La pareja entró en la sala cogidos de la mano como si de dos niños se tratara. Ella cubría sus hombros con una ancha y cálida mantilla de color marrón a juego con su vestido. Él, impecable, con su traje de color negro, corbata perfectamente colocada y unos cubrebotones que llamaron la atención del sacerdote. Ciertamente eran dos señores. No conseguía entender qué era lo que pintaba un cura de pueblo como él allí, ni mucho menos por qué el conde le había convocado.

—Ya están aquí mis queridos amigos. Pasad, por favor. Voy a presentaros al padre Casimiro, cura de Vega de Pas. Esta joven pareja son Brigitte y Pablo Vaudelet.

Don Casimiro se sorprendió al ver entrar al joven; era él, no había ninguna duda. Aunque hacía años que no se veían, los ojos del hombre eran inconfundibles, iguales que los de su padre. Por su parte, Pablo también reconoció al cura, pero no hizo gesto alguno, por lo cual el sacerdote actuó de la misma manera.

Brigitte se acercó al sacerdote y extendió la mano para saludarlo. A continuación, su marido hizo lo mismo. El cura miró de arriba abajo a la pareja y sin pronunciar palabra movió la cabeza respondiendo al saludo. Aún estaba molesto por la espera y por la conversación que hacía unos instantes había mantenido con el conde.

—Veo, señora, que está usted en estado de buena esperanza.

—Sí, así es. —La chica bajó la cabeza y miró su abultada tripa a la vez que la acariciaba—. Para finales del próximo mes de octubre, espero tenerlo en mis brazos.

—Muy bien, le deseo mucha suerte, señora. Por cierto, tengo algunas visitas que hacer. Y la noche pronto caerá. No me gusta andar por los caminos a oscuras, mis piernas ya no están tan ágiles como hace años cuando pedaleaba a toda velocidad; ahora los recorridos se me hacen muy pesados. Por lo tanto, les agradecería que me expusieran el motivo de esta invitación. Si es que hay algún motivo.

El conde volvió a fruncir el ceño; se estaba empezando a cansar de las contestaciones y de la actitud del cura, pero no podía hacer nada más que aguantar pacientemente.

—Lamento mucho la espera como antes le dije, y aprovechando que ya están aquí mis invitados, que son en realidad los interesados en el asunto que quiero tratar con usted, no voy a demorar más esta conversación para no hacerle perder el tiempo, ya que, como observo, para un cura como usted es sumamente importante. Al parecer, son muchas las obligaciones que le ocupan... Nunca lo había pensado.

Don Casimiro estaba que echaba espuma por la boca. No iba a permitir que un hombre como aquel, cuyo único trabajo era leer el periódico y pasear por sus posesiones, le dijera si tenía o no algo que hacer y mucho menos cómo debía hacerlo.

Pero antes de que el sacerdote pudiera contestar al conde, Brigitte se apresuró a hablar. Era una mujer muy observadora y antes de consentir que el cura se fuera molesto debía intervenir para evitar que aquella conversación acababa en una pelea dialéctica entre los dos hombres.

—Padre Casimiro, como bien ha comentado, me encuentro embarazada. Nuestro querido amigo nos ha dicho que en estos valles hay mujeres que pueden ayudarme a alimentar a mi pequeño. El médico me comunicó hace unas semanas que no iba a poder amamantar a la criatura, tengo una malformación en mis...

Pablo intervino antes de que su mujer continuara hablando.

—Brigitte, no creo que sea necesario dar tantas explicaciones; resulta embarazoso hablar abiertamente de algo tan personal. ¿No le parece, padre?

—Por supuesto, hijo, yo no necesito tantas explicaciones. Es más, creo que, con la breve exposición de su señora, he comprendido cuál es el motivo de mi visita a esta casa. Ustedes están buscando un ama de cría, ¿me equivoco?

—Exactamente. Sabemos que usted conoce a la perfección a la gente de esta zona. Hemos oído en multitud de ocasiones que las pasiegas son las mejores amas de cría, por algo los reyes, nobles y aristócratas han buscado durante décadas a estas mujeres. No entraba en mis planes buscar a una mujer que hiciera aquello que tantas ganas tenía yo misma de hacer. Creo que amamantar a un hijo es el mayor acto de amor, y le aseguro que no será para mí plato de gusto ver cómo mi hijo se alimenta con una leche que no es la mía. Pero no me queda más remedio. Por lo tanto, le pido, le ruego, le suplico si es necesario, que me ayude a encontrar a esa mujer, a la persona que haga que su leche sirva para que mi hijo se alimente.

El cura se conmovió con las palabras de Brigitte. Mientras se expresaba, sus ojos se habían humedecido, su voz se había quebrado en varias ocasiones y su mirada se había perdido sobre las enormes estanterías llenas de libros que cubrían las paredes de aquella hermosa biblioteca.

El sacerdote se acercó a ella y esta hizo ademán de levantarse, pero el hombre le indicó que no lo hiciera. Tomó su pequeña y fría mano y la cogió con delicadeza. Luego, se agachó ante ella hasta que su cara y la de la joven quedaron enfrentadas.

—No llore, por favor. Se me rompe el corazón al escuchar lo que dice. Vivo en tierras duras, donde todo es el doble de costoso que en cualquier otro lugar, donde los hombres y las mujeres luchan cada día por alimentar a sus hijos, donde el verano es tiempo de trabajo y el invierno proporciona unas condiciones casi imposibles. Con esto quiero decirle que estoy acostumbrado a ver el sufrimiento en los ojos de los hombres, igual que ahora lo acabo de ver en los suyos. Voy a informarme, pero no puedo prometerle nada. Hoy en día es más complicado. Las mujeres ya no dejan sus casas y sus obligaciones y lo más sagrado son sus hijos, los cuales antes quedaban al cuidado de abuelas, hermanas o cualquier pariente, para que ellas fueran a amamantar a unos pequeños que no eran los suyos. Los tiempos cambian, afortunadamente, y son muy pocas las que lo hacen ya. No le puedo garantizar que, en el caso de encontrar una pasiega que quiera criar a su hijo, esta cumpla con los requisitos que años atrás eran imprescindibles.

—Le estoy muy agradecida, padre. Necesito su ayuda. ¿Qué va a ser de mi hijo si no encuentro alguien que me ayude?

El cura se levantó, cogió el bonete que había posado

encima del brazo de la butaca, se lo colocó cuidadosamente sobre su calva y dijo:

—Señor conde, señores, voy a buscar una buena pasiega, la mejor, se lo prometo. Pronto tendrán noticias mías. Solo una pregunta.

—Sí, dígame —repuso Pablo, ya de pie frente al cura.

—¿Dónde tendría que ir el ama de cría? ¿A qué ciudad? Vamos, que... ¿dónde viven ustedes?

—Claro, qué tontos, nosotros vivimos en Madrid. Allí es donde está la fábrica que dirijo.

—Muy bien. Haré lo que esté en mi mano. Pero como les he dicho, aunque quisiera, en este momento no les puedo garantizar nada.

Al salir de la habitación, don Casimiro se encontró a Tomás; el hombre estaba esperando para indicarle la salida. Se conocían desde hacía muchos años. El párroco había sido quien le había casado y quien había bautizado y dado la comunión a sus hijos. No obstante, apenas se dirigieron la palabra, las miradas fueron suficientes. Aunque ya una vez que el cura hubo traspasado el umbral de la puerta de la calle, se volvió y le dijo:

—Amigo Tomás, no te envidio nada. Entre tú y yo, tu patrón me parece un mentecato de mucho cuidado. Pero claro, eso entre tú y yo; si alguien me pregunta por el señor conde, diré que es todo un caballero. Hasta más ver, amigo.

Don Casimiro no tuvo que pensar mucho. Tenía la mujer perfecta. Pero lo que no tenía tan claro era si ella iba a aceptar aquella proposición.

5

Vega continuaba trabajando todo el día. Su embarazo cada vez era más evidente y la mujer mostraba una barriga que ya le impedía realizar con agilidad algunas tareas. No obstante, era más su fuerza de voluntad y la necesidad por sacar adelante a su familia que su cansancio y las molestias propias de su estado. Cuando no podía más, miraba a su marido o cogía en brazos a su pequeño, lo sentaba sobre sus rodillas y le besaba efusivamente durante un rato; después, reanudaba sus labores con una gran sonrisa en la boca, como si no pasara nada.

Bernardo apenas había mejorado. Permanecía en cama casi todo el día. De vez en cuando intentaba levantarse, pero su corazón no le permitía realizar ninguna tarea por menuda que fuera; ni tan siquiera podía cargar con el pequeño Vidal, o calmar su llanto cuando se ponía a llorar sin motivo aparente. Los medicamentos no eran suficientes, el tratamiento no estaba dando el resultado deseado. El médico le había recomendado que volviera a hacerse una revisión. Tal vez otro tratamiento mejoraría sus condiciones de vida, pero ¿cómo?, no tenían dinero para realizar todas las pruebas de nuevo. El hombre estaba desesperado. Toda su vida había trabajado muy duro y ahora veía cómo sus piernas no aguantaban más que unos minutos el peso de su cuerpo, y sus brazos no podían ni agarrar un trozo de leña para alimentar al menos la lumbre. Algunos días, le resultaba costoso hasta llevar la cuchara a la boca y masticar la comida. Era consciente de que suponía una carga para su mujer. Casi de repente, por su cabeza comenzó a rondar una idea descabellada y cruel, una idea que era la solución para su problema y, sin duda, una gran ayuda para Vega.

—¡*Rubiuca*! Ven un momento.

—¿Qué le pasa a mi pasiego?

—¿Por qué no te sientas un rato? Coge al *chicuzu* y venid para acá un momento.

—Sabes que tengo mucho que hacer. De aquí a nada tengo que ordeñar, ¡estas no perdonan! Menos mal que vendimos las demás, si no, no hubiera podido con todas. Di que claro, con estas tres tenemos más que de sobra. ¿Sabes que lo que está muy bien son las gallinas?, están poniendo de lo lindo, y Dolores me hace el favor de bajar a Selaya todas las semanas los huevos a sus clientas. Los tengo vendidos todos, y los quesos de la *güela* también van saliendo.

—No quiero hablar de eso, Vega, necesito hablar de nuestras cosas.

—Anda, ¿estas no son nuestras cosas o qué? Pues ya me dirás qué son nuestras cosas, hijo.

—No te enfades, me refiero a ti y a mí. Te echo en falta. Te necesito. Echo en falta tus besos y tus abrazos, tu calor, tu piel suave, el olor que desprende tu cuerpo por las noches. Lo añoro tanto...

—Pero por qué dices eso, estoy aquí, cualquiera diría que no me ves. Me tienes a tu lado todo el día, y por la noche, también. Aunque es cierto que igual estoy tan cansada que se me olvida abrazarte o darte un besuco.

—No, qué va, no eres tú. Soy yo. Yo soy quien no puede abrazarte. El solo hecho de intentar apretarte o traerte hacia mí me resulta imposible; siento que el corazón se me sale por la boca, que pierdo la respiración. Noto que la vida se me va. No puedo luchar porque me faltan las fuerzas; apenas puedo respirar, hasta eso me cansa. Lo único que sé es que todo se me escapa, no avanzo más que en una dirección. Cuando sueño me veo con alas y echando a volar sobre los prados. Desde allí arriba os veo a ti y a mis hijos, y poco a poco me alejo; dejo esta jaula que me oprime y desaparezco entre las nubes perdiendo de vista todo lo que tanto quiero.

Vega posó en el suelo a su pequeño Vidal y abrazó a su marido. Al unir su mejilla a la de su pareja sintió cómo esta se mojaba. Bernardo lloraba en silencio y ella no podía evitarlo. No podía hacer nada.

—¡Qué mala suerte has tenido, *rubiuca*! Podrías haberte enamorado de un hombre fuerte de verdad, de un hombre que te diera todo lo que tú necesitas, de un hombre que fuera capaz de subir a las brañas con el ganado, segar los prados a dalle y llevar sobre sus hombros el peso de la hierba en verano. ¡Qué mala suerte has tenido, pasiega! Prométeme una cosa: el día que me vaya, no me vas a guardar ausencias. Quiero que busques a ese hombre que tú necesitas, no quiero que te quedes sola. Me lo prometes, ¿verdad? Te lo debo, tengo la necesidad de regalarte esa libertad.

—Calla, anda, no dices más que tonterías. El hombre que merezco lo tengo ahora mismo entre mis brazos.

—*Rubiuca*, qué bonitos son tus abrazos y tus besos, tanto que hacen que se me esfumen las tristezas del cuerpo. Cuando mi voz calle con la muerte, mi corazón te seguirá hablando, recuérdalo siempre.

La mujer se levantó y salió de la pequeña y fría habitación. Por la puerta entraba la abuela Virtudes con el cuévano lleno de mantequillas y quesos.

Vega se secaba los ojos con el delantal. Su abuela la miró y no dijo nada. No era la primera vez que veía a su nieta llorar. No servía de nada preguntar ya que ella nunca contestaba y, además, era absurdo hacerlo; sabía perfectamente por qué gemía.

—Hola, hija, ¿ya has ordeñado?

—No, ahora voy para bajo.

—Voy contigo, tengo algo que decirte.

La joven la miró extrañada. ¿Qué era eso que su abuela tenía que decirle y que al parecer quería hacerlo a solas?

Vega cogió el pequeño banco de madera que su abuelo hizo muchos años atrás y que aún se conservaba como el primer día. En él se sentaba aquel pasiego rubio de ojos azules que la había criado y le había enseñado todo lo que hoy sabía. Recordaba las largas conversaciones que tenía con él, y las caras que este ponía cuando su abuela aparecía rutando por cualquier motivo. Cuánto echaba en falta a aquel hombre sabio y callado que la había criado como si fuera un padre.

—¿De qué quiere hablarme, *güela*? No crea que hoy es el mejor día de mi vida para estar de conversación. Pero bueno, dele, ¿qué me va a contar?

—Pues, ya verás. Resulta... Bueno, antes de *na*, no quiero que te enfades, ¿eh?, yo te digo lo que me ha dicho el cura. Es que...

—¿El cura? ¿Qué se le ha perdido al cura en esta casa, *güela*?, no me venga con monsergas, que no tengo el cuerpo para fiestas. Y al grano, que se pone a dar vueltas a las palabras, ordeño todas las vacas y todavía no me ha dicho nada. Venga, abrevie, mujer.

—Sí, voy rápido. El cura me ha dicho que hay una mujer que va a parir y necesita una pasiega que amamante a la criatura y dice que igual tú...

—Pero ¡¿se ha vuelto loca?! Pero ¿qué me está diciendo? A saber lo que le ha contado usted al cura para que le venga con eso. ¿No me diga que ha sido usted la que ha ido con ello a don Casimiro?

—Que no, que no, mujer. Yo fui a decirle que si encontraba algún sitio para que yo pudiera trabajar, pues que se lo agradecía. Pero él se rio de mí; me dijo que era una vieja, que quién me iba a querer en su casa.

—*Güela*, no puedo con mi alma, estoy cansada, estoy muy preocupada, Bernardo en lugar de mejorar va para atrás. Tengo un pequeño sentado en la cocina y otro en camino. Lo que me faltaba es que ahora venga usted con esta historia. Pero ¡cómo se le pasa por la cabeza tal cosa! Entre para dentro y póngase con la cena. Quítese de mi vista antes de que la tire con el cubo de la leche. ¡Manda madre esta mujer! ¡No tengo yo más que hacer que dejar mi casa y partir!

—¡*Niñuca*, por más que quieras no vas a poder tú sola; hay cinco bocas que alimentar, dos niños a los que cuidar, una vieja y un enfermo! Tú solo tienes dos manos, tres vacas, un puñado de gallinas y... los bolsillos vacíos. Yo tampoco quiero que te vayas, pero hay que comer. Me voy a hacer la cena. Hoy tenemos patatas y huevos; mañana, ya veremos.

La pasiega sintió que el corazón se le salía del pecho. Era una posibilidad que había barajado con su amiga Merceditas. Esta se lo comentó días atrás. Seguramente se trataba de la misma familia; habían estado preguntando por los pueblos vecinos en busca de una buena ama, a ella misma le hicieron la consulta cuando entraron en la tahona.

En ella estaba pensando cuando esta asomó por la puerta de la cuadra. Traía en su espalda el cuévano, y como no podía ser menos, dentro al pequeño que hacía días había parido.

—Mercedes, hija, ¿qué tal estás? Perdona que no haya ido a verte; no he podido ayudarte ni en el parto, ni con las labores de la casa. Perdóname, tú siempre estás pendiente de mí, y yo no...

—Calla, tonta. ¿Acaso crees que vengo a echarte en cara que no me hayas ido a ver? Vengo a traerte un poco de carne. Matamos una vaca ayer y te traigo unas piezas, y no me digas que no las quieres porque las tiro al Pas si no las coges; ya sabes que burra soy un rato, y poco me importa hacerlo, ya me conoces.

—Eres un desastre, ¡eh! ¡Qué mujer! Muchas gracias. Vaya si las quiero, y te lo agradezco en el alma. Me vienen de maravilla, así en el caldo además de ponerle un poco de gallina le echo un trozo de carne, le vendrá de perlas a Bernardo.

—Sí, y unos garbanzos, que también te traigo, y chorizos, morcillas y unos trozos de tocino, que también hemos matado un *chon*.

—No sé cómo voy a pagarte.

—Eres tonta, a mí no me debes nada. Lo traigo porque me da la gana, porque te quiero y porque eres como mi hermana. Bueno, y mira qué lindo está el *chicuzu*, no veas cómo tira de la teta. Pero ¿qué te pasa? Estás triste. ¿Has llorado?

—Sí, no tengo un buen día. Bernardo está muy mal. No mejora y además ahora está muy desanimado. Tengo miedo de que haga una locura. Cada día está más débil. Hay veces, sobre todo por la noche, que tengo que darle hasta la comida a la boca porque no consigue sujetar entre sus dedos la cuchara. Es muy triste verle. Ver así al hombre con el que me casé, que era capaz de echarse a la espalda cualquier cosa, y que ahora no puede ni mantenerse en pie.

—Bueno, mujer, no desesperes. Quién sabe si todo esto pasará y dentro de poco veremos a Bernardo por las brañas dirigiendo las vacas de cabaña en cabaña.

—Dios te oiga. Más vale que así sea porque si no, no sé qué voy a hacer con mi vida. No voy a poder hacerlo sola, no puedo dejar que mis hijos se mueran de hambre.

Vega calló un momento; tenía un nudo en la garganta que le impedía articular palabra. Su amiga la abrazó con cariño.

—¿Sabes?, el cura le ha dicho a mi *güela* que conoce una familia que necesita un ama. Quizá sea la misma familia que tú me contaste.

—Ya lo hemos hablado, te digo lo mismo. Piénsalo, puede ser la solución de tus problemas. Quién sabe, ahora no es como hace años. Si la familia es maja igual puedes llevarte al pequeño y criarlo con el otro. Igual te lo permiten. Piensa en ello, no lo eches en saco roto, mujer.

—No, ahora mismo no puedo pensar en eso. Igual sí que ocurre un milagro, todo se arregla y Bernardo se cura, y vuelve al trabajo, y...

—Vega, sabes que te aprecio, ¿verdad? Mírame. Tu marido, mi primo, es posible que no se cure. Algo pasa en esa familia que su sangre está mal. Tanto tú como yo sabemos que todos los Sañudo han muerto jóvenes. Todos. Solo quedaba él y mira, ahí le tienes tirado en una cama.

Vega se despidió de su amiga mientras continuaba ordeñando. Cuando sintió que ya estaba sola en la cuadra, soltó con rabia las tetas de la vaca y apoyando la cabeza sobre la tripa del animal se echó a llorar desconsoladamente.

¿Qué era lo que estaba pasando para que nadie creyera en ella?, ¿tan débil parecía que todo el mundo tenía que decirle lo que debía hacer? Era la primera vez desde que todo aquello había comenzado que se sentía inútil, débil, sin vigor, sin ideas. Tal vez la equivocada era ella; quizá el resto tuviese razón y aquella iba a ser la solución. Pero ¿qué tipo de solución era esa?, ¿cómo podían pensar que ella iba a ser capaz de largarse del pueblo dejando a su marido enfermo y a sus pequeños en manos de dos ancianas sin dinero y sin fuerzas? ¿Qué estaba pasando a su alrededor? ¿Solo ella veía que no podía abandonar a su familia de ese modo?

Se repuso como pudo, se levantó y agarró el banco donde había estado sentada y lo lanzó con tanta fuerza contra la pared que, al golpearse contra las duras piedras de la cuadra, el asiento quedó reducido a astillas. Al mirarlo, vio su vida de la misma manera que aquel viejo banco, destrozada y sin posibilidad de arreglo alguno.

Virtudes se sobresaltó con el estruendo y salió corriendo hacia la cuadra. Pensó que algo le había ocurrido a su nieta y eso era lo único que les faltaba.

Respiró hondo cuando al asomarse vio a la joven de pie rellenando las ollas con la leche que acababa de ordeñar. Ojeó la cuadra sin decir ni una sola palabra. En un rincón vio los restos del pequeño banco. Entró, y mientras recordaba cómo había llegado allí ese asiento, recogió los palos de aquel enser que su marido había hecho hacía muchos años.

La primera vez que Demetrio se presentó en casa de Virtudes, lo hizo una tarde de primavera, cuando las margaritas comenzaban a invadir los prados y el sol lucía con ligereza. Su suegro limpiaba las vacas, y al escuchar cómo su hija le presentaba al hombre que había elegido para ser su marido perdió por un momento el ritmo que llevaba con la pala y cargó sin darse cuenta sobre el banco que usaba, partiéndolo en dos de una palada. Demetrio, al día siguiente, apareció de nuevo por la casa. Agarrado por una de las tres patas, traía ese banco que ahora mismo se había convertido en leña para caldear la lumbre.

—Lo siento, *güela*, la rabia me pudo y lo estampé sin darme cuenta del cariño que usted le tenía.

—Qué le vamos a hacer, más se perdió en Cuba y vinieron cantando.

6

La joven pareja estaba nerviosa. Esperaban con un punto de desesperación las noticias del cura. No estaban del todo seguros de si aquella había sido una buena decisión, pero ¿qué otra cosa podían hacer? Eran conscientes del riesgo que corrían al poner en manos de una mujer a la que no conocían de nada a su bien más preciado, su hijo.

Los días iban pasando y las noticias no llegaban, así que el conde y Pablo decidieron acercarse hasta la casa del cura, acompañados por Tomás, que era la persona que conocía el domicilio del párroco. Los tres se dirigieron hacia Vega de Pas en busca de don Casimiro.

Pero el cura ya estaba al tanto de esa visita, pues fue el propio Tomás el que le hizo llegar el recado por medio de su hermana Paquita. Y con la idea de tener algo que decirles a sus visitantes, nada más comer se acercó hasta la cabaña de Virtudes; esperaba que Vega estuviera lo suficientemente ocupada, no quería tropezarse con ella. Antes tenía que hablar con su abuela. Pero según se acercaba, observó a la joven tendiendo la ropa en la solana de la casa. Decidió pasar de largo. La saludó y continuó su camino. Rodeó la cabaña a la espera de que Virtudes le viera y saliera a su encuentro. Y así fue.

La mujer que, estaba en el gallinero, observó al cura y le hizo un gesto. Cuando su nieta terminó de tender y se retiró de la solana, Virtudes salió del gallinero y avanzó por el camino en dirección contraria a la que el cura iba. Se alejó lo más que pudo y se metió entre las ruinas de una cabaña abandonada alejada de la suya. El cura no quitó ojo desde lo lejos al trayecto que la mujer hacía, y cuando esta le hizo un gesto con la mano, se acercó hasta el escondite donde ella le esperaba.

—Madre mía, Virtudes, a mis años y escondiéndome como si fuera un criminal.

—Ya lo siento, padre, pero ya sabe que mi nieta no hace muchas migas con el clero. Qué le vamos a hacer.

—Ya, ya, si realmente casi hasta la entiendo. No ha tenido Vega una vida muy dichosa que digamos, y aún le caen más males encima. Puedo entender que piense que Dios es su enemigo, pero cuánto mejor la iría si en lugar de culparle, le rogara.

Virtudes se santiguó por tres veces al escuchar las palabras del párroco.

—A lo que vamos. ¿Ha hablado con su nieta?, ¿sabemos algo? Necesito que me diga algo hoy. Vendrán a verme las personas interesadas y tengo que decirles algo. No puedo demorar más tiempo mis explicaciones.

—Mire, padre, no tengo nada que contarle. El otro día tuve con ella una discusión muy grande, y casi le digo que desde entonces ni nos miramos. Sigue enfadada conmigo. Es que Bernardo está muy mal, padre, pero que muy mal. Yo creo... que... si mi nieta quisiera, casi... tendría que recibir la extremaunción, pero cualquiera se lo mienta siquiera. Igual me tira al río.

—¿Tan mal está, mujer?

—Muy mal, padre, mucho. Apenas come, y le cuesta respirar. ¿Por qué no se acerca usted?

—Vamos a ver, Virtudes: me acaba de decir que, si usted se lo menciona a su nieta, la tira al río. ¿Qué pretende?, ¿que me eche a patadas o qué? Aunque claro, por otro lado, ese es mi deber. Como párroco que soy, debo ser yo quien se enfrente. Vamos.

—¿Ahora?

—¿Cuándo si no?, ¿mañana? Voy a ir a ver al muchacho, solo a visitarle. Aprovecharé, y si la ocasión se presta le sacaré el tema a su nieta.

Los dos caminaron juntos hacia la cabaña. Al llegar a la puerta un grito quebrado les heló la sangre. Virtudes entró en la pequeña habitación de donde procedía aquel aterrador sonido; tras ella, el padre Casimiro.

La situación que encontraron era realmente penosa. Bernardo yacía en el suelo; posiblemente había intentado levantarse por algún motivo y había caído desplomado. Abrazada a él estaba la pobre Vega.

Un pequeño ruido la había hecho ir hasta la habitación de su marido. Le había encontrado agonizando. Su respiración agitada no le permitió pronunciar palabra; solo consiguió coger la mano húmeda y fría de su mujer y apretarla un instante. En dos segundos, Vega dejó de notar el débil latir de su marido y el silbido que producía su respiración cesó. Bernardo había muerto en sus brazos.

Entre los tres colocaron al finado sobre el lecho, le vistieron y le prepararon para el velorio. Antes don Casimiro, sin pedir permiso a Vega, se colocó alrededor de su cuello la estola que siempre llevaba con él y se dispuso a impartir el último de los sacramentos. Las palabras pronunciadas, *per istam sanctam unctionem*, resonaban en los oídos de la pasiega como golpes que reventaban sus tímpanos. El llanto de su hijo la hizo volver a la realidad. Un llanto apenado y débil que reclamaba la atención de su madre.

La noticia de la muerte de Bernardo corrió rápidamente por el pueblo y, en breve, la cabaña de los Abascal estaba llena de vecinos que acudieron a acompañar a una desconsolada viuda que, preñada de seis meses, lloraba con un niño de apenas año y medio en brazos.

El conde y Pablo hacía más de una hora que habían llegado a la casa del cura. Amelia los había puesto al corriente de lo que acababa de ocurrir y decidieron esperar al sacerdote. Evidentemente su tardanza era por causa de fuerza mayor, y a pesar de que la noche se les podía echar encima merecía la pena esperar, antes que tener que volver en otro momento, sobre todo porque la joven pareja iba a partir en los próximos días. Los hombres no eran conscientes de que el fallecido al que les había hecho referencia la hermana de Tomás fuera el esposo de la mujer a la que ellos pretendían contratar. Sin embargo, evidentemente Tomás sí que lo sabía; como vecino del pueblo conocía al muchacho desde que nació, pero no dijo nada. No era asunto suyo dar tal información, más teniendo en cuenta que él no debería ser conocedor de los motivos por los cuales su amo visitaba al cura. Por lo tanto, calló.

Al encuentro de don Casimiro salió Amelia, que le esperaba impaciente. Le puso al corriente de que la visita le aguardaba en la casa. El cura no tenía ninguna gana de mantener conversación con ellos en ese momento. Hasta a él mismo le parecía una falta de respeto; estaba de cuerpo presente aquel joven y él iba a hablar del futuro de su mujer con aquellos extraños. Pero también era cierto que debía hacerlo. Ahora más que nunca necesitaba la joven viuda su ayuda y esa era la ocasión. Por lo tanto, decidió que hablaría con ellos e intentaría conseguir el mayor número de prebendas que pudieran beneficiar a Vega en caso de aceptar la propuesta. Si la pasiega accedía, debía ser con grandes beneficios; de lo contrario, ni él mismo volvería a hablarle sobre el tema.

Los hombres se quedaron perplejos al conocer quién era el difunto. Callados, no sabían muy bien si continuar hablando o abandonar aquella casa sin más. Pero fue el mismo cura quien continuó la conversación. Los invitó a sentarse alrededor de la mesa y sirvió un vino de los que guardaba para la misa; lo único que tenía.

En contra de lo que el párroco esperaba, todas las propuestas que les sugirió fueron aceptadas sin ningún problema. Pablo aprobó todo lo que él dijo e incluyó algo que don Casimiro no esperaba. Le planteó la posibilidad de que Vega se desplazase con su hijo recién nacido, ofreciendo una habitación propia para la nodriza donde pudiera atender a su pequeño, además de una mujer que la ayudara con las labores de los dos niños, el suyo propio y el de Brigitte. Por el dinero no hubo tampoco problema, la cantidad fue bastante superior a la que el cura iba a pedir. Y por si todo eso no fuera suficiente, se brindaron a atender las necesidades que pudieran tener tanto el pequeño Vidal como la abuela Virtudes. El conde se ocuparía de enviar cada mes a su mayordomo con alimentos y dinero para su subsistencia.

Una vez acordados los pormenores, los hombres se despidieron. El padre Casimiro se comprometió a dar cuenta de la respuesta de la muchacha cuanto antes. Si bien, quedaba el sepelio del fallecido y los días de respeto y luto siguientes, en los cuales la joven no estaría en situación de tratar ningún asunto, menos aún uno tan delicado y decisivo para su vida.

Ya en la casona, Pablo informó a Brigitte de la situación que se había producido. La joven sintió una pena inmensa con la noticia que su marido le trajo. Empatizó al momento con aquella mujer que no conocía, a la cual jamás había visto y de la que apenas sabía nada.

Brigitte era una chica muy sentida, delicada y débil. Su marido era consciente de que aquello le iba a producir una gran tristeza, pero debía conocer los hechos. Por supuesto, aceptó con agrado todo lo que su marido le había ofrecido al cura para que se lo transmitiera e incluso insinuó que algo más se podría haber añadido. Pero para eso quedaba tiempo.

A los dos días, sobre los hombros de sus amigos y vecinos, el cajón de madera con los restos de Bernardo recorrió los caminos en dirección al cementerio. Tras él, caminaba Vega erguida y con su pequeño en brazos. Una mantilla negra cubría su cabeza. Su rostro reflejaba la tristeza de la despedida y la pena de la pérdida, sus ojos secos y sin brillo como consecuencia de la desolación y el quebranto producido por el fallecimiento del que había sido sin duda el amor de su vida.

En el camposanto de su pueblo reposaría eternamente

Bernardo. Allí quedarían para siempre sus sueños y sus ilusiones. La vida no había sido grata con él, y en consecuencia tampoco con Vega. A la joven viuda le aguardaban largos días de sufrimiento, eternas noches en vela pesarosas y oscuras, donde por más que mirara a los lados, los rayos del sol no iban a lucir ante ella. Otra vez Dios la había castigado con dureza y no podía más que pensar en cuál había sido el mal que cometió para que su corazón estuviera inundado de dolor.

7

Fueron necesarios unos meses para que la sonrisa de Vega volviera a sus labios.

El sonido del llanto de su hija recién nacida logró que recobrara al menos un poco de esa felicidad que hacía tiempo había perdido. Como cuando nació Vidal, su gran amiga Luisa, que había tomado el relevo de Virtudes como partera, había traído al mundo a su pequeña. Sí, Vega parió una niña, y apenas la tuvo entre sus brazos casi sin darse cuenta la llamó Rosario.

Tanto su abuela como Luisa se miraron extrañadas. Era la primera vez que oían ese nombre.

—¿Rosario? ¿Así la quieres llamar?, ¿por qué?

—Porque su padre, cuando supo que estaba embarazada, me dijo que si teníamos una niña quería que se llamara Rosario.

Y así había sido, y aunque jamás volvieron a hablar de los nombres que debían poner a lo que viniera, aquella conversación que tuvieron, sentados en lo alto del Cornezuelo una tarde de verano cuando nada había sucedido y todo estaba a punto de terminar, se quedó grabada en su mente.

Los ojos de Vega se humedecieron, pero no quería llorar; había llegado el momento de levantar la cabeza y tomar definitivamente las riendas de su vida. Tenía dos pequeñas bocas que alimentar, y el propósito de hacer de sus hijos un hombre y una mujer con estudios y provecho. Para ello, iba a necesitar mucho esfuerzo.

En pocos días, la joven trajinaba por la casa como si no hubiera parido. Seguía ordeñando las vacas que tenía, alimentando las gallinas, haciendo quesos y mantequilla, cosiendo, fregando y cuidando de sus dos criaturas.

Virtudes en poco tiempo había decaído mucho, era como si los años la hubieran alcanzado de sopetón. Su nieta la miraba mientras nataba, meneando la cántara, y observaba cómo sus movimientos ya no eran tan airosos como antes. La mujer hacía lo que podía, pero sus piernas cansadas y sus manos torcidas por la artrosis y los años dificultaban su actividad. No obstante, su carácter pasiego le permitía seguir adelante cada día. Su fuerza de voluntad era tal, que estaba convencida de que si tenía que morir lo iba a hacer trabajando, ayudando a su nieta; aunque solo fuera acunando a la pequeña Rosario.

—*Niñuca*, ¿qué vas a hacer?

—No la entiendo, *güela*. ¿Cómo que qué voy a hacer?

Vega dejó lo que estaba haciendo, se volvió y miró fijamente a los ojos a su abuela.

—Otra vez estamos con esas, porque ya sé por dónde va. Todavía sigue el cura dando la lata, ¿verdad?

—Pues sí; esta mañana al salir de misa estuve hablando con él. Y... bueno... el hombre... pues...

—Uf, me desespera, mujer. ¡Déjese de rodeos, carajo! ¿Qué puñetas le dijo el cura?

—¡Cómo eres, hija! Pues ¿qué me va a decir? Que si habías decidido algo. Ya sé que en estos tiempos que corren casi se ha perdido la costumbre, apenas se estila ya, pero...

—No es tan sencillo, abuela. El dinero nos hace falta, lo sé, pero ¿quién atendería la casa y a los niños mientras yo me voy a alimentar a un chicuzu rico?, y cómo podría comer caliente y dormir bien mullida mientras los míos lloran de hambre? Esto no es una cosa que pasa en unos meses, esto serían unos años. Yo no puedo marchar. No puedo dejar mi vida aquí, descuidar mis obligaciones de madre. Me romperé la espalda bajando por las branizas, recorreré los caminos de noche para llegar a los mercados temprano. Haré todo lo que esté en mi mano antes que dejar la casa.

—Tú verás, niña. Yo estoy dispuesta a ayudar en todo lo que pueda, pero no te queda más remedio que marchar. Créeme, el cura me ha dicho que las condiciones son buenísimas, incluso puedes llevarte si quieres a Rosario. Te van a dar unos buenos cuartos, y además van a estar pendientes por medio de un conde de lo que pueda necesitar Vidaluco. No puedes pedir más.

Virtudes bajó la cabeza y continuó meneando la cántara con más ímpetu que antes. Era consciente de la responsabilidad que su nieta tenía. Pero era mucho más consciente de las necesidades que tiene una familia. Había vivido muchas veces situaciones parecidas en otras vecinas; sabía que no era plato de gusto partir y dejar a las criaturas que había parido en manos de otro. Por más que Vega quisiera, a pesar de la voluntad que tenía, de lo trabajadora y persistente que era, sabía que no iba a tener más remedio que aceptar aquella dolorosa propuesta y partir.

La mañana era fría. La helada había mojado los caminos y la escarcha blanqueaba los prados; se avecinaba un invierno duro. La pasiega había madrugado quizá en exceso, no quería que nadie la viera acercarse a la iglesia. Sabía que el cura también se levantaba temprano.

Llamó a la puerta de la casa y, tal y como esperaba, don Casimiro abrió. El cura ya estaba aseado y con su impoluta sotana puesta. Eso sí, en lugar de sus lustrosos zapatos negros, llevaba puestas unas zapatillas de paño oscuras que llamaron la atención de la mujer. El sacerdote se sorprendió al verla, pensó que algo ocurría; quizá a Virtudes.

—¿Qué pasa, hija?, ¿está bien tu abuela?

—Sí, sí, padre, no se preocupe, la *güela* está bien. Quería hablar con usted un momento.

—Cómo no. Pasa, no te quedes en la puerta. Entra y cierra, que se me enfría la casa.

Vega caminaba tras el párroco. Este entró en una pequeña cocina. Sobre la mesa de madera había un trozo de mantequilla y un tazón humeante de leche; sobre la lumbre, un mendrugo de pan que el hombre cogió y soltó casi al instante sobre un plato que había cerca, y un puchero de café que olía de maravilla.

—Vaya, se le quemó el pan. Ya lo siento, ha sido mi culpa.

—No pasa nada; un día sí, y otro también, se me achicharra. Hoy no está ni tan mal. ¿Quieres un vaso de leche con un poco de café? Me lo regalaron el otro día unos señorones de Selaya, está buenísimo —le dijo casi entre susurros, como si no quisiera que nadie se enterara.

Vega, con un gesto de agrado, aceptó el café.

La joven observaba cómo el cura se movía entre los fogones y no pudo por menos que sonreír; este, al volverse y verla sonriendo, preguntó:

—¿Qué te hace tanta gracia, *rubiuca*?

—Verle en la cocina, nunca pensé que un cura...

—¡Mira esta! ¿Quién crees que hace las cosas? Aquí desde que la pobre Anunciación murió no hay nadie que me ayude. Afortunadamente, la iglesia sí que la limpian las mujeres del pueblo, ya lo sabes. Bueno, claro, lo sabes porque lo habrás oído, porque precisamente tú nunca has aparecido por aquí. ¡Miento! El día antes de tu boda a poner aquellas flores tan bonitas y al día siguiente al casarte y... —El cura dejó de hablar un instante y al observar el gesto cambiante de la mujer continuó—: Perdona, no es mi intención regañarte. Bastante has tenido como para venir a limpiar la iglesia. Soy muy torpe, y muy burro. Lo siento, no era necesario recordar estas cosas ahora.

Vega esbozó una pequeña sonrisa con la cual quitaba importancia a las palabras poco afortunadas del cura.

Después de más de una hora de charla, Vega abandonó la casa del cura. Durante ese tiempo, la joven recibió toda la información que necesitaba. El párroco le explicó con pelos y señales todo lo que sabía sobre las personas que querían contratar sus servicios. También a él le interesaba que la joven fuera a parar a una buena familia. Se sentía de alguna manera muy comprometido con ella y por ese motivo había indagado sobre los Vaudelet; por medio de compañeros suyos, había obtenido información que aportó a la mujer.

La pasiega había tomado una decisión. No podía cerrar los ojos y esperar que la vida fuera tirando de ella. En el pueblo no iba a tener modo de salir adelante con sus hijos;

apenas tenía ganado, y las cuatro cosas que podía vender en el mercado no eran suficientes. Además, los tiempos estaban cambiando, nadie sabía qué podía pasar de aquí a unos años.

Había llegado el momento de marcharse del pueblo. Tal y como don Casimiro le había dicho, iba a poder llevarse con ella a su pequeña Rosario. Le dolía en el alma tener que dejar a Vidal con solo dos años, pero sabía que su abuela y Ción, su suegra, se harían cargo de él. Además, el cura le aseguró que estaría atento a todo lo que el pequeño necesitara y en el caso de que sus abuelas por diferentes motivos no pudieran hacerse cargo del niño, este iría con ella a Madrid, o se buscaría la manera de que estuviera atendido.

Virtudes aceptó con agrado la decisión de su nieta, pero las tripas se le revolvieron con la noticia. Aquello significaba que su pasiega partiría pronto, en menos de un mes, y ella se quedaba allí envuelta entre las verdes montañas y el murmullo incesante del Yera. Sintió miedo, más por su nieta que por ella. Al menos ella en el pueblo estaba arropada por sus vecinos, pero su pequeña ¿qué iba a hacer en la capital? Ella había escuchado durante toda su vida las historias de las amas de cría. Algunas habían tenido suerte, la mayoría, pero otras también habían sufrido. Además de tener que alejarse de los suyos la vida no había sido amable, teniendo que soportar malos modos y tratos desagradables por parte de los patronos. Pero ella conocía perfectamente a su nieta y sabía que era capaz de enfrentarse a las situaciones adversas que pudieran surgir.

8

Brigitte comenzó a sentir los primeros dolores. El pánico se apoderó de ella y un pequeño mareo hizo que estuviera a punto de perder la consciencia. Pablo hizo llamar al médico con urgencia; quería saber si era necesario trasladar a su esposa a la clínica o, por el contrario, solo se trataba de una falsa alarma.

Así fue. El doctor Muñiz-Azcona, reputado médico de la capital, sonrió después de examinar a la joven. No había duda, para el parto de Brigitte aún quedaban unas semanas.

—Tienes que estar tranquila, cariño. El doctor te ha advertido. No pasará nada; tendrás un maravilloso parto y pronto le veremos la carita a nuestro bebé. Pero, por favor, quítate el miedo. No eres la primera ni la última mujer que ha de pasar por este trance.

—*Mon chéri*, para ti es fácil decirlo. Tú no vas a sufrir esos espantosos dolores que van a desgarrar mi cuerpo. Sé que todas las mujeres del mundo dan a luz, pero yo no estoy preparada para este sufrimiento.

—Mi pequeña, si pudiera evitarlo sabes que lo haría, pero no puedo evitarlo. Es algo que debes hacer tú, y sufrir tú. Lamento tener que decírtelo de esta manera tan brusca, pero cuanto antes te des cuenta de esto será mucho mejor para todos, incluido el bebé que está en camino.

Brigitte miró con enfado a su marido. Era la primera vez que este le hablaba con tanta dureza. Pero lo cierto era que Pablo estaba cansado del embarazo de su mujer. Tenía muchos problemas. Madrid era un hervidero, las gentes estaban agitadas y revueltas. En la fábrica había cantidad de frentes abiertos; por un lado, el personal que a la mínima se sublevaba por cualquier cosa, por otro, la situación económica de la misma que no pasaba por su mejor momento. Si bien los problemas de dinero aún no eran preocupantes para él, ya que contaba con el respaldo de la fortuna de su familia, sí le molestaba que en algún momento su padre o sus hermanos mayores le pudieran reprochar no ser capaz de sacar adelante una fábrica como la que dirigía, de la que además era propietario. Una fábrica de porcelanas y cristal que comenzaba a notar la crisis que golpeaba el país.

—Creo que ya ha llegado el momento de que hable con el cura Casimiro. Mañana mismo voy a llamar al conde de Güemes y le voy a decir que se acerque a su pueblo y prepare todo para el traslado de la pasiega, ¿qué te parece? Quizá si ella está contigo te ayude. Te podrá decir cómo es un parto de verdad y, sobre todo, irá preparando todo lo necesario para cuando llegue el bebé.

—Tú sabrás qué debes hacer. Déjame sola, necesito descansar un rato.

Pablo abandonó la habitación y cerró con un portazo que molestó a Brigitte.

Tal y como le había comunicado a su esposa se dirigió al

salón de la casa, tomó el teléfono y pidió una conferencia con Santander.

Después de dar las instrucciones necesarias al conde, se encaminó hasta la cocina; allí su ama de llaves charlaba animosamente con el resto del servicio.

—Maruja, quiero que vaya preparando la habitación que hemos dispuesto para el ama de cría; dentro de cinco días a más tardar estará con nosotros. Creo que no debo decirles que esta mujer no es una sirvienta, es importante que lo sepan. Su nombre es Vega; es de Vega de Pas, un pueblo de la provincia de Santander, y lo único que hará será ocuparse de todo lo que tenga que ver con mi hijo, bueno, o con mi hija, ya veremos. Ustedes le proporcionarán todo lo que necesite. Solo espero no tener ninguna queja de ella. Como comprenderán, necesita sosiego y tranquilidad. Viene a alimentar a mi primogénito, no lo olviden; de lo contrario, no dudaré en actuar de la manera que considere más pertinente. Les queda claro a todos ustedes, ¿verdad?

Los sirvientes se limitaron a contestar con un escueto y débil «sí, señor». Era la primera vez que veían al señor de mal humor. Siempre los había tratado amable y educadamente. Y salvo Chefa, la cocinera, ninguno se había quejado jamás de los señores de la casa. Tenían un sueldo digno, una cama caliente y un buen trato en general.

—Vaya con el señorito, menudo ramalazo le ha salido. Lo que nos faltaba, que una pueblerina venga ahora a mangonear. Menudas son estas. Yo tengo una conocida que trabajó muchos años en la casa de los marqueses de Roiz, que tuvieron una de estas, y acabaron todos hartos de la dichosa pasiega.

—Cállate, Chefa, tienes la lengua muy larga. Primero

habrá que ver cómo es la muchacha. No está bien juzgar a nadie sin conocerle y mucho menos a esta chica. Bastante tiene ella con tener que venir y dejar a su hijo solo —replicó Olga, otra de las sirvientas.

—No, hija, esta no deja a ningún niño, esta se trae al suyo con ella. O ¿para quién crees que es la cuna que hay en la habitación? No pensaréis que el bebé de los señores va a dormir allí. Ya nos tocará a nosotros aguantar los llantos por la noche. Lo que nos faltaba.

—Venga, Chefa, tiempo al tiempo. Yo pienso como Olga, habrá que conocer a la chica y ya veremos; después hablamos —apuntilló Dámaso, el chófer.

Josefa, Chefa, era una mujer entrada en años. La mayor de todos los que componían el servicio doméstico en la casa de los Vaudelet. Madrileña de pura cepa, lo cual le permitía muchos días ir a dormir a casa de sus padres, que, ya mayores, vivían con una hermana viuda. Josefa no había tenido suerte con los hombres, y a pesar de haber tenido varias relaciones, ninguna terminó en matrimonio como era su deseo. Ese era el motivo principal por el que su carácter se agrió, al menos eso era lo que comentaban las malas lenguas del barrio. Su aspecto físico no era agraciado en absoluto. Su escasa altura y su exceso de peso no resultaban atractivos a los ojos de los hombres, y si bien la belleza no es lo más importante y como ella siempre decía: «Las hay mucho más feas que yo y mira qué maromo llevan al lado», a ella lo que de verdad la perdía era su carácter retorcido. No resultaba fácil verla reír o disfrutar con alguna cosa; al contrario, para Chefa todo eran malos modos, quejas y críticas que en la mayoría de las ocasiones no estaban en absoluto justificadas. Le encantaba traer y llevar chismorreos. En definitiva, la cocinera no era precisamente un dechado de virtudes.

Pero no todas las personas de la casa eran así. Olga, por ejemplo, era toda amabilidad. A pesar de su juventud y de los problemas que acompañaban su corta existencia, la muchacha estaba siempre alegre, algo que Chefa no podía soportar. Cantaba por las esquinas cuando sentía que estaba sola, intentaba poner siempre orden y cordura entre sus compañeros cuando las discusiones subían de tono, y siempre estaba dispuesta a ayudar. Dejó muy joven su pueblo, con catorce años recién cumplidos. Su padre enfermó y murió en apenas dos meses y su madre quedó al cuidado de cinco hijos, de los cuales ella era la mayor. Por lo tanto, no tuvo más remedio que buscar un empleo, y como en Casafranca, un pequeño pueblo de la provincia de Salamanca de donde era oriunda, no había trabajo para ella, decidió partir hacia la capital. Llegó a Madrid con una carta de recomendación del dueño de la finca donde su padre trabajaba, el cual tuvo a bien indicarle una buena casa donde poder servir. Hacía ya tres años de aquello, aunque en la casa de los Vaudelet trabajaba desde hacía poco más de un año, ya que la señora de Guzmán, su anterior ama y tía carnal de don Pablo, falleció. Así pues, no tuvo ni que cambiar de domicilio, ya que Pablo, como único heredero, recibió la casa de su tía, y su esposa Brigitte vio en Olga el apoyo que necesitaba en ese momento. Algo que les vino muy bien, ya que fue la muchacha la que ayudó a la señora de Vaudelet a buscar personal para su hogar.

Casi al tiempo había llegado Maruja, el ama de llaves. Una zaragozana de carácter, a la que no se le ponía nada por delante. Enviudó a los seis meses de su boda y no tuvo hijos. Por decisión propia abandonó su querida Zaragoza y con el poco dinero que le había quedado de su marido, estuvo viviendo en una pensión unas semanas hasta que encontró casi por casualidad el trabajo que ahora tenía. Su porte elegante y distinguido llamó la atención de doña Brigitte nada más verla. Una tarde en la que ambas rebuscaban telas para un vestido, Maruja escuchó a la señora cómo le explicaba al dependiente su necesidad por encontrar ama de llaves. Ni corta ni perezosa, Maruja se acercó a Brigitte y se presentó. Al día siguiente, después de una pequeña conversación entre ambas, ya formaba parte de la plantilla de la casa.

Junto a ellas estaba Dámaso, el chófer. Él sí que era un veterano en la familia, trabajaba a las órdenes de don Pablo desde hacía más de diez años. Con él había viajado por el mundo y fue testigo mudo del enamoramiento, cortejo, compromiso y boda de los señores. Era la persona de mayor confianza de la casa. El resto del servicio lo sabía, y si bien al principio dudaron de la discreción del hombre en cuanto a lo que en las dependencias del servicio pudiera suceder, con el paso del tiempo habían observado que Dámaso era una auténtica tumba. Era una persona callada y reservada en exceso; ni le gustaba meterse en los asuntos ajenos, ni que los demás metieran las narices en los suyos, era lo único que le molestaba. Todos estaban intrigados con lo que hacía en sus ratos de descanso. Ni tan siquiera Maruja que, nada más conocerle, fijó sus ojos en él hasta que consiguió conquistarle, conocía realmente a Dámaso.

A todos ellos se uniría Vega en unos pocos días.

El conde de Güemes se puso en camino nada más recibir la llamada de su amigo Pablo. Tenía por delante un trayecto abrupto y lleno de curvas. Solo esperaba que el cura —personaje al que no le tenía ningún aprecio por su fama de republicano— le atendiera nada más llegar; de lo contrario, la noche le acecharía durante el regreso y no le gustaba viajar sin luz.

Don Casimiro estaba a la puerta de la iglesia hablando con un par de paisanos cuando el elegante coche del conde llegó.

Tomás se bajó del auto y saludó con un gesto de cabeza al sacerdote, luego se acercó a la puerta trasera y la abrió. Cuando el conde dejó asomar su bastón de palo de haya negra y empuñadura milord de alpaca con el escudo de su apellido grabado, el cura no pudo por menos que sentirse incómodo. La sola presencia de aquel hombre le resultaba molesta, pero era consciente de que ese hombre era el vínculo que existía entre los señores Vaudelet y Vega, y no le quedaba más remedio que atenderle muy a su pesar.

—Vaya, qué suerte he tenido de encontrarle. Bien pensé que se me haría de noche en este escondido pueblo antes de verle aparecer.

—Será porque no todos tenemos el tiempo para verlo pasar. Nos debemos a nuestros deberes, no al ocio continuo que a algunos les brinda su posición.

—Mire, Casimiro...

—Para usted, si no le importa, padre. Por mi nombre de pila solo mis amigos me nombran.

—Vaya, todavía es más insolente de lo que pensaba. Está usted muy crecidito con esto de la República. Parece mentira que un sacerdote sea afín a un Gobierno como el que desgraciadamente tenemos. Tal vez sea el momento de mantener una conversación con el obispo. No creo que le guste mucho saber que los curas de su diócesis comulgan con los ateos que nos gobiernan.

—Creo que no ha venido hasta aquí para hablar de mí. Por lo tanto, diga lo que tenga que decir y terminemos pronto. Dentro de un cuarto de hora tengo la novena a la Virgen.

—Está bien, a mí tampoco me agrada en absoluto verle la cara. Solo decirle que, dentro de tres días, un coche vendrá a buscar a la pasiega. La llevará a Madrid, que es donde los señores Vaudelet viven. Como hablamos, si ella quiere podrá llevar a su hijo, aunque sería mucho mejor que lo dejara aquí. Recordemos que va a trabajar y a mí me parece que Pablo ha sido demasiado generoso con todo lo que le ha ofrecido como para que además tenga que soportar los llantos de un niño que no es el suyo. Además, considero que eso puede restar tiempo a la atención del bebé de mis queridísimos amigos, cosa que no me parece normal; pero, bueno, es mi opinión.

—Muy bien, a mí su opinión no me interesa y creo que a la chica muchísimo menos. Tanto usted como yo sabemos lo que se habló y, por lo tanto, si piensa que yo le voy a pedir a la mujer que deje a su *chicuza* aquí, se equivoca. ¿Algo más? Como le he dicho, estoy ocupado.

—No, nada más, eso es todo.

—Vaya con Dios, entonces.

El conde observó con desprecio al sacerdote. Este se quedó plantado en el mismo lugar donde estaba mirando cómo el hombre se subía de nuevo al coche. Antes de entrar en el vehículo, el conde se volvió hacia don Casimiro y señalándole con su elegante bastón le dijo:

—Conviene que ore para que este Gobierno chabacano que tenemos le dure muchos años. Porque cuando por fin este país esté dirigido por personas sensatas y serias, yo mismo me encargaré de que los revolucionarios como usted tengan su merecido.

El cura no se molestó en contestar, simplemente tocó su bonete, inclinó un poco la cabeza y sonrió.

9

Tal y como le anunció el conde de Güemes a don Casimiro, a los tres días, a media mañana, un elegante Ford reluciente de color crema y negro paraba junto a la iglesia de la Vega. El cura, que ya lo esperaba, se subió y dirigió al chófer hasta la cabaña donde vivía la pasiega.

Más que una despedida temporal, aquello parecía un velorio. Lloraba la abuela Virtudes abrazada a la pequeña Rosario, de la que apenas había podido disfrutar un mes. Lloraba Vega con su hijo Vidal en brazos. El crío, asustado con tanto llanto, también acompañaba en los quejidos a las mujeres. Igual hacía Merceditas, que solamente era capaz de repetir una frase: «No te preocupes, voy a cuidar de él como si fuese mío». Y, por supuesto, la recién nacida también rompió en llantos.

Las palabras no estaban al alcance de aquellas gargantas compungidas. Ninguna de las tres mujeres era capaz de vocalizar.

La llegada del sacerdote fue un bálsamo para todas. Con su temple y su don de gentes, logró calmar los llantos. Más sosegadas, consiguieron despedirse.

—Merceditas, sé que vas a cuidar de mi hijo, pero por favor, no me pierdas de vista a la *güela*, está mayor y...

—No te preocupes. Como hemos hablado, si algo pasa, sabes que te llegará recado. El conde ese está al tanto, se lo diría al padre Casimiro y ya él...

—Venga, mujeres, no podéis estar así todo el día. Tienes por delante un larguísimo viaje y este hombre no puede estar esperando ahí plantado. Ha llegado el momento, pero es algo pasajero, tómalo como... un descanso, como aquel que va de vacaciones, como los ricos. Verás qué pronto estás de vuelta.

Era cierto, el cura tenía razón. De nada servía demorar aquella despedida.

Vega cogió a su pequeña de los brazos de su abuela y agarró la diminuta mano de Vidal. Con los dos se dirigió hasta el coche que la esperaba cerca de la cabaña, al otro lado del riachuelo que pasaba frente a la vividora. Tras ella, su abuela y Merceditas acercaron los hatillos con las ropas y enseres con los que la chica iba a viajar.

Cuando el auto arrancó, la joven no podía despegar los ojos de la carita de su hijo. El niño la despedía con la mano, sereno y sonriente, ajeno a lo que realmente estaba ocurriendo. Vega de nuevo lloró desconsolada viendo cómo la distancia iba alejando la visión de los suyos. De repente, en un giro del vehículo perdió por completo la imagen, y lo que apareció ante sus ojos fue el verde incesante de aquellos prados. Allí dejaba el silencio, el amor, la vida, los sueños, la rutina. Allí quedaba clavada una parte de su corazón envuelto en desolación, en miedo, en rabia. Se dirigía a un lugar desconocido, sola, con la única compañía de un pequeño ser que era incapaz aún de expresar nada que no fuera hambre o frío. Se agarró fuerte a ella, limpió sus ojos, levantó la cabeza y miró al frente. Por el espejo del coche el hombre que conducía la miraba con atención.

—No te preocupes, los señores son muy buena gente. Por cierto, mi nombre es Dámaso, soy el chófer, pero bueno, eso ya lo habrás notado, claro. Dormiremos de camino, así me lo ha indicado el señor. No quiere que te canses mucho y además también me vendrá bien a mí descansar, llevo muchas horas conduciendo. ¿Quieres saber algo de la casa adonde vas? No es que yo sea un conversador muy bueno, pero así nos vamos conociendo. Al fin y al cabo, viviremos bajo el mismo techo.

—No, gracias. No tengo muchas ganas de hablar, perdone.

—Muy bien. A mí tampoco me gusta hablar. Pero si en algún momento cambias de idea, seré todo oídos, ¿de acuerdo? —dijo Dámaso mientras la miraba por el espejo.

Vega no contestó. Miró de nuevo por la ventanilla del vehículo y en silencio y sin saber por qué, rezó y se despidió de aquel paisaje que había acompañado su vida.

Lejos iban quedando un sinfín de cabañas perdidas en los prados que ella tan bien conocía. Escuchó sin querer el sonido de las cascadas de los ríos que bañan su bella tierra y que dejan caer sus aguas claras en hondas pozas en las que tantas veces se había bañado. Sintió el silbido que produce el dalle al segar el verde, el tintineo de la piedra al picar la guadaña. Pudo oler a hierba seca, y a verde mojado. Su nariz se inundó del aroma a leche recién ordeñada y sintió en las manos la textura de la nata que se formaba cuando aquel valioso caldo blanco se enfriaba. Cerró los ojos y vio el cielo azul cubrirse de nubes amenazantes de lluvia y notó cómo su cuerpo se mojaba en un instante.

Absorta en sí misma, el llanto de Rosario la hizo volver a la realidad. Notó sus pechos calientes y duros, y al rozarlos levemente con la cabecita de su pequeña, la camisa se empapó. Desató con discreción su blusa oscura y dejó al descubierto su mama. La boca de su niña comenzó a succionar el pecho que la alimentaba.

Dámaso paró el coche; no quería incomodar a la mujer mientras amamantaba a su hija. Se bajó del vehículo y se apoyó de espaldas sobre el capó del auto. Sacó el paquete azul de Ideales de su bolsillo derecho, prendió un cigarrillo y fumó lentamente. La visión del joven y terso pecho desnudo de Vega había provocado en él una sensación casi olvidada que le desconcertó.

El pesado viaje terminó al día siguiente.

Vega estaba agotaba, los brazos le dolían de sujetar a su hijita durante tantas horas. Era media tarde del 22 de septiembre de 1934 cuando llegó a Madrid. La ciudad la recibió gris y lluviosa. No podía dejar de mirar hacia todos los lados. Jamás había visto nada tan enormemente grande como aquello. Los edificios eran enormes y bellos, las avenidas inmensas, los coches circulaban a ambos lados, una multitud de gente invadía las aceras, las bocinas sonaban incesantes, las bicicletas se agarraban al auto cuando este paraba en alguna esquina, los monumentos eran majestuosos. Nada tenía que ver aquella urbe con su pequeño y silencioso pueblo. Por fin, el coche se detuvo.

Era una calle tranquila. Vega miró extrañada. Dámaso no le dijo que saliera y ella no sabía qué hacer. El hombre se acercó al portal de un precioso edificio de tres pisos, con fachada rojiza y bellos balcones de forja negra a los cuales los rodeaba una piedra clara que resaltaba la belleza del inmueble. En apenas un minuto un hombre salió del portal y acompañó a Dámaso al coche. El chófer abrió la puerta invitando a Vega a salir.

—Ya hemos llegado. Esta es la casa de los señores. Y este es Lisardo, el portero de la finca. Mírale bien la cara, se la vas a ver más veces de las que te gustaría —dijo el hombre mientras le daba un pequeño toque en la espalda al portero—. Ella es Vega, la nodriza del bebé de mis señores.

—Buenas tardes, señora. Será mejor que se dé prisa si no quiere que ese niño se moje, está a punto de caer una muy gorda.

Vega apenas pronunció palabra. Se limitó a mirar recelosa al hombre, salió del coche y con paso rápido se acercó al portal.

—Lisardo, por favor, saca las cosas de la chica, yo voy a subir con ella.

—Tranquilo, no hay problema. En menos que canta un gallo tienes arriba todos los bártulos.

Por primera vez, Vega sintió miedo. Le entraron unas ganas locas de salir corriendo, de abandonar todo aquello, de volver a su valle, a su humilde cabaña, a sus prados; pero ya no había vuelta atrás. La puerta de la casa se abrió y tras ella aparecieron tres mujeres de diferente talante que asustaron a la chica. Solo una de ellas habló.

—Buenas tardes, soy Maruja, ama de llaves de esta casa. Ellas son Olga y Josefa, bueno, la llamamos Chefa. Pasa, te indicaremos cuál es tu habitación y después avisaremos a los señores para que hables con ellos tal y como nos han indicado. Por cierto, cuando vayas a hablar con los señores, no lleves al pequeño, no sería agradable que se pusiera a llorar; le puedes dejar en la habitación, allí hay una cuna para él.

—Es una niña, se llama Rosario —puntualizó Vega.

—Está bien, pues... una niña.

—Tú no te preocupes, que cuando tú estés con los señores yo te la voy a cuidar.

La joven Olga advirtió en la cara de Vega cierto temor al oír que debía dejar a su hija sola y no quiso que pensara que iba a ser así.

—Eso será si no tienes nada más que hacer —replicó Maruja a la joven sirvienta.

Mientras, Chefa ya se había ocupado de observar cuidadosamente a la pasiega.

Caminó tras ella mirando de arriba abajo el joven cuerpo de la muchacha. Asimismo, tuvo tiempo de fisgar los hatillos con las cosas que la chica traía y con gesto de pocos amigos le indicó la pobreza de los mismos al chófer, gesto que el hombre le afeó.

Posaron sobre la cama las pertenencias del ama de cría y la dejaron a solas, no sin antes advertirle que los señores la esperaban.

Vega miró la pequeña habitación. En ella había una cama no muy grande, una cunita pintada de blanco, una silla, un ropero ancho y una diminuta mesita. Buscó con la vista un ventanuco que le diera un poco de vida, pero no lo halló, solamente un tragaluz sobre la puerta de entrada dejaba pasar claridad de la cocina. Posó a su hija sobre la cama y cambió sus pañales, luego la arropó en la cunita. Rosario dormía plácidamente.

Vega se cambió la blusa manchada por la leche que sus pechos habían liberado. Era hora de conocer a los que a partir de ese momento iban a ser sus señores.

Salió de la habitación cerrando la puerta con cuidado,

no quería dar un portazo para evitar que Rosario se despertara.

—¿Te apetece un vaso de leche, un café, o algo?

—No, muchas gracias... No recuerdo su nombre, lo siento.

—Maruja, me llamo Maruja. Ellas son Olga, la sirvienta, y Chefa, la cocinera; a Dámaso le conoces de sobra. Espero que recuerdes los nombres porque no es cuestión de estar todo el día diciéndote cómo nos llamamos. Y tú, ¿cuál es el tuyo y el de la niña?

—Yo me llamo Vega Abascal González y la niña Rosario; además, tengo también un niño que se llama Vidal.

—Y ese, ¿dónde le has dejado? En el pueblo, con su padre, claro...

—Sí, está en el pueblo. —Vega calló un instante—. Con mi abuela.

—Será con tu madre, no creo que vayas a dejar al pequeño con una vieja —comentó Chefa, con ánimo de ofender.

—La única madre que conocí es mi abuela, y más vale una vieja con su sabiduría y su voluntad que muchas jóvenes sin oficio ni beneficio.

—Bueno, lo que nos faltaba, encima contestona la pueblerina —respondió la cocinera con intención de molestar a la muchacha.

Vega se volvió y la miró desafiante de arriba abajo. Pero no replicó a la ofensa. Solo pretendía hacer notar su enfado y demostrar que estaba dispuesta a hacer frente a cuantas malas artes fueran a utilizar contra ella.

Las mujeres del servicio continuaron haciendo preguntas a la pasiega, pero ella, haciendo gala de la fama que las precede, contestó lo que le pareció y calló lo que consideró oportuno; casi todo. Cuando creyó que ya era suficiente, les pidió que le indicaran el lugar donde estaba la señora.

Maruja la acompañó hasta la sala en la que Brigitte y Pablo se encontraban.

Cuando el ama de llaves volvió a la cocina, Olga y Chefa comentaban sus primeras impresiones sobre la nodriza. Dámaso escuchaba en silencio la conversación que mantenían.

—Bueno, yo creo que si alguien puede decirnos cómo es esta muchacha será Dámaso, ha viajado durante muchas horas con ella. Digo yo que hablar, habrán hablado, ¿no?

—Pues no, apenas hemos cruzado diez palabras; es callada, mucho, y muy seca. Pienso que está asustada. No sabéis cómo es el lugar donde vive, allí no se oye ni una mosca. Las gentes caminan en silencio con la cabeza baja, nada que ver con Madrid. Eso sí, el paisaje es como el de una postal; nunca vi prados tan verdes, montañas tan altas y ríos con aguas tan sonoras y cristalinas. Por eso os digo que nada que ver con Madrid, realmente yo también estaría asustado. Si hubierais visto cómo miraba cuando circulábamos por Alcalá; los ojos se le salían de la cara.

—Pobre, yo me lo imagino. Lo mismo me pasó a mí cuando me bajé del tren. Me quedé parada en el andén y me dieron unos empujones que casi me tiran. Me costó un montón de días reponerme. La primera vez que fui al mercado creí que me moría. El aire me faltaba de toda la gente que había allí; los gritos de llamada de los vendedores, las disputas de las pescadoras... Uf, lo pasé muy mal, ¡eh! —explicó Olga con la inocencia que aún conservaba.

—¡Va, tonterías! Esta lo que es es muy lista. Ya lo vais a ver. A mí no me ha gustado nada.

—¡Qué raro, Chefa! Sería la primera vez que te oigo decir que alguien te ha caído en gracia. Vamos a ser un poco más condescendientes, demos tiempo a la chica. Está sola y asustada. Creo que todas deberíais poneros en su lugar, mirar un poco hacia atrás y recordar. Pero, sobre todo, apoyar a esta joven; bastante tiene con haber tenido que dejar a su hijo solo. Según me han dicho, en su corta vida ha sufrido todo lo que a una persona le toca a lo largo de su existencia. Perdió a su marido hace unos pocos meses, no conoció a su madre... —dijo Dámaso.

—¿Es viuda? —preguntó Chefa con ánimo de saber.

—Eres incansable, una cotilla de mucho cuidado. Me voy, tengo cosas que hacer.

Dámaso se marchó. No entraba en sus planes dar más explicaciones, entre otras cosas porque poco más sabía de aquella joven de ojos claros y pelo castaño claro a la que había venido observando durante horas, pero de la que nada conocía, aunque estuviera deseando saber; no por el hecho de enterarse de su vida, sino porque su corazón había sentido una pequeña punzada nada más verla aparecer.

10

Los primeros días en la casa de los Vaudelet resultaron tranquilos para Vega.

Tal y como los señores le indicaron, ningún miembro del personal debía encargarle tareas, ella solo tenía que ocuparse del bebé cuando naciera. Pero la muchacha, acostumbrada a trabajar, no podía estar todo el día mano sobre mano, observando la carita de su pequeña Rosario.

Maruja, advertida como estaba por don Pablo, no consentía a Vega realizar ningún trabajo, y recomendó a la pasiega que aprovechara los días antes de que el pequeño naciera para pasear con su hija por Madrid. Pero la pasiega no se sentía con ganas de salir sola a la calle. Le daba respeto caminar por esas avenidas abarrotadas de gente a la que no conocía. Por eso, Maruja y Olga la invitaron a ir al mercado con ellas. Al menos saldría de casa, y la niña tomaría un poco el aire que bien le iba a venir, ya que desde que llegó a la capital no había respirado aire puro.

Don Pablo avisó como cada mañana a Dámaso para que le llevara a la fábrica. Eran días anómalos; la situación política cada vez estaba peor o, al menos, eso era lo que él percibía.

Según se comentaba en los círculos sociales que frecuentaba Pablo, los diferentes grupos políticos formados por las izquierdas no estaban en absoluto conformes con la política que se estaba llevando a cabo. Por si todo esto fuera poco, en la ciudad la policía había descubierto tres importantes depósitos de armas, situados en la Casa del Pueblo de Madrid, en la Ciudad Universitaria y en Cuatro Caminos. Pocos días después, la Guardia Civil había impedido el desembarco en Asturias de un alijo de armas que transportaba un buque de nombre *Turquesa*.

—No me gusta nada todo esto que está pasando, Dámaso. No sé dónde vamos a llegar. Queríamos República y estamos acabando con todo. No somos capaces ni de ponernos de acuerdo entre nosotros.

—Así es, señor. Los militares en este país tienen un peso enorme; no creo que esta situación se pueda sostener mucho tiempo. O comenzamos a ir a una, o el futuro se presenta francamente negro.

—Estoy preocupado, la fábrica está revuelta; mucho más que hace años. Ya no sé cómo manejar a los obreros, creo que he abierto demasiado la mano. Quizá debería haber mantenido una postura más cerrada, no debí dejar ver mis inclinaciones políticas tan a las claras. Me consideran un camarada, pero no lo puedo ser. Tengo un negocio que sacar adelante y no resulta factible darles todo lo que me piden. He estado pensando hasta en crear una cooperativa y permitir que ellos participen de la fábrica, pero...

—No creo que esa sea una buena solución, señor. Tiene que tomar de nuevo las riendas. ¿Por qué no contrata a alguien que durante un tiempo se ponga al frente del negocio? Aproveche que su mujer va a dar a luz y desaparezca una temporada. Quizá eso les aplaque.

—¡Estás loco!, ¿cómo voy a hacer eso? Además, ¿a quién puedo contratar? Todo el mundo sabe del pie que cojeo, ese ha sido mi mayor error. No debí pronunciarme jamás. Imagina que se produce un golpe de Estado, vendrían a por mí de inmediato. Es imposible ser el propietario de una fábrica como la mía y pretender que mis obreros estén a mi lado. Se es una cosa u otra. Las dos es imposible; yo pensé que podía ser compatible pero... no. Debí hacer caso a mi padre. Ahora he perdido el apoyo y el respeto de los de mi clase, y el resto se ríe de mí.

—Ya estamos llegando. ¿A qué hora vengo a buscarle, señor?

—Pues si mi mujer no decide ponerse de parto, algo que lleva nueve meses insinuando y que ahora que debe hacer no hace, a las seis, como siempre.

Dámaso se quedó preocupado con la situación que su jefe le había expuesto. Era cierto que el hombre había intentado que sus obreros se sintieran contentos y orgullosos de trabajar en Cristaliana S. L., y para ello había sido de los primeros empresarios en consentir que los sindicatos obraran como tales en la fábrica. Les había dado lo que podía en cuanto a prestaciones sociales y salarios, pero todo aquello se le había ido de las manos; se le habían sublevado igual que a los demás empresarios.

Le dejó como cada mañana a la puerta de la fábrica y volvió de nuevo a Ruiz de Alarcón. Allí, en el portal de la casa, Maruja y Olga le esperaban para ir al mercado; junto a ellas estaba Vega con su pequeña en brazos.

—Vaya, Vega, veo que te has animado a venir. Te gustará Madrid, mujer, vas a ver. Señoras. —Dámaso se quitó la gorra, abrió la puerta del coche y las invitó a subir—. Creo que hoy vamos a dar un pequeño rodeo, esta señorita de Santander debe conocer la capital de España. ¿Qué les parece?

—Sí, por favor, Dámaso, aún recuerdo la primera vez que me paseaste en el Ford. Enséñale el paseo del Prado con sus museos, la Gran Vía, el Casino, el Palacio Real, la plaza de España, la Cibeles, y todo lo que me enseñaste a mí, seguro que le va a encantar. Ah, y pasemos también por Atocha, a mí me gusta mucho la entrada a la estación, y vete también hasta las Ventas, *pa* que vea la plaza de toros, y...

—Tranquila, Olga, no dispones del día entero para dar tanta vuelta. Además, no creo que sea buena idea; quizá mejor un recorrido cortito. La señora puede ponerse de parto en cualquier momento, y no faltaba más que nosotros estuviéramos por ahí. Está sola con Chefa, y no es precisamente la más indicada para atenderla si esto sucede.

—Tiene razón, Maruja, quizá deba quedarme. Ya tendré tiempo de visitar la ciudad.

—No, mujer, no he querido decir eso. He sido yo precisamente quien te he invitado a venir. Tira, Dámaso; cuanto antes empecemos, antes volveremos.

Hicieron bien en no realizar aquel largo recorrido que Olga propuso. A su vuelta, apenas diez minutos después de entrar por la puerta, doña Brigitte se puso de parto, y esta vez era de verdad.

La casa se revolucionó en un momento. El señor fue avisado, el médico también; se comenzó a calentar agua, ya que la señora había decidido dar a luz en su casa tal y como le habían aconsejado todas sus conocidas, y aunque el doctor recomendó su asistencia a un sanatorio, ella se había negado.

En menos de media hora la casa se llenó de gente. Don Pablo entró por la puerta asustado, casi sin aliento y pensando que su hijo ya había nacido. Tras él apareció el doctor, una enfermera y una matrona experta de la que el médico no quiso prescindir. Todos estaban nerviosos, al límite; la única que guardaba la calma y la serenidad era Vega, para ella era algo natural. Miraba a un lado y a otro sorprendida con todo lo que se estaba preparando para el acontecimiento, y repetía incansable: «Tranquilas, solo es un parto».

Los gritos de Brigitte retumbaron en todo el edificio. Chefa se había sentado junto a la mesa de la cocina y, con una estampa de la Inmaculada Concepción en la mano, rezaba el rosario. Olga retorcía su blanco delantal intentando con ello calmar sus nervios, y Maruja procuraba serenar a los demás, aunque estaba más nerviosa que cualquiera de ellos. En medio de tanta tensión, la pequeña Rosario rompió a llorar y todos corrieron por el pasillo pensando que aquel llanto era del recién nacido.

—Es mi *niñuca*, ¿dónde vais?

—Cállala, por favor, vaya susto. Métela la teta en la boca y dale de comer, así no volverá a asustarnos.

—¡Qué burra eres, Chefa! Es una niña, llora porque tiene que llorar, mujer —dijo Dámaso, enfadado por el tono y las palabras que había utilizado la cocinera.

Después de una larga hora de espera, nació Almudena. Ese era el nombre que su padre había elegido para la recién llegada.

Si había recuerdos de la infancia de Pablo, eran sobre todo los que rodeaban a la festividad de la Almudena. Fueron sus abuelos los primeros que, de muy niño, un 9 de noviembre le llevaron a la misa y a los actos que se celebraron ese día con motivo de su festividad. Lo había pasado tan bien que nunca lo olvidó, y cuando supo que su mujer estaba embarazada lo primero que le dijo fue «*Ma chérie*, si es una niña, quiero que se llame Almudena». A Brigitte le pareció precioso el nombre, a pesar de que no lo había oído nunca.

Comenzó en aquel instante el trabajo de Vega.

Una vez que el doctor comprobó que la pequeña estaba bien, la matrona se la puso en los brazos.

—Creo que es mejor que la tenga su madre en brazos un rato —le dijo a la matrona cuando esta se la entregó.

—Resulta que ahora... ¿vas a saber tú más que nosotros o qué? Tú estás aquí para hacerte cargo de esta niña; haz lo que tienes que hacer y calla. La señora lo que necesita ahora es descansar. No es momento de hacer pamplinas al bebé, para eso te pagan a ti. Cumple con tu trabajo y calla.

Pablo escuchó las palabras que la matrona le decía a la nodriza y no le agradó en absoluto el trato que aquella le estaba dando.

—Vega, tienes razón. Seguro que la señora estará deseando estar un ratito con su pequeña. Por favor, pasa a la habitación. Vamos a enseñarle a mi esposa la niña tan linda que acaba de traer al mundo.

Después de pronunciar estas palabras, miró con gesto serio a la matrona. Se acercó a ella y con voz pausada y baja le dijo:

—Las personas que trabajan en mi casa no son esclavos; son simplemente trabajadores que merecen un respeto igual que el que merezco yo.

—Con razón dicen que es usted...

—No me importa lo que digan de mí. Si ha terminado su tarea, puede recoger. Doña Maruja le abonará su trabajo. Muchas gracias por traer al mundo a mi hija.

Aquel gesto llenó de orgullo a Vega. Empezaba a sentir que todo lo que sus compañeros le habían dicho sobre los señores era realmente cierto. Eran dos personas extraordinarias, nada tenían que ver con el estereotipo de burgueses de los que ella había oído hablar, y tampoco se parecían al conde de Güemes; la única vez que le había visto le pareció prepotente, una persona que se consideraba superior y a la que había que tratar como tal.

La señora Brigitte dormía cuando Vega entró en la habitación con la pequeña en brazos; tras ella, iba don Pablo. Al ver que su mujer descansaba, agotada por el esfuerzo que había realizado, le pidió a la pasiega que pusiera con sumo cuidado a la niña en los brazos de su esposa. Aunque durmiera, quería verlas juntas a las dos. La nodriza así lo hizo.

Durante unos minutos ambos se limitaron a contemplar cómo madre e hija dormían.

—¿Estás bien en esta casa?

—Sí, señor, estoy bien. Son todos muy amables. Estaba deseando que la pequeña viniera al mundo para poder ocuparme de ella.

—Cualquier cosa que necesites, puedes contar con nosotros. ¿Sabes algo de tu hijo?

—No, señor. Escribí una carta el día siguiente a mi llegada, pero aún no he tenido respuesta. Mi pobre abuela no sabe leer ni escribir, pero seguramente el padre Casimiro hará el favor de leérsela.

—Vamos a hacer una cosa. Voy a decirle al conde que procure un teléfono en casa del cura, y tú cada semana podrás hablar con tu abuela. ¿Te parece bien?

—Se lo agradezco mucho, don Pablo, pero no se moleste; estoy segura de que con las cartas seremos capaces de comunicarnos.

La recién nacida comenzó a llorar y su madre espabiló del duermevela en el que estaba inmersa. Abrió los ojos muy despacio, como si no quisiera ver ni oír lo que ocurría en aquella habitación. Con un hilo de voz, susurró a su marido que la dejaran descansar.

No era precisamente Brigitte una mujer fuerte, más bien todo lo contrario, y además no hacía nada por no parecerlo. Se encontraba a gusto en su papel de mujer débil y desamparada, necesitaba en exceso la protección de cualquier persona que estuviera a su lado. Jamás había tenido problemas; no sabía lo que era sufrir por nada, ni tan siquiera había tenido la desgracia de perder algún ser querido que le hubiera causado dolor. Desde pequeña estuvo protegida por sus padres y sus niñeras, acudió a los mejores internados franceses donde las buenas aportaciones de sus padres la hicieron estar siempre en lugares privilegiados. Y para colmar sus dichas, tuvo la suerte de toparse en su camino con Pablo, el mejor hombre que pudo encontrar, el cual vivía enamorado ciegamente de ella.

Vega tomó a la recién nacida en brazos y al hacerlo vio en su cara la de su pequeño Vidal. Por un instante sintió en ella la alegría que le produjo su primer hijo. Nada tenía que ver su entusiasmo con el de aquella mujer, y tampoco vio en los ojos del señor la misma alegría que desprendían los de su amado Bernardo.

Salió con la criatura en brazos y se dirigió hacia la habitación que para ella se había preparado.

El cuarto era una maravilla, no le faltaba detalle. Presidía la estancia una cuna de madera tallada, vestida con las mejores galas: linos y algodones blancos adornados con lindas puntillas, y un dosel que cubría casi en su totalidad aquella hermosa camita. Sobre una silla había dos lazos de raso anchos; uno azul y otro rosa. Vega apartó con sumo cuidado el dosel y levantó las ropas de cama. Colocó con dulzura a la pequeña y la arropó. Después, cogió el lazo rosa y lo colocó alrededor de la cuna, sujetándolo con los corchetes que ya estaban dispuestos. Quedó preciosa, pero nada tenía que envidiar a su cuévano niñero. Si bien es cierto que la cuna estaba cubierta con los mejores paños y fabricada posiblemente con una madera de gran calidad, su cuévano estaba hecho con inmenso cariño, y sus ropajes cosidos por las manos del amor y la esperanza.

Recogió las toallas que se habían utilizado para asear a la recién nacida y se dirigió a la cocina. Su trabajo había comenzado. Almudena parecía tranquila y no demostraba tener hambre, aunque aún era pronto para que su cuerpecito necesitara alimento.

Mientras caminaba por el pasillo, oyó el llanto desesperado de su Rosario, y a mayor volumen, los quejidos de la cocinera.

—Oye, ocúpate de este pequeño monstruo, está todo el día llorando. ¡Me está reventando la cabeza, coña!

Vega posó sobre la mesa las prendas que llevaba en la mano y con rabia contenida se acercó a la cara de Chefa.

—Escucha, víbora. Mi hija llorará lo que tenga que llorar. Y como vuelvas a decir una sola palabra de ella, o la insultes otra vez, te arrastro de los pelos por toda la casa. ¿Te ha quedado claro? ¡Ah! Y no se te ocurra ni mirarla.

La cocinera no supo cómo reaccionar ante el plante de la nodriza. Olga y Maruja se quedaron pasmadas. Vega pasó a la habitación y salió con la niña, se sentó cerca del resto de las mujeres y se dispuso a dar a su hija de mamar. Ninguna pronunció palabra. Solamente los ojos chispeantes y la media sonrisa de Olga apoyaron a la nodriza en las palabras que le había dedicado a la cocinera.

11

Queridísima nieta:

Me alegró mucho tu carta, cuando el cura me leía era como si te tuviera delante, podía verte con la chicuza en los brazos cuando te ibas.

Ya veo que estás en una casa muy elegante, y que los amos son buenos contigo. ¡Menos mal! Ahora que te has ido te diré que estaba muerta de miedo pensando que te pudieran tratar mal.

Como tú sabes, yo escribir y leer no sé, y a estas alturas de la vida no voy a aprender; por eso tal y como hablamos, el padre Casimiro está escribiendo esta carta.

Por aquí todo está bien, tú estate tranquila. Vidalucu está muy guapo, se cría de maravilla, apenas me da quehacer, es un santuco el mi pobre. Eso sí, te nombra casi todos los días, «mamá» lo tiene en la boca a cada momento.

Ción me ayuda mucho, cantidad de noches el chicuzu queda con ella en su casa, yo le dejo, porque ella también es su abuela y entiendo que él le traiga recuerdo de su pobre hijo. Te manda muchos besos.

El dinero me llega cada semana, el padre Casimiro lo recibe del conde que todos los jueves manda al criado con los cuartos. Ya sabes que yo no gasto mucho y entonces he pensado que te guardaré el dinero donde tú sabes, así cuando vuelvas, si lo necesitas, lo tendrás.

Yo estoy bien; bueno, últimamente los huesos me están doliendo mucho, el médico dice que es el reúma, y que con eso no hay nada que hacer, así que lo llevo lo mejor que puedo y con un par de pastillas que me ha dado voy tirando. Pero los días de niebla me destrozan y ahora que ya llueve a diario la humedad me mata, pero ya sabes que yo tiro para adelante con lo que haga falta, tú por eso no te preocupes.

Merceditas me da muchos recuerdos para ti, que te mande muchos besos. La pobre es una santa, no hay día que no se acerque por la cabaña con algo de comer; además, baja conmigo a Selaya y me ayuda con el cuévano que, aunque no te lo creas, ya me cuesta cargarlo. Pero no te preocupes, que estoy bien. Todos me ayudan mucho.

Estate tranquila con lo del cementerio. Ya estuve ayer limpiando las lápidas de todos, la de tu madre y tu padre, la de tu abuelo y también la del pobre Bernardo, aunque esa estaba reluciente. Ción va todas las semanas como ya sabes y allí las flores no faltan nunca y no tiene ni una mota de polvo. Mañana iré a la misa y a los responsos, como siempre a las doce del mediodía.

Bueno, niñuca, voy a dejarte ya, porque me da un poco de pena el cura, tiene un poco de prisa y no le quiero entretener más. Te quiero mucho, estate tranquila, que aquí todo está bien. Dale un beso grande a Rosario. Qué bonita la foto que me mandaste, estáis preciosas las dos.

Yo, cuando venga por aquí el fotógrafo, ya he dicho que me avisen porque quiero que le hagan al chicuzu una para mandártela.

Tu abuela que te añora y te quiere,

VIRTUDES

Vega dobló con cuidado la carta y la volvió a meter en el sobre. Era la primera que recibía en toda su vida.

Sintió alivio al saber que todo en su querido pueblo estaba en orden, no notó nada extraño en las palabras que el cura había escrito tal y como su abuela le había dictado. Pero la morriña se apoderó de ella. La pena por la distancia no solo de su hijo, sino también de su tierra, era algo que le costaba superar.

Era tan diferente la vida en la ciudad de la de su pueblo. Añoraba el silencio, el sonido de la lluvia golpeando la hierba, el silbido del aire, el ronroneo del río, el estruendo de los campanos en las vacas, y hasta el guciar de los mozos en las montañas. No olvidaba el olor de la mantequilla, de las alubias cociéndose en el fogón, de la leña que ardía en la lumbre. Eran muchos pequeños detalles que hacían que el corazón de Vega se encogiera con los recuerdos.

Sintió pena por no poder acudir al cementerio. Sería la primera vez en toda su vida que el día de los difuntos no asistía a esa cita, y más ese año, el primero que su querido esposo reposaba allí para toda la eternidad.

Los llantos de Almudena sobresaltaron a la mujer. Había pasado el tiempo tan rápido que olvidó que la hora de la toma de la niña estaba a punto. Los quejidos de Almudena despertaron a Rosario, que dormía plácidamente en una cunita de madera de balancín. Vega la miró sonriendo y con el pie derecho acunó a su hija. Mientras, tomó entre sus brazos a la niña de sus señores y la amamantó.

Maruja y Olga llegaron del mercado aterradas con los revuelos que había por algunas calles. Ese día Dámaso no pudo acompañarlas y habían tenido que regresar andando y cargadas. Cuando caminaban por el paseo del Prado, a la vuelta de los recados ordenados por la señora Brigitte, tropezaron con un grupo de personas que pancarta en mano daban gritos en contra del capitalismo y a favor de la República. Entre ellos, Olga reconoció a algunas personas que Dámaso le había presentado una tarde de domingo durante el verano pasado.

—Te digo que yo conozco a esos tres. Me los presentó Dámaso. Me acuerdo porque uno de ellos se llamaba como mi hermano el pequeño, Julio.

—Qué tonterías, ¿y qué va a pintar Dámaso con esa gente? ¿No te has dado cuenta de la pinta que tenían de revolucionarios? Pero si debían de ser por lo menos de la CNT.

—Y qué importa, igual son amigos. A saber qué esconde ese zascandil.

Chefa guardaba silencio; se limitaba a escuchar la conversación de las mujeres. Ella estaba convencida de que Dámaso tenía una vida al margen de la que llevaba en la casa, aparte de lo que ya sabía de él. Muchas noches, le oía llegar de madrugada, o, al contrario, salir sin hacer ruido a horas intempestivas, cuando ni las ratas paseaban por los callejones. Sus ganas de saber le habían llevado hasta el extremo de rebuscar en su habitación algo que la pusiera sobre la pista de lo que fuera que ocultaba.

Deseaba poder desenmascararle delante del señor. La

envidia que le tenía se había transformado en odio y a su vez en obsesión por descubrir algo que era muy probable que ni existiera.

—Seguro que el elemento ese está metido en algún lío. Ya sé yo que le va la política. Pero en lugar de juntarse a los buenos, va con la chusma y la gente de mal vivir.

—Pero por qué eres tan condenadamente mala. ¿Se puede saber qué te ha hecho a ti Dámaso para que le tengas tanto asco?

—¡A mí *na*!, ya te lo hace a ti.

—¿Qué quieres decir? Estoy cansada de ti. Cualquier día de estos voy a hablar con la señora y te voy a poner de patitas en la calle.

—¿Cuándo?, ¿antes o después de que yo le diga que su chófer y su ama de llaves andan una noche sí y otra también revolcándose en la cama?

La aparición en la cocina de la señora sosegó los ánimos. Maruja estaba a punto de lanzarse sobre la cocinera cuando oyó por el pasillo los tacones de Brigitte.

—Tú y yo... ya hablaremos. Esto no se va a quedar así.

—¡Cuando quieras! —dijo Chefa con una sonrisa que resultaba como poco desafiante.

La señora venía como cada lunes a comunicarle a Chefa los menús que había escogido para la semana.

Se sentaba con ella en la cocina y comenzaba a leer los platos que le gustaría que Chefa preparase. Pero la cocinera siempre se las ingeniaba para guisar lo que a ella le daba la gana. En contadas ocasiones, cedía con alguna de las propuestas de la señora y conseguía darle la vuelta de tal manera que los dueños de la casa y el resto de los habitantes de la misma comían lo que ella tenía a bien cocinar.

El ambiente en el servicio de la casa de los Vaudelet era terrible. El carácter de aquella mujer sacaba de quicio a sus compañeros, pero nada podían hacer por evitarlo. Era una mujer siniestra que a medida que pasaba el tiempo se iba convirtiendo en una bomba. Durante las comidas, apenas se dirigían la palabra y si ella estaba presente, las conversaciones solo hacían referencia a los asuntos de la casa. Odiaba a todos y, lo que era peor, sabía de todos; bueno, de casi todos.

Por más que había intentado averiguar algo de Vega no lo había conseguido. Había dedicado parte de su tiempo libre a buscar alguna ama de cría llegada de la montaña que conociera a la muchacha y pudiera ponerla al día sobre su vida y la de su familia. Pero no era tan sencillo, ya que aquellos tiempos de principio de siglo en que todas las familias burguesas o aristócratas de Madrid disponían de ama de cría, habían pasado casi a la historia. Hoy eran muy pocas las que había en la ciudad, y si quedaba alguna ya eran amas secas; aquellas que después de amamantar a los pequeños, y por diferentes motivos, habían decidido quedarse con los señores, atendiendo a los niños. Pero esas eran muy pocas, la mayoría tenía familia que aguardaba su vuelta. No obstante, ella insistía y si por casualidad encontraba alguna niñera en el mercado o en el Retiro, rápidamente entablaba conversación para poder indagar sobre la chica.

Pero Vega estaba tranquila. Era una mujer con mucho carácter, ya se lo demostró al poco de llegar a la casa, y cada vez que la cocinera soltaba alguna de las suyas, recibía respuesta al instante, dejando a la cocinera con la boca cerrada.

Salía por la puerta de la cocina la señora, y en el pasillo

se cruzó con Vega. Esta llevaba en los brazos, en ambos, a las dos niñas, Rosario y Almudena.

—Pero qué guapa está mi chiquitina, ¿verdad? —dijo Brigitte acariciando la carita de su hija.

—¿Quiere cogerla un momento, señora?

—Ahora no puedo, esta tarde tengo una reunión en casa de los señores de Pujante y no puedo parar, debo arreglarme. Además, para colmo, me dijo mi esposo que Dámaso no puede llevarme, tiene... no sé qué cosas que hacer.

El ama de cría sabía que esa iba a ser la respuesta de la señora. Desde que la pequeña había nacido, en contadas ocasiones había demostrado interés por la niña, ni tan siquiera preguntaba cómo estaba. Era la propia Vega la que cada mañana le comentaba si Almudena comía bien, si dormía, o si tenía algún tipo de problema. Era tal la desatención que le prestaba que resultaba chocante. Solamente solicitaba la presencia de la criatura cuando recibía visitas y estas le preguntaban por la niña.

—¡Qué pena, Dios mío! —comentó entre dientes la joven al adentrarse en la cocina.

Chefa, que escuchó el comentario, no tardó en saltar en favor de la señora.

—¿Pena? La que das pena eres tú. ¿O qué piensas, que estás aquí de vacaciones? Tú eres una criada más. Y tienes la osadía de decirle a la señora si quiere coger a la niña; tú no eres nadie para hacer esa pregunta. Para eso estás tú, para tenerla en brazos, para limpiarla el culo y *pa* atenderla, que para eso te tienen aquí recogida a la sopa boba. No te creas que eres más que nadie, eres una simple criada —soltó la cocinera con desprecio.

Vega se acercó desafiante a Chefa y casi pegó su nariz

con la de la cocinera. Sus ojos irradiaban rabia, pero reprimió sus ganas de darle un bofetón y prefirió contestar.

—¿Y a ti quién te ha dado vela en este entierro? Te he dicho más de una vez que no tenemos nada de que hablar, y eso incluye tus comentarios. Ni delante de mí, ni por detrás. La gentuza como tú no me gusta, no la soporto, por lo tanto, ¡chitón! La próxima vez te lo voy a decir de otra manera, igual así me entiendes.

—Ya veremos lo que piensa la señora de tus comentarios y tus amenazas. Se lo pienso decir en cuanto vuelva.

—Puedes decir lo que te dé la gana. Y yo haré lo que crea oportuno. Te dije en una ocasión que soy capaz de arrastrarte, y bien sabe Dios que te lo estás ganando. Tú te debes de pensar que en esta casa todos tenemos que hacer y decir lo que tú quieras. Eres una dictadora, una cotilla, un mal bicho, eres peor que...

—Tú a mí no me insultas, pueblerina, paleta. Vete a cuidar vacas y gallinas, para eso estás bien, o mejor, vende la leche de tus tetas como si fueras una vaca.

—No voy a seguir discutiendo contigo, eres despreciable, una mala persona. Algún día pagarás donde tienes que pagar el daño que haces con tus hechos y con tus palabras.

Vega se dio la vuelta y regresó con las niñas a la habitación. Tras ella fue Olga.

—No le hagas caso, ya sabes cómo es. No dejes que te afecte.

—No me importa lo que diga, a palabras necias, oídos sordos. Pero lo que estamos soportando todos es muy duro. No se puede estar así todos los días. Quizá la que vaya a hablar con los amos voy a ser yo, y no con la señora precisamente, que me da la sensación, no sé por qué, que la tiene también en un puño. Algo esconde la señora, te lo digo yo, Olga.

Vega no había llegado a esa conclusión por casualidad. Días atrás había observado desde la distancia cómo las dos mujeres hablaban.

Después de una acalorada discusión, de la cual el ama de cría no pudo entender los motivos, porque la distancia no le permitía oír con claridad, había visto cómo la señora Brigitte se había acercado al bargueño que esta tenía en su habitación y le había dado a Chefa un montón de billetes. Primero pensó que podían ser para la compra de la semana, pero luego cayó en la cuenta de que los pagos los hacía Maruja, tanto a los proveedores como a ellos mismos el salario semanal. Por lo tanto, la señora estaba pagando a la cocinera por otro motivo.

Olga se quedó pensativa. Ella también había notado algo extraño, pero jamás se atrevió a decir ni media palabra.

Hacía cerca de dos años, una tarde de invierno, Olga vio a la señora en compañía de una mujer que primero no reconoció. Salían de un portal de la calle Alcalá. La señora parecía nerviosa y Olga apreció cómo se secaba las lágrimas. Cuando la otra mujer, que estaba de espaldas, se dispuso a colocarse el pañuelo, reconoció a Chefa. Sin duda era ella, la cocinera. Olga aceleró el paso para acercarse a ellas, pero cuando estaba a punto de hacerlo ambas entraron en un taxi. Cuando llegó a casa, Chefa aún no había llegado y tampoco lo había hecho la señora. No pudo comentar con nadie aquel incidente porque Maruja tampoco estaba. Al cabo de un rato, Maruja y Chefa entraron juntas por la puerta de servicio. Chefa le explicaba al ama de llaves que había pasado la tarde con su madre, que se hallaba convaleciente de un pequeño ataque que había sufrido. Olga, al escuchar aquella conversación, decidió guardar silencio.

No había recordado aquello hasta que Vega le había hecho el comentario sobre los secretos que ambas pudieran tener. Y en ese momento decidió callar también.

El Ford reluciente que conducía cada día Dámaso se paró delante del número 42 de la calle Alcalá. Allí estaba ubicado el Círculo de Bellas Artes; lugar donde habitualmente, casi a diario, siempre que sus obligaciones se lo permitían, acudía Pablo.

El chófer aprovechaba la espera para charlar con otros muchos compañeros de profesión que como él aguardaban a sus jefes. La situación actual del país daba suficiente tema de conversación; era más interesante hablar de los asuntos políticos que estaban ocurriendo que de temas más livianos como el fútbol. Los hechos acaecidos en Asturias y en Cataluña ocupaban las conversaciones, tanto fuera de aquel edificio como dentro, donde los señores de la alta sociedad madrileña conversaban exponiendo sus ideas sobre lo ocurrido en días pasados.

Dámaso era un gran observador, y solamente con escuchar hablar a algunos de sus colegas de profesión, sabía de qué lado se posicionaban sus jefes. La mayoría de ellos se limitaban a reproducir lo que oían comentar en los automóviles, y eso le daba al chófer una idea más que suficiente de la posición política que tenían unos y otros.

Pablo se acercaba a la puerta de salida con un caballero al que no reconocía Dámaso. Era un hombre alto, de porte corpulento. Su jefe se paró durante varios minutos en el maravilloso vestíbulo del edificio. Cuando parecía que iban a salir, un gesto de Pablo advirtiéndole que se acercara le desorientó.

—Dámaso, voy a pasar un momento al salón con este amigo. Estoy interesado en que me presente a algunas personas del sector y según me ha dicho están ahí. Si quieres puedes irte, iré caminando después a casa. Por hoy hemos terminado.

—No me importa esperar, señor.

—No, prefiero que te marches; me apetece andar un poco. Además, no sé cuánto tiempo voy a tardar. Dile a la señora que, si quiere, vaya cenando.

Dámaso no había entrado nunca en aquel lugar y la majestuosidad del mismo le asombró. Una bellísima escalera de mármol daba acceso a los pisos superiores y a la izquierda se podía apreciar una especie de pecera donde la gente conversaba. Después de recibir las indicaciones de su jefe, salió del edificio y se marchó.

Tomó la hermosa calle Alcalá y continuó por la recientemente nombrada Alcalá Zamora, aunque todos la seguían llamando Alfonso XII, y al llegar a la esquina con Antonio Maura, a escasos metros de la residencia de los Vaudelet, un coche le impidió el paso. Esperó paciente, no tenía ninguna prisa. Sentado en el vehículo vio cómo la pareja que estaba dentro del coche que dificultaba su trayecto se despedía con un largo beso. Sonrió ante aquella imagen. Pero su gesto cambió casi al instante. Quien salía de aquel automóvil no era ni más ni menos que la señora Brigitte. Dámaso apagó las luces del Ford, quería evitar que la mujer pudiera verle la cara, pero esta no se molestó ni en mirar tan siquiera a los lados. Al llegar al portal del edificio, Brigitte despidió a su acompañante con una mirada pícara y una sonrisa cómplice.

El hombre sintió en ese momento como si el engañado fuera él mismo. Sabía el amor que su jefe profesaba a Brigitte y la rabia se apoderó de él. No lo dudó un instante y en cuanto el auto se puso en marcha, Dámaso lo siguió. Tenía que conseguir ver la cara de aquel hombre.

Después de unos cuatro kilómetros, por fin el vehículo se detuvo.

Para su desgracia, tal y como pensaba, el conductor era una persona muy conocida por Dámaso. Había mantenido la esperanza de que no fuera él, pero había pocos modelos de Renault Nervastella Grand Sport Cabriolet en Madrid, y solo uno de color crema y con la capota negra.

12

Como cada semana, el sobre marrón con el dinero para la abuela de Vega llegaba puntual. Pero en esta ocasión, quien lo portaba no era la persona habitual, sino el conde personalmente. El hombre decidió ir hasta Vega de Pas a entregar al cura la asignación semanal que los señores Vaudelet le habían indicado.

El párroco se hallaba en la sacristía de la iglesia; se acercaba el día de Todos los Santos y el hombre se encontraba atareado. Sabía lo importante que era para sus feligreses ese día y no quería que ningún detalle pudiera empañar esa jornada. Repasaba los nombres de los fallecidos aquel año; le gustaba hacer referencia a los últimos que habían abandonado este mundo, porque entendía que la pena de los suyos estaba aún muy reciente y estos agradecían en gran manera ese detalle. Entre ellos apareció el de Bernardo, cómo no. Se paró un momento y pensó que durante la homilía de aquel día haría referencia a los hombres jóvenes que les habían dejado. Además de Bernardo, aquel año otro mozo había perdido la vida en un accidente fortuito. La mala suerte quiso que se desprendieran las lastras que estaban colocando en la que iba a ser su cabaña vividora y cayera desde el tejado sobre un montón de piedras, golpeándose la cabeza y falleciendo en el acto. Se disponía a coger papel y lápiz cuando entró el conde.

—Las puertas están para llamar, por muy conde que usted sea.

—Vaya, padre. ¿De qué tiene miedo? ¿De que le pille con alguna feligresa cariñosa y entregada en cuerpo y alma a la iglesia? —dijo el conde riendo.

El cura no contestó. No merecía la pena hacer caso al comentario desafortunado e insolente del hombre.

—Espero que el asunto que le trae hasta esta sacristía sea importante, tanto al menos como el trabajo en el que yo estoy ocupado.

—Usted siempre está sumamente atareado. Menos mal que no es ministro, porque si no, sería casi imposible hablar con usted.

—Pues se equivoca; ministro soy, de Dios Nuestro Señor. ¿Le parece poco quehacer?

—Dejémonos de tonterías. Vengo hasta aquí no por gusto, bien lo sabe. Pablo me ha pedido que coloque, o bien en su casa, o bien en la iglesia o donde usted me diga, una línea de teléfono. Quiere que el ama de cría esa pueda hablar con su abuela al menos una vez por semana. La verdad, no consigo entender a qué vienen tantas atenciones, pero... bueno, el caso es que he estado informándome sobre el asunto, y me han dicho que de momento es imposible, las líneas aún no están preparadas. Por lo tanto, le diré a mi querido amigo que lo que pretende no puede ser.

—Y ¿por qué me lo dice si no se puede hacer nada?

—Ya ve, para que esté informado. Además, si se diera

esa posibilidad, y los cables llegan hasta este pueblo, lo cual dudo, haga el favor de informarme para proceder a la colocación del aparato. Voy a viajar durante un tiempo y no quiero que este recado que me han encomendado quede en saco roto. Aquí le dejo el dinero de las próximas cinco semanas, es el tiempo que voy a estar fuera. Le recomiendo que le entregue a la pasiega los sobres como hasta ahora, semanalmente, no vaya a ser que lo vea todo junto y se vuelva loca. Esta gente no está acostumbrada a manejar y quién sabe lo que puede hacer con los cuartos.

—Qué poco conoce a Virtudes. Ella jamás gastaría el dinero de su bisnieto en asuntos livianos, entre otras cosas, porque esa mujer no sabe lo que es la diversión ni el despilfarro.

—Bueno, señor cura, yo ahí se lo dejo; haga usted lo que quiera con ello. Me voy. Ya le puede decir a la feligresa que salga de su escondite.

El conde salió de la sacristía riéndose. No guardó ni tan siquiera respeto al lugar donde estaba. Sus carcajadas resonaron entre las cuatro paredes del templo como si de un teatro de comedia se tratase.

Dámaso llegó a casa descompuesto. Esperó sentado en el coche más de dos horas intentando digerir lo que había visto. Jamás hubiera imaginado que la señora Brigitte, con lo mosquita muerta que parecía, tuviera relaciones con semejante elemento. El hombre en cuestión era un alto cargo del Ministerio de Defensa. El teniente coronel Narciso Redondo Poveda era un asiduo en la casa de los Vaudelet; lo poco que sabía de él se lo había contado precisamente

Pablo. Ambos estudiaron en Nuestra Señora de las Maravillas de Madrid, en Cuatro Caminos los primeros años, para luego continuar juntos en el internado que los padres escolapios tenían en Villacarriedo. Por lo tanto, se conocían desde pequeños.

Al terminar sus estudios básicos, Pablo partió a París, donde completó los mismos, y Narciso ingresó en la Academia Militar General en Zaragoza. Allí, a duras penas, y apoyado por las amistades de su familia, consiguió terminar sus estudios militares.

Hacía tiempo que Dámaso no le había visto por la casa. Si bien es cierto que desde que la señora se quedó embarazada, las fiestas que se celebraban en la vivienda habían sido contadas, y a ellas asistían muy pocos invitados.

El chófer no tenía buenos informes de aquel hombre, y en más de una ocasión había advertido a Pablo de los entramados en los que se le atribuía la colaboración.

Se decía de él que formaba parte activa de la derecha más radical. Tenía casi la confirmación de que junto a oficiales reaccionarios y monárquicos preparó la sublevación militar en agosto de 1932 contra la República liderada por el general Sanjurjo, la cual fracasó.

Pero, a pesar de que Sanjurjo fue capturado, tras él había un sinfín de nombres que jamás salieron a la luz, y Dámaso estaba convencido de que uno de esos nombres era el de Narciso Redondo, ya que lo último que sabía de él era que andaba al mando de Gil-Robles, dato que no le agradaba mucho al chófer.

Ya era tarde cuando llegó a casa. Maruja y Olga estaban recogiendo lo poco que quedaba por la cocina. Dámaso preguntó si el señor había llegado.

—Pues la verdad es que no, y la señora no veas de qué café está. Ha estado sentada a la mesa esperando a su marido casi una hora, hasta que ya cansada ha pedido que le sirviéramos la cena.

—¡Coño! Olvidé que tenía que decirla que cenara. ¿Está en el salón, o se ha retirado ya?

—No, está leyendo una revista de esas de moda francesa que tanto la gustan y tomando una copita, que también la gusta bastante.

Dámaso colocó en el cajón del aparador las llaves del coche, se lavó las manos en la pila de la cocina y salió hacia el salón.

En efecto, la señora estaba allí, envuelta en el humo de los cigarrillos que fumaba y con una copa de coñac en la mano, mientras con la otra pasaba cuidadosamente las hojas de *Les Élégances Parisiennes.* La mujer levantó los ojos al sentir las pisadas del chófer.

—¿Dónde está el señor?

—Perdone, señora, buenas noches. Le ruego que me disculpe. El señor me pidió que le dijera que cenara ya que él se iba a retrasar, pero sin darme cuenta fui a hacer algunos recados y acabo de llegar. Lamento que haya estado usted esperando. Ha sido culpa mía.

—No se preocupe, Dámaso, esas cosas pasan. Yo a veces olvido si pasé la tarde con mi tita Natalie o de compras. Pero... ¿qué es eso que ocupa a mi esposo? No me ha contestado.

—Ah, perdón. El señor quedó en el Círculo de Bellas Artes; había unas personas con las que estaba interesado en hablar.

Justo en ese momento sonó el timbre de la puerta. Por

la hora que era no podía ser nadie más que Pablo. Y así fue.

Dámaso saludó al señor y se disculpó por su olvido. Como era de esperar, Pablo no le dio demasiada importancia a lo ocurrido. Estaba deseando poder hablar con su mujer de las conversaciones que había mantenido con aquellos comerciantes alemanes que había conocido.

Cuando el chófer regresó a la cocina, encontró a Vega, que se estaba preparando una tortilla francesa.

La pequeña de los Vaudelet había tenido una tarde un poco complicada; padecía de gases y tenía dolores constantes de barriga que no la dejaban conciliar el sueño. Pero por fin, la nodriza había conseguido calmarla y la pequeña se había quedado dulcemente dormida, igual que su Rosario. Ese era el momento del día en el que la mujer se sentaba a solas en la cocina, absorta en sus pensamientos, y cenaba con tranquilidad. Pero aquella noche iba a tener compañía. Dámaso tampoco había cenado y además se le notaba pesaroso, triste. Vega iba a preguntarle qué era lo que le pasaba y si quería acompañarla en la cena cuando de nuevo apareció Maruja.

—Bueno, por suerte el señor vino cenado. No me apetecía nada ponerme ahora a servir, aunque claro, ya iba a levantar de la cama a Olga. Solo me faltaba tener que hacer de cocinera y también de criada. Me voy a la cama —dijo, mirando de reojo a Dámaso e insinuando con un gesto del hombro que le esperaba en la habitación.

El hombre no le prestó atención; no estaba para fiestas, y mucho menos con Maruja. Había tenido con ella un par de encuentros, pero el ama de llaves no acababa de convencerle. A decir verdad, el problema no era realmente Maruja, sino su condición de mujer. Eso era lo que frenaba a Dámaso.

Desde siempre, sus preferencias sexuales no habían estado definidas. De niño jugaba en el patio de su casa con sus hermanas, cosía trapitos y acunaba muñecos; de jovencito eludía los paseos con los chicos del barrio, prefería quedarse en casa que verse obligado a danzar en las fiestas con chicas que nada le interesaban. No podía hablar con nadie de sus sentimientos; veía que era diferente al resto de los hombres, pero no comprendía cuál era la situación en la que estaba. Hasta que una tarde supo lo que realmente le pasaba y cuáles eran sus preferencias.

Escuchó a sus padres hablar sobre un artista al que denominaron «maricón», y dedujo por las explicaciones que ambos daban lo que significaba aquella palabra. Entonces se dio cuenta de que lo que sentía era lo mismo. De igual modo observó que tal condición no estaba bien vista y que lo más adecuado era guardar silencio. Pero tuvieron que pasar unos cuantos años hasta que se atrevió a dejarse llevar.

Fue precisamente en uno de los viajes que hizo con Pablo a Portugal.

Allí conocieron a un comerciante de cristal con el que tuvo el placer de pasar una de las noches más maravillosas que jamás pudo imaginar. Ese recuerdo le volvía loco, y a pesar de que sabía que aquel hombre solo se había aprovechado de él, ya que su posición social nada tenía que ver con la suya, se quedó prendado de Andrei. Con el tiempo, intentó enderezar aquella situación. Pensó que era algo absurdo, que a él lo que realmente le gustaba eran las mujeres, y aprovechando la disposición de Maruja volvió a probar suerte retozando con ella. Pero de nada había servido; ahora lo que tenía era una situación desastrosa. Le gustaban los hombres, era consciente de ello al cien por cien, pero tenía encima a Maruja, y no podía deshacerse de ella ni mal ni bien.

—Vega, ¿te importa hacer una para mí? Huele de maravilla, ¿qué le has puesto?

—Un poco de chorizo. Ahora mismo te hago una y cenamos tú y yo aquí tranquilamente. Creo que los dos necesitamos un poco de conversación. Aunque, a decir verdad, yo no es que sea una conversadora muy buena, pero... lo voy a intentar. Te noto algo raro, estás como triste. ¿No has tenido buen día?

—Bueno, pues no sé qué decirte. Normal, como siempre. Aunque muchas veces ocurren cosas que le dejan a uno el alma helada. Pero... ¡venga esa tortilla! Voy a traer una botella de vino que tengo guardada. Me la regaló un cliente del señor el otro día cuando le llevé un encargo. Seguro que es bueno, esta gente no bebe cualquier cosa.

Dámaso confiaba en Vega, pero no tanto como para contarle lo que aquella tarde había presenciado. De momento, esa información no debía salir de su boca. Los secretos, si son entre más de uno, ya se sabe el riesgo que corren; además, las paredes oyen y él estaba convencido de que Maruja estaba despierta esperando que se acercara a su habitación. Por lo tanto, mejor sería tocar otros temas más livianos y olvidar lo que había visto.

Cuando regresó a la cocina con el vino, encontró sentada a la mesa a Maruja, dispuesta a compartir con ellos la velada. Algo que a Dámaso no le cogió de sorpresa; es más, lo esperaba.

—Vaya, igual ibais a celebrar algo, y yo estoy interrumpiendo. Pero es que no sé lo que me ha pasado, que me he desvelado.

—No, mujer, qué vamos a celebrar. Simplemente me regalaron esta botella de vino e iba a tomarla con la tortilla tan rica que Vega me está haciendo. Si te quieres unir a nosotros, estaremos encantados, como si quieres llamar a Olga. Podemos hacer una fiesta ahora que la bruja de Chefa no está. Algo que es de agradecer, ¿o no?

Los tres soltaron una carcajada. Ciertamente, la tranquilidad reinaba cuando la cocinera no estaba presente.

Chefa esperaba a la puerta de un portal cerca de la plaza de toros. Una mujer entrada en carnes y años, mal encarada y desaliñada, se dirigía hacia ella.

Era Laura, una vecina de toda la vida con la que la cocinera había compartido juegos de niña, pero al llegar a la adolescencia sus vidas se separaron, ya que sus caminos tomaron sendas muy diferentes. Aunque Chefa nunca había perdido el contacto con ella, y con frecuencia recurría a su vieja conocida cuando necesitaba información, ya que sabía de los contactos que tenía.

La mujer estaba inmersa en los bajos fondos de la ciudad. Era confidente de la policía, trapicheaba con todo lo que podía y cobraba por las informaciones que muchas personas le solicitaban, y que casi siempre eran certeras. En sus años mozos ejerció la prostitución en un burdel que más tarde regentó, y del que hoy se encargaba su hija. Los clientes eran políticos, empresarios y gente adinerada de la sociedad madrileña. Eso le había proporcionado un montón de conocidos que, en pago a su silencio, siempre que la mujer necesitaba algún tipo de favor, no dudaban en atender.

—¿Qué pasa, Chefa? Aquí me tienes. Dime lo que necesitas. Hace un frío del demonio y estos huesos ya no están para andar helándose a estas horas. Tú, sin embargo, estás como una rosa, cabrona.

—Bueno, la procesión va por dentro. No creas que es oro todo lo que reluce. Necesito saber de este tipo. Tengo mis dudas, pero si las confirmo, mejor.

Chefa le dio una pequeña foto de Dámaso; por detrás ponía su nombre, su ocupación y de dónde era.

—¿Y qué crees que esconde este elemento?

—Mira a ver si le gustan las mujeres o quizá más los hombres.

—¿Un maricón? Y seguro que será rojo, no falla. Estos se van a enterar cuando por fin vengan los que tienen que venir, que, por cierto, no creo que tarden mucho.

—¿A quién te refieres? ¿A los militares?

—Claro, ¿a quiénes si no?, esto solo lo arreglan ellos. La chiquilla mía me cuenta que las conversaciones en el burdel van todas por ahí. Hay un tal Franco que se le oye mucho nombrar. Sanjurjo no pudo, pero este... debe estar preparando una gorda. Así que vete tomando posiciones, que habrá que guardar el culo como sea.

—Cuando sepas algo me dejas el recado en la carbonería de Pedro. Como voy todas las semanas al encargo, él me lo dará.

Las dos mujeres se despidieron con un beso. Chefa, en cuanto se dio la vuelta, pasó con asco la mano sobre su mejilla para eliminar todo rastro del mismo. Le resultaba repugnante el trabajo de la mujer, pero no quería perder su amistad; estaba muy bien relacionada y quién sabía si en algún momento podía necesitar su ayuda.

13

El invierno pasó rápidamente. Los tonos de Madrid comenzaron a cambiar; el sol brillaba cada mañana, los árboles empezaban a cubrirse, las flores adornaban los jardines y las gentes se iban despojando de los gruesos abrigos que los habían protegido del frío.

También para Vega había llegado el momento de cambiar. Después de meses de insistencia, la joven decidió apartar el negro que la había acompañado desde que su marido falleció. Guardó la pañoleta oscura que cubría sus hombros, y recogió con cuidado el delantal negro que siempre utilizaba.

Maruja entró una mañana en su habitación antes de que la joven pudiera vestirse. Le llevaba un vestido marrón estampado con pequeñas flores lila y cuello y puños en tono beige. Lo posó sobre la cama de Vega.

—Ahí te dejo esto. Más vale que te lo pongas. Ah, toma este delantal blanco, fui ayer a comprarlo para ti. No quiero volver a verte de negro. No es necesario que oscurezcas tu vestimenta para que todos sepamos que tu corazón está triste. Estoy segura de que nunca vas a olvidar a ese hombre, pero también estoy convencida de que hasta él, allí dondequiera que esté, estará deseando verte guapa otra vez.

Vega se limitó a mirarlo y con una sonrisa en la boca agradeció el gesto de su compañera.

La mañana se prestaba al paseo y las niñas seguramente disfrutarían tomando un poco el sol.

Vega arregló a las dos pequeñas y las sentó en una sillita que Pablo, días antes, le había traído. Era ancha y por lo tanto cabía la posibilidad de llevar a las dos en ella. Algo que no era muy habitual, y que molestó mucho a Brigitte.

—¿Cómo va a pasear la niña con la hija de la nodriza? —le dijo a su marido.

Pero a Pablo le dio igual lo que su mujer comentó y se limitó a reprochar la escasa atención que prestaba a los asuntos de Almudena, y sus continuas ausencias de la casa. Desde hacía tiempo era él quien se encargaba de la mayoría de los temas, no solamente profesionales, sino también de los domésticos.

Brigitte se las había ingeniado para estar casi todo el día fuera de casa. Utilizaba excusas tan femeninas como reuniones sociales, compras, actos de caridad, oficios religiosos... que justificaban su ausencia del hogar. Aunque lo que realmente ocupaba el tiempo de la mujer era la compañía de Narciso Redondo.

Los amantes pasaban horas refugiados en una casa en la zona de La Guindalera. Un hermoso palacete propiedad de una marquesa conocida de Redondo.

La aristócrata, ya mayor, había decidido ir a pasar sus últimos días a Sevilla y, debido a la amistad que le unía con la familia de Narciso, dejó al padre de este al cuidado y atención de dicha vivienda. Circunstancia que el militar aprovechó para sus encuentros con Brigitte.

Como todas las mañanas desde hacía meses, Brigitte se dispuso a salir de casa. Aquel día había elegido un bonito abrigo de paño muy fino en tono gris plata, muy propio para los días de primavera, que cubría un vestido de gasa granate. Como de costumbre, se colocó el sombrero frente al espejo del enorme vestíbulo de su casa. Vega no pudo evitar mirarla. La mujer estaba guapísima, era una joven bella que además poseía una dulzura que había conquistado a la pasiega.

Ambas iban a salir de casa al mismo tiempo, por tanto Vega esperó unos minutos. No quería bajar con su señora, no sería lo más adecuado. Así que esperó en la cocina charlando con el servicio.

Vega se había puesto el vestido que el ama de llaves le dejó sobre la cama, y como no podía ser de otro modo, recibió la aprobación y los halagos de Maruja y de Olga; no tanto de Chefa, que lo único que hizo fue mirarla con desprecio como siempre.

Cuando consideró que Brigitte ya estaría lejos de la calle, se despidió de sus compañeras y salió.

La mañana era preciosa, la luz intensa casi cegaba sus ojos. Sin duda, un bonito día para pasear por el Retiro.

Normalmente Vega entraba por la Puerta de España, que era la que más cerca le quedaba. Además, le encantaba pasear entre aquellas enormes y bellas estatuas que adornaban el paseo de la Argentina. Era el recorrido que solía hacer, hasta que llegaba al lago. Allí se sentaba e intentaba oír el sonido del agua, pero aquel estanque no emitía sonidos, era mudo. Ella esperaba siempre oír algo parecido a su río Yera. Pero aquello solo era una ilusión, como otras muchas que tenía. Su retina guardaba celosamente las imágenes de su pueblo. Esas branizas verdes, esas cabañas dispuestas por los montes con sus lindas cerradas y sus vacas pastando. Ya eran muchos los meses que llevaba fuera, y echaba terriblemente de menos su tierra y su gente. Por eso buscaba algo que le recordara lo suyo.

Caminaba con el cochecito y notaba cómo algunos hombres que pasaban a su lado fijaban los ojos en ella. Y es que la verdad era que aquel día, desde hacía tantos que ni siquiera recordaba cuántos, se encontraba guapa; su cara parecía que se había iluminado, sus mejillas sonrosadas brillaban más de lo normal, pero aquello era posible que fuera el reflejo del color de su vestido. Era una mujer muy joven, demasiado. Su pelo castaño y largo, siempre recogido en un moño bajo, la hacía parecer mayor y por eso aquella mañana había decidido modificar el peinado y eso también pronunciaba más su cambio.

Optó caminar alrededor de los jardines del Retiro y en lugar de entrar por la puerta de siempre, al salir a la calle de Alfonso XII tiró en dirección a la Puerta de Alcalá; daría una vuelta y accedería a los bellos jardines por la puerta que más le llamara la atención.

Según caminaba, a lo lejos observó una mujer a la que reconoció enseguida, era imposible no hacerlo. Aquel abrigo gris perla no podía llevarlo con tanta elegancia nadie más que ella. La mujer parecía esperar. Vega se paró y estuvo a punto de darse la vuelta. No quería encontrarse con la señora, pero cuando se disponía a hacerlo, vio cómo un coche se paraba junto a ella. Un hombre con uniforme bajó del mismo, la besó en la mejilla, tomó su mano y le abrió gentilmente la puerta del vehículo. Luego el auto se alejó.

Vega no daba crédito a lo que estaba viendo. Según ella misma había comentado esa mañana, aquella jornada la iba a dedicar a visitar a unas familias necesitadas, y para ello la acompañarían las señoras de la asociación a la que pertenecía, con las cuales había quedado en el paseo del Prado, cerca de la fuente de Neptuno. Esas habían sido las palabras que Brigitte le había dicho a su marido. Vega había sido testigo de esa conversación, ya que se había producido en la habitación de la pequeña Almudena.

La pasiega no quería pensar mal, pero no le cuadraba nada. Además, le vinieron a la cabeza las discusiones que sus señores tenían desde hacía meses.

A todo ello había que añadir la poca atención que le prestaba a la niña. Pero le costaba entenderlo. Era una mujer que lo tenía todo. Recibía a raudales el amor, el cariño y la atención de un esposo; un hombre totalmente entregado, que veía por sus ojos y siempre estaba pendiente de sus necesidades. Era madre de una preciosa niña, una criatura que se criaba sana y feliz. Tenía padres que, aunque estaban fuera, no sufrían enfermedad alguna ni necesidad. Disponía de dinero, no le faltaba absolutamente nada, criados, ropas, perfumes. No, no podía ser que la señora tuviera un amante. ¿Cómo iba a ser? Y, además, si así fuera, desde luego ese no era asunto suyo. Como su abuela siempre le decía: «Ver, oír y callar», y por supuesto eso era lo que iba a hacer.

Desorientada con lo que acababa de presenciar, se adentró en el Retiro por la Puerta de la Independencia, recorrió el largo paseo hasta llegar al estanque y allí se sentó un rato. Al poco tiempo, apareció una muchacha con la que había coincidido en varias ocasiones. Era una chica que hablaba sin parar, y Vega, que no era precisamente una conversadora muy activa, escuchaba sin prestar apenas atención. En un momento de la conversación, la chica dijo algo que hizo cambiar la actitud de la pasiega y que se metiera de lleno en la conversación. Sin saber que de la persona que estaba hablando era de su señora, la mujer estaba dando una serie de datos que añadían relevancia y credibilidad a la escena que la nodriza hacía unos minutos acababa de presenciar.

—Menuda gracia me hacen a mí estas señoronas: muchos vestidos, muchas joyas, pero ¿valores? Nada, de eso nada de nada. Luego andan poniendo los cuernos a los maridos como si fueran mujerzuelas. La señora esta que te digo, vive enfrente de la casa de mis señores y todas las noches la veo llegar con un militar muy peripuesto que la pega unos besos en el coche que no veas. Vamos, que si eso lo hacemos las criadas nos echan de casa con una patada en el culo de mucho *cuidao*. Y el marido, oye, qué pena me da el pobre del marido, es un señor guapísimo, ya le quisiera yo. Un día le oí a mi señora que tiene una fábrica de cristales, o de algo así, no lo sé muy bien. El pobre todos los días sale a trabajar; va por cierto con un chófer que también está de lo más guapo, ese sí que sé cómo se llama, porque le tengo echado el ojo desde hace tiempo. Dámaso, se llama Dámaso, uf, cómo me gusta. Igual tú le conoces, como vives en el mismo portal. Porque tú vives en el 27, ¿verdad?

—Sí.

—¿Y le conoces?, ya podías presentármele. Fíjate que a veces, como suelo hablar con el portero de la finca, he estado tentada a decirle a Lisardo que por favor le hable de mí, pero me da un poco de apuro.

Vega estaba impresionada con lo que estaba escuchando. Aquella joven describía a Brigitte y con sus palabras confirmaba lo que ella había visto hacía escasos minutos. No podía creer que fuera capaz de besar a un hombre que no fuera su marido en un coche a escasos metros de la puerta de su casa. No tenía vergüenza. ¿No pensaba que cualquiera podía verla?

La muchacha seguía hablando sin parar; era una auténtica locomotora, hablaba de todo y de todos sin cesar. Se disculpó ante ella, con la excusa de que ya era hora de dar de mamar a las niñas, y salió despavorida hacia la casa.

Al llegar a la vivienda, como era habitual, la cocina era un auténtico hervidero. Chefa discutía con Dámaso acaloradamente. No sabía muy bien a qué era debida tal disputa, pero el tono era mucho más violento que en ocasiones anteriores. Tanto que las niñas asustadas se pusieron a llorar. En ese momento, Vega aprovechó para desaparecer y refugiarse en la habitación de la pequeña. Tenía que reflexionar, pero, sobre todo, necesitaba hablar, y la única persona con la que podía hacerlo era con Dámaso. Pero sentía vergüenza; no era lo mismo tratar un asunto como ese con una mujer que hacerlo con un hombre, por mucha confianza que tuviera. Además, aquel no era para nada el momento más indicado.

Pasadas las horas, Vega había recapacitado. Le vino bien que el chófer abandonara la casa, ese tiempo le había permitido rectificar. En lugar de hablar con él, lo que hizo fue escribir una larga y detallada carta a su abuela con todo lo que estaba pasando en aquella casa. Era lo mejor que podía hacer. Quizá contarle a otro miembro del servicio historias sobre la señora no era lo más apropiado, podían pensar cualquier cosa. No tenía muy claro hasta dónde llegaba la confianza de sus compañeros con la señora, y eso lo único que podía hacer era perjudicarla en caso de que llegara a sus oídos cualquier comentario que la nodriza estuviera haciendo.

Cuando terminó de atender a las niñas, salió a la cocina; había pasado casi todo el día dentro de aquella habitación. El paseo de la tarde de aquella jornada no pudo hacerlo. El cielo se volvió inesperadamente gris, se cubrió de nubarrones negros y descargó sobre Madrid una gran tromba de agua.

Chefa se marchaba justo en el momento que ella se acercaba a la cocina.

—Buenas noches, Chefa.

—Adiós, me largo por fin. Menudo día. En esta casa no hay Dios quien esté. ¡Estoy más harta! Cualquier día cojo el petate y me largo, y que os den a todos.

—Pues, la verdad, nos harías un gran favor, porque si tú te quejas, ¿qué diríamos nosotros de ti?

—Cualquier día de estos te vas a acordar de mí, pueblerina. Eres una paleta que no sé qué te crees que eres. Más te hubiera valido ponerte de mi lado que del lado de esta pandilla de rojos.

—Hala, hija, no pierdas más tiempo con nosotros. Mañana será otro día —contestó Maruja.

Chefa salió de la casa alterada. Continuaba lloviendo y tenía un paseo por delante hasta llegar a su barrio.

Era de Lavapiés de toda la vida y presumía de ello. Olvidó coger un paraguas y prefirió pedir uno prestado en la portería antes que volver a subir.

Caminó por la calle de la Fe y entró como cada semana a poner una vela por su padre en la iglesia de San Lorenzo; era una devota incondicional. El párroco atendía confesiones a pesar de lo avanzado de la tarde. Chefa aprovechó que estaba en ello y esperó su turno.

Rezaba fervientemente, como si le fuera la vida en ello, cuando sintió que alguien le ponía sobre el hombro una mano y apretaba. Se volvió asustada.

—¡Coño, qué susto! No te esperaba.

Los chistidos reclamando silencio no se hicieron esperar y todas las miradas se posaron sobre Chefa.

—Te espero fuera. Pero no tardes.

Era Laura. Hacía meses que le pidió aquella información y no había vuelto a tener noticias de ella. Decidió no esperar su turno para confesar; seguramente iba a ser mucho más interesante lo que Laura fuera a contarle, que lo que ella tenía que decirle al cura. Recogió el rosario que tenía entre las manos y lo guardó en el bolso, se levantó, y al llegar al pasillo central clavó la rodilla en el suelo santiguándose por tres ocasiones.

Apoyada en la verja de la parroquia, esperaba Laura. Le hizo una señal y Chefa la siguió.

—¿Qué pasa? Pensé que te habías olvidado de mí.

—No, coño, he estado enferma. Bueno, mejor dicho, estoy enferma, pero eso no viene a cuento.

—¿Y qué haces por el barrio? Hacía años que no se te veía por aquí.

—He vuelto a la corrala, a la casa de mi prima Irene. Ella se está encargando de mí. Hoy estoy mejor, pero hay días en los que no me puedo ni mover. ¡Maldito riñón! Uno no me funciona nada y el otro, poco. Tengo el tiempo contado. Bueno, a lo que vamos, que si no, mi prima va a aparecer de un momento a otro; ha ido a unos recados. Yo te vi entrar y le dije que iba un poco a la iglesia.

—Ya lo siento, mujer. Bueno, tú tranquila, que verás como todo se arregla. Seguro que los médicos te dan buenas medicinas, para ti el dinero no es problema.

Así era, el dinero no era problema para ella. Pero por desgracia hay cosas en esta vida que el dinero no puede comprar, y una de ellas es la salud. Laura estaba realmente enferma, padecía una insuficiencia renal aguda muy grave. Tal y como ella misma había admitido, tenía los días contados.

Aunque por su enfermedad no había podido indagar como le hubiera gustado sobre Dámaso, sí había descubierto ciertos aspectos que a Chefa le resultaron interesantes. No pudo confirmar si de verdad el chófer era o no homosexual, pero sí que pertenecía a la CNT. Además, era uno de los cabecillas, aunque en la retaguardia. Laura conocía gente infiltrada entre ellos que le habían comentado sobre el chófer. En el sindicato todos le conocían con el sobrenombre de «el Rubio», descripción física que nada tenía que ver con la suya, por cierto. Pero poco más pudo decirle. No obstante, como ahora estaba cerca de su casa, si se enteraba de algo, ya le haría llegar el recado.

A las dos mujeres se unió la prima de Laura y las tres caminaron hasta la corrala donde vivían, a escasos metros de donde se encontraban.

14

Desde hacía horas, debido a las ocupaciones de Narciso, Brigitte esperaba sentada en el salón del palacete de La Guindalera. Últimamente el teniente coronel estaba muy atareado. Su implicación en los asuntos de Estado le estaba absorbiendo demasiado, pero no podía perder la oportunidad de formar parte de lo que se estaba preparando. Algo grande que, si todo salía según lo previsto, le reportaría la tranquilidad de por vida, además de un puesto en el Gobierno, reconocido y de alto nivel.

Una anciana criada recorría continuamente el palacete con una bayeta en la mano. A Brigitte le ponía nerviosa el ir y venir de aquella trabajadora. Muchas veces le había pedido a su amado que la despidiera o que viniera a limpiar solo unas horas, aquellas en las que ellos no estuvieran en la casa, pero no podía ser, ya que la mujer tenía su vivienda allí mismo. Era una especie de ama de llaves que no tenía ninguna intención de marcharse; saldría con los pies por delante de la casa de su aristocrática señora.

La joven escuchó cómo se acercaba el coche de Narciso y corrió a la habitación. Allí se acomodó sobre la cama, dejando al descubierto sus bellas y largas piernas. El camisón de raso y encaje negro que lucía, regalo de su amante, dejaba notar las curvas de su cuerpo y descubría sin recato sus pechos tersos. Sabía perfectamente el tiempo que Narciso tardaba en aparecer en la habitación.

El hombre, al llegar, lo primero que hacía era servirse una copa de coñac francés, encendía un habano, le daba un par de caladas, apuraba su copa y entonces subía a la habitación donde sabía que Brigitte le esperaba.

Durante ese tiempo la mujer se preparaba para recibirle; estaba entregada a él por completo, se había convertido en una droga de la que no podía desprenderse. En ocasiones reflexionaba; sobre todo durante las largas horas que pasaba en el salón de aquella casa, viendo cómo las agujas del reloj que adornaban una pequeña hornacina situada a la entrada daban vueltas de forma lenta y acompasada.

Aquel hombre tenía totalmente enloquecida a Brigitte, y ella no tenía ninguna intención de abandonar aquella aventura. Antes dejaría a su marido. Sobre todo, sabiendo lo que iba a suceder y suponiendo en qué posición iba a quedar su esposo.

Narciso entró en la habitación y apenas miró a Brigitte. Posó sobre la cómoda la copa de licor que portaba en la mano y comenzó a desabrocharse la guerrera. La mujer se acercó por detrás de él y le ayudó a desprenderse de la misma; después se situó frente al hombre y comenzó a desatar los botones de su blanca y almidonada camisa. Él se dejaba hacer sin decir ni una sola palabra.

Las manos suaves y cálidas de Brigitte comenzaron a recorrer el cuerpo del militar. Le despojó de toda su ropa y, colocando las manos sobre su pecho, le empujó con sumo cuidado hasta la cama, donde este se dejó caer.

Dispuesta a dar amor más allá de la imaginación, la mujer recorrió el cuerpo de Narciso con delicadeza. Rozó sus pezones firmes sobre los labios del hombre buscando desesperada su respuesta. Al no obtenerla, lamió la parte interior de sus muslos y acarició su pene erecto, mientras clavaba la mirada en los ojos del hombre y apretaba sus pechos con fuerza. Después, acercó su sexo mojado a la rodilla de él y se restregó con ganas. El militar permanecía inerte dejando que la mujer hiciera su voluntad; ella sabía lo que a él le gustaba y lo hacía muy bien. Cuando lo creyó oportuno, agarró por la bella cabellera a la joven y dirigió su cabeza sin ningún miramiento hasta su miembro. Ella, sumisa, atendió sin rechistar la solicitud del hombre.

Una hora más tarde, Brigitte abandonaba la casa, pero aquel día Narciso ordenó a su chófer que llevase a la mujer a la dirección que esta le indicara. Según le había dicho, tenía que revisar un montón de informes y no podía perder más tiempo con ella.

Brigitte se molestó, no le gustó el gesto que tuvo con ella. Aquella tarde la indiferencia que Narciso le había mostrado la enojó, y para colmo no tuvo ni la delicadeza de acompañarla. La había tratado como si fuera una fulana.

La tarde estaba tibia, agradable para el paseo, y aunque la oscuridad comenzaba a cubrir el cielo de la capital, Brigitte sintió ganas de caminar. Le pidió al chófer que la dejara cerca de la plaza de Cibeles. Desde allí, caminó lentamente, paseando sin prisa por el paseo del Prado hasta llegar a su casa.

Apenas había caminado unos metros cuando un coche se paró a su lado. Era Dámaso.

—Señora, ¿quiere que la lleve a casa? Acabo de dejar al señor y voy a recoger unos documentos que ha olvidado en la fábrica.

—Hola, Dámaso. No, deje, me apetece caminar; he pasado muchas horas sentada y mis piernas necesitan un poco de ejercicio. Estoy cerca ya. Usted vaya a cumplir con el recado de mi marido.

En cuanto Dámaso se puso de nuevo en marcha, Brigitte aceleró el paso. Era bastante tarde, y además no esperaba que su marido ya estuviera de vuelta. Le había dicho que ese día no cenaría en casa debido a un compromiso con unos clientes ingleses.

Vega dormía a la pequeña Almudena cuando oyó llegar a la señora. Esta pasó por delante de la puerta de la habitación, pero no la abrió. A continuación, las pisadas fuertes y firmes que sintió eran las de Pablo, que seguía a su esposa mientras le pedía explicaciones por la hora de llegada. Los reproches mutuos no tardaron en brotar y la conversación fue tomando un cariz desagradable.

La pasiega arropó a la pequeña una vez dormida y salió de la estancia en silencio. De la habitación de los señores no se oía conversación alguna. Justo cuando pasaba delante de ella, el señor salía con gesto disgustado. No apreció tan siquiera la presencia de Vega. Ella siguió hacia la cocina.

—Menuda la que se ha armado, ¿eh?

—No sé. ¿Por qué lo dices?

—No te hagas la tonta, has escuchado igual que yo el follón que han tenido los señores. Yo no sé qué está pasando. Una pareja como esta, que se querían tanto, y ha sido llegar la niña y todo se ha ido al garete. Esta mujer todo el día está en la calle, no se ocupa de nada. ¡Qué desastre!

Maruja movió la cabeza con gesto de desesperación. Dámaso, que acababa de aparecer, miró a Vega y con un gesto le hizo notar que era mejor callar.

—Vega, toma, me la dio antes el portero.

—¡Carta de mi abuela, qué alegría! Hacía casi un mes que no tenía noticias de ella.

Abrió el sobre con cuidado, no quería romperlo; luego se sentó junto al chófer y comenzó a leer.

Vega de Pas, 3 de mayo de 1935

Queridísima nieta:

Perdona que no te haya escrito antes, pero el padre Casimiro ha estado ausente cerca de un mes. Ha tenido que estar en el obispado en Santander atendiendo junto con otros curas unos asuntos que, según nos ha dicho, eran muy importantes para el obispo.

No tengo mucho que contar, por aquí las cosas están bien. Los prados están preciosos; ya luce el sol y comienza a crecer la hierba con ganas. Pero eso ya sabes tú mejor que nadie cómo es, no hace falta que yo te lo diga.

El chicuzu está precioso, no veas qué listuco es. Dice el maestro que cuando vaya al colegio les va a dar sopas con honda a todos los demás.

Tranquila, que sigo recibiendo el dinero todas las semanas; el cura está atento y no tengas miedo, que no se le olvida hacérmelo llegar. Eso sí, lo del aparato ese, el teléfono, no ha podido ser. Por más que lo han intentado no ha habido manera de que los de Telefónica lo vengan a poner, lío de cable o algo así es lo que me ha dicho don

Casimiro. Aunque sé que el pobre hombre sigue en su empeño y más tarde o más temprano lo conseguirá.

Lo que sí tengo que decirte es que tu suegra no está muy bien de salud. La mujer cada día está peor; no sabemos qué es lo que le pasa, pero día a día se la ve más apagada. Hija, si tienes un rato, escribe unas palabras para ella, yo sé que le hará mucha ilusión recibirlas, ya sabes que te quiere con locura.

También te diré que hace tres días murió Encarnita; apareció tirada en el camino hasta su casa. Cayó para atrás sobre el cuévano, se quedó la pobre con las patas parriba. Dicen que fue algo del corazón. Pobre Encarnita, con lo que la quería todo el pueblo. Ya te puedes imaginar cómo estaba la iglesia, a reventar. Pero ahora viene el lío; ya sabes que hijos no tenía y los sobrinos están a matarse por los prados.

Bueno, que como siga hablando se le va a cansar la mano a la mujer del maestro, ella me está haciendo el favor de escribirte la carta, porque como te digo, el cura ya no está.

Me alegra mucho lo que me cuentas, qué bonito debe de ser Madrid, tan grande y con tanta gente, y qué contenta estoy de que Rosario esté bien, por lo que me dices es un cacho de pan, la pobre.

Me quedé asustada con lo que me contaste de la señora, pero tú ya sabes: ver, oír y callar, no sea que te vayas a meter en algún lío. Eso son cosas de ricos. Allá ella con su conciencia, pero ¡qué pena me da ese hombre! Con lo bueno que es.

Por cierto, me dice la mujer del maestro que te pregunte que cómo ves las cosas por Madrid, de la política dice. Aquí llegan las noticias muy tarde y la que la ponía al día de ello era su hermana que vivía en Santander, pero ahora se marchó a París con su marido y ya no sabe lo que pasa. Ella dice que según la han contado es posible que los militares estén revueltos. Si tú sabes algo, niñuca, cuando me escribas se lo cuentas para que se quede tranquila, porque dice que no se fía de lo que informan los periódicos, y la radio ya sabes que aquí se oye muy mal.

Bueno, hija, nada más que contarte. Que espero que estés y sigas bien. Un besuco muy grande para la chicuza y otro para ti.

Se me olvidaba, no te mando foto del Vidalucu de ahora porque no ha venido el fotógrafo por aquí; la que envío como verás es de hace unos meses, de cuando te pasé la otra.

Tu abuela que te quiere,

VIRTUDES

Vega besó el pedazo de papel escrito y lo dobló con sumo cuidado.

—¿Todo bien?

—Eso parece. Esta abuela mía es un caso, me habla de todos menos de ella. Cada vez que la escribo, la pregunto un montón de veces cómo está. No sé para qué, si no me contesta nunca.

—¿Y el chaval qué tal está?

—Bien, mira. Está guapísimo, ¡cuánto le echo de menos! Esta foto es de hace meses, imagino que algo habrá crecido, claro.

Vega le mostró a Dámaso una foto que acompañaba la carta.

—Te noto triste. Espero que sea verdad que todos están bien.

—Bueno, mi suegra. La mujer está mal. Es una mujer que ha sufrido mucho, y al parecer va a seguir sufriendo. Muchas veces me pregunto por qué Dios le manda siempre a los mismos los pesares, y casualmente a los pobres.

—Qué razón tienes, compañera. Eso me lo he preguntado yo infinidad de ocasiones y no le encuentro ninguna explicación. Pero bueno, esperemos que las cosas cambien y que con el paso del tiempo los pobres dejen de serlo o al menos lo sean menos y, sobre todo, los ricos, aunque no dejen de serlo porque eso será imposible, sí que consigamos que compartan con la clase obrera todos los beneficios que poseen. Tenemos que lograr que las diferencias se acorten, y que el mundo sea más igual para todos.

—Hablas como un revolucionario, Dámaso.

El hombre se acercó a ella y con media sonrisa le dijo:

—Que no se entere nadie. Lo soy, y voy a hacer todo lo que esté en mi mano por cambiar este país. Vamos por buen camino; en breve la República conseguirá tomar las riendas y las cosas cambiarán más. Puede que en las ciudades aún no se note, pero los grandes terratenientes ya están sintiendo el cambio. Aunque está costando sangre, sudor y lágrimas. Los poderosos son muchos, y no están dispuestos a perder las gracias de las que gozan. Pero los obreros estamos en lucha y recurriremos a lo que sea necesario por nuestros derechos.

—Ten cuidado, no te metas en líos, Dámaso. Yo, la verdad, no entiendo mucho, pero esas cosas de la política son peligrosas. Es mejor no meterse. Nosotros aquí estamos bien. Los señores son buenas personas. Don Pablo es un gran hombre. Fíjate que yo, que apenas entiendo de política, lo veo más cercano a los obreros que otros. ¿No te parece?

—Don Pablo es un tipo excepcional. Ojalá todos fueran como él. Pero eso es imposible. Aunque si la República cae, puede tener problemas. Está muy identificado y eso a los militares no les hace gracia.

—Pero ¿por qué dices eso? ¿Tú crees que los militares...?

—Sí, claro que sí. Están deseando dar un golpe. Y nosotros tenemos que estar preparados porque esta vez, por mucho que resistamos, lo consiguen...

—Calla, hombre, calla. No estarás hablando de una guerra o algo así, ¿verdad?

—Sí, Vega, claro que hablo de eso. Bajo ningún concepto vamos a rendirnos, no les vamos a entregar el país a un grupo de militares apoyados por el capitalismo, la aristocracia, la Iglesia y la burguesía. Lucharemos hasta el final.

—Me das miedo.

—Más miedo me da a mí ver a la señora Brigitte pasearse por Madrid con ese hombre. Sé que lo sabes igual que yo. Lo vi el otro día en tu cara.

Vega se sorprendió con el comentario del chófer. Nunca creyó que él también estuviera al tanto de los devaneos de la señora.

—Yo en eso no me meto. No sé nada.

—Sí que sabes. Igual que yo. Otra cosa es que no quieras hablar de ello. Pero no consigo entender la inconsciencia de esta mujer. Sabe que su marido es un hombre de la República y ella se ha ido a liar con un militar, y encima con uno que está metido hasta los huesos en lo que están preparando.

La irrupción en la cocina de Maruja hizo que la conversación cambiara radicalmente.

—Bueno, ya han cenado los señores. ¿Y vosotros queréis comer algo? Ha quedado pollo, está riquísimo. Ahora mismo os frío unas patatas y comemos los cuatro lo que ha sobrado. ¿Os apetece? Por cierto, ¿dónde está Olga, no ha vuelto aún?

—No. Es verdad, qué raro, todavía no ha vuelto.

Olga se despedía de un muchacho al que había conocido hacía unos meses. Un chico de Salamanca que, una vez terminados sus estudios de mecánico en la escuela de oficios de su ciudad, se había trasladado a Madrid a casa de sus tíos, para trabajar en un pequeño taller del barrio de la Concepción.

Se conocieron en la verbena de San Lorenzo. Chefa la invitó a ir con ella a la misa por el santo y después a comer unos churros. El destino quiso que el vistazo tímido de un muchacho de provincias se encontrara con la chica. Él estaba solo y deambulaba por el recinto un poco desorientado. Chefa se había dado cuenta de ello, y de las miradas que ambos jóvenes habían cruzado. Por lo tanto, ni corta ni perezosa, se acercó al chico y le llevó de la mano hasta donde estaba Olga. Así se habían conocido y desde entonces, los días que la chica tenía libres, paseaban por Madrid, conversaban, tomaban café o un refresco, iban al cine o, simplemente, se sentaban durante horas en un banco y hablaban sin parar de sus familias y sus vidas.

Vega sabía de aquella relación, y no había querido decir nada cuando Maruja preguntó por ella. Además, intentó impedir que Dámaso bajara en busca de la chica, pero no lo pudo evitar.

Dámaso no tardó en subir. Para que Maruja se quedara tranquila, le dijo que la chica estaba hablando con otras muchachas del vecindario.

A Maruja no le hizo demasiada gracia aquella explicación. No le gustaba que tuvieran contacto con los criados de las casas próximas, ya que lo único que buscaban, según ella, era saber de las cosas de sus señores para traer y llevar chismes.

No más de un cuarto de hora tardó en subir Olga.

Dámaso y Vega sonrieron, mientras Maruja regañaba a la chica por estar cuchicheando en la calle con aquellas muchachas sobre las cosas de las señoras.

Olga agachó la cabeza y se refugió en su habitación. No iba a cenar. Había merendado de lo lindo con su querido Luisito.

15

Las presiones del conde de Güemes en el obispado estaban dando problemas al padre Casimiro. Estaba recibiendo amenazas del mismísimo obispo, y había permanecido durante un tiempo en el seminario de Corbán.

Con la excusa de instruir a los seminaristas que se formaban para sacerdotes, el obispo de Santander alejó por un tiempo al párroco de Vega de Pas. Aunque el sacerdote se las ingeniaba para subir al menos una vez a la semana a visitar a sus feligreses, motivo por el que fue amonestado.

En su lugar habían puesto un cura viejo y atrasado que daba la misa en latín y se relacionaba muy poco con las gentes del pueblo. Era un hombre un tanto siniestro que ni tan siquiera de joven había ejercido de párroco. Había pasado casi toda su vida en el seminario, haciéndose cargo de temas administrativos. Tenía vínculos familiares con el conde de Güemes; venía de una saga adinerada que siempre había aportado grandes limosnas a la Iglesia a cambio de no destinarlo a ningún pueblo perdido de España. Por eso no sentía ninguna empatía con los lugareños y no vivía tan siquiera en Vega de Pas, a pesar de disponer de una vivienda cercana a la iglesia. Tenía un automóvil y con él se desplazaba desde la casa del conde, lugar donde residía habitualmente. Solamente dos veces por semana subía a la parroquia, salvo que hubiera oficios ineludibles, entierros o algún evento reseñable al que, por supuesto, no faltaba.

Por otro lado, el conde había recibido información sobre Pablo Vaudelet que no le había agradado en absoluto.

En uno de los viajes que realizó a Madrid fue informado de la inclinación política afín a la República que el hombre tenía, motivo por el cual había ido apartando poco a poco la relación con la familia. También le llegaron rumores sobre los amoríos de Brigitte con el teniente coronel Redondo. No obstante, seguía entregando, ahora por medio del cura nuevo, la asignación semanal a Virtudes, y le había indicado la necesidad de que cada vez que hablara con ella, fuera poniéndola sobre aviso de la posibilidad de ingresar al niño en un internado cuando cumpliera los cinco años.

Virtudes hacía oídos sordos a los comentarios del párroco. No tenía la más mínima intención de recluir a su bisnieto en ningún internado. Si algún día a ella le pasara algo, don Casimiro sabía lo que tenía que hacer. Ese era uno de los motivos fundamentales por los que el cura no dejaba de acercarse a su pueblo ni una semana, a pesar de las amonestaciones y las amenazas que le llegaban de parte de la autoridad eclesiástica de la ciudad.

El verano había llegado a Madrid. El calor era insoportable. Vega no estaba acostumbrada a aquellas temperaturas, casi cuarenta grados, que le hacían muy difíciles los días. Suplicaba por sentir la lluvia sobre su cabeza, por notar el viento fresco de las mañanas o las tardes a la sombra de una cajiga allí en su amado valle. Pero eso era imposible; la lluvia no se dejaba sentir en la ciudad, y los vientos lo único que hacían eran resecar su nariz y la garganta. Hasta la pequeña Rosario parecía notar aquel calor seco e insoportable.

Esperaba impaciente el momento de partir al norte. Según le habían dicho sus compañeros, los señores en verano se trasladaban allí. Ella deseaba que fuera a casa del conde de Güemes. Sería maravilloso volver a su tierra; podría ver a su pequeño Vidal, abrazarle y decirle todo lo que le quería y le añoraba. Pero mientras ese momento llegaba, había que seguir viviendo en el cálido y seco Madrid; por lo tanto, esbozó una leve sonrisa y se dispuso a arreglar a las niñas para llevarlas de paseo.

Vestía con cariño y delicadeza a Almudena cuando apareció la señora Brigitte en la habitación.

—Vega, dentro de un par de semanas salgo de viaje. Este año el señor no puede apartarse de su querida fábrica y yo no estoy dispuesta a sufrir los calores sofocantes de esta dichosa ciudad. Mis padres tienen una casita al sur de Francia, en Marsella; allí pasaré un mes aproximadamente. Primero pensé en llevar a la pequeña Almudena, mi mamá tiene muchas ganas de verla. Pero creo más oportuno dejarla aquí contigo; ella está acostumbrada a tus cuidados, así que aquí estará mejor. Bueno otra posibilidad era la de llevarte conmigo a ti también, pero claro, tendríamos un problema, pues ¿cómo íbamos a viajar con dos niñas? Por lo tanto, he decidido que lo mejor para todas será que os quedéis las tres aquí. No soporto este calor. Reseca mi piel terriblemente.

—Señora, estoy de acuerdo con usted, en esta ciudad hace mucho calor. Se me está ocurriendo que quizá Dámaso podía llevarnos a las niñas y a mí a la montaña. Allí la pequeña estará en la gloria, podrá dormir por la noche; desde que han comenzado estos calores apenas descansa el angelito.

—Pero ¿qué dices? ¿Tú crees que voy a permitir que mi hija viva ni un solo día en una cabaña inmunda como si fuera una montañera de esas?

—¡Pasiega!, viviría como una pasiega —contestó Vega con rabia, sin poder evitar mirarla con ojos amenazantes.

—Te recomiendo que bajes el tono conmigo. No te olvides de que soy la señora de la casa. Me importa muy poco que mi marido te consienta, pero conmigo... ¡cuidado, eh! ¡Mucho cuidado!, que te pongo en el primer tren con tu pequeña pasiega por menos de nada. ¡Faltaría más la tonta esta!

Vega posó a la niña sobre la cuna, puso las manos sobre sus anchas caderas y, desafiante, miró a la mujer. Sin pelos en la lengua dijo:

—Cuando quiera. La maleta la tengo preparada. Y deseando estoy de perderla de vista. Así que por mí no lo haga. El que nada me debe, con nada me paga, lo mismo que yo a usted. Además, déjeme que le diga que... usted irá de señora, pero... ¡válgame Dios si yo abro la boca...!

Brigitte se volvió hacia Vega y le lanzó un bofetón que no llegó a tocar la cara de la nodriza. Esta agarró la muñeca de la mujer y la retorció.

—A la hija de mi madre no la pega ni Dios. Nunca más vuelva a levantarme la mano. Y ahora póngase su sombrerito y vaya corriendo a los brazos de ese militar con el que pasa los días.

—¡Insolente! ¿Qué insinúas?

—No insinúo nada, afirmo. Me entiende. Y... ya le digo, y le repito por si no se ha enterado, que cuando quiera pongo rumbo.

Brigitte salió acalorada y confusa de la habitación y se refugió en su alcoba. No podía creer lo que Vega le había dicho. Sabía de su relación con Narciso, pero ¿cómo podía haberse enterado aquella nodriza? Debía tener más cuidado. Había sido muy poco precavida y quizá se había dejado ver en exceso con él. Pero bueno, ahora con la excusa de las vacaciones iba a pasar un mes maravilloso junto a su amado. Él iba a estar también en Francia, para mantener reuniones con italianos y alemanes en Burdeos, y después estaría con ella en Marsella.

Vega volvía del paseo matutino con las niñas cuando encontró al cartero charlando con el portero.

—Vaya, qué casualidad, Vega. Tengo carta para ti, y esta creo que no es de tu abuela, al menos el remite eso dice.

—¿Usted no sabe que la curiosidad mató al gato? No me parece bien que fisgue mi correo.

—Perdona, niña, no ha sido mi intención, solo bromeaba; es inevitable que eche un ojo, mujer. Pero si tanto te molesta, no lo volveré a hacer, no te preocupes. Ahora, que sepas que tampoco las voy a subir, ya puedes bajar tú a preguntar si tienes o no misiva.

—Bueno, deme la carta. Si la sube o no la sube, eso ya lo veremos. Quizá don Pablo no piense igual que usted. ¿No le parece?

—No, si al final la Chefa va a tener razón con que eres la consentida del señor Vaudelet.

Vega miró mal al portero; luego cogió la carta que este tenía en la mano y, antes de guardarla, comprobó quién era el remitente. No encontraba el momento de leer lo que el padre Casimiro le contaba en aquella inesperada carta. No pudo por menos que preocuparse. Tal vez la salud de su abuela se había resentido, o quizá Vidal estaba enfermo, o su querida suegra había empeorado, o... a saber. Un montón de hipótesis cruzaron por su cabeza.

Santander, 5 de julio de 1935

Estimada Vega:

El recibo de esta posiblemente te habrá sobresaltado. No hay motivo para ello, créeme. Tu abuela está como un roble, y tu pequeño sigue creciendo a buen ritmo. Imagino que sabrás que tu suegra está enferma. Virtudes me dijo que ya te había informado de ello, pero tampoco tengo malas noticias al respecto. Por lo tanto, puedes estar tranquila.

Bien, joven, mi carta es para informarte de lo que aquí está sucediendo. Creo que conoces mi situación actual. He sido apartado del pueblo. El fascista de don José Ramón, el conde, ha movido todos los hilos necesarios para que la diócesis me aparte de nuestro amado valle del Pas. No obstante, y en contra de las instrucciones que he recibido del obispado, aprovecho los viajes que hace un comerciante a Villacarriedo cada semana, y con su ayuda consigo mantener el contacto con mis feligreses, los cuales han quedado en desamparo, ya que el párroco actual no se hace cargo de sus deberes como Dios manda (este comentario no es propio de un sacerdote, pero no puedo evitar sentirme molesto; que Dios me perdone).

Han llegado a mis oídos comentarios sobre la familia para la que trabajas que no me han gustado nada. Por un lado, la inclinación política del señor, la cual no me molesta ni me preocupa; todo lo contrario, ya que como habrás imaginado a poco que me conozcas, está en la misma línea que la mía. Si bien es cierto que, dado su estatus social, le puede causar muchos problemas, y según tengo entendido ya han comenzado. Pero lo que realmente me preocupa es lo que se comenta sobre la señora (¡válgame Dios!). Espero que tú puedas decirme si es cierto o no. Tengo que reconocer que me da un poco de vergüenza hablar contigo de esto, niñuca, pero no me queda más remedio.

Bueno, lo que he escuchado es tan descabellado como que la señora Brigitte mantiene una relación secreta (que evidentemente no lo es) con un alto cargo militar, un teniente coronel que está muy cercano a Franco. Espero que tú puedas decirme algo al respecto.

Te preguntarás cómo conozco estos detalles, ¿verdad? Es sencillo, verás. Como te he comentado anteriormente, un comerciante me lleva cada semana hasta Villacarriedo. Pues bien, este hombre es cuñado de Tomás, el mayordomo del conde, y él es quien me ha explicado todas estas cosas. Además, me ha contado que el conde está muy molesto con don Pablo y que no quiere tener ninguna relación con él; es más, está buscando el modo de dejar de tener relación alguna. Eso implica que en cualquier momento puede darse el caso de que no le haga llegar a tu abuela el dinero semanal que debe entregarle. Pero tú no te preocupes. Yo voy a ponerme en contacto con don Pablo. Aún no sé muy bien cómo hacerlo, pero, aprovechando que el obispado tiene pensado enviarme a Madrid en próximas fechas, intentaré tener una conversación con él en su fábrica, y para esto necesito tu ayuda.

Sería muy importante que tú le comentes mi intención de hablar con él. Cuando sepa la fecha en la que me desplazaré a la capital, te llamaré por teléfono. El número lo sé, lo anoté cuando los señores vinieron a verme.

Es importante que hable con él, no solo por el tema del pequeño Vidal, sino también por asuntos políticos que seguramente le interesen.

Bueno, querida Vega, espero que esta información que te he transmitido quede entre tú y yo. Ten cuidado con esta carta, y casi sería conveniente que una vez leída la destruyeras, aunque evidentemente yo no soy nadie para decirte lo que debes hacer; solo es una recomendación.

No tengo nada más por el momento, pero ni que decir tiene que cuando esté en Madrid espero poder abrazarte y hablar contigo.

Sin más, me despido deseando que Dios te acompañe y te bendiga.

PADRE CASIMIRO

Vega dobló con sumo cuidado la carta del padre Casimiro y, al igual que hacía con las que recibía de su familia, la metió en una caja de madera y la cerró con un pequeño candado.

Por supuesto, se sorprendió de que la relación de la señora fuera tan conocida. Ella no podía imaginar que aquello estuviera tan extendido. Realmente, el conde de Güemes debía de tener mucha información. Pero lo peor de todo era la situación en la que estaba poniendo a su marido; seguramente todo Madrid era conocedor de la deslealtad de aquella mujer hacia su esposo. Sentía pena por don Pablo.

Salió a la cocina y se encontró allí sentado a Dámaso. El hombre leía con atención unos panfletos que llevaban el sello de la CNT; al notar la presencia de la joven, levantó la cabeza y al instante observó que algo le sucedía.

—¿Qué le pasa a la pasiega guapa?

Vega le miró y sonrió, nunca le había hablado de una manera tan cariñosa. Pero no contestó; solo levantó los hombros con gesto despreocupado, como si realmente no ocurriese nada.

—Venga, que nos conocemos. ¿Eran malas noticias? Mira que eres reservada, mujer; no hay quien te saque una palabra. ¿No te das cuenta de que soy el único con el que puedes hablar aquí?, y... además lo sabes.

Vega volvió a sonreír. Se acercó a la mesa, tiró del respaldo de la silla y se sentó junto al hombre.

—No te puedes imaginar el día que he tenido hoy. Lo primero, el orgullo pasiego me ha vencido y he discutido con la señora, pero no solo he discutido, es que la he retado. Bueno, me he enfrentado a ella, cara a cara. ¡Ya estoy harta de esta mujer! ¿Quién se cree que es?

—Bueno, la señora, ¿no? Vamos..., digo yo.

—¿Y qué? ¿Eso la da derecho a estar llamándome «pueblerina» todo el día? Pues mira... ¡no! Eso no se lo consiento ni a ella, por muy señora que sea, ni a Dios.

—Bueno, pues sí que estás tú molesta. Y ¿por qué has reñido, si se puede saber?, o mejor, ¿qué la has dicho tú?

—Pues, lo que la he dicho... La verdad, no debía haberlo hecho, he perdido una oportunidad muy buena para estar callada. No será por las veces que me ha dicho mi *güela* que no abra la boca. Y... ¿sabes qué la he dicho? ¡Agárrate! Pues... que sé que tiene un querido.

—¡No jodas! —Al chófer le cambió el color de la cara. Se levantó de su silla casi de un salto y comenzó a dar vueltas por la cocina acariciándose sin parar la nuca y sin dejar de decir—: No jodas, no jodas.

—¿Quieres sentarte? Me estás poniendo nerviosa. Ya sé que me he confundido, mira que me lo dijo mi abuela: «*Niñuca*, tú, ver, oír y callar». Pero no, yo he tenido que sacar la lengua a pacer y meter la pata, y lo peor es que ahora, ¿qué voy a hacer?

En ese momento se presentó Olga en la cocina. La joven había subido tan deprisa la escalera que llegó acalorada. Además, su cara reflejaba temor. Cerró la puerta de servicio y se quedó pegada a ella. Parecía que había visto al mismísimo demonio.

—¡Chica, qué susto! Pero ¿qué te pasa?

Olga movía la cabeza de un lado a otro sin parar. Se colocó la mano sobre la boca y casi en un susurro dijo:

—¡Madre de Dios, lo que acabo de ver!

—¡¿Qué has visto, chica?!

Olga posó el bolso sobre la mesa y se dejó caer sobre la silla en la que anteriormente estaba sentado Dámaso. Tomó aire y comenzó su relato.

—No os podéis imaginar lo que estos ojitos han visto. Fijaos que no sé si será verdad, ¿igual lo he imaginado? No sé. ¡Madre de Dios!

—¿Quieres contar de una vez lo que has visto? —dijo Dámaso, que ya no podía más.

—Veníamos Luis y yo paseando tranquilamente por el paseo del Prado, cuando de repente vemos un descapotable de esos preciosos, esos que solo se ven en las películas americanas. Pues bien, como a Luisito los coches le vuelven loco, nos fijamos con más detalle en él; claro, él se fijó en el coche, en todos los detalles que tenía, que si las ruedas, que si el color...

—¿Quieres abreviar, mujer? —la interrumpió el chófer.

—Bueno, si me cortas... me vas a poner más nerviosa de lo que ya estoy. ¿Por dónde iba? —Antes de que ellos le contestaran, Olga continuó su relato—: Bueno, pues estábamos mirando el coche, más Luis, porque a mí los coches no me llaman la atención demasiado, y entonces yo lo que hice fue fijarme en las personas que iban en él. Lo conducía un hombre con un traje muy elegante que luego me di cuenta de que era militar. —En ese momento, Vega y Dámaso se miraron, no era necesario que Olga continuara con el relato, ya sabían de qué iba aquella historia—. Y a su lado viajaba una mujer. Me fijé porque llevaba un pañuelo en el pelo igual que el de la señora Brigitte y la verdad, me extrañó mucho porque es el que le regaló su señora madre, y se lo trajo de París. Recuerdo que dijo que era un modelo único de Hermès y eso se me quedó grabado, ya sabéis lo que a mí me gustan los pañuelos. Bueno, que sigo que me estoy enrollando. El caso es que la señora en cuestión vuelve la cabeza y, ¡zas! ¿Quién era la dueña del pañuelo? Ni más ni menos que la señora Brigitte. ¡Ay, Dios mío! Pero claro, eso no fue todo, porque podemos ver a la señora en un coche con un hombre que no sea el señor. En fin, podemos pensar que..., no sé, cualquier cosa. —Vega notó que a la chica se le estaba secando la garganta y le acercó un vaso con agua; Olga dio un trago largo y continuó—: Entonces la veo que coge y le pasa el brazo por encima de los hombros, ¡ella a él, eh!, y luego se acerca, le toca la nariz como haciendo una gracia y le planta un beso en *to* los morros de esos de película. Podéis creerme, ¡que casi me caigo muerta! Luego el coche arrancó y se alejó. Pero ¡claro... ahí no queda todo! Es que resulta que doblo la esquina y veo cómo el señor está hablando tranquilamente con ese hombre aquí, en la puerta de la casa. Vamos, que el militar ha traído a la señora con toda la cara del mundo hasta la puerta y justo llegaba el señor. Yo no sabía dónde meterme. Este pobre hombre haciendo el ridículo agradeciendo al amante de su mujer que la trajera a casa. Pero ¿qué está pasando en este país, nos hemos vuelto locos o qué? Y, por cierto, ¿tú qué haces aquí? ¿Cómo no has ido a buscar al señor a la fábrica?

—Me dijo que tenía una reunión y que volvería él solo. Pero eso no viene a cuento.

Vega se levantó y dijo:

—Bueno, pues ya somos más los que estamos enterados de los amoríos de la señora.

—¿Qué quieres decir? ¿Vosotros lo sabíais?

—Sí, hace meses que sabemos de esa historia, pero lo peor es que me temo que toda España está también enterada.

La puerta principal se abrió. Los señores acababan de llegar.

La campanilla del salón sonó y Olga corrió a atender la llamada.

16

Tal y como estaba programado, Brigitte organizó su viaje a Marsella a primeros de agosto. Preparó un montón de maletas que envió por delante de ella, y así tomaría el tren tranquilamente, sin necesidad de estar pendiente de los incómodos bultos.

Le dijo a su marido que no era necesario que fuera a despedirla, ni que Dámaso la llevara a la estación; cogería un taxi. El motivo no era otro que el de evitar que pudiera ver a su compañero de viaje. Pero sus planes no salieron como ella pensaba.

Pablo, a pesar de sus ocupaciones, dispuso la jornada de manera que a la hora en la que el tren partía pudiera estar libre para acercarse a sorprender a Brigitte. Le pidió a su secretaria que comprara un ramo de flores y una cajita de bombones y, como si de un joven enamorado se tratase, solicitó a Dámaso que le llevara hasta Atocha.

El chófer conducía con tranquilidad, algo le decía que lo mejor que podía pasar era que no llegaran a tiempo, pero Pablo le pidió que acelerara; no quería perder la ocasión de volver a sorprender a su mujer.

—Espérame aquí, no voy a tardar. El tren está punto de partir; será solo un momento, Dámaso.

—Si quiere, entro con usted, también me gustaría despedirme de ella. No he tenido ocasión de hacerlo, como hemos salido esta mañana tan temprano...

—No, no es necesario. Tendré que correr, porque si no, creo que no voy a llegar.

Pablo salió rápido del coche y entró corriendo en la estación. El andén estaba lleno de gente. Unos se abrazaban con enormes sonrisas en sus labios, otros dejaban caer lágrimas por sus mejillas. A algunos les costaba soltar las manos, abrir los brazos y dejar que sus seres queridos partieran. Pablo, mientras sorteaba a todas aquellas personas, pensaba en la cantidad de historias que escondían aquellos andenes, pero al hacerlo su mirada se centraba en el interior de los vagones; buscaba con cierta desesperación la figura elegante y joven de su esposa. Por fin la encontró.

Brigitte estaba sentada junto a la ventanilla y miraba a la lejanía como esperando ver aparecer a alguien. Estaba tan distraída que solamente salió de su concentración cuando las flores que su marido portaba impidieron que siguiera mirando a lo lejos.

—Cariño, ¿qué haces tú aquí? —El tono de voz utilizado por la mujer molestó a Pablo; parecía que su presencia no era la que Brigitte esperaba y el hombre lo notó.

—He venido a despedirte; no pensarías que iba a ser capaz de dejar que mi esposa se fuera sin que nadie viniera a decirle adiós. Pero me da la sensación de que no te ha hecho ninguna ilusión. Toma, estas flores son para ti, son tus preferidas, y unos bombones para que endulces el largo camino que tienes por delante.

—Solo a ti se te puede ocurrir traer flores, ¿qué pretendes que haga con ellas? Me voy de viaje, las flores se traen para recibir a alguien, no para las despedidas.

—Al parecer, querida, últimamente no acierto nunca contigo. Hace meses que más que hablar, solo discutimos. Si no las quieres, no te preocupes. —El hombre se volvió y se las dio a una chica que pasaba junto a él—. Bueno, se acabó el problema, ya no hay flores; ¿y los bombones, los quieres o no? Porque puedo hacer exactamente lo mismo.

—Haz lo que quieras. No se te puede decir nada. ¿Tú crees que es normal esa actitud que acabas de tener?

—Vaya, ahora resulta que la señora está ofendida.

Desde la posición elevada en la que estaba Brigitte pudo ver cómo se acercaba Narciso. Tenía que hacer algo para que su marido no viera al militar. Pensó rápido y, sin más, salió del vagón y bajó al andén. Se abrazó a su marido y le besó en la boca. Mientras lo hacía, comenzó a moverse, como si de un baile se tratase. Pablo lo hizo con ella y así consiguió cambiar la posición de su marido, dejándole de espaldas a la dirección por la que se aproximaba Narciso. Cuando el hombre estuvo cerca de la pareja, ella con los ojos, mientras continuaba besando y abrazando a su marido, le hizo un gesto con la mano para que se apresurase a subir al tren y se ocultase.

Cuando el militar desapareció de escena, ella se apartó de los brazos de su marido y despegó sus labios de los de él.

—Nunca conseguiré entenderte, querida. Parecía que mi presencia te molestaba y de repente te lanzas a mis brazos. Venía a sorprenderte y resulta que el sorprendido soy yo.

—*Mon amour*, sabes cómo estoy de loca. Parece mentira que no me conozcas todavía.

El pitido del jefe de estación sonó como una sirena. El tren estaba a punto de partir. Brigitte se despidió de su esposo y entró de nuevo en el vagón. Apenas puso los pies en él, la máquina se puso en marcha. Ambos se dedicaron un gesto de adiós. Brigitte desapareció de la vista de Pablo y este se volvió y caminó hacia la salida.

Dámaso esperaba a su jefe apoyado en el capó del coche. Estaba nervioso y de mal humor. Había sido testigo de la entrada acelerada en Atocha de Narciso Redondo y esperaba expectante la salida de Pablo. Seguramente el hombre había descubierto el secreto de su mujer y la situación sin duda había sido incómoda para él. Por otro lado, la información que tenía el chófer sobre una reunión que iba a producirse en Francia entre militares italianos, alemanes y españoles se confirmaba. Sin embargo, en contra de lo que pensaba, la sonrisa con la que apareció Pablo le desconcertó.

—Por lo que veo, llegó a tiempo el señor.

—Pues sí, Dámaso.

El chófer no sabía cómo preguntar para saber si había visto al militar en el andén o quizá en el tren. Y tampoco quería decir que él le había visto para no levantar ningún tipo de sospechas, ya que, en circunstancias normales, sería de extrañar que el hombre viajara también ese mismo día, en ese mismo tren y posiblemente en el mismo vagón.

El teléfono de la casa de los Vaudelet sonó con insistencia. Olga había ido unos días a Casafranca; su madre había enfermado y la chica salió apresuradamente, por lo tanto, no estaba en la casa. En cuanto a Chefa y Maruja, tampoco se encontraban, como cada día habían salido al mercado. Así pues, tuvo que ser Vega quien contestara el teléfono, pero cuando descolgó el aparato ya no había nadie al otro lado.

Volvió de nuevo a la habitación y continuó con las niñas. Las dejó a las dos jugando tranquilamente sentadas en el suelo. Rosario estaba a punto de cumplir un año y cada vez que su madre se descuidaba se agarraba a donde podía y se ponía de pie. Había probado en unas cuantas ocasiones a dar pasitos, aunque sus pequeñas piernas no habían resistido y había caído, pero la niña era perseverante y una y otra vez lo intentaba. Por eso cuando Vega entró en la habitación se encontró a su pequeña dando pasos titubeantes hacia la cama; al llegar a ella se apoyó, se volvió y observó cómo su madre la miraba. La niña le regaló una gran sonrisa en la que le decía: «Lo he conseguido, ya sé andar». Vega la cogió en sus brazos y la besó. Cuánto habría dado porque su querido Bernardo hubiera visto crecer a sus hijos. De nuevo sonó el teléfono y está vez Vega sí llegó a tiempo de contestar.

—Buenos días, casa de los señores Vaudelet, ¿dígame?

—¿Vega?

—Sí, soy yo; ¿quién habla?

—Vega, soy el padre Casimiro. Ya estoy en esta endemoniada ciudad. ¡Qué calor, Dios mío! Esto parece el mismísimo infierno.

—¡Padre! Qué alegría. ¿Cuándo ha llegado?

—Hace unas horas y te puedo asegurar que estoy deseando volver al templado norte, ¡qué horror! Pero bueno, pequeña, recibiste mi carta, ¿verdad?

—Sí, padre, claro que la recibí.

—Y dime, ¿cuándo puedo hablar con don Pablo?

—Bueno, verá, la verdad es que no he tenido ocasión de

hablar con él. El hombre llega muy tarde y madruga muchísimo; salvo algún domingo, es difícil verle. Con decirle que hace un montón de días que no ve a su hija...

—Ya, pero como te conté, necesito verle. ¿Cómo puedo hacerlo, hija?

—Pues, la verdad... Sí, creo que ya sé cómo lo podemos hacer. ¿Se acuerda de Dámaso, el chófer?

—Sí, sí...

—Pues luego cuando venga a comer le voy a contar que usted quiere hablar con el señor, y seguro que él arregla el encuentro. ¿Puede llamarme más tarde?

—Sí, ¡cómo no! Sobre las cuatro de la tarde volveré a telefonear.

—Ya siento la molestia, padre. Y... ¿sería posible que le viera?

—Por supuesto; además, tengo que verte. Tu abuela me ha dado un paquete para ti. Un detalle. Vega, prefiero que le digas a Dámaso que quiero que la cita sea en un lugar ajeno a la casa; no quiero que esté presente su mujer.

—Uf, por eso no se preocupe. La señora se ha ido esta mañana de vacaciones a Marsella, allí pasará al menos todo el mes de agosto. No hay problema, padre, puede venir a casa tranquilamente. Además, así le puedo ver.

—Qué canalla de mujer, ¡oh! ¡Que Dios me perdone, no soy quién para juzgar! —Con unas cuantas palabras más, haciendo sobre todo referencia a cómo se encontraba su gente en el valle, Vega y el padre Casimiro cortaron la comunicación.

La nodriza andaba pendiente de la puerta de servicio. Cada vez que oía un ruido, asomaba por la cocina con la esperanza de ver aparecer a Dámaso.

—¿A quién esperas con tanto deseo? —le dijo Chefa en tono irónico y con una media sonrisa socarrona.

—No creo que sea problema tuyo si yo espero o no, o si dejo de esperar.

En ese momento, la puerta de servicio se abrió y apareció Dámaso. El hombre enseguida se dio cuenta del ambiente que se respiraba. Como siempre, la relación de Chefa con todo el mundo era desastrosa, pero en especial con Vega.

La chica le hizo un gesto con los ojos confiando en que este advirtiera la necesidad que tenía de hablar con él.

Dámaso entendió a la primera el gesto de la mujer y, como quien no quiere la cosa, cogió del frutero una manzana y salió de la cocina. Ambos se encerraron en la habitación de juegos.

—¿Qué pasa?, ¿has tenido bronca otra vez con esta o qué?

—Qué va, a esta ya no le hago ni caso. No merece la pena perder el tiempo con ella. Necesito pedirte un favor.

—Pues tú dirás.

—Veras, no sé si recordarás al padre Casimiro, el cura de mi pueblo.

—Sí, sí que me acuerdo de él. A pesar de ser cura parece buen cura. Fíjate que yo diría que hasta es un poquito rojo.

—Calla, anda, no digas tonterías.

—¿Tonterías? ¿Ser rojo es una tontería para ti?

—A mí déjame, que yo no sé lo que es ni rojo, ni azul, ni nada...

—Bueno, pero habrás votado, ¿no? Si no, ¿de qué sirve el trabajo de Clara Campoamor?

—¿Yo? ¿Votar? No sé ni quién es esa Clara que nombras,

aunque por cómo lo dices debe de ser importante. Venga, déjame que te diga lo que tengo que decir, que me estás liando y me corre un poco de prisa este asunto, hombre.

—Bueno, dime, anda. Pero te contaré quién es Clara Campoamor, todas las mujeres deberían estarle muy agradecidas —le dijo Dámaso, mientras se comía la manzana.

—Necesito que le digas a don Pablo que el cura quiere hablar con él. Deben de ser asuntos importantes.

—Pero ¿el señor le conoce?

—Sí, claro que le conoce. Le saludó en casa del conde. Él fue quien me convenció para que viniera a trabajar a esta casa. No pensarás que hablaba yo directamente con el conde ese.

—De acuerdo, no te preocupes. Voy a llamar ahora mismo a la fábrica. Si el asunto es importante no podemos esperar a que esta tarde le vaya a recoger. Y... ¿qué es lo que quiere decirle?, ¿sabes algo?

—No, pero creo que no es nada bueno.

—¿Y por qué piensas eso?

—Uf, Dámaso, estás muy preguntón hoy, ¡eh!

—Vale, vale, no pregunto más. Voy a telefonear. Por cierto, tú de esta casa no te vas sin saber quién es Clara Campoamor.

—De acuerdo. A este paso contigo voy a parecer una enciclopedia, hijo.

17

El padre Casimiro esperaba nervioso y preocupado la llegada de Pablo. Nunca en la vida se había sentido así. Los asuntos que debía tratar con aquel hombre eran delicados. Por un lado, debía entrometerse en su vida privada hablando de asuntos tan personales como la política y la pareja. Y por otro, debía hacerlo teniendo en cuenta la escasa o incluso nula relación que tenía con aquel hombre. Pero debía cumplir con su cometido; de lo contrario, peligraba no solamente el propio Pablo, sino más gente que sin él saberlo viajaba en el mismo barco que el empresario.

Tal y como habían quedado, a las siete en punto el coche conducido por Dámaso se paró justo a los pies del sacerdote. Del mismo bajó Pablo Vaudelet.

—Buenas tardes, padre.

Casimiro se quedó sorprendido. No esperaba que el hombre le reconociera con tanta facilidad, y más teniendo en cuenta que no vestía sotana y esperaba haber sido él quien se diera a conocer. Pero, a decir verdad, no fue la destreza de Pablo, sino la cuidada atención a los detalles que siempre ponía Dámaso.

—Sorprendido, ¿verdad? No piense que recordaba su cara, y mucho menos viniendo usted de calle. Ha sido mi chófer quien me ha indicado.

—Buenas tardes, joven. Muchísimas gracias por atenderme. Sé que es usted una persona sumamente ocupada y su tiempo es valiosísimo para gastarlo con un pobre cura de pueblo como yo.

—Por favor, padre. Ni mi tiempo es más valioso que el suyo, ni usted es un pobre cura de pueblo. Vamos, pase.

Tras ellos se encontraba la monumental puerta de forja adornada con toques dorados que daba acceso al Casino de Madrid. Ese había sido el lugar elegido por Pablo para conversar con el sacerdote. Era un sitio poco concurrido a esas horas, mucho menos que el bullicioso salón del Círculo de Bellas Artes un día como aquel, un martes de agosto que, a pesar de las ausencias por el periodo estival, continuaba manteniendo un buen ambiente.

El padre Casimiro, siguiendo las indicaciones de Pablo, se adentró. Jamás en su vida sus ojos habían visto tanto lujo. Una majestuosa escalera de mármol cubierta con una maravillosa alfombra roja era la vista que recibía el visitante nada más entrar. Las barandillas doradas y la enormidad de la lámpara central del vestíbulo hicieron que el párroco se quedase admirando todo aquello con la boca abierta.

—Padre, cierre la boca, hombre, que en verano hasta en lugares como este hay moscas. Sígame; estaremos mucho mejor en el salón de música. Allí, con el soniquete incesante y melodioso del pianista, la conversación será mucho más discreta.

—Sí, sí, como usted diga. Le sigo, le sigo.

El cura no salía de su asombro. Lo más lujoso que había visto era el obispado, pero nada tenía que ver con aquello.

El salón de música era un lugar encantador; sus paredes claras adornadas con escayolas pintadas con pan de oro relucían por todas partes y las columnas jónicas de mármol que sostenían los altos techos eran impresionantes. En el centro de la sala, un pianista vestido elegantemente tocaba el piano de cola que ocupaba el espacio central de la sala.

—Nos sentaremos junto a la ventana. Qué alegría volver a verte. Fue una gran sorpresa para mí descubrir que estabas en Vega de Pas; hacía muchísimos años que no te veía, te había perdido la pista. ¿Qué tal está tu madre?

—Uf, no sabes la ilusión que me hizo cuando entré en casa del conde, que, por cierto, hablaremos de él; menudo fichaje que es, vaya amigos tienes. Menos mal que a pesar de lo torpe que soy, noté que no querías que se viera que nos conocíamos y por eso mi actitud fue reservada y seca. Mi madre falleció hace tres años. Una pulmonía se la llevó en poco más de dos meses.

—Vaya, cuánto lo siento. Sabes que la quería muchísimo. Siempre recordaré sus potajes y sus tartas de chocolate. Mis padres también faltan desde hace años.

—Lo sé. A ellos siempre les seguí la pista, sobre todo a tu padre. Le veía a menudo.

—¿Sí? No tenía ni idea de que mantenías relación con él. Nunca pensé que pudierais estar en contacto.

—Ya ves. Quizá hay cosas que no sabes, pero que debes saber.

—No te entiendo.

—No importa, son cosas mías. Ya sabrás a lo que me refiero. Pero bueno, amigo mío, aquí estamos para hablar de muchos asuntos. Los tiempos están revueltos, y te has posicionado en el lugar equivocado, como yo. Quizá seamos dos locos, pero...

—Así es, amigo mío. Pero ya no hay marcha atrás. Mis ideales están por encima de mí. Y no voy a cambiar el paso. Me consta que estoy a tiempo de hacerlo, pero no quiero. Perdona un momento. —Pablo levantó la mano solicitando la atención del camarero que raudo se acercó hasta la mesa—. ¿Qué quieres tomar?

—Lo mismo que tú. Si te parece bien.

—Perfecto, dos whiskies dobles, por favor. Y hágame el favor de decirle a mi chófer que puede irse.

Los dos hombres continuaron hablando durante horas. Eran muchos los asuntos a tratar y los recuerdos por comentar.

Eran casi las doce de la noche cuando Pablo entró por la puerta de su casa. Había sido una conversación larga, muy larga, la que había mantenido aquella tarde en el Casino. Una conversación intensa y llena de sorpresas. Anímicamente se encontraba hundido. En ella había recibido una cantidad de información que aún estaba procesando. Tenía que descansar, valorar todo lo que Casimiro le había dicho, hacer alguna que otra averiguación para comprobar que los datos que aquel cura le estaba dando eran ciertos y, sobre todo, digerir dos asuntos muy relevantes para su vida y su futuro. Era una conversación que no debería compartirse con nadie; además, él, sentado en el butacón de cuero marrón y con una copa de whisky en sus manos, no tenía con quién hacerlo, aunque quisiera. Casimiro le había quitado la venda de los ojos, unos ojos que, si bien no estaban cerrados del todo, no querían ver con claridad la realidad. Pero su hermano le había puesto al día de todo. Sí, su hermano, otra gran sorpresa. ¿Quién podía pensar que su padre había tenido relaciones con su querida Rosita, aquella dulce mujer que le crio y que también al parecer había enamorado a su progenitor hasta el punto de cuidarla y atenderla hasta el día de su muerte? Toda la información que Casimiro le había dado se agolpaba en su cabeza. Por una parte, creía todo lo que el cura le había contado, pero por otra, no tenía certeza alguna de lo que aquel hombre decía. No podía preguntar a nadie si era verdad que Casimiro y él eran hermanos. Se llevaban diez años. Habían crecido en la misma casa, bajo el mismo techo y, sin él saberlo, con el mismo padre. Pero algo sí tenía claro. Casimiro era de fiar; no había nadie en este mundo que fuera más leal, más sincero y mejor persona. Podía contar con él en cualquier momento y por la circunstancia que fuese. Y eso era algo que agradecía profundamente. En el fondo estaba contento de saber que tenía un hermano. Ahora ya no estaba solo.

El llanto de su pequeña Almudena le hizo volver al mundo y alejar sus pensamientos. Posó con sumo cuidado su copa sobre la mesita y se acercó a la habitación de la niña. Al abrir la puerta encontró a Vega con su hija en los brazos. La tenía cogida con tanto mimo que la estampa le conmovió.

—Buenas noches, Vega. —Susurró la frase para no sobresaltar a la niñera.

—Buenas noches, señor. Está dormida, seguramente ha tenido un mal sueño. Los niños también tienen pesadillas, no son exclusivas de las personas mayores, por desgracia. Vaya a acostarse, yo me encargo. Es mi trabajo.

—Dámela un momento. No sé por qué, pero hoy me apetece cogerla.

Vega puso en los brazos de Pablo a la pequeña y se dispuso a salir de la estancia, pero Pablo le pidió que no lo hiciera. Necesitaba compañía aquella calurosa noche veraniega.

—¿Está bien, señor? Si me permite, le diré que parece cansado. Creo que trabaja demasiado.

—No, estoy bien; ¿por qué lo dices?, ¿tengo mala cara?

—Sí, está usted un poco blancuco.

—Será el calor. Es insoportable Madrid en agosto, ¿verdad?

—¡A mí me lo va a decir, que no puedo con mi vida! Cuánto echo en falta el viento de mi tierra, y esa morriña que nos visita día sí y día también, señor.

—He estado hablando con Casimiro, el cura. Me ha dicho que tu abuela y tu hijo están muy bien. Siento mucho que no lo puedas ver, tienes que extrañarle mucho, ¿verdad?

—Muchísimo. Mi abuela me manda fotos de él y voy viendo cómo crece, pero me estoy perdiendo su infancia, cuando vuelva será un mozo. Pero ¿qué puedo hacer?, es la vida. Bastante agradecida estoy a los señores de que al menos pueda tener a mi lado a la pequeña, y gracias también porque sé que a mi *chicuzu* y a mi *güela* no les está faltando de nada.

—¿Te gusta vivir en Madrid, Vega?

—Bueno, no me desagrada, pero es todo tan diferente... ¡Qué le voy a contar que usted no sepa! Allí la mayor distracción que tenemos es ir a misa los domingos y celebrar a la Virgen por las fiestas, poco más; el resto es trabajo duro y desagradecido. Pero a cambio, tenemos otras cosas: las montañas verdes y empinadas, las cabañas repartidas por el monte, el sonido de los campanos, el aire limpio, el soniquete del río..., esas cosucas que quizá para usted no tengan ningún sentido pero que para mí son la vida.

—En el fondo te envidio. Dime, ¿qué hay que hacer para ser una pasiega como tú?

Vega sonrió y se sonrojó.

—Qué sé yo, señor, pues nacer en la Vega y tomar leche del puchero.

—Te envidio, Vega, de verdad.

—Uf, si usted supiera lo que yo llevo pasado, no me envidiaría tanto. Me quedé huérfana de madre al nacer, mi padre casi perdió la cabeza y se aisló en los montes; bajaba de vez en cuando a ver cómo iba y luego se refugiaba de nuevo en su cabaña. Eso no es vida para una niña, aunque tuve siempre la compañía y el cariño de los abuelos; sin ellos, no sé qué hubiera sido de mí.

—Vega.

—Dígame, señor.

—Sabes que la situación política de este país es convulsa, ¿verdad?

—Sí, lo poco que escucho así lo da a entender. Aunque si quiere que le diga la verdad, no entiendo mucho. Pero oigo a Olga y a Dámaso algunas veces hablar y también a Chefa, pero a ella más que hablar la oigo vocear «¡que vengan de una vez los falangistas!». Aunque no la entiendo realmente.

—Entonces ¿tú no estás en ningún bando?

—¿Bandos? Me está asustando el señor. Yo no entiendo de política, yo solo entiendo de personas, y de lo que hacen las personas los unos por los otros. Solo sé que estamos a punto de revolver los cimientos, y cuando metemos la cuchara en el fondo de la cazuela lo único que podemos sacar es el *resquemau* y eso no me gusta nada.

—Bueno, ya es hora de ir a la cama. Esta princesa está dormida y nosotros tenemos que aprovechar para descansar. Buenas noches, Vega.

El hombre tomó el pomo de la puerta con intención de abrirla para salir, pero sin soltarlo se volvió de nuevo hacia la pasiega y preguntó:

—Vega, si alguna vez necesitase tu ayuda, ¿me la darías?

—No sé en qué le puedo yo ayudar, señor, pero si usted cree que lo haría en algo, desde luego que sí que le ayudaría.

Pablo abrió la puerta y se despidió con un escueto: «Buenas noches».

18

La luz que asomaba entre los cortinones de la elegante estancia del hotel Dieu despertó a Brigitte. Se revolvió entre las sábanas de raso blancas buscando el cuerpo de su amante, pero no lo encontró. En su lugar, una nota sobre el mullido almohadón le comunicaba que Narciso estaba desayunando en la terraza.

Mi amor, te espero en la terraza con un café caliente y unos deliciosos cruasanes. Narciso.

Brigitte se levantó. Rápidamente se aseó y se vistió. Eligió un vestido vaporoso estampado con florecitas azules pastel, el sombrero de ala ancha y unos zapatos abiertos en tono crema. En apenas veinte minutos estaba buscando a Narciso en la hermosa, cálida y bulliciosa estancia exterior del hotel.

El lugar era inmejorable, sin duda el mejor de Marsella, situado junto al Puerto Viejo, cercano al barrio de Le Panier. El hotel Dieu era espectacular, parecía un gran palacio, aunque en realidad había sido un hospital. Un edificio histórico construido en el siglo XVIII que disponía de una magnífica terraza donde los huéspedes disfrutaban de igual manera de un buen desayuno que de una copa nocturna.

Narciso no estaba solo; compartía desayuno y plática con un hombre al que Brigitte no conocía. Se acercó coqueta hasta la mesa y saludó con un beso en la mejilla a su teniente coronel.

—*Bonjour, messieurs, comment allez-vous?*

Los hombres se levantaron rápidamente.

—Hola, cariño, él es el coronel Richter. Es alemán, pero conoce perfectamente el español. No es necesario que utilices tu maravilloso francés. Ella es... es mi esposa. Brigitte Bloch. —La mujer no se extrañó en absoluto de la presentación que hizo de ella Narciso; al contrario, se mostró orgullosa.

—Encantada, coronel Richter. Qué maravilloso día, ¿verdad? Pero, por favor, tomen asiento, no quiero molestarles. Si lo prefieren no tengo ningún inconveniente en utilizar otra mesa para que puedan seguir con su conversación, seguramente son cosas de hombres que nada me interesan y, además, no quisiera...

Antes de que Brigitte pudiera terminar la frase, Hermann Richter, que se había quedado prendado de la belleza de la mujer, esbozó una gran sonrisa y contestó:

—Faltaría más. Este lugar ha dejado de ser lo que era desde el momento que usted ha entrado, señora. No podemos permitirnos el lujo de no gozar de su compañía. Además, la conversación que debemos mantener su marido y yo ya vendrá más adelante, hay tiempo suficiente para el trabajo y por supuesto para el placer. ¿No le parece, camarada Narciso?

—Por supuesto, amigo mío.

—Perfecto, entonces me van a permitir que les deje solos. Tengo unos asuntos que resolver. Espero unas llamadas importantes y antes debo ponerme al día en diferentes temas.

Hermann Richter se levantó y tomó la mano de Brigitte descaradamente, depositando sobre ella un beso.

La chica se ruborizó. Cuando el hombre se alejó, volvió la vista hacia Narciso y encontró en su mirada señales de celos que le causaron cierto orgullo. No pudo por menos que sonreír.

—No sé qué es lo que te hace tanta gracia. ¿Acaso crees que te he traído para que coquetees con mis colegas?

—¡Por Dios, mi amor! Pero qué cosas tienes. No se me ha pasado por la cabeza coquetear con nadie. Ha sido él quien se ha mostrado adulador, pero nada he hecho yo para que así fuera.

—Ya, eso es lo que tú te crees. Tendrías que haberte visto. El contoneo que traías era más propio de una puta que de una mujer de la alta sociedad como eres tú.

—¡No te consiento que me trates así!

—Que tú a mí no me consientes, ja, ja, ja. Tú harás lo que yo diga, no lo que a ti te venga bien. No quiero volver a verte tan... simpática. ¿Qué tienes pensado hacer hoy?

—No lo sé. De momento tomar un café si no te molesta.

Narciso se acercó a ella y le apretó con fuerza el brazo.

—No te hagas la lista conmigo, ¿eh? Deja tus tonterías de niña mimada para tu marido.

Tiró sobre la mesa la servilleta y se levantó acalorado. Sin mediar palabra, se fue. Brigitte se quedó sentada mirando fijamente la torre de la catedral de Santa María la Mayor, mientras sus ojos se humedecían por la rabia.

No habían pasado ni cinco minutos cuando notó a su espalda la respiración serena de alguien. Se volvió contenta, pensando que Narciso había vuelto. Pero quien se encontraba tras ella era Hermann.

—Mi querida señora. Veo que su esposo la ha abandonado.

—No, coronel, ha subido un instante a la habitación. Había olvidado mis gafas de sol y se ha acercado a buscarlas.

—Vaya, pues parece que coincidimos en algo. Yo también he olvidado mi pitillera. —El hombre la recogió de la mesa donde la había dejado.

—Oh, pues fíjese que no nos habíamos dado cuenta. Estábamos admirando el paisaje, la bella Marsella cada día está más resplandeciente. ¿No le parece?

—Ya lo creo, pero no tanto como sus ojos.

Brigitte comenzó a sentirse incómoda. El pensar que Narciso podía verla con aquel hombre le hizo cortar la conversación de raíz.

—¿Alguna cosa más, coronel?

El hombre notó el cambio en ella y se sintió contrariado. No se molestó en contestar y desapareció de la soleada terraza del hotel.

Brigitte tomó lentamente el último sorbo de café con leche. Recordó que cerca de allí estaban las Calanques, unas pequeñas calas por las que solía pasear aquellos veranos ya lejanos cuando sus padres veraneaban en casa de su tía abuela Ludovica. Regresó a la habitación con la esperanza de que Narciso estuviera allí, pero no le encontró. Las camareras se afanaban en arreglar la estancia y al notar su presencia abandonaron la misma rápidamente. La mujer se retocó los labios y posó a ambos lados de su largo cuello unas gotitas de Chanel n.º 5. Revisó su bolso y salió de la habitación dispuesta a pasear por aquellas hermosas calas.

Según caminaba por los maravillosos jardines en dirección al portalón de salida, se encontró con una conocida de Madrid. Intentó disimular y pasar desapercibida, ya que la mujer parecía que caminaba inmersa en una conversación amena con su acompañante, pero fue inútil. Al llegar a su altura y a pesar de cubrir su cara con el ala de su sombrero bajando la cabeza, la otra la reconoció.

—¿Brigitte?

No le quedó más remedio que contestar, estaba demasiado cerca de ella como para no hacerlo.

—Querida Magdalena. Pero ¡qué casualidad! Hace tanto que no nos vemos que cualquiera diría que vivimos en distintas ciudades, y ahora sin embargo nos vamos a encontrar en Marsella. —Soltó una carcajada desenfadada.

—Fíjate que le venía diciendo a Isaías que me parecías tú. Te he visto desde que has salido del hotel. ¿No me digas que estáis aquí de vacaciones?

—No, no, qué va. He venido a tomar un café con mi prima. Yo me alojo en casa de mi tía abuela, ya sabes que vivía aquí y desde su fallecimiento la casa la utilizamos para veraneo, nada más. Mi madre me espera, lamento tener que dejarte. Bueno, espero verte en Madrid.

Se dio cuenta de que era importante saber si ella se alojaba en el hotel. Y antes de cortar de raíz la conversación, dio un giro y continuó con la charla:

—¿Y vosotros estáis en el hotel?

—Sí, hemos pasado unos días maravillosos. La familia de Isaías ya sabes que es francesa y se ha acercado hasta aquí; hemos disfrutado de quince días de ensueño. Pero ya sabes, todo lo bueno termina y esta misma tarde partimos para Santander. Mis hermanos nos esperan allí como todos los años, ya sabes, la familia... No puedo estar sin ella, y sin mi bahía. Sentarme en la terraza de aquella casa y admirar mi preciosa y majestuosa bahía, es lo que más deseo.

—Vaya, qué lástima. Podríamos haber comido mañana.

—Cómo lo siento, querida. Pero bueno, como bien has dicho, quedaremos en Madrid; eso sí, tendrá que ser después del 10 de septiembre. Hasta esa fecha no volveremos.

Las dos mujeres se despidieron con tres besos en las mejillas, haciendo uso de las maneras francesas. Brigitte sintió un gran alivio al saber que la pareja partía aquella tarde y, por supuesto, que no había hecho más preguntas. Magdalena tenía fama de ser una gran cotilla y seguramente le contaría a todo Madrid que la había visto en Marsella. Por suerte iba sola, si hubiera ido acompañada de Narciso no sabría cómo podría haber salido de aquella situación. Además, Isaías conocía al teniente coronel; ella los había visto hablar en la ópera el pasado invierno.

Continuó caminando lentamente, prisa no tenía ninguna; estaba incómoda, molesta y enfadada. Estaba pensando muy seriamente en ponerle a su teniente coronel los puntos sobre las íes. ¿Quién se pensaba que era? Ella era una gran señora a la que no se la podía tratar como a una fulana. Pero claro, tenía un gran problema. Si le cantaba las cuarenta, con el carácter que tenía Narciso era muy posible que la pusiera en el tren de vuelta a Madrid sin dejarla mediar palabra. Mejor sería no decir nada. No enojarle. Estaba enamorada como una chiquilla y él también; por eso había tenido ese gesto de celos que en el fondo la llenaba de orgullo y hacía que se sintiera única, como una diosa. Disfrutaría del paseo, comería tranquilamente con su amado y descansaría. Esa noche estaban invitados a una fiesta y debería lucir hermosa.

La orquesta deleitaba con sus canciones atrevidas a los veraneantes. La terraza del hotel estaba iluminada para la ocasión; una gran cena de gala se celebraba, reuniendo en ella a un grupo numeroso de militares, políticos y personajes de la alta sociedad francesa, alemana y, por supuesto, española.

Brigitte estaba deslumbrante. Su vestido rojo palabra de honor no dejaba indiferente a nadie; las miradas atrevidas de los caballeros la perseguían y los ojos envidiosos de las mujeres parecían cuchillos afilados hacia ella. Pero no le importaba en absoluto, se sentía feliz; paseaba con una copa de champán en la mano de un lado a otro recorriendo con delicadeza la amplia terraza. Narciso estaba ocupado con sus amigos y no quería molestarle. Tampoco quería unirse a ningún grupo de mujeres; quizá durante la charla podía notarse quién era realmente y prefería mantenerse al margen. Pero no pudo evitar que apareciera el coronel Richter. El hombre la había visto pasear sola y decidió acercarse. Con delicadeza, pasó el dedo por la espalda desnuda de la mujer y esta sintió un escalofrío que la hizo estremecerse. Cerró los ojos y dejó que el hombre continuara su caricia; luego se volvió despacio en busca de la boca de su amado, pero al poner las manos en los brazos del hombre se dio cuenta de que no eran los músculos bien formados y fuertes de Narciso. Se apartó con recelo e intentó decir algo, pero él puso su dedo índice sobre sus labios impidiendo ningún comentario.

—Bella dama, esta fiesta no sería lo mismo sin su presencia. Si yo fuera su marido, no la dejaría ni un solo momento. Me he permitido traer otra copa, seguramente esa ya se haya calentado y el champán hay que tomarlo bien frío.

—Coronel Richter, es usted un atrevido, le he confundido con...

—¿Con su amante? No pensará que he creído que es la esposa de Narciso, ¿verdad? Llámeme Hermann, por favor.

—Es un insolente; mi marido se encargará de hablar con usted.

—Creo que no voy a tener el gusto, ni yo voy a ir a Madrid, ni Pablo Vaudelet va a aparecer por Marsella; quizá en otra ocasión.

—Creo que se equivoca.

—Ambos sabemos que no. Esta mañana tuve el placer de comer con una amiga suya, Magdalena. Curiosamente su esposo tiene negocios en Alemania y nos conocemos. Pero no se preocupe, no he desvelado su pequeño secreto. Quizá algún día me lo pueda agradecer. Y ahora, ¿me acepta la copa? Como le he dicho, el champán caliente no sabe a nada.

Brigitte estaba desconcertada, no sabía muy bien qué hacer.

—Oh sí, ¡cómo no! Le agradezco el detalle, pero no me apetece tan frío. Además, fíjese, el champán no es algo que me guste en exceso; es agradable, pero prefiero un whisky.

—Sus deseos son órdenes. Ahora mismo le traeré uno, y otro para mí. También lo prefiero.

Brigitte aprovechó que el coronel fue a buscar la bebida

para ir al encuentro de Narciso, pero ya era un poco tarde. Él se acercaba a ella con cara de pocos amigos.

—Cómo te tengo que decir que no quiero que tontees con ese alemán, me estás empezando a cansar. ¡Vamos!

Narciso la cogió del brazo y salió con ella de la terraza. Atravesaron el vestíbulo ante la mirada de los recepcionistas que, asustados, asistían atónitos al espectáculo verbal que Narciso le iba regalando a Brigitte. Los insultos hacia ella causaron el llanto descontrolado de la mujer y eso encendió aún más el carácter del militar, que nada más poner los pies en el ascensor le dio una bofetada que dejó huella en su rostro. Pero esa solo sería la primera de muchas. Los celos enfermizos y las copas de más hicieron el resto.

Cuando la puerta de la habitación se cerró, Narciso tiró sobre la cama a Brigitte como si de un muñeco se tratase, y le arrancó el vestido. La mujer trataba de librarse de las grandes manos del hombre, pero no podía. Estaba ebrio; su aliento caliente y pestilente a alcohol recorría el cuerpo desnudo de la mujer. Cuando se cansó de ella la empujó, tirándola al suelo.

—Ahora si quieres, vete con tu amigo. A mí ya me has servido, puta.

Brigitte estaba horrorizada; el miedo recorría sus venas más deprisa que su sangre helada. No se atrevía a moverse del suelo. Esperó entre sollozos que el hombre durmiera para levantarse. No entendía qué era lo que le pasaba. Nunca se había portado así, no debería consentir que la tratara de aquella manera. Pero ¿qué podía hacer? Tenía razón en haberse sentido ofendido, ella no debería haber tonteado con el coronel. Decidió que lo mejor sería no salir de la habitación para que él no se sintiera molesto. Era verdad que tenía la fea costumbre de tontear con los hombres y no debía hacerlo. A Pablo no le molestaba, sería seguramente porque él no estaba tan enamorado de ella como Narciso. Sintió su mejilla caliente y se miró en el espejo. La bofetada le había dejado marca y tenía unos arañazos en el escote. Sintió dolor en su entrepierna y vio que sus muslos estaban negros. Narciso había aplicado tanta dureza en sus movimientos que había dejado unos moratones terribles en ellos. Decidió tomar un baño. Seguramente por la mañana estaría más tranquilo.

19

La enorme casa de los Vaudelet parecía un desierto. El sonido de los llantos de las pequeñas era lo único que daba vida al piso. El servicio había aprovechado el día de fiesta para salir, el señor les había dado permiso a todos; solo quedaba Dámaso, que siempre se hallaba disponible. Después de dar el desayuno a las niñas, Vega se acercó a la cocina; allí, rodeado de periódicos estaba él. Movía la cabeza de un lado a otro.

—¿Qué lees tan *embelesao*?

—Aquí estoy, echando un ojo al *ABC*. Hoy tiene muchos santos. Mira, aquí viene Torrelavega; eso está cerca de la Vega, ¿no? Y mira, el casino de Santander celebrando una fiesta con señoritas muy monas. Eso lo pone aquí, ¡eh! Y mira aquí, esta miss Europa es guapa, ¿verdad? Mira...

—Chico, pues a mí me parece que tienes ojos de cachón dormido.

—¿De qué?

—Nada, son cosas mías. Sí, es muy guapa, pero la señora es mucho más guapa aún. Al menos, a mí eso me parece.

—La señora, la señora, vaya firma que está hecha esa.

¿Sabes que el otro día cuando llevé al señor a la estación para despedirla, se iba con el otro? Bueno, no les vi juntos, pero... justo detrás del señor entró él corriendo. Estoy seguro; es más, apostaría cualquier cosa a que se iban juntos.

—Calla, hombre, no seas tarugo. Además, el señor anda por ahí y te puede oír. Me da pena de él, es tan buena persona. No se merece lo que ella le está haciendo.

Ellos no se habían dado cuenta, pero Pablo estaba escuchando al otro lado de la puerta. No era su costumbre, pero al decir Vega que la señora era muy guapa no pudo evitar quedarse para oír los comentarios que hacían. Pero lo que descubrió fue algo que ya sabía. Era otra de las cosas que le había contado su hermano Casimiro. Lo que no imaginaba era que su personal de servicio también estuviera al tanto. Eso le dolió. Sobre todo por Dámaso; le creía de toda su confianza y, sin embargo, no le había advertido de algo tan importante como aquello.

Empujó la puerta y entró en la cocina. Vega y Dámaso se callaron y tardaron un instante en contestar a Pablo los buenos días que su jefe les había deseado.

—¿Qué pasa? ¿Os habéis quedado mudos de repente? Si os estáis preguntando si he escuchado vuestra conversación, os diré que por desgracia sí. Pero podéis estar tranquilos, ya lo sabía, y no precisamente porque alguien de mi confianza me lo haya contado —dijo mirando a Dámaso.

El chófer bajó la cabeza. No sabía qué decir.

Los dos jóvenes se quedaron sorprendidos; sus caras denotaban tristeza y angustia.

—Señor, nosotros no queríamos... Bueno, no somos nadie para hablar de la señora, espero que entienda... Discúlpenos —comentó Vega.

—Dámaso, sabes que además de mi chófer eres mi amigo. Al menos así te considero yo. Hemos vivido demasiadas cosas tú y yo juntos. No entiendo cómo me has podido ocultar algo así. Estoy en boca de todo Madrid. Toda la ciudad conoce la aventura de mi esposa con ese fascista. No sé cómo voy a salir a la calle; desde ayer estoy dando vueltas a este asunto y no sé de qué manera lo voy a gestionar. No puedo echar a mi mujer de casa, aunque podéis creerme que sería lo que realmente me apetece. Pero creo que también debo hablar con ella. La gente habla con mucha ligereza de estos asuntos y quizá estén equivocados. Ya sabéis cómo es, coqueta y divertida, y cualquier acto de ella se ha podido malinterpretar. ¿No os parece?

Vega y Dámaso se miraron. No sabían qué hacer. Podían callar y dejar que Pablo obrara como mejor le pareciera, pero, por otro lado, no podían ocultar lo que ellos mismo habían visto. Con los ojos se entendieron a la perfección y Dámaso tomó las riendas de aquella conversación.

Cuando iba a comenzar a hablar, el llanto de Almudena le proporcionó a Vega la oportunidad precisa para ausentarse. No quería intervenir.

—Vega, cuando calmes a la niña, vuelve, por favor. Me interesa también hablar contigo de este asunto.

—Yo, señor, prefiero no entrometerme; es mejor que hable usted con Dámaso. Como bien dice, él es más cercano a la familia. Yo, después de todo, soy como quien dice una recién llegada.

—¿Recién llegada? Ya hace casi un año que estás en esta casa. Y quiero que estés presente.

Vega se alejó nerviosa. Por nada del mundo quería saber nada de ese asunto. No era su problema, ella debía ocuparse de la pequeña Almudena y poco más. El resto eran cosas de los señores, en las cuales no tenía por qué intervenir.

Los dos hombres se quedaron solos en la cocina y la pregunta de Pablo fue directa.

—¿Es cierto que mi mujer tiene un lío con Narciso Redondo Poveda? Quiero la verdad, me lo debes, somos como hermanos, llevamos muchos años compartiendo la vida. Ahora es tu momento de echarme en cara que no te hiciera caso cuando una y mil veces discutimos por ella. Lo recuerdas, ¿verdad?

—Claro que lo recuerdo, Pablo, y sabes que te quiero como a un hermano. Gracias a ti, vivo de maravilla; tengo un trabajo, un techo y estoy acompañado. De no ser por ti, sabe Dios cómo sería mi vida, me sacaste del pozo y eso nunca lo olvidaré. Pero esto es diferente, hablamos de tu mujer, y aunque como muy bien dices nunca me gustó, la respeto por ti y siempre lo haré. Me pides sinceridad y... —calló un instante— la vas a tener. Es cierto, totalmente cierto. Hace meses que se ve con él. Primero eran pequeñas citas en cualquier café y cortos paseos. Ahora se ven en una casona; bueno, en un palacete por La Guindalera, creo que la casa es propiedad de una vieja rica y que los padres del fascista están encargados de atenderla. Bien, pues en ese palacete tienen sus encuentros. Olvídate de las obras de caridad de tu mujer, de los tés con las mujeres de Madrid y de todas estas excusas tontas que te pone. Solo tiene tiempo para él. Y no hablo por hablar, la he seguido; discúlpame, pero necesitaba cerciorarme.

Pablo se quedó paralizado. Sus ojos se clavaron en la mesa y tardó un rato en articular palabra.

—¿Y qué puedo hacer? Estoy destrozado. La verdad es

que llevo una semana... Ayer estuve con el padre Casimiro, ya lo sabes; él fue el que me abrió los ojos. Además de contarme otras cosas que, si bien desconocía, no me fueron del todo sorpresivas. ¿Sabes que es hermano mío?

—Sí.

—¡Cómo! ¿Estabas al tanto de eso también y te has callado algo tan importante?

—Guardé el secreto que tu padre me confió. ¿Quién crees que estuvo llevando todos los meses durante años dinero, medicinas y víveres a Rosita sino yo? Don Ricardo me lo contó cuando enfermó y no podía moverse de la cama. Me pidió que no te dijera nada y por eso no lo he hecho. Además, estaba convencido de que el sacerdote te lo iba a contar.

—Dime una cosa: ¿de verdad piensas que mi mujer en este momento está con él, en lugar de estar en la casa familiar de Marsella?

—No tengo ninguna duda. Eso no lo he visto, pero pongo ahora mismo la mano en el fuego y no me quemo.

—En cuanto vuelva la echo de casa. Pero no voy a consentir que se lleve a Almudena; la niña se quedará conmigo.

—Pablo, vienen malos tiempos. Creo que no te conviene enfrentarte a ellos. Si rechazas a Brigitte, esto saltará por los aires.

—Qué importa, todo Madrid lo sabe; qué digo Madrid, si hasta a un pequeño pueblo montañés ha llegado el chisme.

—Escúchame, todo indica que en unos meses la República estará en peligro. Tú te has significado demasiado con ella y si las cosas no salen bien, puedes estar en peligro. Hazme caso, sigue con ella y aprovecha todo lo que pueda venir del fascista; hazlo por tu hija y por ti.

—Me estás diciendo que siga con esta farsa, que todos me miren como a un cornudo por si la República se rompe, y que le pida ayuda a un fascista que está liado con mi mujer. Pero ¿qué hombre crees que soy? ¡Tú te has vuelto loco de remate, Dámaso!

—Bueno, la verdad es que visto así...

Mientras tanto, Vega no sabía si salir o no. A pesar de que el señor le había pedido que lo hiciera, ella no tenía ninguna intención de hacerlo.

Estaba sentada con Almudena en brazos cuando oyó el grito de Pablo.

—¡Vega! Prepara a las niñas, nos vamos a Marsella. Dámaso, pon el coche a punto, mañana por la mañana salimos.

—Pero, Pablo, estás loco, es un viaje muy largo para las niñas. ¿Por qué no vas tú solo? En el tren estarás allí en unas horas.

—No sé qué hacer. ¿Y si llego y...? Tal vez sea preferible dejarlo todo como está. Igual tienes razón y es mejor no decir nada, callar. O bien que me pegue un tiro y acabe con esto de una vez. ¿Por qué tuve que enamorarme de ella como un tonto?, ¿por qué no te escuché, amigo? Soy un cobarde.

El hombre no pudo evitar hundirse aún más. Apoyado por su amigo, se dejó caer sobre la blanca silla de la cocina, hincó los codos sobre la mesa y escondió la cabeza entre sus puños cerrados de rabia y dolor.

—Pablo, no quiero verte así; no merece la pena que sufras por una mujer como ella. Mantente firme, no le des concesiones. Deja que sea ella la que explote, la que desee irse. Aunque si quieres que te diga la verdad, si lo hace, se quedará sola. Tengo entendido que el tal Narciso Redondo está comprometido con la hija de una condesa italiana viuda. Y te diré que está pagando con creces su aventura. Conseguí hablar con la mujer que se encarga de la guarda del palacete y las cosas que me contó no creo que te guste escucharlas, pero ¡uf!, cómo te lo diría yo: creo que Brigitte se ha encaprichado con el fascista y él aprovecha la situación; además, no la trata precisamente bien. Por eso te digo que, como diría tu hermano el cura, en la penitencia lleva el castigo.

—La odio, la odio con todas mis fuerzas. No sé si voy a soportar tenerla delante. Voy a quedar como un idiota.

—Ser bueno no es sinónimo de ser idiota, amigo. Ser bueno es una virtud que algunos idiotas no entienden. Así eres tú y no debes cambiar.

Vega apareció en la cocina justo en el momento en que Pablo la abandonaba. Se quedó a solas con Dámaso y este la puso al corriente de todo lo que habían hablado.

20

El padre Casimiro volvió a Vega de Pas después de su aventura madrileña. Pero antes tuvo que estar algunas semanas en Santander. Había regresado agotado; el calor sofocante de la capital no era precisamente de su agrado. A su vuelta, pasó unos días primero en el obispado y después en el seminario. La última encomienda del obispo era la de formador. Por fin, el conde había conseguido apartarle de la parroquia pasiega gracias a sus generosas aportaciones económicas al obispado, la cesión de unas tierras y el arreglo del tejado de la ermita de Valvanuz.

No estaba de acuerdo en absoluto con el cometido impuesto y por su cabeza se cruzó unas cuantas veces la idea de abandonar los hábitos, pero le faltaba valor para hacerlo. Sentía la necesidad de ayudar de verdad a la gente. Él era un cura de pueblo, un cura al servicio de las gentes; tenía que colaborar con los paisanos, ayudar en lo que pudiese. Le encantaba subir a los prados y segar con ellos, cargar con el cuévano repleto de verde y acaldar las vacas cuando alguno de ellos no podía hacerlo; nunca se le cayeron los anillos por ello, y sus feligreses se lo agradecían con ricos presentes: huevos, pan, quesadas, gallinas y el dao de la matanza que tanto le gustaba. Ahí era donde debían andar los curas, con el pueblo. Y no comiéndose a los santos y visitando salones de los poderosos. Pero eso no gustaba en el obispado y por ello fue advertido en múltiples ocasiones; bueno, por eso y por contestar al conde de Güemes, ese personaje oscuro y conspirador.

Consiguió Casimiro que un paisano le acercara hasta la Vega ya bien entrado el mes de septiembre. Por supuesto, la primera visita fue para su querida Virgen de la Vega. La bella imagen le sacó una gran sonrisa. Se reclinó durante unos minutos, y más que rezar, conversó con ella. Después se acercó a la taberna y tomó un par de chiquitos con los paisanos, que se alegraron de verle y le contaron cómo iban las cosas por el pueblo. Incluso aprovechó la partida de bolo pasiego que los muchachos jugaban como cada tarde de verano. No había perdido su buena mano y se acercó al tiro provocando los aplausos de los más mayores, que sentados a la sombra observaban el juego.

Caminó por las camberas del pueblo despacio, sin ninguna prisa, saludando a las mujeres que se afanaban en las labores de la casa y escuchando el cantar de los pájaros, el ritmo cantarín del río, los campanos de las vacas y el guciar de los mozos en los altos de las montañas. Así llegó hasta la humilde cabaña de Virtudes.

La mujer recogía las sábanas que durante el día había puesto al verde. El blanco de las mismas y los gestos de Virtudes le hicieron sonreír; recordó a su querida madre mientras realizaba esa labor. Siempre que recogía cantaba la misma tonada y Casimiro no pudo por menos que silbar cuatro notas de la misma: «Me llamaste pasieguca pensando que era bajeza, y me llenaste de orgullo de los pies a la cabeza».

—¿En qué anda mi pasiega favorita? Nunca descansa, Virtudes, hay que parar de vez en cuando, que los años se notan.

—¡Padre Casimiro, válgame Dios y mi Virgen de la Vega, las ganas que tenía de verlo! ¡Cuánto se le echa de menos, padre!

—Pues ahí estoy, mujer. Anduve por la capital y luego por Santander; ya sabe, mujer, lo que me quiere el jodido obispo. Me he escapado del seminario como si fuera un mozo enamorado a ver a mi Virgen y a mis paisanos.

—Ay, padre, está hecho un rebelde. Si ya digo yo que no hay cura bueno, y si encima tiene cargo, para qué hablar.

—Mujer, tampoco es eso, ¡eh!

—Bueno, quitándolo a usted, ninguno; se lo dice Virtudes, padre. Pero cuénteme, ¿vio a mi *niñuca*? ¿Qué tal está?, seguro que está delgada *pasá*; no comerá, que a esa ya la conozco yo. Y Rosariuca, ¿cómo está la *chicuza*?

—Déjeme entrar. Póngame un vaso de leche de esa recién *ordeñá* y le cuento todo lo que quiera. Ahora sí que la digo ya de entrada que al fin no pude ver a Vega. Todo se complicó y no pudimos vernos. Pero pasemos, por favor; me muero de sed, y buena cristiana sí que es, que eso lo sé yo, y como tal, debe dar de beber al sediento.

—Pues no sé qué quiere que le diga... Resulta que lo que más quiero saber no me va a poder dar razón. Vaya explicación, pero pase, padre, que para un vasuco de leche y un trozo de quesada recién, tampoco se necesita mucha conversación.

—Mujer, no se quede con esa desgana, que noticias sí que traigo. No la vi, pero hablé con la muchacha y también con su señor.

SEGUNDA PARTE

Los obstáculos en el camino se convirtieron en
el camino.
FRIEDRICH NIETZSCHE

21

Madrid, marzo de 1936

Un largo y frío invierno estaba dando sus últimas bocanadas. La primavera asomaba por los grandes ventanales y las ganas de sol y paseos comenzaban a notarse en la casa de los Vaudelet. Las niñas correteaban por los largos pasillos de la vivienda y Vega pasaba el día recogiendo juguetes que ambas dejaban tirados por todos los rincones. Al contrario que otros niños, Almudena no tenía ningún tipo de trabas para hacer lo que le venía en gana. Cuando su madre estaba presente —algo que afortunadamente para Vega ocurría en escasas ocasiones—, la niña mantenía una actitud ingobernable. Brigitte, con tal de que no llorara o la dejara tranquila, le permitía todos los caprichos imaginables. La nodriza estaba sufriendo mucho con ese comportamiento, ya que la señora no consentía que bajo ningún concepto se reprimiera a la niña en su actitud, y muchas veces había tenido que regañar a su pequeña Rosario por trastadas que hacía Almudena. Esta situación provocaba conflictos entre el servicio. Chefa había amenazado con abandonar la casa si las niñas no dejaban de corretear y enredar en su cocina; Olga, aunque no decía nunca nada, estaba harta de recoger cubos de agua, o de buscar por toda la casa las bayetas, el plumero o cualquier otra cosa que Almudena hacía desaparecer.

—Almudena, ya está bien, basta. Eres una niña muy traviesa, debes aprender a comportarte —la regañó Pablo.

—¿Quieres dejar a la niña en paz? Resulta que el señor, que no está nunca en casa, ahora para cinco minutos que aparece, su propia hija le molesta. ¿No te molesta tanto la pueblerina? A esa no le dices nada y resulta que también revuelve tanto o más, por cierto.

—Déjame en paz, y sigue leyendo tus revistas de moda. O mejor, ¿por qué no te arreglas y te vas a tus citas diarias? Ah, claro, que tu soldadito está entretenido preparando alguna que otra batallita. —Sonrió socarronamente, mientras la miraba por encima de sus lentes.

Brigitte se levantó y lanzó contra la pared la revista que tenía en las manos.

—Tampoco hace falta que te pongas tan agresiva; ese es el mayor esfuerzo que has hecho desde que trajiste al mundo a mi hija. De todos modos, si tanto te molestan mis comentarios ya sabes dónde está la puerta. Seguro que tu madre te recibe con los brazos abiertos. O el soldadito, vaya.

—Algún día de estos te vas a comer tus palabras. Ese soldadito, como tú dices, en breve tendrá un gran puesto en un nuevo y gran Gobierno, y los revolucionarios como tú estaréis en el sitio que os corresponde.

—Parece mentira que hables así. ¿Acaso olvidas que soy el padre de tu hija, y que si a mí me pasa algo quedará en desamparo?

—No lo creas; a la niña nunca le faltará de nada, para eso ya estoy yo.

—¿Tú?, ¿es que acaso estás pensando en quitarme de en medio para poder quedarte con el soldadito y llevarte a mi hija? Eso no lo van a ver tus ojos nunca.

—Déjame tranquila. Estoy harta de discutir contigo cada día. No soporto tus risitas, tus comentarios, tus indirectas y hasta tu falta de educación. Jamás pensé que fueras así. Te creía un hombre y no un payaso del que todo Madrid se ríe.

Brigitte abandonó la biblioteca dejando a Pablo totalmente desolado. Eran ciertas sus palabras, todo el mundo se reía de él. Había dejado incluso de asistir a sus charlas en el Círculo de Bellas Artes, y cuando ahora tenía ganas de tomar una copa tranquilamente se iba al hotel Savoy; allí quedaba con sus amigos y se sentía arropado. Lo cierto era que no podía más con aquella situación y, a la vez, le daba pena su esposa. No podía entender cómo seguía con aquel hombre; se había convertido en su concubina, y en cualquier momento la desecharía como si fuera un trapo viejo.

Mientras todo esto sucedía, en la cocina se había hecho el silencio. Chefa y Olga, que estaban desgranando guisantes, abandonaron su labor y centraron la atención en la disputa que en la distancia estaban manteniendo los señores de la casa. Cuando la discusión cesó, solo oyeron el golpe seco de la puerta de la habitación de Brigitte; hacía mucho tiempo que dormían en habitaciones separadas por expreso deseo de Pablo. Todo el servicio estaba al tanto de lo que pasaba en aquella casa y la mayoría de ellos afeaban la actitud de la señora; todos menos Chefa, ella seguía siendo fiel a la mujer; por lo tanto, tenía otro motivo más de discusión con sus compañeros.

—Vaya panorama que tenemos —dijo Olga reanudando su quehacer.

—Normal, este hombre es un flojo de mucho cuidado. Si fuera un hombre de verdad, ya le habría dado un par de bofetones y la hubiera puesto en su sitio. Porque yo la defiendo, pero también me molesta que me paren por el mercado para preguntarme o decirme que si la han visto, que si no la han visto, o que si la han dejado de ver. Chica, hay cosas que ya no se pueden defender; ya no sé qué decir, ni qué contestar.

Olga la miró extrañada. Era la primera vez que hacía un comentario en contra de Brigitte. Prefirió no contestar.

Dámaso entró en la cocina por la puerta de servicio, como de costumbre, y preguntó si el señor estaba en casa.

—Hombre, que preguntes tú eso, que se supone que eres el que le trae y le lleva, tiene delito, ¿eh?

—¿Está o no? —dijo en tono serio.

—Sí, hombre, allí está en la biblioteca, pero te aviso que acaba de tener otra escenita, con lo cual no creo que el horno esté para bollos.

Dámaso pasó deprisa hasta la biblioteca; antes se aseguró de que la señora no estuviera dentro, pegando por un segundo la oreja a la puerta. Tocó y entró sin esperar el permiso de su jefe.

—Joder, Pablo, esto ya está en marcha.

—¿El qué? ¿A qué te refieres?

—Al alzamiento, hombre, ¿a qué va a ser si no? Vengo de la Casa del Pueblo y me acaban de contar que el día 8 hubo una reunión en casa de un amigo de Gil-Robles, a la que asistió la plana mayor del ejército. Estaban varios generales: Mola, Villegas, Fanjul, Franco, Rodríguez del Barrio, García de la Herrán, González Carrasco, Saliquet y Ponte, además del coronel Enrique Varela y el teniente coronel Galarza, y por supuesto el soldadito.

—Cuenta, hombre, no te pares ahora.

—Bueno, pues al parecer están organizando otro alzamiento militar para derribar definitivamente al Gobierno del Frente Popular.

—Hombre, no lo veo factible. Según todos los indicios, Azaña será el próximo presidente; es un hombre dialogante y...

—Déjate de sermones, Pablo. Sigues sin querer ver lo que va a pasar en este país de un momento a otro. Según dicen, pretenden restablecer el orden en el interior y recobrar el prestigio internacional de España. Los salvadores de la patria, vamos. También se acordó que el Gobierno lo desempeñaría una junta militar presidida por el general Sanjurjo.

—Pero está en Portugal, exiliado.

—Pareces un chiquillo. ¿Y? Pues claro que está en Portugal, pero a ese le traen en una tanqueta en un periquete.

—¿Y quién te ha contado todo eso?

—Resulta que un sobrino de una camarada estuvo sirviendo la cena, y pudo escuchar todo lo que allí se habló. Comentó que esperan dar el golpe en abril. En abril, Pablo, eso es mañana... Tienes que salir de Madrid. Eres uno de los primeros a los que van a cargarse. Estoy seguro.

—No puedo irme y lo sabes. ¿Qué hago con la fábrica, la abandono? Además, está mi hija, mi mujer...

—¿Tu mujer? ¿Acaso crees que tu mujer va a tener algún problema estando con uno de los cabecillas de esta sublevación? Brigitte lo único que puede hacer es perjudicarte. Debes largarte y no decir ni una palabra. Si no es en abril, será en mayo, y si no en junio; pero tal y como me lo han contado, esto no lo para nadie, está todo dispuesto. Franco tiene establecidos todos los frentes, tienen marcada una estrategia que no vamos a poder impedir. El Frente Popular ya está al corriente y seguramente comenzará a buscar apoyo internacional y a armar sus filas, pero, aunque me duela decirlo, esta guerra la tenemos perdida; hay demasiados intereses internacionales que apoyarán la sublevación militar. Los alemanes están de su lado y los italianos en breve lo harán también. Si toman Madrid, no podrás salir del país.

—Déjame que lo piense. En este momento estoy bloqueado. Sabía que algo así se iba a venir sobre nuestras cabezas, pero no esperaba que fuera tan inmediato. Por algo me decía Brigitte que pronto iba a tragarme mis palabras. Ella estaba al corriente de esto, estoy seguro. Ahora entiendo muchas de sus indirectas y sus sonrisitas.

—Olvídate de esa mujer de una vez por todas. Utilízala de momento y lárgate de aquí.

—Bueno, vamos a ir con tranquilidad. No creo que esto vaya a saltar por los aires mañana. Esperemos que se constituya el Gobierno; sigo pensando que Azaña puede frenar esto.

Dámaso salió de la estancia disgustado. No entendía la pasividad de Pablo. Él sabía que estaba vigilado. Le habían denegado en los últimos meses dos préstamos que había pedido, y todo porque era de dominio público su apoyo a la República.

Vega estaba tranquilamente en la habitación de juegos con las niñas; mientras ellas se entretenían con sus muñecas, la mujer planchaba la ropita de primavera de las pequeñas. Había recogido la ropa de invierno para llevarla a las hermanitas de los pobres, tal y como Brigitte le había dicho, y colocado los nuevos vestidos que Merche, la modista, había traído aquella misma mañana. Dámaso entró en la habitación y después de hacerles a las pequeñas las carantoñas de costumbre, se acercó a Vega y le dijo:

—Esta noche, cuando todos duerman, quiero hablar contigo. Es importante.

La mujer se sorprendió. No era normal que Dámaso la citara de aquella manera.

Pablo pasó por la cocina y le dijo a Chefa que no le preparara cena; iba a salir con unos amigos. Le hizo un gesto a Dámaso para que este cogiera las llaves del coche, y se marcharon sin dar más explicaciones. En apenas dos minutos el timbre de la habitación de la señora sonó en la cocina.

—Dígame, señora.

—Olga, ¿el señor ha salido?

—Sí, señora, ha dicho...

—Está bien, muchas gracias. Ah, dile a Chefa que no me prepare cena. He quedado con las chicas; hoy tendremos partida, la hemos cambiado de día.

Brigitte había escuchado toda la conversación que Dámaso y Pablo habían tenido. Debía poner al corriente a Narciso de que algún camarero de los que sirvieron el otro día era un chivato. Pero no podía llamar desde su casa, no quería que nadie la oyera hablar. Narciso no estaba en Madrid, se encontraba en Melilla. No le había dicho a qué iba, pero después de la conversación que había escuchado, imaginaba qué era lo que le ocupaba. Por un momento pensó en su marido. Muchas veces le había reprochado su apoyo a la República. La sociedad madrileña los había desplazado, ya no eran invitados a fiestas ni reuniones destacadas de la ciudad; en cambio, sí lo eran a los actos o eventos culturales promovidos por el Gobierno, pero ella siempre buscaba la excusa perfecta para no asistir. Quizá quien debería irse de Madrid era ella. Pero tenía un problema y no pequeño. Sus padres también estaban al corriente de la relación que mantenía con Narciso, y desde que se enteraron, apenas habían hablado en un par de ocasiones; ni tan siquiera habían asistido a pasar las Navidades en Madrid como solían hacer desde que Brigitte y Pablo se casaron. Su madre le había dedicado palabras duras y amargas. Le reprochó su actitud y le dijo que no se le ocurriera ir a cobijarse bajo su techo cuando su marido la echara de casa. Pero estaba convencida de que su manera de pensar cambiaría si su pequeña, la niña de sus ojos, estuviera en peligro, y eso era lo que tenía que esgrimir. Los llamaría dando pena, llorando si hacía falta, hasta que ablandara su corazón. ¿Cómo la iban a dejar desamparada? Sonrió, pensando en la estrategia que iba a utilizar. Ahora debía pensar desde dónde hablar con Narciso. Quizá lo mejor sería escribirle, pero no tenía la dirección y si enviaba la carta a la comandancia de Melilla, a él no le iba a gustar. Por otro lado, mantener una conversación telefónica tampoco era seguro, ya que cualquier operadora podía escuchar y eso no era conveniente. No le quedaba más remedio que esperar la vuelta de Narciso, solo faltaban dos días para su regreso. Mientras, estaría atenta a las noticias que Dámaso traía.

22

Dámaso llegó bastante tarde aquella noche. Vega estaba atenta al sonido de la puerta y en cuanto escuchó cómo el chófer posaba sobre la balda de la cocina las llaves del coche, abrió con sumo cuidado la puerta de su habitación y salió al encuentro del hombre.

—Pensé que igual ya dormías; ¿he hecho mucho ruido? —susurró Dámaso en cuanto vio entrar a Vega.

Esta, también en susurros para evitar que el resto del servicio se despertara, le contestó que no.

—Vístete, vamos a la calle; allí hablaremos tranquilamente.

—Pero no puedo irme. Si las niñas se despiertan, pondrán en pie a toda la casa.

—No creo que lo hagan; nunca se desvelan, ¿no?

—¿Y por qué no pasas a mi habitación y hablamos allí, o si lo prefieres, en la tuya?

—Como quieras, mujer. No quise proponerte algo así por si pensabas mal de mí —dijo Dámaso sonriendo.

—Qué tonto eres, que nos conocemos y ya sé del pie que cojeas, hombre. Venga, vamos para allá.

Con recelo, mirando para todos los lados, los dos entraron en la habitación de Vega.

—Bueno, pues tú dirás. Me has tenido todo el día en ascuas. ¿Qué pasa?, ¿tiene que ver con la discusión de esta tarde de los señores? Les oí, y te puedo asegurar que se dijeron de todo menos guapos.

»Y lo peor es que no solo yo les escuché, en la cocina Chefa y Olga dejaron hasta de desgranar guisantes. Luego, el señor se fue contigo y ha llegado hace un momento, cinco minutos antes que tú.

—Lo sé, hemos estado juntos. Bueno, él ha estado cenando en el Savoy con dos amigos de confianza. Yo, esperando en un bar cercano; es de un vecino de mi pueblo y cuando Pablo va al hotel, yo suelo acercarme a tomar un café con él. Ya sé de la disputa de esta tarde. Una más, ¿no te parece? Esta mujer va a costarle la vida a Pablo. Pero no le queda más remedio que aguantar. Pero no, no es de eso de lo que quiero hablarte. Es más delicado. Necesito tu ayuda; bueno, realmente la necesita Pablo, aunque yo iré donde él vaya hasta el final.

—¡Madre mía! ¿Mi ayuda? Pero... ¿En qué puedo yo ayudar? Dinero no creo que me vayas a pedir, porque de eso ya sabes que no tengo. Y otra cosa, no se me ocurre en qué.

—¿Recuerdas que hace tiempo Pablo te preguntó que si algún día necesitaba tu ayuda podía contar contigo?

—Sí, claro que lo recuerdo. Igual que me acuerdo de mi respuesta; es la misma que te acabo de dar, que no sé en qué le podría ayudar, pero por supuesto que lo haría.

—Vega, en breve habrá un alzamiento militar. Se está preparando una muy gorda. Ya sé que no entiendes de política, pero esto, créeme, nos va a implicar a todos y, entendamos o no, acabaremos sufriendo las consecuencias y, queramos o no, tendremos que ponernos de un bando o de otro. Esta será una guerra absurda, en la que los vecinos, los amigos y la familia tendremos que matarnos por unos ideales. Los ricos no soportan que el pueblo se ponga a su altura o que al menos esté más cercano a ellos, y los pobres no queremos seguir siéndolo. No es que queramos ser ricos, ni mucho menos; queremos vivir en libertad, sin tener que rogar un trabajo por unas monedas. Queremos trabajos dignos, sentirnos orgullosos de lo que somos, poder hablar cuando queramos y pelear por lo que nos ganamos con el sudor de nuestra frente. Hay que defenderse contra el capitalismo, la burguesía y la aristocracia. Todos somos iguales y lucharemos por ello, aunque en el camino dejemos la vida.

—Me estás asustando, Dámaso. Me hablas de guerra, de penas y muerte. Yo no quiero pasar por eso, tengo dos niños pequeños. ¿Qué vamos a hacer? Yo creo que debo volverme al pueblo. Allí las cosas serán de otra manera, ¿no crees? Tengo que estar con mi abuela y mi *niñuco*. No puedo dejarlos solos. Pero esto... ¿cuándo va a pasar? Yo sí que veo revueltas y grupos de personas que por las calles gritan y alborotan, pero... como para llegar a una guerra, no sé.

—Te entiendo; sé lo que me estás diciendo, pero créeme, pasará. Y como bien dices, te irás al pueblo, claro que sí. Y ahí es donde necesitamos tu ayuda. Te lo pido en nombre de Pablo. Te hablo yo, porque él está como perdido, piensa que no sucederá. Yo quiero pedirte en su nombre, aunque él aún no lo sabe, que si las cosas se ponen mal para Pablo, le des cobijo en Vega de Pas. Allí, según tú me has contado, hay un montón de cabañas por los montes. Quizá sea necesario que se esconda durante un tiempo. Necesito que le ayudes.

Vega se quedó callada.

—Habla. ¿Lo ves arriesgado, crees que tu familia y tú podéis correr algún peligro por ello?

—No estoy pensando en eso. Estoy sospechando que allí también puede estar en peligro. Pensaba en dónde podíamos establecerle. No es tan fácil llegar al valle con una persona, allí nos conocemos todos y enseguida se sabe lo que pasa en todas las cabañas. Las cabañas no son un buen sitio para que nadie se esconda.

—Bueno, tú vete preparándote. Es posible que en unos días tengas que partir.

Vega no sabía qué hacer. Cuando Dámaso salió de la habitación cogió a la pequeña Rosario, que dormía plácidamente, y la metió con ella en la cama. Se abrazó a ella tan fuerte que la niña se despertó.

Dámaso volvió a la cocina, cogió un vaso y sacó de la fresquera una botella de leche. Estaba tomando tranquilamente la leche cuando apareció Pablo.

—¿No duermes?

—He estado hablando con Vega; la he dicho que necesitamos su ayuda.

—Creo que te precipitas; no pienso salir de Madrid. Voy a quedarme aquí, en mi fábrica, y que pase lo que tenga que pasar. Como te he comentado, mis amigos no creen que esto sea tan inminente; no es tan fácil poner en marcha algo así.

—No quieres verlo, ¿verdad?, parece que vives en otro mundo. ¿No ves cómo está todo?, la calle misma tiene aromas a revueltas. No hemos sabido, no hemos podido o no nos han dejado enderezar este país. Echamos a Alfonso XIII, pero no hemos sido capaces de hacer que la República brille.

—Bueno, vamos a la cama. Mañana será otro día y posiblemente lo veremos todo mucho más claro. La almohada igual nos da alguna idea que a nosotros no se nos ha ocurrido.

Pablo se había quedado más tranquilo después de la cena y la conversación que había tenido con sus amigos. La calma que se respiraba en el restaurante del hotel Savoy había colaborado a ello. El salón donde cenaron estaba casi vacío, apenas tres mesas se estaban sirviendo aquella noche. Era un martes normal, un día poco apropiado para ello. En una de esas mesas estuvo Pablo con dos buenos amigos. Uno de ellos era Luis Enrique Serrano, un constructor compañero de colegio con el que había mantenido amistad desde la niñez; el otro era Gerardo Valverde, un aspirante a actor que también estudió en el mismo colegio que Pablo. Los tres solían reunirse cuando sus obligaciones se lo permitían, pero si alguno necesitaba de los otros, siempre tenían tiempo para verse. Pablo les habló de los hechos que conocía y ellos no le habían dado demasiada importancia. Pero él sabía que sus amigos no corrían el mismo peligro, ya que ambos habían tenido la precaución de no significarse políticamente. Siempre fueron cautos en ello, más listos que él. Pero no les podía reprochar nada, ya que un montón de veces le habían advertido de ello.

Una soleada mañana de marzo amaneció en Madrid. Vega abrió los ojos y lo primero que le vino a la cabeza fue todo lo que Dámaso le había contado. Entró en la habitación de la pequeña Almudena y abrió la ventana. Miró hacia fuera como buscando desorden y revuelo en la ciudad, pero lo único que encontró fue el silencio, que solamente se rompía con el sonido de los motores de los escasos coches que circulaban a esas tempranas horas del día. Una sensación de paz llenó su pecho por completo y por un momento pensó que todo había sido un mal sueño.

Al salir de la habitación se tropezó con Pablo. El hombre caminaba cabizbajo por el pasillo. Le saludó, pero solo encontró por respuesta un gesto de cabeza.

La cocina, al contrario, ya estaba animada y Chefa discutía con Maruja sobre lo que debían comprar o no en el mercado. La vida seguía igual, no había cambiado nada. Dámaso leía el periódico mientras tomaba su café y Olga se afanaba en la plancha con la ropa de los señores. Era el momento de desayunar y retirarse luego a su habitación a escribir a su abuela hasta que las niñas despertasen. Había mucho que contar y mucho que pensar.

El timbre sonó en la cocina, el número que aparecía era el de la habitación de la señora.

Olga posó la plancha sobre la chapa y se apresuró a dar servicio a Brigitte. Cuando entró en la habitación, la mujer aún estaba tumbada. Le pidió que le preparara el baño y antes le trajera un café con un trocito de bizcocho. Parecía de buen humor, cualquiera diría que estaba feliz. Estiró todo su cuerpo a lo largo de la cama, mientras Olga abría los cortinones de la estancia. Cuando la sirvienta se disponía a salir de la habitación en busca del desayuno, Brigitte la retuvo.

—Olga, quiero que vayas hasta la casa de mi modista; ¿sabes dónde es?

—Pues la verdad, señora, no lo tengo muy claro. Era en Fuencarral, ¿verdad?

—No, mujer, esa era Pepita Serrano. Murió hace un año y medio; ahora la ropa me la confecciona su sobrina, en Lope de Vega número 45. Entras y le das un recado a la portera. Es una mujer muy fea y mal encarada, pero aunque parece antipática, no lo es; en el fondo es una buena chica. No hace falta que subas donde Sagrario. Le dices simplemente a Facunda, que así se llama la portera, que haga el favor de darle esta nota a Sagrario de parte de Brigitte Vaudelet. Solo se la dejas a ella sin más.

Olga tomó el sobre que estaba perfectamente cerrado, y lo metió en el bolsillo de su blanco delantal.

Aquella nota no iba dirigida a ninguna modista. Era la mujer que se encargaba de atender a Narciso; le había criado y era su persona de mayor confianza. Él le había advertido que en caso de necesitar algo, la persona con la que tenía que hablar era Sagrario; ella se encargaría de ponerse en contacto con él. Esperaba que la mujer le transmitiera a Narciso su necesidad de hablar con él. Tenía que decirle lo que había escuchado en su propia casa la tarde anterior.

Pablo leía el periódico mientras tomaba un humeante y oloroso café que Maruja le había servido. Ninguna noticia le pareció relevante. Ojeaba el *ABC* esperando leer algo que pudiera darle algún dato sobre lo que Dámaso le había comentado, pero las noticias de aquel día eran simples: algún que otro tema económico, sociedad, deportes y poco más que añadir. Lo posó sobre la mesa y terminó el café. Llamó a Dámaso y ambos salieron, como cada día, en dirección al trabajo.

Olga cumplió el encargo de su señora y aprovechando

la proximidad de la basílica de Jesús de Medinaceli se acercó hasta la iglesia. No estaba interesada en poner una vela o rezar al Cristo; lo que la movió a ir hasta allí era que sabía que su Luis estaba trabajando en la sacristía. Una señorona adinerada le había contratado para que pintara la sacristía y otras zonas de la iglesia. Ella sabía que el joven salía a comer a una taberna cercana todos los días a la una y media. Con la excusa de que la señora le había encomendado un recado que debía cumplir a esa hora, Olga salió contenta de la casa para sorprender a su novio. Caminó hasta la taberna y asomó la cabeza esperando hallar dentro a su novio. De pronto notó cómo alguien tocaba su hombro, se volvió y se encontró con Luis.

El muchacho la sorprendió a ella.

—¿Qué hace por aquí la chica más linda de todo Madrid?

—Uf, qué susto me has dado, chico.

Olga se puso de puntillas y besó la mejilla del muchacho. Este la agarró por la cintura y la retuvo cerca de su pecho.

—¿Cuándo me vas a dar un beso de verdad, de esos que me quiten el sentido y me pongan a cien?

—Luis, por favor, suéltame. Tienes la ropa sucia y vas a mancharme el uniforme. Anda, déjate de tonterías. Solo he venido para verte un rato. He tenido que hacer un recado aquí en Lope de Vega, donde una modista que me ha mandado mi señora.

—¿Una modista? No tengo conocimiento de ninguna modista por aquí. Vamos a preguntarle a Nuncia, esa lo sabe todo.

—¿Quién es Nuncia?

—Mi patrona, también come aquí. Mírala, está ahí sentada; ven, que te la presento.

La mujer estaba entretenida delante de un plato de lentejas. Comía como si se las fueran a quitar del plato y mojaba pan sin parar; entre cucharada y cucharada, sorbo de tinto. Tenía un aspecto campechano y aunque llevaba un buen vestido, y un pelo limpio y bien peinado, no resultaba precisamente elegante. Era la típica estampa que hacía honor al refrán «aunque la mona se vista de seda, mona se queda».

—¿Qué hay, Nuncia?, la quiero presentar a mi novia, ella es Olga.

—¿Qué tal, guapa? No pensarás que porque me la presentes te voy a permitir que subáis a mi casa, ¿verdad? Mi pensión es muy decente, no admito amoríos ni nada por el estilo. El que quiera pasar el rato que se case, y tú, niña, no te dejes, que todos estos son muy listos. Mucho novia, novia... y una vez que nos dejamos, nos quedamos compuestas y sin novio.

La mujer lo decía con conocimiento de causa. Y no se cansaba de contar su vida a todo aquel que quería escucharla.

—Doña Nuncia, cómo es usted. Yo soy un chico muy decente y...

—¿Eres hombre?

—¡Qué pregunta me hace, Nuncia! Pues claro que lo soy. No sé por qué lo duda.

—Yo no dudo, pregunto. Y porque eres hombre, sé de lo que estoy hablando. Niña, tú hazme caso. No te dejes, que luego vienen los llantos.

—Bueno, Nuncia, yo solo se la quería presentar; bueno, eso y hacerla una pregunta. Como usted conoce a todo el mundo, me gustaría saber si sabe de una modista que hay en la calle Lope de Vega, una tal Sagrario.

—Sagrario, Sagrario pues... no. ¿Y dónde dices que es, en Lope de Vega?

—Sí, señora, en el número 45.

—No, ahí no hay ninguna modista; vive un notario, un abogado, dos médicos y un militar que es dueño del otro piso pero que no vive aquí, debe de venir de vez en cuando. Antes sí que vivía, pero desde hace meses no le he vuelto a ver, que yo sepa. De lo que sí estoy segura es de que la portera es la sabionda de Facunda, menuda elementa.

Olga, al escuchar que allí vivía un militar, no pudo por menos que pensar en el hombre que se paseaba con su señora. Su amante. Y sintió unas ganas locas de preguntar si era él, pero no se atrevió.

—Sí, bueno, en realidad a esa señora la he dejado el *mandao*. Mi señora me dijo que se lo dejara a ella, y que luego se lo comunicaría a la modista.

Nuncia se quedó pensativa; conocía a esa mujer perfectamente. Desde niñas se habían tratado en el barrio. Su padre era carbonero, siempre tenía la cara tiznada y sus uñas estaban tan negras como las noches sin luna. Su madre era lavandera, y todos en general tenían una fama de chismosos y liantes que los precedía allí donde iban. Muchas de las peleas que se produjeron años atrás en el vecindario eran por dimes y diretes que ellos difundían. Con relación a Facunda, la cosa tenía su miga. Sabía obra y milagros de todos los vecinos y se decía que continuaba en su puesto porque tenían miedo a que si la despedían, pudiera contar las cosas de las respetables familias que vivían allí.

—Pues ¿sabes una cosa, niña? Olga es tu nombre, ¿no?

—La chica asintió—. Creo que tu señora algo esconde, ¡eh! Vamos a ver... —Pasó los codos sobre la mesa y entrelazó los dedos a la altura de la barbilla—. Los hombres que allí viven están todos casados. Bueno, todos menos el militar; ese está soltero, aunque creo que está comprometido con una noble italiana o algo así. Se llama... no recuerdo, lo tengo en la punta de la lengua, tiene nombre de flor...

—Narciso —dijo Olga.

—Sí, exactamente, Narciso Redondo Poveda, y según se dice está muy, pero que muy bien relacionado con los militares que quieren joder la República. No me cae bien, ya te lo digo. Estos chulos nos van a acabar jodiendo la vida. ¿Tú de dónde eres, niña?

Olga se había quedado helada con los datos que le había dado Nuncia, y ahora no entendía la pregunta de la mujer, que saltaba de un tema a otro sin mucho sentido. O al menos eso era lo que le parecía.

—Yo soy de Casafranca, un pueblecito de la provincia de Salamanca.

—Pues vete haciendo la maleta y lárgate a tu pueblo. Madrid va a ser un hervidero dentro de poco, porque estos cabrones se han propuesto jodernos la vida a todos y los otros lógicamente no se van a rendir; por lo tanto, vamos a tener más que palabras. Me huele a que sin tardar las balas van a dispararse contra el pecho de los civiles. Bueno, niño, ¿qué era lo que me querías preguntar?, tengo que irme. Esta tarde me llegan dos nuevos y tengo que preparar las habitaciones, que aún están a medias.

—No, nada; lo de la modista, pero ya está claro, no se preocupe.

Nuncia se levantó. Le costaba sacar sus enormes caderas del banco donde estaba sentada, y Luis movió la mesa para facilitar el trabajo.

—Niño, ¿qué crees, que soy una vaca y no puedo salir o qué?

—No, mujer, solo intentaba ayudar. No se moleste conmigo.

La mujer salió despidiéndose de mesonero y advirtiéndole que el importe de la comida lo pusiera en su cuenta como todos los días.

Los chicos ocuparon la misma mesa donde había estado sentada Nuncia y por un momento no soltaron palabra. Solo la respuesta que debían darle al mesonero sobre si querían comer o no, les hizo hablar.

—Esta mujer ha dicho cosas muy fuertes, pero es lo mismo que dice Dámaso. Luis, esto se está poniendo feo. ¿No crees que estaríamos mejor en el pueblo?

—A mí en el pueblo no se me ha perdido nada, y además, te digo una cosa: no quiero comprometerme contigo. Me gustas mucho y te quiero, pero si esto salta por los aires, yo estaré al lado de mi gente. Lucharé por mi país y por la libertad. Prefiero que me maten a vivir bajo el yugo.

23

Los calores de junio se hacían notar en Madrid. Vega acababa de llegar a casa con las pequeñas cuando sonó el timbre de la puerta de servicio.

—¿Puede ser que alguna se digne a abrir la puerta? ¡Estoy armando las croquetas y tengo las manos pringosas! —gritó Chefa con mal talante.

Vega se acercó a la cocina y abrió.

Era Ricardo, el nuevo portero. El anterior había fallecido hacía unos días. El pobre hombre enfermó del pulmón y murió en menos de dos meses.

Ricardo era un joven atento y agradable; tenía una pierna más larga que la otra y calzaba uno de los zapatos con una enorme y pesada plataforma que casi le hacía arrastrar la pierna. Era amigo de Dámaso y estaba afiliado a la CNT, algo que desconocían la mayoría de los habitantes del edificio; de haberlo sabido no le hubieran contratado. Solamente Pablo tenía conocimiento de ello y como a él le encomendaron la búsqueda de un nuevo portero, optó por el joven Ricardo.

Lo cierto es que, a pesar de su defecto, tenía encandiladas a todas las chicas de servicio del inmueble. Para todas había una palabra bonita y una sonrisa encantadora.

—Buenos días, preciosidad. Aquí te traigo las cartas de hoy, pero he subido nada más llegar el cartero porque he visto que hay una para la chica más linda de todo el edificio. A ver si la conoces: Vega Abascal.

Vega sonrió al muchacho y rápidamente estiró la mano para coger su carta, pero este la escondió en su espalda.

—Y... si me das un beso a cambio.

Al instante, por detrás de Vega, asomó la cabeza de Dámaso.

—Richi, con esta moza, no. No te equivoques, que esta es mucha mujer para ti. Vete fijándote en otra, ¿vale?

—Damasito, Damasito, tú siempre tan correcto. Ya sabes cómo soy, es mi manera de ser; no pretendía ofender a la dama. Usted perdone, señora. Pero es que está muy, pero que muy guapa, camarada.

—Lárgate, anda. Y modera el vocabulario, no vaya a ser que un día de estos algún novio celoso te parta esa cara tan mona que tienes.

Los dos hombres se sonrieron. Se conocían desde hacía muchos años, tantos como para saber el uno del otro lo suficiente. Dámaso conocía los amoríos de Ricardo y lo que le gustaba conquistar. Todas las mujeres estaban bien para él. «No hay una mujer fea, todas tienen su encanto», solía decir.

Por su parte, Ricardo conocía la condición sexual de Dámaso y por eso no se molestó con el comentario. Si hubiera sido de otra persona, podría haber pensado que se trataba de un pretendiente celoso, pero no era el caso.

Vega tomó las cartas que Ricardo le había entregado y

las posó sobre la bandeja de plata que había en el escritorio del señor. Tomó la suya y no pudo esperar a llegar a la habitación; por el camino la abrió.

Vega de Pas, 22 de junio de 1936

Queridísima nieta:

Horrorizada me quedo con lo que me cuentas en tu carta. Antes de nada, decirte que he tardado en contestar porque no tenía quien me escribiera la carta.

Primero tuve que esperar días a que el cura apareciera por el pueblo y luego lo mismo. Lo que contabas no son cosas que deban ir corriendo por el valle, y ya sabes que aquí las noticias vuelan y si tenemos entre manos lo que tenemos, motivo de más para que estas cartas no anden de mano en mano. Bueno, pues lo dicho, que he esperado de nuevo al señor cura y aquí estamos los dos. Él, poniendo lo que yo digo y con ganas también de decirte algo que más tarde te contará.

No tengas ningún problema en volver. Yo ya sabes cómo soy, y como buena pasiega de los dineros que cada semana me daba el conde lo he guardado casi todo; solo he utilizado unas monedas para comprar algunas cosas al Vidal. Tengo bien guardadas las monedas de plata de cinco pesetas. Además, conociéndote, sé que tú con el jornal has hecho lo mismo. Por lo tanto, estoy tranquila ya que podemos tirar una temporada.

¡Vaya señora que te ha caído!, menuda pájara. Y ese pobre hombre, cuídale, Vega, se lo merece. Se ha portado muy bien con nosotras y ya sabes que de bien nacido es ser agradecido.

Si el señor tiene que venir, que venga. Tengo localizadas unas cuantas cuevas. De niña subíamos a escondernos en ellas, y cuando andábamos de muda y el tiempo se ponía feo, muchas noches hemos dormido en ellas. Yo creo, niñuca, que se lo debemos. Así que tú dile que nosotras le ayudaremos.

Aquí la cosa está tranquila. Alguna que otra vez sí que alguien comenta, pero ya sabes cómo somos por aquí, andamos a lo nuestro y no prestamos *na* más que la atención justa y si nos interesa. Aunque me dice el cura que la que viene nos va a interesar a todos.

Bueno, el chicuzu está muy bien. Más grande y más guapo no lo hay en todo el pueblo, y listo, que no veas lo listuco que es. Te quiero mucho y ya sabes, te espero con los brazos abiertos. Tengo muchas ganas de achuchar a mi Rosario, qué bonita está en la foto que me mandaste, y tú también estás guapísima, pareces una señorona, hija. Ahora te escribe el padre Casimiro.

Besucos, niñuca,

VIRTUDES

Hola, Vega:

Como tu abuela te dice, por aquí todo está bien.

Quiero contarte algo que creo que dadas las circunstancias debes saber, confío en tu hermetismo pasiego.

Pablo Vaudelet es hermano mío, por parte de padre.

No sé si recordarás aquella vez que me desplacé a la capital y hablé con él. En aquella conversación le revelé lo que ahora te estoy diciendo a ti, ya que él tampoco sabía nada, siempre pensó que era hijo único. De esta relación también tiene conocimiento Dámaso, ya que él, durante mucho tiempo, fue la persona que se encargó de hacer llegar a mi difunta madre los dineros que mi padre (y padre de Pablo) le enviaba. Como ves, todos tenemos secretos que guardar y como estarás viendo, soy hijo de una madre soltera que durante toda su vida mantuvo una relación con un hombre casado. Un hijo del pecado, como puedes observar, es lo que soy. Pero estoy muy orgulloso de ello. Las cosas hay que aceptarlas como vienen y yo acepté que mi padre me viera de vez en cuando y que nunca me permitiera llamarle «padre». Asimismo me enorgullece saber que mi madre tiró para adelante sola, eso sí, con la ayuda económica que cada mes mi padre la enviaba. Pero bueno, de esto seguro que algún día tendremos ocasión de hablar más tranquilamente.

Lo que ahora me ocupa es lo que le has contado a tu abuela con relación a la posibilidad de que, en el caso de un golpe de Estado, Pablo tenga que abandonar Madrid. Yo creo que de momento lo mejor es esperar. Aunque tú sí que deberías volver. Cada día es un día menos y quién sabe si cuando recibas esta misiva se haya producido.

Como bien te comenta Virtudes, y como tú sabes, los montes de esta tierra nuestra están llenos de cuevas y lugares donde proteger a mi hermano Pablo. Por supuesto, yo también podré ayudar; desde mi posición hay cosas que seguramente puedo hacer. Como sabes, sigo en el obispado y aunque noto que hay ciertas cosas que no me cuentan, la información al final, de una manera u otra, me acaba llegando.

Estate tranquila y si deciden que te vuelves, aquí estamos para recibirte.

No obstante, es bueno que sepas que la región desde las pasadas elecciones está muy revuelta. Ya sabes que el

Frente Popular se impuso a la derecha solo en Santander y Torrelavega y, debido a ello, los conflictos son continuos. Imagino que tienes noticias de ello. Pues como te digo, Torrelavega sufre continuamente desórdenes públicos: estallidos en domicilios de gentes vinculadas a la derecha o en organismos. También se producen atentados a obreros de las forjas de Los Corrales de Buelna. El voto de los obreros, en su mayor parte socialista, es el que sustenta la coalición de izquierdas aquí. Y esta región tradicionalmente siempre ha sido de derechas, y eso ahora molesta. El caso es que en las zonas industriales las huelgas generales son constantes, ya hemos tenido como cuatro.

Pero no te aburro más, solo quería que estuvieses al tanto de lo que hay, porque aunque tú digas que no sabes de política, yo sé muy bien del pie que cojeas.

Recibe un afectuoso saludo,

Padre Casimiro

Vega estaba impactada, no daba crédito a lo que acababa de leer. El padre Casimiro y Pablo eran hermanos de padre. No pudo por menos que exclamar en voz alta:

—¡Qué cosas! ¡Virgen de la Vega bendita, válgame Dios, lo que hay que oír! Cada día me llevo una sorpresa nueva. Pero ¿esto en qué va a acabar?

—¿Decías algo, Vega? —preguntó Dámaso.

—No, no, qué va, cosas que me cuenta mi abuela, que me dejan asombrada.

El padre Casimiro entró en la cabaña de Virtudes, pero la mujer no estaba allí. Sí que estaba el pequeño Vidal desayunando su buen tazón de sopas de pan.

El niño se levantó y besó al cura, le tenía mucho cariño. Siempre que venía por el pueblo jugaba con él y, además, le traía algún dulce que hacía la delicias del crío.

—La *güela* está en la cuadra. La pinta está mala, dice la *güela* que lo mismo se muere; no sabe qué le pasó, no da casi leche.

El cura revolvió el pelo de Vidal en un gesto de cariño y pasó a la cuadra. La mujer estaba allí sentada en el banco con la cabeza pegada a la panza de la vaca.

—Virtudes, ¿no será mejor que llame al veterinario?

—Para qué, la pobre pinta tiene más años que yo... Que ya es decir. De esta noche creo que no pasa. De todos modos, ya lo he llamado. Se lo dije al Juanuco que se lo dijera. Vendrá cuando pueda, pero como tarde mucho la encuentra patas arriba, seguro. Bueno, ¿y qué le trae por esta casa al señor cura?

—Nada, mujer, solo quería ver cómo está. Es por si ha recibido carta de Vega y necesita mi ayuda.

—Y ¿no será para ver si Vega ha escrito para saber qué le contestaba a usted de lo que le contó?

—No hay quien la engañe, ¿eh? Pues sí, la verdad es que era para eso, pero también para prestarle mi ayuda.

—Pues *na*, no tengo ninguna noticia de mi nieta; será que se calmaron las cosas por la capital.

—Bueno, me marcho, la semana próxima subiré de nuevo. ¿Necesita algo de Santander?

—Pues no. La verdad es que no necesito nada.

—Por cierto, Virtudes, ¿qué le parece si para el próximo

septiembre mandamos a Vidal a Santander, a los salesianos? Allí, el pequeño estaría muy bien. Lo tengo casi hablado, entraría como beneficencia, pero los estudios que tendría serían de lo mejor. Además, la comida y la estancia están muy bien, hace días estuve en el colegio con los seminaristas y...

—Soo, pare el carro, padre. ¿Por qué se empeña en quitarme al *chicuzo*? El niño está conmigo y aquí se va a quedar, salvo que yo me vaya para otro barrio. El *niñuco* me lo dejó su madre al cuidado y aquí se queda. ¡Y no se hable más! Ya me parecía a mí que había aparecido usted muy de mañana y que no era por casualidad.

—Bueno, Virtudes, no se moleste conmigo. Yo solo miro por el pequeño. Es muy listo el crío y debería tener la oportunidad de aprender.

—Que no, que le he dicho que no. Si la madre viene y quiere que el niño vaya, a mí me parecerá bien, aunque no esté de acuerdo, pero si no, el crío no se menea de mi casa.

El padre Casimiro se dio la vuelta y salió de la cuadra. Bien sabía del carácter de Virtudes, y si le había dicho que no, salvo que la buena mujer enfermara y no pudiera hacerse cargo del niño, él era totalmente consciente de que no le iba a dejar marchar bajo ningún concepto.

24

Brigitte vivía en su maravilloso mundo. Continuaba con sus salidas diarias, sus idas y venidas y sus escapadas de dos o tres días en cuanto la ocasión se prestaba. Pablo no le daba ninguna importancia; si llegaba y su mujer estaba en casa, perfecto, si no, le era totalmente indiferente. Casi mejor, así no tenía que verla.

La mujer había cambiado tanto que no la reconocía ni su propia familia; sus padres apenas hablaban con ella y cuando querían saber sobre su nieta, Almudena, llamaban a su querido yerno. En el fondo le tenían lástima; consideraban que no se merecía lo que su hija le estaba haciendo. Por ese motivo, habían perdido el contacto con ella, y las escasas veces que se habían comunicado, terminaron discutiendo a voces.

Tampoco se hacía cargo de las cosas de casa; toda la responsabilidad caía sobre Pablo o directamente sobre el servicio, sin importar lo que estaba o no estaba bien. Para colmo, últimamente le había dado por comprar, y lo mismo adquiría un vestido de alta costura que un brillante en la mejor joyería de Madrid. Todos esos gastos iban directos a la fábrica de Pablo. El hombre continuamente recibía la visita en su despacho de cobradores enviados por las diferentes tiendas de la calle Serrano que su mujer al menos una vez al mes acostumbraba a visitar. Pablo se preguntaba por qué hacía eso. Si realmente no quería nada de él, podría olvidarse también de sus pesetas y cargarle al soldadito sus gastos. Pero no, eso no entraba dentro de los planes de la mujer.

Brigitte en los últimos tiempos había hecho amistad con una mujer de vida un tanto alegre. Su nombre era Manuela y andaba por el mundo diciendo que era actriz, aunque nadie la había visto nunca actuar. Lo que sí se conocían eran sus historias amorosas, ya que ella era la primera en alardear de sus conquistas. A pesar de su juventud, ya contaba con una amplia lista de amantes: políticos, militares, abogados y nobles del país habían visitado la cama de Manuela. Era una hermosa mujer de ojos negros y tez morena, que la hacía parecer gitana, aunque no lo era. Su estatura estaba por encima de la media en una mujer y su cuerpo bien proporcionado era la envidia de todo Madrid. Caminaba por las calles comiéndose el mundo, mirando por encima del hombro y apartando de su camino todo aquello que no le agradaba. No tenía amistades femeninas, salvo Brigitte, que se había convertido en su compañera inseparable.

Olga pasó a la habitación de la señora con la bandeja del desayuno como cada mañana, y con la intención de preparar la bañera. La mujer aún estaba acostada y preguntó la hora que era a la sirvienta con mal talante. La noche anterior había sido larga. Narciso acababa de llegar de Melilla y la fiesta de bienvenida se alargó hasta altas horas de la madrugada. Pero había quedado con su nueva amiga y debía arreglarse, tenía que ponerse bella; iban a ir de compras y no quería parecer la señora de compañía de Manuela. Por ese motivo, le pidió a Olga que le sacara un vestido vaporoso de color rosa de Chanel, y los mejores zapatos que tenía. Lo compró en París meses atrás en uno de los viajes que había hecho con la excusa de visitar a sus padres.

Se miró en el espejo y se remiró, no quería que faltase ningún detalle. Peinó su larga melena y después la recogió en un moño italiano que le daba un aire elegante. Se puso unos pendientes de amatista, sus preferidos; su color morado transparente le daba una importancia sublime al vestido. La amatista era la insignia del poder y eso Brigitte lo sabía. Colocó en su dedo anular derecho la sortija que hacía juego con ellos y la admiró. Aquellas joyas habían sido un regalo de su bisabuela a su abuela cuando esta se casó; después, habían pasado a su madre, y ahora eran suyas. Tomó de su tocador el pequeño frasco de Chanel n.º 5 y perfumó su cuello y sus muñecas, lo posó despacio y volvió a admirarse de nuevo en el espejo.

—Madre de Dios, la cita de hoy debe de ser por lo menos con el mismísimo presidente de la República —dijo Olga al entrar en la cocina—. Esta mujer está traspasando todos los límites. Mira que yo no soy partidaria del divorcio, pero creo que pareja que debe divorciarse más que esta, no la hay en toda España. ¡Qué descaro!, de verdad que no puedo más con ella. Se ha puesto un vestido que va a dejar sin habla a todo Madrid. La verdad es que guapa es un rato largo, la condenada, pero zorra... pues qué queréis que os diga, también, con perdón, pero es que...

—Calla, chica, qué más te da a ti. Déjalo estar, que haga

lo que quiera. Total, si el señor se lo permite, nosotras no somos nadie para decir ni media. Así que punto en boca, niña —contestó Maruja, que no solía hacer nunca ningún comentario al respecto.

Cierto era que ella personalmente no la había visto con aquel hombre que decían que iba, pero creía lo que los demás le contaron. No habían sido ni una, ni dos, las veces que le habían hecho referencia a esa relación.

—Sí, mejor que me calle, porque no merece la pena. Pero el día que salga por esa puerta, voy a tocar las campanas de la Almudena.

La conversación se terminó. Chefa acababa de entrar en la cocina.

—Me cago en san Pedro, acabo de ver a la señora que parecía que iba de celebración. Pero cómo iba de guapa. No tiene vergüenza, ¡eh! Ya os digo que esto es exagerado. Cuatro me han hecho comentarios sobre ella: «Vaya con la Brigitte, eh, vaya, vaya. Oye, tu señora no tiene vergüenza ni quien se la ponga, ¡eh! Vaya cuernos que luce tu jefe, ¡eh!». Esto no puede ser, ya no aguanto más. Es la comidilla de todo Madrid. Pero ¡por qué no se larga de una vez y nos deja en paz!

Ninguna contestó.

Chefa las miró extrañada. Torció el morro, levantó las cejas y soltó un quejido de mala gana.

Dámaso esperaba a la señora Brigitte a la puerta de su casa, mientras lustraba el vehículo. Cuando oyó el saludo de Ricardo a su señora se apresuró a abrir la puerta del coche para que esta pudiera entrar.

Se dirigieron al hotel Ritz, allí había quedado para comer con Manuela. Dámaso paró el coche delante de la puerta principal de hotel. Brigitte se bajó del auto y le dijo al chófer que podía irse; ya no iba a necesitar de sus servicios en todo el día. Justo detrás de ella llegaba Manuela. Se saludaron con los gestos típicos de besos en ambas mejillas, sin dejar por supuesto que los labios se posaran en las mismas, para evitar que el carmín quedase marcado en sus carrillos. Ambas se dirigieron al comedor. Las miradas de los hombres que ocupaban las diferentes estancias del hotel se fijaron en ellas; alguno se llevó una buena regañina de sus esposas o compañeras con los gestos y los guiños que unos con otros se dedicaban. El maître las acompañó a la mesa reservada para ellas y les ofreció la carta. No habían decidido aún qué iban a tomar cuando apareció para saludarlas Georges Marquet, gerente del hotel. Era un conocido de la familia de Brigitte, y una persona atenta y preocupada por sus clientes. Las mujeres se sintieron agasajadas con la visita de Georges; siempre estaba bien que el resto de las personas que ocupaban las diferentes mesas de aquel bello comedor vieran quiénes eran ellas.

Después de una dilatada comida, vino una reposada y larga sobremesa. Pero ya no estuvieron solas, las acompañaban Narciso y Rubén Izaguirre, un coronel de marina, amigo íntimo de Narciso. El coronel Izaguirre era la nueva conquista de Manuela. Después de varios whiskies, las parejas abandonaron por separado el hotel. Desde la ventana de su despacho, Georges Marquet y su señora observaron la salida de las parejas, criticando la actitud de Brigitte y apenados por la posición en la que estaba dejando a su amigo Pablo Vaudelet.

Bien avanzada la tarde, Dámaso entró en el despacho de Pablo. Su secretaria ya no estaba en la oficina y el hombre ultimaba un proyecto que tenía entre manos. La cara de Dámaso le hizo presagiar que algo no iba bien.

—¡Qué pasa, amigo! ¿Has visto al demonio o qué?

—El demonio está llegando, Pablo. He estado en el sindicato esta tarde, las noticias no son nada buenas. De un momento a otro, esto salta por los aires.

—No empieces; también iba a estallar en abril y mira, estamos a finales de junio y no ha pasado nada. Sí, hay revueltas, Madrid está imposible; manifestaciones, concentraciones, gritos, carreras, pero aquí seguimos, aguantando.

—Ahora no. Esta vez va en serio. ¿Cuándo piensas salir de Madrid?

—No voy a salir de Madrid. Tengo muchas cosas que hacer; me quedaré aquí, este es mi sitio. Yo no he hecho nada; o ¿acaso no tengo derecho a pensar como me dé la gana?

—A mí no me tienes que hacer esa pregunta, de sobra sabes lo que yo pienso también; pero ¿cómo quieres que te diga que corres peligro?

—Dámaso, si tú quieres irte, yo desde luego no te voy a retener, lo entiendo. Pero te repito que yo no me iré a ninguna parte. Aquí está mi fábrica, mi casa y mi hija. Es mi obligación estar junto a todo esto que te he enumerado. No se hable más. Qué, ¿nos vamos a casa? Estoy un poco cansado.

—Siempre tienes que hacer lo que te da la gana, ¿verdad? Ni tan siquiera ahora que tu vida corre peligro vas a hacer caso a nadie. Ya me dirás de qué les vas a servir a tu fábrica, a tu casa y a tu hija, sobre todo a tu hija, si estás muerto, o encerrado en el mejor de los casos.

Pablo comenzó a recoger todos los documentos que tenía sobre la mesa. Abrió la caja fuerte y metió en ella la pistola que siempre tenía en el cajón de la mesa mientras estaba en el despacho.

Dámaso se sorprendió. Pensaba que sabía todo sobre su jefe, pero nunca había podido imaginar que tenía una pistola en el cajón de su mesa.

—No me mires así, no me voy a suicidar. Pero teniendo en cuenta las amistades de mi mujer... es mejor estar preparado. Nunca sabe uno quién puede entrar por esa puerta y con qué intenciones.

25

Desde que Dámaso habló con Vega sobre la posibilidad de partir a su tierra, todos los días esperaba que, bien la señora o el señor, le dieran las órdenes oportunas para marcharse, pero el mes de julio ya estaba llegando, el calor era sofocante, las revueltas continuas y las noticias nada halagüeñas, y seguía sin recibir las indicaciones para su partida. No se atrevía a preguntar por miedo a meter la pata, pero tenía preparado todo por si había que irse rápido. La ropa de las niñas estaba colocada de modo que solo fuera cogerla y meterla en las maletas, su abuela estaba avisada e incluso había recibido la llamada del padre Casimiro para preguntar por su viaje. Pero parecía que todo había quedado en el olvido.

Chefa estaba de entierro; una vecina de toda la vida había fallecido. Estando en misa, le pareció ver a Laura en las primeras filas. La mujer estaba muy estropeada; había perdido el brillo en la cara y era un manojo de huesos que apenas podía sostenerse. Chefa esperó que saliera el féretro con los restos de su vecina y la comitiva que lo acompañaba; como no iba a ir al cementerio, se sentó de nuevo en el banco y aguardó la salida de Laura. Iba del brazo de su hija y de otra mujer que no conocía. Arrastraba los pies como un alma en pena, apenas levantaba la vista del suelo y la mantilla negra que cubría su cabeza no la dejaba ver con nitidez. Las dejó pasar y al ver que no la habían reconocido, por un momento pensó en alejarse y no saludar, pero sintió unas ganas de saber que fueron más fuertes que la primera intención. Ni corta ni perezosa, se acercó a las tres mujeres que aguardaban la cola que se había formado a la salida de la iglesia y, sin ningún reparo, preguntó:

—¿Qué tal estás, Laura? ¿No me reconoces?

—Claro que te reconozco. Estoy a punto de cascar, pero por suerte o por desgracia me entero de todo y reconozco a todo el mundo. Ya ves cómo estoy. Siempre has sido amiga de saber, pues como ves, me queda lo justo; con un poco de suerte la próxima en ir en la caja de pino seré yo. Y digo con suerte, porque ya no puedo con mi vida. Los dolores me hacen perder el sentido, los soporto gracias a las medicinas que esta hija mía me proporciona, que si no, ya me habría tirado por la ventana. Ya ves, con lo que he sido y ahora solo soy una piltrafa que no vale ni *pa* Dios ni *pal* mundo. Pero ¿sabes una cosa?, que he vivido como me ha dado la gana y que gracias a lo que me he dedicado nunca me ha faltado de *na*, así que creo que ya he contestado todas tus preguntas. No, espera, recuerdo que me preguntaste por un tal Dámaso, el chófer de tu casa, ¿no? Pues que sepas que además de ser maricón, es de la CNT, que está metido hasta los huevos en la política y que está en la lista de los militares; así que si te importa algo el marica, dile que vaya haciendo la maleta porque en cuatro días mal contados, si no se larga le darán matarile, que es lo que se merecen todos los rojos y más si son maricones.

Chefa se había quedado pasmada. Se notaba que Laura estaba en el final de sus días. La prudencia de la que había hecho gala a lo largo de su vida, la había dejado atrás, y parecía no importarle lo más mínimo que la gente supiera cuál había sido su profesión, algo que lógicamente no se le escapaba a nadie, pero que por decoro nunca gritó a los cuatro vientos.

—Laura, no he pretendido ofenderte. Solamente quería saber cómo te encuentras, y ni me había acordado de lo de Dámaso —mintió—. Mi intención ha sido nada más que la de saludarte.

—Bien, pues ya lo has hecho. Vete con Dios, tú, que has sido siempre tan casta y pura, que esta que está aquí ya tiene *to* el pescado vendido y a estas alturas ni me importa que me pregunten, ni me molesta dar pena, ni hago ningún caso a los comentarios. Vete por donde has venido, Chefa, que yo, para tu información, ya tengo un pie aquí y el otro tomando por culo.

Chefa se apartó de la mujer. Podía comprender que no se encontrara bien y su humor no fuera el mejor, pero no entendió muy bien por qué la había tratado de aquella manera. Aunque, a decir verdad, era muy posible que estuviera enterada de los comentarios que en muchas ocasiones había hecho sobre ella y su hija y por eso ahora, que ya nada le importaba, había aprovechado para decirle lo que le vino en gana.

Dámaso, marica. Pero si ella le había visto en muchas ocasiones entrando en la habitación de Maruja. ¿Qué pasaba con ese hombre?, ¿acaso hacía a dos palos? Desde luego, la casa donde trabajaba no tenía desperdicio. El chófer marica, el señor republicano, la señora de todo menos señora, y las otras, las otras... tres tontas que se creían algo. Pero los tiempos no estaban para dejar la casa. Ese era el único sueldo que entraba en la suya y, además, de vez en cuando se llevaba sus buenos filetes y pescados, así que no quedaba más que seguir. Para bien o para mal, y aunque fuera la comidilla del mercado cada vez que entraba en él, ella cobraba su jornal todas las semanas.

Aquella tarde Vega ya no pudo aguantar más y se acercó a Dámaso, que leía unos pasquines en la cocina, y le preguntó si sabía algo de su marcha.

—Lo siento mucho, guapa, pero no puedo decirte nada. No porque sepa algo y tenga que callarme, sino porque Pablo me dijo ayer que no pensaba moverse de Madrid, que aquí tenía su vida y su negocio, y que no iba a marcharse. No se me ocurrió preguntarle por ti, pero imagino que no quiere que te vayas; te necesita para que te hagas cargo de la pequeña Almudena. La niña está hecha a ti, a tus atenciones y tus cuidados. A su madre apenas la conoce y, además, mira bien lo que te digo, no creo que dure mucho en la casa, y no creo que se lleve a la pequeña; la estorba.

Vega se quedó desolada. Entonces tenía que ser ella la que tomara una decisión, pero no sabía qué hacer. Por un lado, deseaba marcharse de allí, apenas se podía poner un pie en la calle con tanto lío, y por otro, estaba su pequeño Vidal y su abuela; qué sería de ellos si la guerra estallaba. Debía decidir qué hacer. Dámaso continuó hablando, a pesar de no haber tenido respuesta alguna por parte de Vega.

—Oye, Vega, ¿tú no te has dado cuenta de que le gustas y mucho al señor?

Vega levantó la cabeza, sorprendida con la revelación del chófer. Nunca hubiera imaginado que el señor se había fijado en ella.

—Pero ¿qué tonterías estás diciendo? Jamás en la vida he hecho ni he dicho nada que pudiera malinterpretar el señor. Siempre he estado en mi lugar. Me estás ofendiendo, Dámaso, parece mentira.

—¿Ofenderte?, no es para nada mi intención. Solo quiero que sepas lo que siente. Le conozco muy bien, sé lo que piensa, y aunque jamás me lo ha dicho, tú le gustas. Pero es cierto lo que dices. Te muestras tan distante que nunca se ha atrevido a decirte nada, y nunca lo hará si tú no muestras al menos un poco más de acercamiento a él. ¿Cuántas noches te ha pedido que le acompañes mientras ve cómo duerme Almudena? Y ¿cuántas veces te ha preguntado cómo estás y si necesitas algo? De verdad, ¿no has notado cómo te mira? Se le iluminan los ojos cada vez que apareces.

—Pero ¡Dámaso, por Dios! Me están dando ganas de salir corriendo y no parar hasta mi tierra. Jamás he pretendido nada; yo he venido aquí a trabajar, necesitaba el dinero para sacar adelante a mis hijos. En mi corazón solo hay sitio para un hombre y por desgracia le perdí hace dos años. Creo que ya es suficientemente duro tirar sola en este mundo con dos hijos y una abuela como para que ahora tú me digas eso.

—Perdona, no ha sido mi intención molestarte; estaba hablando contigo en confianza. No pretendo nada con lo que te he dicho, ha sido un simple comentario. Pero sí te diré una cosa. ¿Cuántos años tienes?

—Veintiséis.

—Y con veintiséis años, ¿crees que le debes fidelidad eterna a una persona que murió hace dos años y que además estoy convencido de que estaría totalmente de acuerdo y contento si tú ahora te enamoraras de alguien? Pues no, niña, en absoluto. Tú no mereces pasar el resto de tu vida sin alguien a quien querer, sin que te besen apasionadamente, sin sentir el calor del amor y las sonrisas y miradas cómplices. Te mereces vivir, Vega, sentir la respiración acelerada de un corazón enamorado, luchar para ser feliz, no solamente para vivir y sacar a tus hijos adelante. Te mereces todo eso y mucho más; en los años pasados ya has cubierto el cupo de desdichas. Ahora es tiempo de vivir, de disfrutar, aunque solo sea un poquito.

Vega miraba a Dámaso, escuchaba sus palabras y sabía que todo lo que estaba diciendo era cierto. Pero el amor que aún profesaba por el difunto Bernardo le impedía abrir su corazón a otra persona. ¿Qué pensarían en el pueblo y en qué lugar dejaría a su abuela si ella llegara diciendo que tenía un nuevo amor? Y más tratándose del señor. ¿En qué posición quedaría su familia? Y la pobre Ción, su suegra, ¿qué iba a pensar de ella?

—Mira, Dámaso, yo creo que lo mejor es que olvidemos esta conversación, no nos lleva a ninguna parte. Mi vida la administro yo como buenamente quiera y pueda, y, además, como bien me has dicho, esto que me cuentas es algo que te parece a ti. En ningún momento el señor te ha comentado nada; por lo tanto, vamos a dejar de lado esta conversación.

—De acuerdo. Pero perdóname, Vega, no he querido ofenderte para nada y, como dices, es cierto que Pablo jamás me ha dicho nada; pero yo lo veo tan claro como el agua, por ese motivo te lo he comentado.

La puerta de servicio se abrió y apareció Chefa. Solo con mirarla ambos sabían que, por un lado, la conversación había terminado y, por otro, que venía de un humor de perros.

—Puto calor, me suda hasta la planta de los pies, qué asco de tiempo. ¿Y vosotros qué miráis? Parece que fuera una aparición o algo así, ya sé que soy un bellezón, pero mejor dejad de mirarme con esa cara.

—Sí, sí, un bellezón sí que eres. Fíjate que estoy deslumbrado con el brillo de tus ojos y el contoneo de tus caderas, ¡no te digo! —comentó Dámaso, que cada día que pasaba soportaba menos a la cocinera.

—A ti ya sé que ni te pongo yo, ni la mismísima Imperio Argentina. Ahora, igual si aparece un maromo guapo te le tiras al cuello, que ya sé yo del pie que tú cojeas.

—Eres un bicho malo. Ojalá se te pele la lengua, asquerosa. Yo haré con mi vida lo que me dé la real gana. Tú lávate la boca para hablar de mí. Amén te parta un rayo.

—Maricón, eso es lo que tú eres, un marica de mierda. Ya es lo único que le faltaba a esta casa y mira por dónde, también tenemos de eso.

Dámaso se levantó con la intención de darle un golpe, pero Vega se puso delante de él impidiendo que se acercara a la mujer. Chefa soltó una carcajada.

—Sois patéticos los dos, qué asco. —Escupió en la pila de fregar.

Ambos salieron de la cocina. No merecía la pena continuar con aquello. Sabían cómo era. El veneno que salía de su boca era peor que el de la más mortal de las serpientes venenosas.

26

Brigitte esperaba que Narciso apareciera por el palacete de La Guindalera. Por fin había conseguido quitarse de en medio a la vieja bruja que se encargaba de su cuidado; no porque ella la echara, sino porque enfermó y la mujer no duró ni un mes. Ya eran las ocho de la tarde y aunque los días de julio eran largos, no quería que se le hiciera demasiado tarde. Las manifestaciones y las revueltas que continuamente había en Madrid le daban miedo, y además, para colmo de males, desde que en febrero se formara el nuevo Gobierno, cada dos por tres había atentados que ponían la ciudad patas arriba.

Por fin oyó el sonido del motor del Renault Nervastella de Narciso, pero no se movió del sillón; estaba molesta por la tardanza.

El hombre entró y cerró la puerta provocando un gran estruendo al hacerlo. Brigitte se sobresaltó.

—Estás loco, menudo susto me has dado. Casi se me sale el corazón del cuerpo.

—No será para tanto, no seas exagerada. Conmigo no hace falta que hagas tantas tonterías, nos conocemos de sobra. ¿Has pensado en lo que te dije el otro día? Te doy la posibilidad de que salgas ahora de Madrid tranquilamente. En unos días todo habrá empezado y si te quedas aquí, no sé cómo voy a poder salvarte con ese marido rojo que tienes. Porque ese no se va a librar, en cuanto tengamos el poder me lo quito de en medio. Me encargaré personalmente. Tengo preparada una casa en Toulouse, lo único que será momentáneo. Una vez que todo comience, los franceses no serán amigos de España precisamente, y tendrás que ir a Italia hasta que las cosas se calmen. Mañana partiremos los cuatro, Manuela vivirá también contigo. En dos días más o menos, Rubén y yo volveremos. Ahora nuestro sitio está en Madrid o donde nos destinen.

—Pero esto será una cosa rápida, ¿no? Cuestión de días, ¿verdad?

—Esto lo que no es es un juego de niños. Hay que salvar el país de todos estos comunistas; la basura hay que quemarla, que es lo que se merece. Eso llevará un tiempo, ¿o acaso crees que nos van a entregar el país sin más? Tendremos que luchar por él. Tal vez un par de meses.

—Oye, cariño. Pablo no es mala persona, que yo haya dejado de quererle no significa que sea malo. Prométeme que no le harás nada. Además, debes tener en cuenta que mi niña no puede quedarse sin padre.

—Yo no voy a consentir que ningún enemigo del Estado campe a sus anchas. Tienes dos opciones: o estás conmigo, o estás con él. Tú sabrás qué es lo que quieres. Y, por cierto, la niña será mejor que la dejes aquí; no creo que sea bueno que te la lleves. Cuando yo vaya a verte quiero que dediques todo tu tiempo a atenderme a mí, y una niña no es precisamente lo que necesitamos. Iré a descansar y no me apetece estar oyendo gritos y lloriqueos de ningún peque-ño. Si quieres niños ya te haré yo un regimiento de ellos, no te preocupes, pero yo no voy a cargar con la hija de ningún republicano.

—Pero ¿qué estás diciendo? Es mi hija de quien estás hablando. Es mi sangre la que corre por sus venas; ¿cómo voy a dejarla aquí? ¿Te has vuelto loco?

—He renunciado a mi boda con la condesa de Turín por ti, y ahora te pones remilgosa; ¿quién te crees que eres? ¿No decías que me querías tanto? ¿Que no podías vivir sin mí y todas esas idioteces que me dices cada día? Y ahora me vienes con que tu Pablo es muy bueno y que te quieres lle-var a la niña. Pero si estoy harto de oírte decir que no debe-rías haber tenido a esa niña.

Brigitte escuchó las palabras que Narciso le estaba de-dicando y no respondió. El hombre cogió la guerrera que acababa de quitarse y se la volvió a colocar. Enfadado, mientras salía de la casa le dijo:

—Mañana me voy a Toulouse. A las seis de la tarde te espero aquí. A ti sola. No esperaré ni cinco minutos más. Tú verás lo que haces, esta es la única oportunidad que tienes.

La puerta volvió a sonar como una bomba cuando se cerró. El enfado de Narciso era manifiesto. Brigitte se que-dó sentada en el mismo sillón donde la había encontrado el militar. No entendía por qué tanta prisa por irse. Esperaba que fuera para el mes de agosto. No tenía hecha la maleta ni había preparado qué decir a su marido, aunque realmente eso le daba igual. La niña se quedaría en casa, conseguiría que Narciso protegiera a Pablo. Ella sabía que se ponía de muy mal humor a veces, pero en el fondo no tenía mal co-razón y si ella le pedía que protegiera a Pablo, seguramente acabaría haciéndolo y con él también a la pequeña Almudena.

Pablo ya estaba en casa cuando su mujer llegó. El hombre leía el periódico en la biblioteca tranquilamente, mientras tomaba una copa de vino. Brigitte entró altanera, como solía hacer últimamente. Se quitó el sombrero que llevaba y lo posó sobre la mesa junto con el bolso y los guantes.

—Mañana me voy de vacaciones. No sé muy bien cuándo volveré. No llevo a la niña, estará mejor aquí.

—¿Huyes?

—Qué tontería, Pablo. ¿Por qué no te vas tú también? Esto tiene muy mala pinta, no me gustaría que te pasara nada.

—Esto sí que es curioso. Ahora te preocupas por mí. Bueno, te preocupas tanto que mañana mismo te vas y no eres capaz ni de llevarte a tu hija sabiendo como sabes que las cosas no están bien en Madrid. Pero qué más te da. De verdad, Brigitte, me casé con una niña de ojos claros, amable, cariñosa y buena, de una familia normal y formal, y te has convertido en un demonio; no sé qué es lo que ese hombre te ha hecho. ¿Qué es lo que te ha dado que yo no he sido capaz de ofrecerte? ¿Tan mal lo he hecho para que no sientas nada por mí, para que no quede absolutamente nada de aquellas noches de baile y besos donde todo eran caricias y arrumacos, aquellas noches parisinas en que caminábamos de la mano junto al Sena, mientras la luz tenue y brillante de la luna nos acompañaba? ¿Qué ha pasado, Brigitte? ¿Por qué he perdido tu amor, o por qué tú has cambiado tanto?

Brigitte se acercó a Pablo y cogió su mano. Él se levantó esperando que la mujer se echara en sus brazos, pero cuando él hizo gesto de abrazarla, ella le rechazó poniendo sobre su hombro la mano e impidiendo que se acercara más.

—Haré todo lo posible por ayudarte, lo prometo. Pero lo nuestro ha terminado. No te quiero, lo sabes. Te lo dije hace tiempo. No tengo la culpa de haberme enamorado de otro hombre. Un hombre de verdad, que me ha hecho sentir una mujer de los pies a la cabeza. Que me trata como una reina, que me consiente y me mima. Lo siento, Pablo, pero no puedo seguir contigo. Mañana parto y no volveré.

—De acuerdo, ahora veo en qué me equivoqué. Tal vez tendría que haberte tratado como una mujerzuela, igual que hace él. —Brigitte le miró con odio—. No me mires así, de sobra sabes que no estoy diciendo ninguna tontería. Son varias las personas que me han dicho cómo te trata y tú bajas la cabeza y aguantas lo que sea. Te mueve el poder, el ser más que nadie, el lucirte de fiesta en fiesta y ver cómo todas las demás mujeres te miran con envidia. Yo no te envidio, me das pena, Brigitte. No quiero volver a verte más. Y hazme un favor, no le hables al soldadito de mí. No necesito ayuda de nadie y menos de un fascista como ese.

La mujer salió de la biblioteca llamando a gritos a Olga. Tenía que disponer su equipaje, no había tiempo que perder.

El resto del servicio esperaba que Olga apareciera por la cocina para que les dijera lo que estaba pasando. Cuando la chica les contó que estaba preparando el equipaje de la señora y que a juzgar por la cantidad de ropa que esta le estaba pidiendo que metiera en las maletas, la pinta era que no iba a regresar pronto. Ella más bien pensaba que se iba para no volver. La joven miró a Vega para decirle que no se iba a llevar a la pequeña. Se iba sola, con sus sombreros, sus bolsos y todos sus trapos, pero para su hija no había sitio en la maleta.

—Qué horror de persona, ¿cómo puede una madre abandonar a una niña tan pequeña? Tiene que estar realmente loca de amor para hacerlo —comentó Maruja.

—Perdone, Maruja, ¿loca de amor? Lo que es es una sinvergüenza. Una mujer sin escrúpulos que no le importa nada en este mundo más que ella. ¿Sabéis algo? Desde este momento tengo tres hijos en lugar de dos. Yo me encargaré de Almudena; me la llevaré conmigo y la criaré con mis hijos. Pero jamás le hablaré de esa mujer. Jamás.

—¡Para, para, pasiega! Que tú no eres nadie *pa* llevarte a la chiquilla. Tú larga donde quieras, pero esa se queda aquí, faltaría más. Solo queda por ver que la pequeña vaya a vivir entre montañas, como una pordiosera —gritó Chefa.

Vega se volvió hacia ella y le soltó un bofetón que la hizo tambalearse, casi cae al suelo del golpe. La cocinera no se atrevió a devolver el golpe, sabía que estaba en desventaja.

—Mira, bruja, estoy harta de tus comentarios; tendría que haberte partido la cara hace mucho tiempo, quizá el primer día que entré por esa puerta. He aguantado lo que no está escrito, pero se acabó. En la vida, ¡me oyes!, en la vida me vuelvas a llamar «pueblerina», ni «pordiosera», ¡nunca!

Chefa se quitó el delantal, lo tiró sobre el fogón y se marchó. Su orgullo estaba herido de muerte. No supo responder a Vega. Además, sabía que, con la partida de la señora, ya no iba a poder seguir dominando la cocina como estaba acostumbrada. Ahora todos estarían en contra de ella. Había perdido la posición que tenía. Quizá era el momento de desaparecer.

Caminó en dirección a Cibeles entre los gritos y las carreras de unos y otros. Esta vez eran los monárquicos los que estaban manifestándose. La policía, con dureza, a las órdenes de José del Castillo intentaba disolver la rebelión. En medio de toda esa confusión, Chefa recibió la patada de un caballo y cayó sin sentido. Tirada en el suelo recobró el conocimiento, pero estaba inmersa en una corriente de gente. Intentó levantarse, pero se sentía mareada y confusa; un empujón la hizo caer de nuevo y una vez en el suelo sintió cómo era pisoteada y golpeada por los manifestantes en su huida, que sin darse cuenta de que la mujer estaba caída, esquivaban los golpes de la policía. Alguien pisó su cuello y Chefa dejó de respirar al instante. Terminada la revuelta, unos hombres recogieron su cuerpo sin vida del suelo y lo tiraron en el carro que conducían.

27

Brigitte se levantó temprano, aún tenía que terminar de recoger las cosas que iba a llevarse. Vega llamó a la puerta de la habitación de la señora y esperó que esta la autorizara a pasar. La mujer se sorprendió al verla, ya que no acostumbraba nunca a entrar. Por un momento, pensó que quizá la pequeña Almudena se había puesto enferma e iba a comunicárselo, pero no era para eso para lo que Vega había entrado. La chica dio los buenos días y se quedó plantada tras la puerta esperando que Brigitte le preguntara qué era lo que quería. Pero en lugar de comunicarse con ella, esta levantó la cabeza con un gesto que indicaba lo que deseaba. Eso molestó a Vega.

—Al menos, podría usted dar los buenos días y preguntar qué es lo que pasa y por qué estoy aquí. Quizá su hija necesite algo de usted.

—¿Has venido a darme lecciones de educación o algo por el estilo? Para eso te falta mucho aún. En cuanto a lo que quieres, francamente, no me interesa lo más mínimo. Salvo que sea algo referente a mi pequeña puedes irte por donde has venido y, por favor, que sea rapidito, tengo que hacer muchas cosas como para estar perdiendo el tiempo contigo.

—Claro que es referente a su hija. El resto, si a usted no la importa, se puede imaginar que a mí muchísimo menos. Tengo entendido que se va esta misma tarde. Solo quería decirla que no hace falta que se preocupe por Almudena; bueno, realmente no se ha preocupado nunca. ¿Por qué lo iba a hacer ahora? Yo me ocuparé de la niña. Pero debe saber algo, su hija no se merece tener una madre como usted. Una presumida que solo vive para sí, que no le ha importado nada en este mundo salvo su propia persona. Su marido es un hombre bueno, tanto que jamás encontrará otro como él por mucho que lo busque. Vaya, salga corriendo, deje aquí desamparada a una niña pequeña. Jamás ha demostrado cariño por ella, jamás ha ido a pasear con ella, ni le ha dado de comer nunca. Jamás la bañó y la cambió los pañales, no ha secado sus lágrimas cuando se ha caído y se ha hecho daño, o cuando tenía dolores de barriga, o fiebre. Mire, señora, yo no sé qué es lo que usted ha encontrado fuera de esta casa, pero espero que merezca tanto la pena como para abandonar a un ser que se ha hecho en sus entrañas. Váyase si eso es lo que quiere, pero no le deseo nada bueno, absolutamente nada. Ojalá le caiga un rayo y la parta en dos. Así compensará el daño que le está haciendo a una criatura inocente.

Brigitte se mantuvo impasible; su cara no hizo ningún gesto, ni para bien, ni para mal. Su mirada estaba fija en los ojos de Vega. Quería intimidar a la muchacha, pero esta no apartó la mirada ni un solo momento; aguantó a la espera de su respuesta.

—No voy a gastar saliva hablando con un ama de cría.

Si te has ocupado todo este tiempo de mi hija, es porque era lo que tenías que hacer, ni más ni menos, para eso se te paga. Y en cuanto a si yo he atendido o no a la niña, a ti no te interesa; tú trabajas y yo te pago y se acabó la historia. Y si me voy, y es muy posible que no vuelva en una larga temporada, ¿pasa algo? Resulta que mi marido no me dice nada y vas a venir tú, una pueblerina, una criada, a decirme lo que está bien y lo que está mal. Pero bueno, ¡dónde vamos a llegar con este servicio! La culpa de todo esto la tiene este Gobierno que tenemos, que pone a la misma altura señores con gentuza sin oficio ni beneficio. Déjame, que tengo mucho que hacer. Ah, y trata bien a mi pequeña, es tu obligación, pasiega.

—Si llamándome «pasiega» cree que me ofende, está muy equivocada. No solo lo soy, sino que lo seré toda mi vida y orgullosa de serlo. Sin embargo, a usted la llaman «señora» y lo que es no tiene nada que ver con eso. La pasiega se ocupará de enseñarle a su hija los valores que ha de tener una mujer, mejor dicho, una persona. Algo de lo que usted carece por completo.

Vega salió de la habitación canturreando: «Me llamaste pasieguca pensando que era bajeza, y me llenaste de orgullo de los pies a la cabeza».

Maruja estaba alterada; eran las nueve de la mañana y aún no había aparecido Chefa. Como se había marchado molesta el día anterior, pensó que al igual que había hecho en otras ocasiones estaría días sin aparecer, pero esta vez no se lo iba a disculpar. Si no aparecía esa mañana la iba a poner de patitas en la calle. Aprovechando que la señora se iba, ya no tenían por qué soportar más los malos modos de la cocinera. Además, ya tenía echado el ojo a una muchacha que había conocido en el mercado y que apuntaba muy buenas maneras.

Brigitte se acercó a su marido, que aún desayunaba en el comedor, y le pidió que le dijera a Dámaso que esa tarde se ocupara de su traslado. Pablo, sin levantar la vista del libro que tenía entre las manos, le replicó que no iba a decirle nada. Que se ocupara ella. Brigitte le arrancó de las manos el libro y lo tiró con rabia al suelo.

—Eres asqueroso, no sé cómo he podido estar casada contigo.

Pablo se levantó, recogió el libro y la miró, pero no pronunció ni una sola palabra. Se volvió hacia la ventana, la abrió y dijo:

—Parece que hoy va a ser un gran día.

La jornada transcurrió normalmente para Pablo. Como cada día, acudió a la fábrica y después se acercó al hotel Savoy. Allí se tomó un par de copas con varios amigos. Conversaban animadamente cuando apareció por allí un conocido de Gerardo Valverde. Este le notó alterado y le pidió que se sentara con ellos. Después de las presentaciones de rigor, Gerardo le preguntó a qué venía su nerviosismo.

—Acaban de asesinar a José del Castillo.

—¿Cómo? Esto no va a terminar nunca. Qué horror, eso seguro que ha sido por la manifestación de ayer. Creo que fue bastante duro con los monárquicos, y en los tiempos que estamos, esto era previsible, se matan los unos a los otros. Pero esta vez han ido un poco lejos.

—Bueno, vamos a ver quién es el siguiente. Ahora estos

responderán con la misma moneda. Parece que no vamos a terminar nunca.

—Lo malo es que en cualquier momento en este barco vamos a estar todos. Pinta muy mal. La República no acaba de tomar las riendas del país, y los carlistas, los monárquicos y los falangistas están dispuestos a todo con la ayuda de los militares. El Frente Nacional está tomando posiciones; están fuertes y además tendrían la ayuda de italianos, alemanes e incluso me atrevería a decir que de los ingleses también.

—Bueno, el Frente Popular tampoco está solo. Francia está con ellos y la Unión Soviética es fuerte.

Sin darse cuenta, los hombres estaban dibujando un paisaje de guerra que no estaba muy lejos de producirse. Aquella misma noche, la policía detuvo y abatió a Calvo Sotelo. Los generales del ejército señalaron el asesinato como la prueba que necesitaban para confirmar que había que salvar a España de la destrucción.

La cocina de los Vaudelet se quedó muda. Al caer la tarde, Ricardo, el portero de la finca, había subido acompañado de una chica joven. La muchacha lloraba desconsoladamente. Maruja la reconoció nada más abrir la puerta, era la sobrina nieta de Chefa.

La muchacha se había acercado hasta la casa para comunicar que su tía abuela había fallecido la noche antes. Después de toda la noche y parte del día buscando a Chefa, esta había aparecido en la morgue. Lo único que les habían dicho era que había sido recogida por un grupo de vendedores ambulantes ya cadáver, cerca de Cibeles. No sabían cómo se había producido su óbito, ya que la dejaron en la puerta y se fueron sin más. Habían ido a la policía, pero según les habían dicho, era un mal momento; ya los llamarían y se pondrían en contacto con ellos para tratar de esclarecer la muerte. Ahora, los restos de Chefa estaban a la espera de la autopsia. Quizá se pudiera aclarar algo con ella.

Maruja, Olga y Vega escucharon el relato de la chiquilla sin decir palabra. La invitaron a una tila para intentar calmar la llorera que tenía y dejaron que se repusiera después de hablar. Las miradas de las mujeres se cruzaban, pero ninguna dijo nada. Cuando la chica se recuperó, Maruja le pidió a Olga que recogiera los enseres personales de la cocinera y se los entregara a la chica. Ella se acercó a su cuarto y puso en un pequeño sobre marrón el jornal de un mes, que también le dio. La abrazó cariñosamente y le pidió que la informara de cuándo iban a llevarse a cabo las exequias mortuorias. La chica cogió las pertenencias de su tía abuela y el sobre, y se marchó de la misma manera que había llegado, llorando desconsoladamente.

Cuando la puerta se cerró, Maruja no pudo aguantar más y comentó:

—Y yo pensando que se había enfadado y por eso no había venido.

—Pues yo, que ayer la di un bofetón y todo. Madre mía, qué mal me siento. Mira que no era santo de mi devoción, pero una cosa así tampoco se le desea a nadie. Vaya muerte más rara, ¿no? Y que dejen tirada a la muerta en la morgue, ¡qué pena! Pero qué burra soy, cómo pude...

—Tranquila, Vega, tú no tienes la culpa de nada, Chefa tenía sus líos, a saber qué tenía entre manos. Igual alguien se ha sentido molesto con ella y aprovechando que Madrid está llena de muertos últimamente, pues... la ha dado pasaporte.

Brigitte llegó al palacete de La Guindalera, allí la esperaban Narciso y Rubén Izaguirre; Manuela aún no había llegado. Los hombres charlaban y reían haciendo referencia al asesinato del teniente José del Castillo. Brigitte se sirvió una copa de jerez y se sentó en el brazo de la butaca que ocupaba Narciso; este la besó en la mano. Pasaban las doce de la noche, la tardanza de Manuela comenzaba a incomodar a Narciso.

—Esta mujer no va a llegar nunca. El avión nos está esperando; bastante han hecho con ponerlo a nuestra disposición como para hacerlos esperar.

—No te preocupes, llegará, ya sabes cómo son las mujeres. Esta mañana cuando estuvimos desayunando ya me advirtió que quizá se retrasara. Quería ir a despedirse de su madre, sabes que está enferma.

—A mí no me importan esas cosas, eres un consentidor. Si en quince minutos no ha llegado nos iremos; tú si quieres te puedes quedar a esperar. Yo no esperaré a ninguna mujer; ¿ves cómo Brigitte ha llegado a tiempo?

El timbre de la puerta sonó, y los tacones de Manuela retumbaron en el palacete junto a sus risas.

—Bueno, por fin ha llegado la señora. Nos vamos. Por cierto, ha habido un cambio en los planes, iremos a Génova. Toulouse no es seguro. Estaréis mucho mejor en Italia.

Las dos mujeres se miraron, pero no dijeron nada. La noche ya había caído en Madrid, el aeródromo estaba oscuro cuando llegaron. En la escalerilla del pequeño avión, un Junkers F13, les esperaba uno de los tripulantes, un hombre perfectamente uniformado, alto, rubio y con unos espectaculares ojos azules que hicieron que Brigitte y Manuela se fijaran en él con descaro. Narciso se dio cuenta enseguida y, antes de que la mujer comenzará a subir la escalera, la agarró del brazo y, apretándolo con fuerza, le dijo:

—Que sea la última vez que miras a otro hombre que no sea yo. ¿Lo has entendido? A partir de ahora mi cara y mi cuerpo será lo único que mires. ¡Sube!

El pequeño avión solo tenía capacidad para cuatro pasajeros. El subcomandante los ayudó a colocarse en sus asientos y a ponerse el cinturón de seguridad; asimismo les aconsejó que no lo desabrocharan durante todo el trayecto. Brigitte y Manuela ocuparon asientos contiguos, en los otros dos se sentaron Narciso y Rubén. En pocos minutos, el avión despegó.

—Bueno, amigo mío, en seis días esta ciudad será nuestra y este país se habrá librado del veneno que lo está matando. No puedo negar que estoy deseando que empiece el baile; tengo ganas de pagar alguna que otra cuenta pendiente —dijo Narciso.

Brigitte se acercó a Manuela y muy bajito, evitando que los hombres escucharan la conversación, le preguntó:

—Manuela, ¿tú crees que Narciso se refiere al golpe que estaban preparando? Pero no habrá guerra, ¿verdad?

—Desde luego, Brigitte, pareces tonta, chica. ¿Tú por qué crees que nos sacan de Madrid? Pues claro que habrá. No durará mucho, tal vez unos días, hasta que todo el país sea nacional. Eso es lo que me ha dicho Rubén; ellos mañana volarán en este mismo avión hacia Melilla. Pero, ya te digo, en cuatro días los tendremos de vuelta.

Brigitte sintió miedo, la sangre se le enfrió. Se había ido, dejando allí a su hija. Ella la quería, a su manera, eso sí, pero la quería, y le estaba embargando un sentimiento de culpa que le impedía respirar con normalidad.

—¿Estás bien, querida? Te noto un poco pálida.

—Sí, perfectamente, Manuela.

Brigitte miró por la ventanilla. Las luces de la ciudad poco a poco se alejaban de su vista. Comenzaba una nueva vida; era consciente de que no volvería nunca junto a Pablo. En cuanto a su hija, estaba convencida de que algún día estaría con ella, y la niña entendería por qué tuvo que dejarla. Pero la posibilidad de que pudiera pasarle algo la llenó de culpa. Dejaba a su hija en un país que estaba a punto de estallar.

28

Las revueltas, las manifestaciones y los asesinatos eran a diario el tema de conversación más frecuente. El ambiente enrarecido no hacía presagiar nada bueno. Ya no era un rumor que los militares preparaban algo, era un hecho, y se contaban las horas esperando que la noticia surgiera. Unos y otros iban planificando sus estrategias. La República se desmoronaba, la desunión era patente en el país.

En Santander, a principios de junio, Luciano Malumbres, que dirigía el periódico *La Región*, y además era portavoz oficial del Frente Popular, fue asesinado. Eso produjo una gran conmoción en la izquierda santanderina, que promovió una huelga general que paralizó la ciudad por completo.

Pero los días iban pasando y parecía que se calmaban las aguas. Llegó a la ciudad el presidente de la República, Azaña; venía a visitar Villa Piquío, que la familia Meade le había ofrecido para el veraneo. La ciudad se animó con el verano y comenzaron a llegar los transatlánticos, como el *Méxique*, que entró en puerto en su ruta hacia América. El alcalde de la ciudad, el señor Castillo, recibió al expresidente de la República, Niceto Alcalá-Zamora, que llegó acompañado por su familia. Pasaron la noche en el hotel México y al día siguiente embarcaron en el buque *Caribia* con destino a Hamburgo y otras capitales del norte de Europa. También los cursos de verano comenzaron según lo previsto, aunque la sesión inaugural se aplazó a la espera de la llegada del presidente Azaña, que, según anunció el diario *La Región*, era el 16 de julio. En previsión de esa ilustre visita se prohibieron las manifestaciones y reuniones en la calle y se reforzó la vigilancia policial. Pero Azaña no fue a Santander.

Aquel sábado de julio no iba a ser igual que cualquier otro sábado. Aquel 18 de julio de 1936 quedaría marcado en los libros de historia como la fecha en la que comenzó el fin de todo y el camino hacia la nada, o el comienzo de todo y el fin de la nada. Así sería como unos y otros lo verían. Distintos ideales iban a enfrentarse; hombres, mujeres y niños sufrirían las consecuencias de una devastadora lucha.

Poco a poco las noticias comenzaron a llegar.

Días antes, Franco, que era capitán general de Canarias, con sede en Tenerife, se reunió con los generales afines para preparar el golpe de Estado. Una vez concretados los detalles del asalto, partió a Las Palmas de Gran Canaria. De la comandancia al aeropuerto de Gando, para ir hasta África a iniciar la sublevación, le llevaron en barco. El traslado fue marítimo porque por tierra era peligroso, ya que gran parte de los ciudadanos y militares de Las Palmas no secundaron el golpe. Y en el municipio de San Lorenzo, que abarcaba hasta media ciudad de Las Palmas, los mandatarios eran casi todos comunistas, y ya se habían llevado a cabo varios fusilamientos a militares en La Isleta. Por lo tanto, para preservar la vida del capitán general, se optó por la embarcación. Franco volvió a Las Palmas en el avión *Dragon Rapide* y de aquí a la península.

El ejército salió de los cuarteles apoyado por la Guardia Civil, los carlistas y la Falange. El general Mola sublevó el norte.

La multitud se lanzó a las calles y pidieron armas. En Madrid y Barcelona, el pueblo se organizó en milicias. Cada partido, cada sindicato, tenía la suya. La República no era lo que había que defender en ese momento, la lucha debía ser contra el fascismo.

La desolación y la incertidumbre se apoderaron de las gentes. A finales de julio, dos terceras partes de España se mantuvieron republicanas, pero continuaron llegando noticias. Alemanes e italianos ayudarían al Frente Nacional. Los republicanos, con más corazón que armas, intentaron defender las ciudades.

Durruti animó a la lucha y a defender el país. «No tememos la ruina, tememos un nuevo mundo en nuestros corazones. Hemos de partir felices al encuentro de los facciosos y a construir un mundo nuevo.» Miles de hombres pidieron armas y se unieron a las milicias.

A principios de agosto cayó Sevilla. Queipo de Llano, con un puñado de hombres, sometió la ciudad. Un gran desfile militar y religioso recorrió las calles de la ciudad andaluza. Allí, Franco y Queipo de Llano besaron la bandera al grito de «Nos la han querido robar». Cádiz y Córdoba también fueron tomadas.

En la Sierra Norte de Madrid se libró la primera gran batalla. El entusiasmo de las milicias era total; confiaban en frenar el avance de las tropas nacionales.

Badajoz cayó y cientos de simpatizantes del Frente Popular fueron asesinados. Pero Madrid resistió, al grito de «No pasarán». Dolores Ibárruri, la Pasionaria, movilizó la capital con su discurso y dijo: «Madrid será la tumba del fascismo».

Largo Caballero se convirtió en primer ministro y revivió el Frente Popular, formando Gobierno con socialistas, comunistas y anarquistas. Pero Franco estaba a ciento cincuenta kilómetros de Madrid. En Toledo, el coronel Moscardó se mantenía atrincherado en el Alcázar con unos dos mil soldados. Los republicanos capturaron a su hijo con la intención de que convenciera a su padre para que abandonara. La comunicación fue telefónica, llevaba dos meses allí. Pero el coronel no atendió las palabras de su hijo y le pidió que se encomendara a Dios y a su destino. El chico fue asesinado al no ceder su padre. Los republicanos pidieron ayuda a los mineros, que volaron gran parte de la fortaleza, pero no consiguieron hacerse con ella. Franco decidió atacar y cercó a los republicanos. Moscardó había conseguido aguantar y entregó a Franco el Alcázar, después de sesenta y nueve días de resistencia.

Hombres y armas comenzaron a llegar de todos los sitios, unos en apoyo al Frente Nacional, italianos y alemanes, y otros al Frente Popular, la Unión Soviética y las Brigadas Internacionales, que estuvieron presentes en todas las grandes batallas. La Legión Cóndor también apoyó al bando nacional. Franco aventuró que en noviembre escucharía misa en la catedral de la Almudena. Comenzó el asedio a Madrid.

En octubre, Madrid fue bombardeada continuamente; las batallas del Jarama y de Guadalajara fueron durísimas.

La Legión Cóndor se ensañó con los madrileños y de día y de noche fueron constantes los ataques, pero la ciudad continuó resistiendo. Bajo tal acoso, el Gobierno de la República se estableció en Valencia. Madrid quedó al mando del general Miaja, pero el Estado Mayor republicano estaba en manos de los soviéticos.

La capital sufrió hambre y frío. Hubo muertos y destrucción por todos lados; los civiles no encontraban alimentos y la situación era desesperanzadora. La partida del Gobierno hacia Valencia había molestado a los madrileños; sentía el desamparo de un Gobierno que aun luchando y resistiendo tenía los días contados.

Eran muchísimas las muertes de inocentes que nada tenían que ver con esa lucha despiadada. Los refugios estaban abarrotados de mujeres, ancianos y niños. Había llegado el momento de poner a los más pequeños a cubierto, enviarlos a la retaguardia. Con ese fin, cientos de niños y niñas partieron hacia la Unión Soviética. Los gritos desgarradores de sus madres retumbaban en las ciudades. Las mujeres se abrazaban a sus hijos, conscientes de que quizá nunca volverían a verlos, pero no había otra solución. Apenas había alimentos ni medicinas, era difícil conseguirlos; ni tan siquiera teniendo dinero los alimentos básicos se podían adquirir. El invierno sería largo. Las ilusiones de miles de españoles se habían desvanecido en solo cuatro meses.

El bando nacional decidió atacar el norte. La ofensiva se dirigió hacia Irún. La población huyó a Francia por el puente internacional; desde la otra orilla del Bidasoa, refugiados y franceses seguían los combates. Pero Irún cayó y se desconectó de Francia. El invierno sería largo.

Buenaventura Durruti fue herido en extrañas circunstancias en la batalla de la Ciudad Universitaria de Madrid; fue atendido en el hotel Ritz, que para entonces se había convertido en hospital. Las banderas de la CNT ondeaban en los ventanales del hotel, pero no fue posible salvar su vida y a los pocos días murió. Mientras, en la otra España, en Burgos, Franco fue nombrado Generalísimo de todos los Ejércitos. Días después, José Antonio Primo de Rivera, abanderado de la Falange, fue ejecutado. Meses antes, Federico García Lorca había sido detenido y asesinado por los nacionales, que además hicieron desaparecer su cuerpo.

España ardía y lloraba. Los carlistas cantaban «Mataremos más rojos que flores tienen abril y mayo». Las ciudades y pueblos que iban cayendo sufrían la represión brutal del Frente Nacional, mataban maestros y daban caza a todos aquellos simpatizantes de la República, los cuales eran detenidos y fusilados. Los republicanos, por su parte, atacaban iglesias y conventos, asesinando curas y monjas sin miramientos. El pueblo intentó reponerse de los duros ataques a los que fue sometido. Les faltaba organización, adiestramiento militar y, sobre todo, unión, pero les sobraban las ganas, la fuerza y el coraje para defender con lo único que tenían, su vida, a un pueblo que poco a poco iba perdiendo en favor de los fascistas.

29

Vega había comprendido las palabras que Dámaso le dijo una tarde no muy lejana, cuando le advertía del peligro que corrían y que, sin quererlo, iba a tener que posicionarse.

Hacía días que el chófer no había aparecido por la casa; tampoco lo había hecho Pablo. Pudieron comunicarse con él por teléfono, pero la línea se había perdido por los bombardeos y aún no estaba restablecida, ni tan siquiera sabían si lo iba a volver a estar.

Hacía casi dos meses que no conseguía hablar con su abuela; sí estaba enterada de que Santander aún permanecía en territorio republicano, lo había oído en la radio, pero nada más. Pablo le había dicho hacía tres días que iba a partir hacia su casa con las pequeñas, pero no sabía qué hacer. ¿Cómo iba a salir ella sola de Madrid? ¿Y si les había pasado algo a Dámaso y a Pablo? ¿Qué iba a ser de ellas? No sufrió por su vida, sino por la de las niñas. Almudena y Rosario jugaban, ajenas a todo lo que estaba ocurriendo en la ciudad; solamente cuando tenía que agarrarlas del brazo y bajar corriendo al refugio lloraban, pero más que nada porque el ir y venir de la gente y los gritos y sirenas las asustaba.

También Olga y Maruja continuaban en la casa. Olga, llorando por todas las esquinas pensando en su pobre Luis. El chico, tal y como le había anunciado nada más proclamarse el golpe militar, se unió a la CNT y la última noticia que tuvo de él había sido hacía veinticinco días. Luis había venido a despedirse, se dirigía al frente de Aragón.

El teléfono por fin sonó, y las tres mujeres corrieron a atender la llamada.

—Diga, diga, Vega al aparato.

—Vega, gracias a Dios. Soy Casimiro, el cura. Te llamo para decirte que por aquí todo está bien. Bueno, te puedes imaginar, sufrimos algún que otro bombardeo, pero en el pueblo todo está bien. Estate tranquila. Tu abuela me pregunta que cuándo vas a venir.

La emoción embargó a Vega de tal modo que no podía hablar; las lágrimas ahogaban su garganta e impedían que pronunciara palabra. Olga y Maruja preguntaban sin cesar quién estaba al otro lado del aparato y el llanto de Vega las confundió; pensaron que algo horrible había sucedido.

—Tranquilas —dijo una vez repuesta.

»Padre, ¡qué alegría!

—No me llames «padre». Hace un mes que abandoné los hábitos. ¿Pablo está en casa? Necesito hablar con él, ya tengo todo preparado aquí.

—No, padre, perdón, Casimiro; hace días que no sabemos nada de él, pero ahora mismo vamos a llamar a la fábrica. Tampoco sabemos de Dámaso, Dios no quiera que les haya pasado nada.

—Bueno, llamaré más tarde. Me ha costado mucho establecer comunicación con Madrid. Estos tienen la línea manipulada y la dan y la quitan cuando quieren.

—Déjeme un número y le llamaré en cuanto sepa algo.

—No, yo me pondré en contacto. No estoy durante mucho tiempo en el mismo sitio, prefiero llamar yo. Adiós, Vega, hablamos pronto.

Rápidamente Vega comunicó a sus compañeras la conversación que había mantenido con el cura. Maruja abrió el cajón que había en la mesita donde estaba ubicado el teléfono y sacó una libreta de tapas doradas. Buscó el número de la fábrica y llamó. La operadora no conseguía que nadie atendiera el teléfono. Después de intentarlo tres o cuatro veces, alguien respondió.

—Buenas tardes, Isabel Bermúdez, secretaria de don Pablo Vaudelet; ¿en qué puedo ayudarle?

—Hola, señorita, soy Maruja, el ama de llaves del señor Vaudelet; ¿puede, por favor, pasarme con él?

—Lo siento mucho, el señor no se encuentra en este momento. ¿Quiere dejar algún recado?

Maruja tapó con la mano derecha el auricular y les dijo a las chicas que el señor no estaba. Al otro lado del aparato, la secretaria de Pablo reclamaba la atención de la mujer repitiendo su nombre una y otra vez.

—Sí, sí, estoy aquí, hija. Bueno, pues no, no le diga nada.

Vega y Olga comenzaron a gesticular nerviosas indicándole que sí, que dejara un mensaje, que le dijeran que llamara en cuanto le fuera posible.

—Ah, no, perdone, ¡que sí!, que le diga que llame lo antes posible. Que tenemos que hablar con él.

No hizo más que colgar el teléfono y sonó el timbre de la puerta de servicio. Otra vez las tres corrieron como locas sin saber tan siquiera por qué lo hacían.

—Ricardo, hijo, ¡qué susto nos has dado! ¿Qué quieres ahora? No tengo nada que darte, nos queda lo justo para comer. Lo siento mucho. Vete donde otros vecinos, nosotras ya no podemos darte más.

—Que no, Maruja, que no quiero *na*. Vengo a decirles que me ha dicho Dámaso que el señor y él están en perfectas condiciones, que no se preocupen. Para Vega me dice que vaya haciendo las maletas y para ustedes que ya hablará él en persona, vamos, personalmente.

—Pero ¿por qué no han subido?, ¿dónde están?

—Yo qué sé, se apeó del cochazo y me dijo eso. Que enseguida volvían.

La tranquilidad de las calles en Génova donde Brigitte vivía nada tenía que ver con la devastación de Madrid. Ella estaba al tanto de lo que sucedía y vivía acongojada pensando en su hija. Cuántas veces se había arrepentido de dejarla e irse.

A los dos días de llegar a Génova, Narciso volvió a España. Durante esos meses solo apareció una vez, hacía una semana. Durante el tiempo que estuvo sola lo había pasado francamente mal. Por fortuna, la casa donde vivía debía de ser de algún conocido de su amado y jamás nadie le dijo nada por estar allí. Se había cansado de limpiar, de lavar su ropa, de hacerse la comida y de ejercer de ama de casa. Además, cuando el dinero que llevó se le terminó, llamó a su madre. Solo pedía unos billetes con los que poder llegar a París, o si no, algo de dinero con el que poder trasladarse por su cuenta, pero lo que recibió fue una negativa rotunda. Le afeó lo que había hecho; no quiso perdonar que hubiera abandonado a su hija y muchísimo menos que lo hubiera hecho por irse con un hombre que la había dejado tirada como un trapo. Algo que, según le dijo, era lo que merecía. Le pidió que jamás volviera a llamar a esa casa, que olvidara que tenía padres. Así podría sentir lo que su hija iba a sufrir cuando fuera consciente de que su madre la abandonó. Gracias a su conocimiento del italiano, había podido trabajar en una escuela dando clases. Su nueva amiga, Manuela, se marchó al mes de llegar. Dijo que aquello no era para ella y, en una de las escapadas que Rubén hacía para verla, recogió su equipaje y se fue con él. Desde entonces no sabía nada de ella. Y Narciso debía de estar tan ocupado que ni siquiera la podía llamar por teléfono; ni se preocupaba por ella. Hasta que un día la casualidad quiso que se vieran.

El encuentro fue frío. Él llegó a Génova convocado a unas reuniones junto con otros militares de alto rango. Brigitte caminaba por la calle y el destino quiso que se cruzaran. La mujer se quedó helada al verle. Él apenas la reconoció. Su color de pelo no era el mismo, sus ojos estaban apagados y tristes, y sus ropas habían perdido el color y el apresto que tenían. Parecía que los años habían caído sobre ella como una losa en apenas cuatro o cinco meses.

—¿Narciso?

—¿Brigitte?

—Sí, soy yo. La mujer a la que decías amar con locura. A la que dejaste abandonada en esta triste ciudad. ¿Por qué?

—No tengo tiempo para explicaciones. Imagino que sigues en la misma casa que te dejé, ¿verdad? Luego me acercaré y hablamos.

Lo que Brigitte no sabía era que Narciso se había casado al mes de comenzar la guerra. Su esposa, una noble italiana, vivía en Roma, y aunque él continuaba en el ejército, no estaba en el frente. Ahora tenía otra ocupación; estaba encargado de los asuntos internacionales, era el interlocutor oficial entre Franco y el Gobierno italiano. Por lo tanto, no había estado ni un solo día en el frente como Brigitte pensaba. Había pasado la mayor parte del tiempo en Italia disfrutando de su nuevo estado civil.

Tal y como le dijo, Narciso fue a ver a Brigitte. La mujer estaba sentada a la puerta de la casa en un banco de madera que ella misma había puesto allí. Los dos entraron en la casa.

Narciso no dejó que Brigitte hablara. Comenzó a contarle qué era lo que había hecho y a qué se había dedicado. Cuando terminó su relato, la mujer lloraba desconsoladamente. No entendía por qué la había hecho abandonar Madrid, si en sus intenciones no estaban las de vivir con ella.

—Mira, me pareciste una bella mujer, fácil de conquistar y más fácil aún de manejar. No voy a decirte que mi primera intención fue la de seguir contigo, pero cuando la guerra estalló creí conveniente continuar con mi relación y casarme con la mujer con la que estaba comprometido desde hacía tiempo. Eso me permitió tener un estatus mayor, tanto a nivel social como militar. Si puedo hacer algo por ti dime, intentaré ayudarte, pero te aconsejo que no vuelvas a España; no es ni la sombra de lo que dejaste.

La desesperación de Brigitte era total. No daba crédito a lo que le estaba contando Narciso. ¿Cómo había sido tan tonta? Había soportado malos modos, gritos, insultos y hasta en ocasiones algún que otro golpe, pero pensaba que era producto de sus celos enfermizos y se había sentido halagada. ¡Qué equivocada estaba! Había dejado lo mejor que la vida le había dado, una hija, y sobre todo a un maravilloso hombre al que había puesto en ridículo sin ninguna necesidad y al que había causado un daño y un dolor que difícilmente podría perdonar.

—Aunque solo sea por el tiempo que hemos estado juntos, te ruego que me hagas un favor. Saca a mi hija y a mi marido, junto con el servicio de mi casa de Madrid, y ponlos a salvo.

—¿Tú qué te crees que soy yo?, ¿una hermana de la caridad? Yo no puedo hacer eso. Lo que le pase a tu marido se lo ha ganado a pulso, es un rojo, y los demás tendrán que pagar las consecuencias de trabajar para un comunista como él.

—Ayuda a mi hija, proporciónale la documentación necesaria para salir de Madrid. Por favor te lo pido. Hazlo por el amor que algún día me has tenido.

Narciso rio a carcajadas.

—¿Amor yo a ti? Pero ¿tú qué te crees? Si piensas que en algún momento he estado enamorado de ti estás muy equivocada; has sido un bonito entretenimiento. Una bella mujer a la que poder lucir y pasear por Madrid, y más teniendo en cuenta que estabas casada con un republicano. Eso era como ganar la partida. Yo jugué, y tú conmigo. No me vengas a reprocharme nada. En esta vida, cada uno es responsable de sus actos. No obstante, para que veas que soy buena persona, intentaré que la niña salga de Madrid. La cuidaba una pasiega, ¿verdad?

—Sí.

—Pues veré qué puedo hacer; procuraré que lleguen al

norte. Pero una cosa sí te digo. Cuando tomemos Santander yo no quiero saber nada, tendrán que buscarse la vida. Eso es lo único que voy a hacer, intentar proporcionarles unos salvoconductos para que puedan atravesar la zona nacional sin peligro.

Narciso se colocó el sombrero y se dirigió a la puerta. Antes de abrirla, Brigitte preguntó de nuevo:

—¿Por qué me has destrozado la vida?

Él se volvió, la miró a los ojos y dijo:

—Ojo por ojo, querida. Hace años tu marido y tu padre le quitaron al mío la fábrica que ahora él dirige. Estaba embargada, pero mi padre consiguió el dinero para recuperarla. Cuando fue al banco, ellos habían negociado la venta con el director. Tuvo que hacerse cargo del embargo, pero no recuperó la fábrica. Salió del banco, llegó a casa, se encerró en su despacho y se pegó un tiro. Creo que lo mínimo que puedo hacer es vengar de alguna manera el sufrimiento de mi padre. ¿Te parece poco motivo?

Abrió la puerta y se marchó.

30

Bien entrada la noche, Dámaso y Pablo aparcaron el coche cerca de la casa. Las mujeres esperaban en la cocina su llegada. Olga, vencida por el sueño, se había quedado dormida sobre la mesa. Maruja, para evitar dormirse, se había puesto a limpiar la plata y Vega la ayudaba sacando brillo a los cubiertos. El puchero que habían puesto con el último café que les quedaba, humeaba en el fogón desprendiendo un olor que invadía la casa.

Oyeron cómo alguien intentaba abrir la puerta principal y dejaron lo que estaban haciendo. El miedo se apoderó de ellas. Sabían que se estaban produciendo múltiples robos en domicilios; asaltaban por las noches las viviendas y se llevaban todo lo que había de valor. Se quedaron en silencio, sin moverse, aguantando incluso la respiración. Cuando la puerta se abrió, la voz de Pablo las hizo inspirar de nuevo con tranquilidad.

—Buenas noches, señoras. Por fin estamos en casa. Lamento mucho no haber dado señales de vida estos días. Pero han sido trepidantes. ¿Están todas bien? ¿Las niñas? —dijo Pablo dirigiendo la mirada hacia Vega.

—Perfectamente, señor. Ellas están tranquilas, ajenas a lo que pasa. Por suerte, nos queda comida y algunas pesetas. No hemos tenido problemas. Llamó el padre Casimiro. Bueno, que ya no es padre, ha dejado la Iglesia según me ha dicho. Quería hablar con usted.

—Vega, creo que ha llegado el momento de que dejes de tratarme con tanta ceremonia, y a vosotras os digo lo mismo; a partir de ahora nos trataremos de tú. Vega, he hablado esta tarde con Casimiro, tranquila.

—He hecho una tortilla de patatas. ¿Quiere cenar? —dijo Maruja.

—Eso es un manjar. Por supuesto; hoy no hemos comido nada en todo el día. Vega, ¿tienes preparadas las maletas? Mañana mismo, en cuanto nos den los papeles que necesitamos, te vas a Santander. Tienes que llevar a las dos niñas; podrás, ¿verdad?

—Cómo no voy a poder. Claro que sí.

—Viaja en tren, es más seguro. La salida de Madrid la tenemos controlada. Llegarás a Burgos. Allí te estará esperando Casimiro, que se ocupará de llevaros a Vega de Pas. No tendrás ningún problema, pero llevarás documentación falsa. No quiero que nadie pueda relacionarte conmigo, así será más sencillo. Si te preguntan, dices que vuelves a tu casa, y si preguntan por las niñas, como son casi de la misma edad, di que una de ellas es tuya y la otra una sobrina; que tu hermana ha muerto, y que la vas a llevar al internado de las hermanas reparadoras en Burgos ya que tú no puedes atenderla. Vosotras —dijo dirigiéndose a Olga y Maruja— de momento es mejor que continuéis aquí.

—Estoy intentando que algún camarada pueda llevaros hasta vuestros respectivos pueblos —intervino Dámaso—, pero es complicado, tanto Salamanca como Zaragoza son zona nacional. Hay que esperar que la resistencia se organice y puedan ayudaros a pasar por el territorio nacional. Pero todo llegará.

De nuevo, tomó la palabra Pablo.

—Dámaso y yo intentaremos unirnos a vosotras, Vega. No sé cuándo, pretendemos que sea lo antes posible. La República no creo que pueda con esto. Tenemos que llegar al norte antes que ellos. Nosotros nos quedaremos en la ciudad. Casimiro me acercará a mi hija cuando todo esté dispuesto para nuestra salida del país.

»No creas que te la voy a dejar; la llevaré conmigo, tranquila.

—No me preocupa lo más mínimo si me tengo que quedar con ella. Ya es casi como mi hija. Como dice mi abuela, donde comen dos, comen tres, aunque sean sopas de pan; leche seguro que no nos va a faltar.

—Señor, yo no quiero volver a mi pueblo. Allí no se me ha perdido, nada y, además, creo que no lo iba a pasar muy bien. Mi familia está del lado de Franco y cuando se han enterado de que mi novio es del otro bando me han pedido que no aparezca por allí —comentó Olga.

Maruja, por su parte, se pronunció en los mismos términos. Sus padres habían muerto y sus hermanos apenas tenían trato con ella. Por lo tanto, ambas le pidieron a Pablo si podían quedarse en la casa mientras fuera posible.

La respuesta de Pablo fue afirmativa. No tenía ningún problema en que se quedaran; aunque les advirtió que no iba a ser fácil estar en Madrid. Los bombardeos no iban a cesar hasta que la ciudad cayera y cada vez iban a ser más violentos. Los asaltos serían continuos y una vez que los nacionales entraran en la ciudad iban a perseguir a todos los amigos de la República, igual que estaban haciendo en las ciudades conquistadas. Pero a ellas no les importó; preferían continuar en la capital. Ambas, de una manera u otra, estaban significadas con el bando republicano. Participaban en lo que podían desde hacía tiempo, y seguramente ya figuraban en alguna lista negra. Cuando llegase el momento, si Madrid caía, algo que ambas dudaban, ya verían cómo se las arreglaban.

—Tú, Vega, tranquila, debes mostrar mucha calma. Recuerda que no sabes nada; tú solo vuelve a tu casa con las pequeñas. En Burgos te apeas; la estación estará llena de militares. Casimiro irá con los hábitos puestos, igual te cuesta reconocerlo. Ha cambiado un poco, está más gordo según me ha dicho, y lleva lentes. No le busques; él irá a tu encuentro. Actúa como si no le conocieras de nada, pero, sobre todo, muéstrate tranquila. Ahora vamos todos a dormir, mañana será un día largo. Dámaso, quédate un momento. Tenemos que ultimar algunos detalles.

A primera hora de la mañana, Vega tenía todo preparado; llevaba con ella, además de las niñas, dos maletas. Durante el tiempo que había estado en Madrid, había ido comprando cosas para llevar a su casa cuando volviera. Un abrigo para su abuela, unos botines forrados de pelo para que la mujer tuviera los pies calientes en invierno, pañuelos de lana que abrigaran los viejos y cansados hombros para su querida suegra y algún que otro juego para Vidal, además de las ropas de las pequeñas y la suya. El dinero que había ido ahorrando lo metió entre sus senos; allí estaría a buen recaudo. Pablo entró en la habitación y le pidió que cuidara a su hija. Entregó a Vega un sobre con dinero; esperaba que fuera suficiente para el mantenimiento de su hija hasta que él pudiera ir a buscarla. Luego acarició su cara con dulzura y posó sobre su mejilla un beso, pero no pudo evitar la tentación al sentirla tan cerca y la abrazó. Antes de separar sus brazos del cuerpo de la muchacha, besó con pasión sus cálidos labios. Vega no se resistió, al contrario; correspondió aquel beso como nunca hubiera imaginado que lo haría. Después no hubo palabras, solo entrelazaron las manos y hablaron con la mirada.

Almudena tiró a su padre de la pernera del pantalón reclamando su atención. Él la cogió en brazos y la besó y abrazó durante un rato.

—Cuídamela, por favor, es lo único que tengo. Por ella voy a luchar. Iré a buscarla en cuanto pueda. —Calló un instante y luego añadió—: Y si tú quieres...

Vega tapó sus labios con el dedo índice antes de que él pudiera terminar de hablar.

—Tienes mi palabra, la protegeré como si fuera mía.

Dámaso cargó en el auto los bártulos, mientras Vega se despedía de las que durante más de dos años habían sido sus compañeras. Las lágrimas en los ojos de las tres mujeres hicieron su aparición; los deseos de buena suerte se cruzaron de unas a otras y un abrazo interminable de las tres selló la despedida.

—Siempre tendréis cobijo en mi humilde cabaña; es pobre, pero su puerta está abierta para vosotras si algún día lo necesitáis. Muchas gracias por haberme acogido, por la paciencia que habéis tenido con esta pasiega callada y recelosa. Nunca os olvidaré. Os quiero, compañeras. ¡Suerte!

Vega subió a las niñas al coche y después entró ella. Dámaso la miraba por el espejo retrovisor. Tenía la misma cara de miedo que dos años atrás cuando la trajo del pueblo. Jamás pensó que aquella mujer de aspecto débil y fuerte carácter iba a convertirse en una de sus mejores amigas. Le sonrió, pero ella bajó sus ojos tristes.

—Dámaso, cuida a Pablo. Y en cuanto podáis, huid de este infierno. Los bosques de los valles pasiegos tienen muchos escondrijos donde estoy segura de que os podré refugiar. Gracias.

—¿Gracias? Esas te las daré yo a ti. ¿Sabes que eres la mujer más fuerte y más cabal que he conocido? La primera vez que te vi, tu mirada recelosa y tu aire de reserva me hicieron pensar que íbamos a meter en casa a otra Chefa, ¡que en paz descanse, por cierto!, pero nada tenías que ver con ella. Tú no te das cuenta de lo que me has ayudado; las conversaciones que hemos tenido estos años, las confidencias, las risas, todo quedará en mi recuerdo eternamente. Es posible que tú y yo no nos volvamos a ver. Soy consciente de mi situación y a la menor oportunidad acabarán conmigo, pero no me importa. He vivido como he querido, he amado a quien me ha dado la gana. He luchado y lucharé por unas ideas, he defendido y defenderé mi condición sexual, y moriré solo con la pena de no haber encontrado un amor que me hiciera perder el sentido. Si me hubieran gustado las mujeres, me habría encantado rodearte con mis brazos y llenarte de besos porque tú hubieras sido la mujer de mi vida. Pero el destino es caprichoso, pasiega, y a mí me gustan los hombres. —La miró de nuevo por el pequeño espejo retrovisor y vio cómo Vega se había ruborizado. Sus mejillas estaban más coloradas de lo habitual y su sonrisa era amplia, pero sus ojos estaban brillantes y las lágrimas descendían por sus rojos carrillos.

La estación estaba llena de gente. Iban y venían con prisa. Los vagones estaban repletos de personas, en su mayoría mujeres y niños que eran despedidos por hombres jóvenes ataviados con el mono azul, el gorrillo rojo y negro y el pañuelo encarnado anudado al cuello.

El chófer se ocupó de cargar con los bultos; los subió al vagón y los colocó en el altillo. Después bajó a ayudar a Vega con las niñas; evidentemente las dos caminaban, pero sus pasitos cortos y lentos hicieron necesario que Vega cargara en brazos a las dos. Algo a lo que ya estaba acostumbrada.

Cuando ya estaba todo dispuesto, se oyó el silbato del jefe de estación. El tren iba a salir en breve. Vega se abrazó muy fuerte a Dámaso, que no esperaba la efusividad de la chica, pero sin pensarlo dos veces le correspondió.

—Cuídate, amigo. Prométeme que algún día en algún sitio nos volveremos a ver.

El hombre besó las manos de Vega y salió del vagón. Se acercó hasta la ventanilla donde estaba la pasiega y la miró; pero no dijo ni una palabra, no podía, la emoción estrangulaba sus cuerdas vocales impidiéndole pronunciarse. El tren comenzó a moverse lentamente y Dámaso caminó durante un rato paralelo a él. En la distancia que se iba abriendo cada vez más, quedó el saludo de sus manos agitándose.

31

Una llamada totalmente inesperada se había recibido en la casa de Pablo.

Había sido Olga quien contestó al teléfono y rápidamente llamó al señor. Era Brigitte la que aquella fría mañana de Todos los Santos se había armado de valor y había llamado a su marido.

Pablo cogió el auricular y lo colocó sobre su oreja con recelo. No sabía qué era lo que podía querer Brigitte. Olga y Maruja se quedaron cerca de Pablo, esperando ver cómo se desarrollaba la conversación. Pero una mirada directa del hombre las hizo desistir y abandonar el salón. No obstante, empujaron la puerta, pero sin cerrarla del todo, y se quedaron tras ella escuchando.

—Buenos días, ¿qué quieres? Espero que sea algo importante, no tengo tiempo que perder con alguien que nada tiene conmigo. Así que, por favor, di rápido lo que sea. Como te digo, tengo muchas cosas que hacer.

—Buenos días, Pablo. Por favor, no me cuelgues. Lo primero, ¿cómo está mi pequeña?

—¿Tu pequeña? Qué suave y delicada pareces ahora,

¿dónde están esas agallas que tenías el día que te fuiste? ¿Dónde has dejado la prepotencia que manaba por todos los poros de tu piel hace meses? La niña está muy bien, y precisamente no gracias a ti. ¿Algo más?

—Entiendo perfectamente tus comentarios. Me equivoqué, Pablo, y no sabes de qué manera. Me ha engañado, me ha dejado tirada como un cacharro viejo en esta ciudad. No tengo dinero, ni ropas. Mis padres me odian, y tú también, pero de verdad que os entiendo; solo espero que algún día me perdonéis.

—Vaya, pues lo siento. Y... ¿qué quieres de mí, que te mande algún vestido?

—No, no quiero nada. Quiero decirte que en la última conversación que tuve con Narciso, le pedí que por favor os ayudara a salir de Madrid. Sé que las cosas están muy mal en España y quiero que podáis salir de allí. Él me ha dicho que os va a ayudar. Es posible que se ponga en contacto contigo algún día. Solo quería que supieras que es para ayudaros.

—No necesitamos ayuda de nadie y mucho menos del soldadito. Con lo cual le puedes decir que no se moleste. ¿Algo más?

—No, solo desearos suerte. Y decirte que os quiero mucho. Y una última cosa.

—Dime.

—Quiero que me perdones. Por favor, necesito tu perdón.

—¿Perdón? Es tarde para perdonar. Has abandonado a tu hija; es más, jamás te ocupaste de ella. Me has puesto en evidencia ante todo Madrid. Te has reído en mi cara de mi sufrimiento. Me has rechazado con burlas, diciéndome lo poco hombre que era al lado del soldadito. Lo siento, Brigitte, no hay perdón para todo eso. Es más grande el dolor que la compasión que ahora me produces. Lo siento; desde el momento que saliste por la puerta de esta casa, me juré que jamás en la vida volvería a tu lado, ni permitiría que nada ni nadie me hiciera cambiar de idea respecto a ti. Y ahora, como te he comentado hace un momento, tengo mucho que hacer.

»Feliz vida. Adiós, Brigitte.

—¡Pablo, espera, por favor!

El pitido constante del fin de la comunicación fue el único sonido que oyó la mujer. Pablo había colgado el teléfono y tenía muy claro que ella ya no significaba nada en su vida. No se lo podía reprochar. Ella sola se lo había ganado. Jugó duro, apostó muy fuerte y perdió. Había pasado de tener una familia, un hogar, posición y amor, mucho amor del bueno, de un gran hombre, a no tener absolutamente nada. Su vida no valía nada, ¿qué iba a hacer ella sola en aquella ciudad?, ¿sin dinero, sin amigos, sin vida?

Subió a la pequeña habitación donde dormía desde hacía meses, donde las lágrimas más amargas habían corrido por su rostro y donde su corazón se había llenado de amargura y pesar. Abrió un pequeño joyero de piel marrón y sacó lo único que quedaba en su interior; unos pendientes de oro con una perla. Los besó y se los puso. Eran un hermoso recuerdo; el primer regalo de Pablo. El resto de las joyas había servido para vivir durante ese tiempo de soledad. Bajó y se puso un abrigo gris que su amiga Manuela había dejado allí. Cerró la puerta dando vuelta a la llave y caminó por la ciudad.

Fue un paseo largo y angustioso en el que intentó reponerse de la pena que le había causado la conversación con el que aún era su marido. Se paró en la oficina de correos y escribió dos escuetas cartas, franqueó las misivas y continuó paseando. La noche había caído y las luces de las farolas de la calle alumbraban su caminar. Como inducida por el faro situado en la colina de San Benigno, se dirigió hacia él. Comenzó a subir por la ladera y llegó hasta una pequeña puerta que daba entrada a la torre. Subió la escalera lentamente hasta que llegó al primer piso; allí, otra pequeña puerta de madera daba acceso a un balcón que ofrecía unas hermosas vista de la bahía. Apoyó las manos en las frías piedras de la barandilla y respiró. El aire frío despejó su cara de sus cabellos alborotados. Tocó los pendientes de perlas asegurándose de que estaban los dos, y luego se sentó en la barandilla dejando sus piernas colgando en el vacío. No quiso pensar más; impulsó su cuerpo hacia delante dejándose caer sobre las duras rocas del bello faro. Brigitte se rompió en mil pedazos; sus huesos fueron golpeándose con violencia en una y otra piedra hasta que se estrelló contra el suelo. Ese golpe ya no lo sintió.

32

Por más que Pablo le había indicado a Vega que debía mantener la calma, no dejaba de estar nerviosa. Las niñas habían dormido bastante tiempo durante el viaje. En su compartimento viajaban dos mujeres mayores, dos más jóvenes
y también un hombre de mediana edad, educado y callado.
Las mujeres no habían dejado de hablar en todo el viaje.
Por suerte para ella no eran muy amigas de saber, ya que no
le hicieron ningún tipo de preguntas, aunque claramente
hablaban en clave, iban criticando a alguien, pero evitaban
dar nombres y también hablaron de la guerra utilizando un
lenguaje difícil de entender.

El revisor también había pasado por allí, pero Vega no
tuvo ningún problema; enseñó los billetes y el hombre los
marcó. No hizo ninguna pregunta ni ningún gesto que a
ella le pudiera parecer extraño.

Al llegar a Venta de Baños el hombre cogió su maleta y
salió del compartimento. Una de las jóvenes corrió a ver
hacia dónde iba, asegurándose de que abandonaba el tren.
La otra miraba por la ventanilla esperando verle salir, y una de
las mayores cerró la puerta del departamento. Con una

señal que le hizo a su compañera, la otra bajó el bolso que llevaban y sacó dos hábitos marrones. Rápidamente se colocaron el hábito la una a la otra y se ayudaron a colocarse la toca. Luego la más alta sacó del bolso dos colgantes con un crucifijo de madera y se lo pusieron. Las dos más mayores hicieron lo mismo. En menos de diez minutos, Vega se encontró viajando con cuatro religiosas.

—No te asustes, hija, somos monjas. Hemos tenido que salir de Madrid con ropas de calle; ya sabes lo que está pasando. Ahora ya estamos a salvo en territorio nacional. Confiamos en ti. El hombre no sabíamos de qué pie cojeaba y por eso hemos esperado hasta que se ha bajado —le dijo a Vega una de las mayores.

—No, no se preocupen por mí. Yo no voy a decir nada.

Vega no quiso hablar más. Ahora el problema lo tenía ella. Si las monjas iban al internado de las reparadoras, como volviera el revisor y preguntara, ¿qué iba a decir ella? Por otro lado, tampoco tenía muy claro que fueran monjas; el pelo que llevaban era largo y bien cuidado y las jóvenes tenían pintados los labios de rojo y las uñas bien cuidadas; además, caminaban perfectamente con los zapatos altos que llevaban. No obstante, sería mejor ser prudente y no hablar demasiado.

Las niñas se despertaron. Almudena lloró un poquito, siempre lo hacía al despertar, pero Vega sabía que con cuatro besos y dos achuchones calmaba su llanto. La pequeña Rosario también abrió los ojos, pero ella pocas veces lloraba, se limitaba a mirar cómo su madre acunaba a Almudena. A ella le cogía la mano y le tiraba besos; la pequeña sonreía y le devolvía los besitos.

—Qué monas son —dijo una de las hermanas.

—Gracias —se limitó a contestar Vega, que cada vez estaba más nerviosa.

—¿Son suyas las dos?

—Sí.

—Pues mellizas no son, ¿no? Una es castaña clara y la otra es rubia.

—Bueno, una es de mi hermana y la otra mía.

—¡Ya decía yo! ¿Y cómo es que la tiene usted?

—Mi hermana ha muerto y mi cuñado no puede hacerse cargo.

—¿Por qué?

Vega ya no podía más. La conversación iba encaminada justo donde no tenía que ir, con lo cual decidió cortar por lo sano.

—Porque a mí no me da la gana. Miren, hermanas, yo no pregunto, con lo cual espero que ustedes hagan lo mismo. Los tiempos no están para mucho hablar.

Las monjas se miraron sorprendidas. Vega no sabía si la respuesta había sido demasiado brusca, quizá eso le iba a causar algún problema al llegar a Burgos. Empezó a darle vueltas a la cabeza; las conjeturas que iba haciendo cada vez agravaban más el panorama. El tren ralentizó la marcha, estaban llegando a Magaz de Pisuerga.

—Bueno, niñas, se acabó el billete, ya hemos llegado —dijo una de las jóvenes.

La expresión le confirmó a Vega que aquellas cuatro mujeres tenían de monjas lo mismo que ella de santa.

Por fin se habían quedado solas en el vagón. Sentó a cada una de las pequeñas enfrente de ella y les dio un trozo de manzana para que se fueran entreteniendo.

El viaje había terminado. El letrero anunciaba que estaban en Burgos. Se puso de pie y miró por la ventanilla esperando ver a Casimiro. Pero a pesar de que Pablo le advirtió que posiblemente no le conocería, ella estaba convencida de que sí podía reconocerle. No le vio. Cuando el tren se paró, cayó en algo que debería haber pensado durante las horas que había estado allí sentada. ¿Cómo iba a bajar las dos maletas y a las dos niñas? No le quedaba más que coger las maletas y que las niñas la siguieran, pero no tuvo necesidad de hacerlo. Se dio la vuelta y allí mismo estaba Casimiro. Vega se abrazó a él. Nunca pensó que se alegraría tanto de ver una cara conocida.

El cura lo tenía todo preparado. Le pidió a Vega que no hablara mucho. Ya tendrían tiempo de comentar todo cuando estuvieran de camino a casa. Atravesaron la caseta de la estación y al otro lado los esperaba un carro tirado por un caballo.

—Es más seguro el carro. No se te habrá olvidado subir, ¿verdad?

—De eso nada, padre.

—Vamos a ir por los caminos hasta que entremos en Santander, así evitaremos encontrarnos con algún que otro fascista. Acomoda a las niñas ahí atrás. Ya sabes cómo tienes que ponerlas para que no caigan, que estas no están acostumbradas, son señoritas de capital.

—No se crea usted que yo sé mucho, hace años que no subo en uno. Dele, padre, que estas ya están.

Tal y como habían dicho apenas hablaron, los cuatro ojos los tenían clavados en el camino. Miraban a ambos lados y de vez en cuando hacia atrás. La suerte quiso que no se encontraran con ninguna pareja de la Guardia Civil. Como no podía ser de otro modo, el frío era notable y ya habían caído las primeras nieves. Casimiro había venido preparado y traía mantas gordas de lana y pieles de vaca que Virtudes le había entregado. Pero no podían continuar; la noche estaba muy cerrada y sin luz podían despeñarse por lo alto de las montañas. El cura había hecho el trayecto varias veces y conocía los rincones. Paró el caballo a la entrada de una cueva; la boca de la misma era grande y le permitió meter dentro el caballo y el carro. En ella había dejado dispuesta una pequeña hoguera que prendió nada más bajar. Las niñas dormían; estaban agotadas y hambrientas. Vega las bajó del carro y preparó una especie de camastro con hierba seca que seguramente algún pasiego había dejado allí. La hoguera calentó los cuerpos de los cuatro y consiguió que tomaran algo caliente. El cura apenas durmió, no quería que la hoguera se apagara.

La mañana asomó soleada, pero muy fría. Las niñas lloraban y Vega ya no sabía cómo calmar su llanto. Las horas pasaban lentamente; tenían el cuerpo dolorido del vaivén constante del carro.

—No te preocupes, en un rato ya estaréis en casa. Las cosas por el pueblo de momento no están mal. Tú sabes cómo son tus paisanos, se limitan a trabajar y no comentan con cualquiera la situación. El que está en todo lo que pasa en el valle es el conde de Güemes. Ese menudo elemento es. No quiero tenerle delante por nada del mundo. De momento nadie le ha plantado cara, pero cualquier día de estos se va a llevar una buena. Hay mucha gente que le tiene *enfilao* y como siga así cualquier día le van a meter un tiro, y no me importaría ser yo quien se lo diera.

—Padre, me asusta.

—¡Que no me llames «padre»! Soy Miro, así me llaman

ahora. Estoy muy mal visto. Hay gente que ha entendido por qué he dejado los hábitos, pero otros, los comesantos, me la tienen jurada y como entren los nacionales me dan matarile, seguro.

—¿Matarile?

—Sí, mujer, que me fusilan rápidamente.

—¡Madre de Dios! Bueno, pues para que yo entienda, dime, ¿por qué dejaste la Iglesia?

—Mira, Vega, yo entré en el seminario porque mi madre, la pobre mujer, tenía ilusión porque yo fuera cura. De crío ves las cosas de otra manera y cuando tuve once años para Burgos que me fui. La verdad es que gracias a eso no me faltó de nada. Aunque si hubiera tomado otro camino, tampoco habría tenido carencias, ya que mi padre... ya sabes quién era, ¿verdad? —Vega asintió—. Todos los meses, sin faltar uno, se ocupaba de que nos llegaran las perras. Pero vamos, que me metí a cura como me podría haber hecho abogado. Mis ideas revolucionarias siempre han ido conmigo, y cuando por fin este país consigue quitarse de en medio a la monarquía y establecer un Gobierno, van los militares y la lían, y encima la Iglesia se pone de su lado. ¡Por ahí, ya no paso! El día que me enteré de que Paquito y el obispo de Sevilla habían desfilado juntos dije: mira, se acabó, yo no voy a ser cómplice de ningún asesino. Por eso lo he dejado. Y no me arrepiento. Al contrario, estoy muy contento.

»Bueno, y también pasó otra cosa que a ti sí te puedo contar.

—Oye, ¿quién es Paquito?

—Quién va a ser, mujer, pues Franco.

—Ah, y dime, por supuesto que me puedes contar lo que quieras. Soy una tumba.

—Pues... que me enamoré de una santanderina. La conocí cuando estaba en el seminario, en Corbán, ya sabes que el obispo me mandó para allá. Bueno, pues la moza iba todos los días a llevar la leche y yo la miraba, y en pocos días, ella también me miraba, hasta que un día coincidimos en la cocina y no sé cómo ni por qué le pedí un beso.

—¿Y te lo dio?

—No, mujer. ¡No ves que era cura y eso impone mucho! Pero yo veía que ella sí quería; total, que insistí al día siguiente.

—¿Y te lo dio?

—No, se lo robé. Y me dio un chuletón que no veas. Pero... hasta hoy. Lo demás, ya te lo puedes imaginar. Vivimos juntos y estamos muy felices. Pero imagina; encima de que dejo los hábitos, vivo en pecado con una chavala de olé bandera. Porque ya verás qué guapísima es.

—Me has dejado pasmada. ¿Y mi abuela qué te ha dicho? Porque no me creo que Virtudes no te haya dicho nada.

—Tu abuela me ha dicho que hago muy bien, que los curas son todos unos falsos, que ya se les ha visto el plumero.

—Vaya con mi abuela, no había pensado que era tan moderna.

—Es que aquí también se han visto muchas cosas, Vega, y la gente está que trina. ¡Mira!

Vega se puso de pie. Habían llegado al muro de Peñallana, desde allí se divisaba Vega de Pas.

—¡Para un poco!, espera. Tengo que verlo todo bien. Mira qué bonito es.

—Sí, lo tengo muy visto y muy andado. Pero vamos, que hace un frío que pela; de aquí para abajo nos lleva un rato nada más. Vamos a seguir el sendero por el Portillo de la Tajá, luego a Cornezuelo y para la Vega.

Llevaba dos años fuera de casa y todo estaba igual. Las primeras nieves cubrían la alfombra verde de sus bellos montes. Las ganas por llegar a su humilde cabaña la hicieron tirarse del carro.

—¿Dónde vas?

—Tira, Miro. Quiero caminar, tengo que sentir sobre mis pies la humedad de mi tierra.

A lo lejos, Vega divisó a su abuela. Virtudes tendía la ropa en la solana. Un solo grito de su nieta la hizo fijar la vista sobre ella.

Bajó corriendo y cuando quiso salir a la puerta, Vega ya estaba allí. Se abrazaron durante un buen rato y lloraron juntas.

—Déjame verte, niña. Pero qué guapa estás, si pareces una señora. Hija de mi alma, cuánto te eché de menos. No me puedo creer que estés en casuca. Y la Rosario, dónde está, déjamela ver.

Miro ya había bajado del carro y observaba a las dos mujeres. Él también estaba contento de que el viaje se hubiera desarrollado tranquilo.

Cogió a Almudena y la metió en casa; luego fue a por Rosario y se la puso en los brazos a su bisabuela. La mujer no dejaba de dar gritos de felicidad, tanto que asustó a la pequeña, que se puso a hacer pucheros y se tiró a los brazos de su madre.

Faltaba Vidal. El niño estaba escondido tras la puerta. Tenía muchas ganas de ver a su madre, aunque apenas la recordaba. Pero Virtudes no había permitido que se olvidara de ella, y todos los días sin faltar uno le hablaba de ella. Días atrás, cuando Virtudes le dijo que su madre volvía a casa, este le comentó: «Voy a esconderme, tú no te chives, ¿vale?».

—¿Dónde está mi niño, abuela?

—No sé, hija, estaba ahí dentro, ahí mismo le he dejado yo.

—Pues no le veo. —Vega comenzó a llamar a Vidal a gritos.

El niño se colocó tras la falda de su madre y tiró de ella.

Vega se volvió y al verle no daba crédito. Había crecido tanto que hasta su cara había cambiado; había perdido sus rasgos de bebé y ya tenía cara de niño. Le abrazó con fuerza y le besó la cara sin dejar un hueco en ella que no estuviera marcado por un beso. El niño se apartó y se limpió con las dos manos.

—Ya, me llenas de babas, y me has *apretao* mucho, haces daño.

Vega soltó una carcajada. El niño tenía genio, eso no se podía negar.

La abuela Virtudes le dio un tirón de orejas.

—¡Es tu madre, niño, un respeto!

—Déjele, pobre, si apenas me conoce. Vamos para dentro que he traído muchas cosas y hay mucho que hacer y que hablar.

—Miro, quédate a comer, tengo un cocido puesto en la lumbre que no veas cómo va a estar —dijo Virtudes.

—Ya se huele, ya, pero no puedo. Tengo que llegar a Santander antes de que se me haga de noche. Pero pronto volveré. Voy a avisar a Pablo para que sepa que todo ha salido bien y están todas las mozas a salvo.

—Sí, pájaro, a mí me vas tú a engañar. Tú vas a lo que vas a Santander. Estoy esperando que la traigas un día de estos, ¡eh! —le dijo Virtudes a Miro, mientras le guiñaba un ojo.

33

La ciudad se había vuelto gris. Las mujeres habían perdido el brillo en los ojos y los hombres caminaban con la cabeza baja. Los niños seguían jugando, pero en lugar de hacerlo en espacios abiertos y limpios, lo hacían entre escombros y ruinas. Los escaparates mostraban lo poco que tenían con tristeza. No se oían cánticos al pasar por los barrios o en las tabernas. Los edificios más representativos también cambiaron su aspecto; los hoteles se volvieron hospitales y las fábricas, cárceles. Las campanas de las iglesias apenas repicaban. Ya no había patos en el Retiro, ni perros, ni gatos por las calles. Los mercados que antes estaban cargados de color luciendo frutas de mil tonalidades y verduras que iluminaban la vista, no eran ni la sombra de lo que fueron. No se respiraban los olores de pucheros preparados con mimo, ni el aroma del café. Hasta las ropas blancas que se secaban en los balcones se habían vuelto grisáceas. Todo había cambiado en pocos meses. Atrás habían quedado los paseos por la Gran Vía, los domingos de fútbol, las meriendas de chocolate y porras, las fiestas y verbenas llenas de alegría, las sonrisas de las chicas y los piropos de los muchachos. Era otro tiempo, otro lugar, otra ciudad. Eran dos países dentro de uno mismo que tiraban de la cuerda de un lado al otro esperando; unos, rescatar lo que tenían y otros, conquistar y dominar lo que querían. La pena, el hambre, la incertidumbre de saber que en cualquier momento una bomba podía dejar en la calle a un montón de familias o, lo que era peor, que en un instante podías perder a esa persona querida, era lo que ahora tenían los españoles.

Desde que Vega se fue con las niñas, el silencio se había apoderado de la casa. No se oían risas, ni gritos, ni lloros; no había juguetes por el suelo, ni chupetes en la cocina, ni pañales secando en el tendal, ni lazos de pelo recién planchados sobre las sillas. Ni zapatitos posados en el fogón esperando ser limpiados. La habitación de las pequeñas había perdido el olor a limpio y fresco que tenía; ahora, al igual que el resto de la ciudad, olía a humo y a pólvora que se colaba por los grandes ventanales de la casa.

Maruja y Olga apenas hablaban. Ya no tenían mucho que comentar. La mayoría de las compañeras se habían ido a sus pueblos o ciudades de origen, y otras habían muerto. En la casa no había mucho que hacer y ambas decidieron ir a ayudar a los hospitales. Allí se ocupaban de lavar sábanas manchadas de sangre, de consolar a viudas y madres, de dar conversación a los moribundos y agarrar sus manos para que la soledad no fuera su última compañera. Llegaban agotadas, no física, sino psicológicamente. Vivían a diario dramas, pero no estaban dispuestas a ceder; eran mujeres, no muñecas, y debían colaborar y seguir adelante. No podían ir al frente, pero en la retaguardia daban lo que tenían: sus manos y su trabajo altruista. Ya habían dejado de llorar, sus ojos se habían secado de tanto ver, de tanto sentir pesares ajenos, de tanto respirar el olor ácido de la sangre derramada de inocentes y de valientes.

Dámaso continuaba en su lucha; desde su posición, intentaba ayudar como podía a la milicia. Su trabajo en el sindicato, aunque él consideraba que servía de poco, no lo era, ya que alguien debía hacer aquellas pequeñas cosas de las que él se encargaba. El resto del tiempo acompañaba a Pablo, y se había convertido en su mayor apoyo. No se había alistado aún por no dejarle solo. Se lo había propuesto, pero Pablo le había pedido que no lo hiciera. No obstante, le había dicho que en el momento que él se fuera lo haría, necesitaba estar con el resto de sus camaradas.

Pablo pasaba los días del trabajo a casa. Se resistía a pensar que iba a tener que abandonar Madrid, y por más que Dámaso le advertía, lo iba dejando pasar. Echaba en falta a su pequeña Almudena y, cómo no, a Vega. Aquel beso que le robó cuando estaba a punto de irse era el mejor recuerdo que tenía, lo mejor que le había pasado en mucho tiempo. Soñaba con volver a ver sus ojos claros y su pelo castaño claro, su coleta trenzada larga y brillante y esa sonrisa entre escondida y vergonzosa que ponía cada vez que le miraba. Deseaba saber si ella sentía lo mismo por él. En los tiempos en los que estaban, a veces él mismo se reprochaba por estar pensando en una mujer, pero es que Vega no era una mujer cualquiera; era la mujer que le había vuelto a ilusionar sin ella saberlo. Menos mal que Dámaso, que se había convertido además de en su inseparable amigo también en su confesor, le escuchaba cada día. Y le advertía: «No te hagas muchas ilusiones, que esa pasiega... me parece que no es para ti, ni para nadie». Pero él se reía del comentario y

301

continuaba hablando de todo lo que tenía pensado decirle en cuanto la viera.

La mayoría de sus amigos habían desaparecido. Ni ellos ni sus familias estaban dispuestos a sufrir los bombardeos que caían sobre la ciudad, y mucho menos a arriesgarse a perder lo que tenían. Por lo tanto, habían decidido salir del país. Casi todos tenían posibilidad de ir a otros países; disponían de negocios fuera de España, por lo tanto, les era sencillo seguir viviendo en cualquier otro lugar.

Tanto Gerardo como Luis Enrique le habían dicho que podía ir con ellos en cuanto quisiera, le ayudarían en todo lo que estuviera en su mano. Luis Enrique no tenía ningún problema de dinero; además de su propia fortuna y negocios inmobiliarios, su mujer era una rica heredera cubana, y allí era donde se había marchado. Gerardo, en su afán por llegar a ser un famoso actor y gracias a las rentas que cada mes recibía por las innumerables posesiones que su abuela tenía, de las cuales se había convertido en heredero universal, cogió la maleta y se marchó a Los Ángeles, a Hollywood; estaba seguro de que su porte latino y su profesionalidad le iban a dar buenos resultados. Pablo recibió varias cartas de Gerardo, donde le hablaba de las grandezas de aquel país y, sobre todo, de la belleza infinita de las mujeres. Ya se había enamorado dos veces, una por cada misiva recibida, de lo cual Pablo había deducido que iba a trabajar lo mismo o incluso menos de lo que lo hacía en España. Era un cabeza loca y no iba a cambiar; para él era la vida, no tenía ningún problema ni nadie de quien preocuparse. Pablo se alegraba de que al menos sus amigos estuvieran bien, lejos del sonido de los aviones. Por su parte, Luis Enrique estaba acomodado en La Habana. También le había explicado lo bien que estaba y le decía que fuera con él, que allí iba a vivir muy bien. Su suegro era un hombre de negocios que tenía mucho peso en la ciudad. No tenía ni idea de cuáles eran exactamente los *business*, aunque se lo figuraba. «Nada bueno, amigo», le había dicho. Conociendo a Luis Enrique, estaría a punto de entrar en ellos. Le gustaba demasiado el dinero como para dejarlos pasar. Pero del mismo modo que le gustaba ganarlo, también disfrutaba ofreciéndoles a sus amigos lo que necesitaran.

34

Una tarde de las pocas tranquilas que había últimamente, Pablo le pidió a Dámaso que le acompañara. Le apetecía tomar una copa, escuchar un poco de música y ver caras bonitas. No todo iba a ser trabajar y sufrir.

Tomaron el coche y se acercaron hasta el bar Chicote. El ambiente estaba animado, como siempre. Su puerta circular giró y los dos hombres entraron. Muchas chicas volvieron la mirada hacia ellos y ambos se sintieron un poco intimidados. Quizá habían perdido la costumbre de entrar en sitios públicos como aquel. Casi todas las mesas estaban llenas, pero enseguida se acercó el maître y les indicó dónde podían situarse.

Sentada en un taburete alto y apoyando el brazo en la barra, una hermosa y joven mujer tomaba un cóctel. Sacó un cigarrillo de una bonita tabaquera de alpaca y lo colocó en una larga boquilla tipo años veinte, la sujetó entre los dedos y miró fijamente a Pablo. El hombre estaba distraído y Dámaso le dio un codazo para que se diera cuenta de que aquella chica estaba reclamando su atención. El hombre se levantó y prendió el cigarrillo de la chica.

—Pensé que no ibas a venir nunca.

—Disculpe, no me había dado cuenta. Buenas noches.

—¿Te vas?

—Sí, estoy con un amigo. Lo siento, señorita, estoy seguro de que no le faltará compañía, es usted muy bella.

Pablo volvió con Dámaso a la mesa. El barman ya les había preparado los dos daiquiris que habían pedido y un atento camarero ya entrado en años, que vestía una chaquetilla negra y guantes blancos, los posó con suma delicadeza sobre la mesa, al tiempo que les deseaba una feliz velada. Al dar el primer sorbo, Pablo vio entrar a dos hombres, algo que no tenía nada de particular. El local estaba lleno de hermosas mujeres, por lo tanto, no era de extrañar, pero uno de ellos le resultaba conocido. Sin saber muy bien por qué, se acercó a Dámaso, que miraba atento un pasquín que había encontrado sobre la mesa, y le dijo que era mejor que cambiaran de mesa. Al chófer no le extrañó; cogió su copa y siguió a Pablo. Se situaron en una más alejada de la barra. Estaba en una esquina y apenas tenía luz, solo una pequeña lamparita sobre la mesa alumbraba aquel rincón, además de una bombillita en la parte superior de la pared que casi no daba luz. Pablo le quitó de la mano el pasquín a Dámaso y lo puso sobre la minúscula lámpara.

—¿Qué haces?, ¿a qué viene tanto misterio? Cualquiera diría que vas a proponerme algo. Te sientas a esta mesa, que es la reservada a parejitas, y ahora casi nos dejas a oscuras.

—Mira. Allí en la barra, junto a la chica a la que di fuego hace un momento.

—Sí, está con dos tíos. ¿Qué tiene de raro? Si a mí me gustasen las mujeres te puedo asegurar que no la dejaba escapar.

—Fíjate en el de la gabardina.

—Joder, si casi no veo. Un momento, que voy...

—No, no te muevas. Espera.

—Pero ¿quién carajo es?

—No estoy seguro, pero... creo que es el soldadito.

—¡No jodas! Ahora mismo aviso a los compañeros para que le detengan.

—No, quieto, no estoy seguro. ¿Cómo va a arriesgarse metiéndose aquí? Me parece extraño. Es como ir directo a la boca del lobo. Sabe que se la juega.

—Este es un chulo cabrón. Lo hace por dejarnos en evidencia, para poder chulear con sus amigos de que entra y sale de Madrid cuando quiere y le da la gana. Déjame, voy a llamar. Daré parte.

—No, coño, que no estoy seguro. Vamos a observar un poco. Pero que no nos vea; si nos ve, entonces sí que se reirá de nosotros.

—Yo creo que no es; Narciso es mucho más delgado y no tiene bigote. Además, el pelo lo tiene rubio y rizado. Por la altura sí puede ser, pero lo demás no me parece, Pablo. Creo que estás equivocado. Disfruta de la copa y en un rato nos vamos.

Pero aquel hombre hizo un gesto que confirmó las sospechas de Pablo.

Metió la mano en su bolsillo del pantalón y sacó una pitillera de plata. Una pitillera que Pablo reconoció al instante. Recordó cómo la había traído a la fábrica una tarde uno de los repartidores de la joyería Nicol's. Él la había devuelto, pero pagó una factura de ese establecimiento. Brigitte le dijo que había sido un regalo que había adquirido para el cumpleaños de su prima Alexandra, unos pendientes. Era la misma pitillera que él vio aquel día. El borde lacado en negro que tenía y una flor de lis la hacía inconfundible; seguro que no había dos iguales, era imposible. Pero no le dijo nada a Dámaso.

Llevaban hora y media observando cuando de pronto el hombre se levantó y se dirigió de nuevo a la chica, la ayudó a colocarle el abrigo y ambos salieron del local.

—Venga, Pablo, ponte el abrigo, vamos tras ellos. Estoy casi seguro de que es él. Me he fijado en el solitario que lleva en la mano izquierda. Se lo vi... el día que llevé a Brigitte al tren, el año pasado.

—No, déjale ir.

—Pero ¿te has vuelto loco o qué? Tienes delante al hijo de puta que se largó con tu mujer, un puto teniente coronel de Franco y le dejas ir. No te entiendo.

Pablo no le había contado a Dámaso nada sobre la llamada que había recibido de Brigitte, aunque este sabía que se había producido, porque lógicamente Olga y Maruja se lo habían contado; pero lo que las mujeres no sabían era el contenido de la conversación.

Después de lo que había bebido la noche anterior, el estómago de Pablo no estaba precisamente en las mejores condiciones. No quiso tomar ni un café, pero esperó en el salón que el chófer desayunara. Cuando Dámaso terminó, salieron hacia la fábrica.

—Dámaso, necesito que te quedes esta mañana en la fábrica. Tengo que hablar con Julio, y quiero que estés conmigo. Voy a decirle que necesito contratar personal, pero como apenas hay hombres, contrataré mujeres. Espero tu apoyo en esto. A ti te hace más caso; conmigo se pone rebelde el condenado.

—Julio es buen tío. Hace el papel que le toca. No creo que vayan a poner ningún inconveniente, al contrario. Además, las mujeres son muy buenas trabajadoras. Y, por otro lado, ¿qué pegas te va a poner si no hay hombres a los que contratar? Si quieres hablo yo primero con él y le digo lo que hay; así subirá más relajado.

—Sí, perfecto. Me parece bien, coméntale cuáles son mis intenciones. Y crucemos los dedos. No tengo ganas de follones, que me duele la cabeza.

Dámaso pasó a la fábrica y buscó a Julio. Tenía muy buena relación con él; se conocían desde hacía años y sabía que no iba a ver ningún inconveniente en lo que le había dicho Pablo. Él era totalmente partidario de incorporar a las mujeres a la fábrica. Si surgía algún problema sería por el salario, aunque Pablo no era de esos patrones que hacían diferencias.

De todos modos, quería comentarle que el día anterior habían visto a Narciso Redondo. Dámaso no estaba dispuesto a dejarle escapar por mucho que Pablo dijera. Además, era una buena pieza, un buen trofeo.

Pablo entró en el despacho y le pidió a Isabel que, salvo Dámaso o Julio, no entrara nadie en el despacho. La cabeza le reventaba, no estaba acostumbrado a beber y menos las cuatro o cinco copas que habían caído la noche pasada. La chica, que advirtió la mala cara que tenía su jefe, se ofreció a ir a buscarle un café al bar cercano. Este aceptó la propuesta.

La puerta del despacho se abrió de repente, sin llamada previa. Pablo pensó que sería Isabel con el café. Pero al levantar la cabeza de los libros de cuentas, quien estaba frente a él no era otro que Narciso Redondo.

—¿Qué coño haces tú aquí?

—Tranquilo, hombre. Vengo en son de paz. Más bien a ayudarte.

Dámaso y Julio se acercaban por el estrecho pasillo y, al oír la voz alta de Pablo, Dámaso se paró en seco.

—Para. Silencio. —Escuchó durante un momento—. Llama; el cabrón del que te acabo de hablar está aquí. Da aviso, este no sale vivo de aquí, rápido.

Pablo y Narciso mantenían una conversación llena de reproches en el despacho. Dámaso esperaba fuera la salida del militar. Isabel apareció con el café y al encontrar a Dámaso escondido se sobresaltó, dando un grito, y derramó la taza y el platito con el bollo que traía para su jefe.

Narciso, al oír el jaleo que había fuera del despacho, sacó su Star 1922 y apuntó a Pablo, pero este ya tenía en las manos su Astra 400. Ambos hombres apuntándose, tanteándose y con las miradas fijas uno en el otro.

—Solo he venido porque me lo ha pedido Brigitte. Te traigo esto.

Sacó unos papeles del bolsillo interior de la gabardina y se los lanzó a la mesa.

—Se lo prometí, y yo soy un hombre de palabra. No como tú y tu suegro, que engañasteis a mi padre.

—No necesito nada de ti. Pero te voy a hacer un favor. —Calló un instante—. Voy a dejar que te vayas, pero puedes llevarte tus limosnas, no las necesito.

Pablo cogió los documentos, los hizo una bola y se los tiró a los pies.

—Lárgate si no quieres que te mate aquí mismo.

—En todo caso, moriríamos los dos.

Dámaso entró por una puerta lateral que quedaba fuera de la vista de Narciso y le encañonó en la sien.

—Se acabaron tus paseos por Madrid. Tira el arma, soldadito; te creías muy listo, ¿verdad?

Narciso posó la pistola en el escritorio de Pablo.

—Dámaso, déjale ir.

—Definitivamente te has vuelto loco. No, no le voy a dejar ir. Al único sitio donde va a ir este es al hoyo. Tira —le dijo a Narciso mientras seguía apuntándole.

En la puerta de la fábrica, un grupo numeroso de guardias nacionales republicanos esperaban a Narciso. De allí le trasladaron al cuartel de la policía. Su futuro estaba escrito y firmado.

35

Olga llegó a casa ensangrentada. No le había dado tiempo a llegar al refugio del Retiro y una de las bombas que lanzaron los Bf 109 de la Legión Cóndor casi le da de lleno; por suerte, no fue así, pero sobre ella cayeron las ramas de un árbol. Olga, impulsada por la onda expansiva, fue a parar al suelo y al caer se clavó una rama de un árbol en el antebrazo. El dolor era tan grande que a punto estuvo de perder el conocimiento; por suerte, una mujer la ayudó. Le puso entre los dientes un pañuelo enroscado y luego enrolló la rama que sobresalía de su antebrazo con un trozo de su falda. Después tiró hasta que sacó la madera que estaba clavada. Con el mismo trozo de tela y otra rama, le hizo un pequeño torniquete. Sin decirle ni una palabra, la mujer salió corriendo. Olga se levantó y continuó hasta la casa.

—Dios mío, ¿qué te ha pasado? —dijo Maruja asustada.

—Ayúdame, necesito que limpies la herida y me des unos puntos.

—Creo que debemos ir al hospital. Tal vez haya dañado algún tendón, es mejor que el médico te lo mire.

—Bastante tienen que hacer como para atenderme a mí.

Maruja cogió todo lo necesario para curar a Olga. Quemó una aguja de las que usaba para coser la tela de los colchones e intentó desinfectarla lo mejor que pudo. Buscó un hilo fuerte y tiró del carrete hasta coger parte del que no estaba rozado.

—Te voy a hacer daño.

—Ya lo sé, pero me duele tanto que creo que tengo el brazo dormido. No te preocupes, resistiré. Dame una toalla, morderé para no gritar.

Olga se desmayó mientras Maruja la curaba. Cuando despertó, tenía el antebrazo derecho perfectamente vendado y estaba en la cama. Dámaso y Pablo habían llegado y ayudaron a Maruja a acomodar a la chica.

Las noticias que llegaban, por un lado, eran alentadoras. El norte resistía las embestidas de los nacionales y se comentaba que Francia e Inglaterra querían mediar para detener la guerra. Pero lo cierto era que poco a poco las tropas nacionales avanzaban. Los días anteriores, los bombardeos en Madrid alcanzaron la Casa de Campo, la Ciudad Universitaria y la zona de la carretera de Extremadura, produciendo un número elevado de muertos. Los siguientes días, continuaron en la misma línea, bombardeos incesantes mañana, tarde y noche, y por tierra, los ataques violentos de la artillería en Boadilla del Monte. Pero el ejército republicano consiguió detener la avanzadilla con una contundente respuesta que hizo desistir a los facciosos. Todo esto hizo que los heridos se amontonasen en los pasillos y los sanitarios no tuvieran suficiente medicación para suministrarles.

Ricardo subió con el correo. Últimamente no era habitual recibir cartas, pero aquel día había varias.

Maruja miró los remites de las mismas. Una de ellas, de Brigitte, tenía matasellos italiano.

—Toma, dásela al señor. Es de la señora.

Dámaso la miró por ambos lados y puso cara de extrañeza. Hacía pocos días de la detención de Narciso, no podía ser que fuera reclamando clemencia para él. Se acercó a la biblioteca, Pablo estaba escuchando la radio: «Nuestras milicias atacan intensamente Oviedo. Terrible duelo de artillería. Nuestras piezas desmontan y acallan las enemigas. De madrugada prosigue la ofensiva, que es tan terrible como desesperada la resistencia del enemigo».

—Pablo, tienes cartita de Brigitte.

Pablo alargó la mano y le señaló a Dámaso el abrecartas que estaba sobre la mesa. Este se lo acercó. El hombre rasgó con rabia el sobre y sacó el papel.

Querido esposo:

Permíteme que te llame así por última vez. He tomado una decisión. Mi mala cabeza hizo que mi corazón se abriera para recibir las caricias y las palabras de otro hombre. Con razón, mi madre siempre me decía: «A veces conviene cerrar un ojo, pero es peligroso cerrar los dos». Como en un montón de ocasiones no atendí a ese consejo, y cerré mis ojos y me dejé llevar por la opulencia y el poder.

En nuestra conversación te pedí perdón, un perdón que sé que no me has concedido. No te lo reprocho, posiblemente yo hubiera hecho lo mismo. Pero permíteme que vuelva a pedirlo.

Quiero rogarte algo, lo último, te lo prometo. Sé que no es necesario, pero siento la necesidad de hacerlo. Cuida a Almudena como hiciste conmigo. Sé que serás un maravilloso padre, igual que fuiste un extraordinario marido.

Cuando recibas esta carta, ya no perteneceré a este mundo, viviré en el infierno, donde las almas pecadoras deben permanecer. Y allí desgraciadamente sé que tú no irás; por lo tanto, jamás volveré a ver tu sonrisa y esa mirada serena que es el reflejo de tu conciencia tranquila.

Ahora que sé que voy a morir, y que nadie llorará por mí porque estoy sola, el odio recorre mi cuerpo. Odio, sí; a mí misma, por mis palabras y mis hechos, por mis caprichos y mis reproches sin fundamento hacia ti, hacia mis padres, incluso hacia nuestros amigos. Me odio a mí misma tanto que no puedo perdonarme lo que os he hecho.

Siento el dolor que te he ocasionado. En este momento noto tus abrazos, que se quedaron escritos para siempre en mi piel, pero que desgraciadamente olvidé mirarlos por un tiempo. Adiós, Pablo.

BRIGITTE

Pablo leía y releía la carta que no quería soltar de sus manos. Dámaso le preguntaba una y otra vez qué era lo que decía, pero no encontraba respuesta.

—Trae para acá —dijo Dámaso, arrancándosela de la mano.

—Se ha suicidado.

—Sí. Nunca pensé que fuera tan valiente. Yo sería incapaz de quitarme la vida. Y no será por falta de ocasiones. Pero mira, cada uno...

—Tal vez no debí ser tan duro con ella. De alguna manera envenené a sus padres para que también la rechazaran. Soy el culpable de que mi hija se haya quedado sin madre.

—¡Estás loco! No sabes lo que estás diciendo. Tú no eres el culpable de los actos de tu mujer. Piensa en el daño que te hizo; es totalmente legítimo lo que tú hiciste.

Mientras la conversación se producía entre los dos hombres, Maruja escuchaba en la puerta. Una mala costumbre que había tomado de un tiempo a esa parte.

—¡Maruja, pase, no se quede escuchando en la puerta! —gritó Pablo.

—Perdón, señor. Yo quería decirle que esta mañana, a primera hora, llamó su suegra. Olvidé decírselo a la hora del desayuno.

—Está perdonada. La llamaré en un momento. La señora Brigitte ha fallecido.

En el fondo del corazón de todos ellos quedaba el resentimiento por los comentarios que habían hecho sobre ella. Pero, por encima de ello, estaba el dolor que había causado en la casa. Solo podían pedir por su alma. Que Dios perdonara sus actos y que descansara en paz eternamente.

TERCERA PARTE

Besos que vienen riendo, luego llorando se van,
y en ellos se va la vida, que nunca más volverá.

MIGUEL DE UNAMUNO

36

Casi había pasado un año desde que comenzó la guerra. Ya los oídos estaban acostumbrados, cansados y doloridos por el sonido de las bombas. Los corazones habían dejado de acelerar sus latidos por cualquier cosa. Los ojos se habían secado de tanto llanto, y los estómagos se habían hecho pequeños. No había días de sol porque todo era gris, lo cubría constantemente el humo. Las canciones eran ánimos escritos para los combatientes, en lugar de dulces notas creadas para el baile de los amantes. Las calles cambiaron de nombre y también los más bellos y representativos monumentos. La Cibeles, rodeada de sacos terreros que la protegían, comenzó a llamarse la Linda Tapada; en Recoletos y el Prado, donde se ocultaron las estatuas de los dioses con pilas de sacos, los llamaron el Ocaso de los Dioses, y la plaza de Neptuno, debido a la proximidad del hotel Palace, donde residían los pudientes de Madrid, se empezó a llamar plaza de los Emboscados. La vida no era tal; era un carro pesado cargado de muertos, de temores, de llantos, de sufrimientos, de fusiles y granadas salpicando los pies de los españoles.

La radio sonaba en la cocina mientras los cuatro habitantes de la casa leían y trasteaban por ella; cantaba Carlos Gardel con su voz melodiosa *El día que me quieras*. Pablo se acercó a Maruja.

—Señorita, por favor, ¿me concede este baile?

—Pero, señor, por Dios, deje, deje...

Pero Dámaso cerró el ejemplar del *Mundo Obrero* y cogió las manos de Olga.

«El día que me quieras, la rosa que engalana, se vestirá de fiesta, con su mejor color y al viento las campanas dirán que ya eres mía y locas las fontanas se contarán su amor...»

Bailaron durante un rato. Después de Gardel vino Machín con su alegre bolero *El Manisero*:

«Maní, si te quieres un poquito divertir cómete un cucuruchito de maní, que calentito y rico está. Ya no se puede pedir más, ¡ay, caserita!, no me dejes ir porque después te vas a arrepentir...»

Danzaban animados como hacía mucho tiempo que no lo hacían.

—Por Dios, quien nos vea pensará que nos hemos vuelto locos de remate —dijo Maruja.

—Y qué más da, Maruja. Baila y calla, que nos van a pagar igual —contestó Dámaso.

—No os quepa duda, que pagar, voy a pagar lo mismo, vaya, como hasta ahora, lo justo —contestó Pablo, divertido.

—Dámaso, cuidado, que con lo grande que eres, en las vueltas parece que me vas a lanzar por los aires, hijo —se quejó Olga.

De repente la música cesó, y la voz dulce de una señorita comunicó que había noticias.

Algo había sucedido, no eran horas de dar noticias; solo se interrumpía el programa musical si por desgracia algo pasaba. Y así fue. El locutor, con voz apesadumbrada, anunció que había ocurrido un cruel y devastador bombardeo sobre Guernica.

«Sobre las tres y media de la tarde se ha producido un primer ataque de aviones alemanes e italianos que han bombardeado la carretera y el puente, al este de Guernica; con ello han intentado impedir la retirada del ejército republicano. Las bombas de los S-79 cayeron en los alrededores del puente y en la estación de ferrocarril. Los DO-17 alcanzaron la iglesia. A las seis de la tarde, los alemanes, con diecinueve Ju-52, lanzaron bombas explosivas e incendiarias causando una gran destrucción. A las siete menos cuarto de la tarde, cinco cazas Fiat y cinco Messerschmitt Bf-109 ametrallaron tanto el interior de la población como los alrededores.

»Aunque se cree que la intención era volar el puente y la fábrica de armas, estos objetivos han resultado intactos. Pero la destrucción ha sido enorme. El intenso humo provocado por los bombardeos ha hecho que se descarguen a ciegas cientos de bombas.

»En estos momentos, el pueblo de Guernica arde. El número de víctimas se estima en más de cien.

»Este es otro ataque vil y cruel del ejército asesino de Franco.»

Los cuatro enmudecieron. El sueño dulce en el que hacía un momento estaban inmersos, había terminado. Una bofetada de realidad los había despertado.

—Estos cabrones no tardarán mucho en tomar el norte, lo veo —dijo Dámaso—. Creo que ha llegado el momento de que te vayas; no sé qué haces aquí ya. Si toman el norte va a ser muy difícil entrar. Ahora todavía podemos esconderte en algún transporte de mercancía y hacer que llegues a Burgos. Pero como tomen las Vascongadas, Santander no resistirá mucho más y seguido irá Oviedo, y luego, ¿cómo piensas entrar?

—Lo sé; ¡deja de agobiarme, coño!

A la mañana siguiente. Pablo tomó pluma y papel y se dispuso a escribir a Vega. Dámaso tenía toda la razón. Había que pensar en salir de Madrid. No había ninguna razón para seguir allí. ¿Qué sería de su hija si en cualquier momento una bala perdida o una bomba terminara con su vida? Ya había conseguido que los obreros formaran cooperativa y se quedasen con la fábrica. No había sacado mucho dinero, pero era lo suficiente para salir adelante. Tenía que preparar el resto de los documentos que acreditaban los bienes que poseía; siempre sería útil tenerlos con él. Le había dado poderes a Dámaso para que en su ausencia pudiera gestionar otros negocios de los que era socio o miembro. Era el momento de marchar al norte, allí donde le escondieran las nubes que estaban a un paso del cielo. Allí donde el verde que vio nacer a Vega era el color de su esperanza.

Madrid, 17 de abril de 1937

Querida Vega:

Espero que al recibir esta carta estéis todos bien. No pienses que os tengo abandonados, en absoluto. Mi hermano Casimiro me tiene al tanto de lo que pasa por esas bellas tierras. Sé que Almudena estuvo malita hace unos meses, pero igualmente sé que gracias a tus cuidados está sana y feliz.

Esto parece que no tiene fin. Madrid está imposible; hace unos días las bombas cayeron muy cerca de nuestra casa. Por suerte, aún la conservamos, pero quién sabe si, de un momento a otro, en el siguiente bombardeo de estos malnacidos nos quedamos con el cielo arriba y la tierra abajo. También te digo que somos muchos los que, durante la noche al sonar las sirenas, ya no corremos a los refugios; nos damos la vuelta en la cama y cubrimos la cabeza con las almohadas.

Maruja y Olga están bien, muy flacas, eso sí, todo hay que decirlo, pero su salud es buena y siguen ayudando con lo que pueden en el hospital de la Cruz Roja y otras veces en el Clínico, según se las requiera. Pero están contentas con lo que hacen. Te diré también que no hemos vuelto a tener noticias de Luisito, el novio de Olga. He intentado que alguien me diga de él, pero nadie sabe nada. Me temo lo peor, querida Vega, aunque no por eso dejo de dar ánimos y aliento a Olga.

Creo que pronto me reuniré con vosotras. Tengo que salir de Madrid, pero está complicado. Los alrededores de la ciudad son zona de batallas constantes, aunque nuestras milicias soportan las embestidas con garra. Estoy a la espera de documentos que necesariamente tengo que llevar conmigo. En cuanto los tenga, partiré. Me gustaría que Dámaso me acompañase, aunque como bien sabes es reacio a ello. Se empeña en quedarse para ayudar a sus camaradas en la retaguardia hasta el final.

Vega, debo decirte algo. El único beso que nos dimos me mantiene vivo entre tanto sufrimiento. Tomo de su recuerdo la fuerza que necesito cada día para seguir adelante. Sueño con llegar a Vega de Pas y verte a lo lejos, acercarme a ti y abrazarte con todas las fuerzas. Son tan largos y duros los días sin tu sonrisa que el recuerdo es lo único que me queda para seguir.

No tomes a mal mis palabras. Son fruto de la soledad, de la necesidad de compañía. Posiblemente estaré imaginando una historia que quizá tú no compartas, pero, por favor, no rompas el encanto y la magia que recubre mi corazón.

Bueno, pasiega, advertida quedas. Cualquier día de estos me tienes comiendo en tu mesa, por supuesto si estás de acuerdo. Creo que no voy a poder quedarme en Santander, y es posible que necesite tu ayuda.

Espero tu respuesta, aunque no quiero que esto te suponga ningún problema.

Recibe un abrazo lleno de afecto,

PABLO VAUDELET

Vega recibió la carta emocionada, era la primera vez desde hacía un año que tenía noticias directas de Pablo. Se sentó bajo la solana y leyó.

Las noticias no eran nada buenas. También en el pueblo de alguna manera notaban que no iba a haber modo de resistir. Por suerte, ellos aún no habían sufrido ataques, pero todo indicaba por las noticias que llegaban de la capital que de un momento a otro se iban a producir.

Con relación a Dámaso, ella sabía que el chófer no iba a venir; sus ojos al despedirla en la estación le dieron un adiós definitivo. Su corazón sintió que aquella iba a ser la última vez que le viera. Contestaría a Pablo diciéndole que podía contar con ella.

Tendría que decirle a su abuela que cualquier día Pablo vendría a casa. Esperaba que la mujer lo tomara a bien, aunque no lo sabía del todo seguro.

—*Mu* interesada estás tú leyendo. ¿Quién te escribió?

—Pablo.

—¿Pablo, el señor? Muchas confianzas tienes tú con él. ¿Qué quería saber? De la *niñuca*, claro.

—Sí, bueno, y me dice que Madrid está muy mal, y que pronto vendrá.

—¿Aquí?

—Sí, se quedará por un tiempo.

—En dónde, ¿donde el conde ese?

—No, *güela*, aquí con nosotras.

—¿Qué?, ¿aquí? No, no, eso no puede ser. Nosotras no podemos meter un hombre en casa. ¿Qué dirán en el valle?

—*Güela*, escucha, por favor. Ese hombre está en peligro. Si los nacionales le cogen le van a matar. Tenemos que ayudarle.

—Que no, que no. Esta es una casa decente. Aquí no entra un hombre. No, hijuca, no tengo yo ganas de andar de boca en boca. Ya le estás diciendo que si quiere venir, que venga. Que vea a la *niñuca* y si quiere que se la lleve. Aunque me dará mucha pena, se la coge cariño a la *condená*, pero luego que se vaya. Que busque dónde dormir.

Vega dejó la conversación. Cuando Virtudes se ponía cabezona no razonaba. Ya habría tiempo; poco a poco la iría convenciendo y seguro que al final aceptaba. Total, iban a ser unos días.

—Te digo que no, ¡eh! No me lo vuelvas a decir más,

que ya te conozco yo a ti. Que con esa cara que estás poniendo sé hasta lo que estás pensando. Todo tiene que ser lo que tú digas. Te empeñaste en venir *pa* acá y hala, venga *pa* arriba y *pa* bajo. Como no he *andau* bastante en esta vida, de vieja más.

La abuela se quejaba porque Vega, al poco de llegar, decidió cambiar de cabaña.

Virtudes había nacido en Yera, allí estaba la cabaña de sus padres, donde ella y su hermano Fidel nacieron. Su hermano vivió allí hasta su muerte; era un hombre soltero y solitario que solamente se acercó a su hermana cuando necesitó que esta le ayudara durante su enfermedad. Desde su muerte, la cabaña había estado deshabitada y, como era mayor que la de Vega, la chica le propuso a su abuela cambiar. Al principio, la mujer se mostró reacia, pero la insistencia de Vega le hizo ceder. Cargaron los carros de algunos vecinos y en un día se instalaron.

Yera se hallaba más alejado del centro del pueblo, otra de las razones por las cuales Vega se empeñó en cambiar. Estaba debajo de lo que iba a ser la estación de ferrocarril que llevaba el mismo nombre, «Yera», por la que iba a pasar el tren Santander-Mediterráneo.

Pero no solo fue eso lo que Vega se empeñó en hacer. Se obstinó en comprar unas vacas; al menos tendrían para leche, mantequilla y buenos quesos que, como antes hacían, vendían.

Se puso de acuerdo con dos vecinos del pueblo y adquirió tres vacas de raza rojina, buenas vacas pasiegas de color avellana que, a pesar de ser más pequeñas y dar menos cantidad de leche, la que se obtenía era de muy buena calidad. Tuvo suerte y le habían dado dos terneros. Pero había que atenderlas y, por supuesto, Vega se encargaba. Lo mismo las ordeñaba que cargaba la angarilla del estiércol de la cuadra. Segaba como un hombre a doble cambada e iba haciendo muhojos hasta que formaba la hacina. Virtudes la miraba moviendo la cabeza y decía:

—Eres más dura que un roble, *niñuca*.

Por supuesto, seguían con las gallinas, pero esas eran de la abuela y del pequeño Vidal, que ya daba muestras de ser un buen trabajador.

El caso es que entre atender el ganado, la casa y a las pequeñas, Vega no paraba un momento. Aquellas manos finas que trajo de Madrid y su blanca piel se habían curtido en unos meses. Pero era feliz junto a los suyos.

37

Las mañanas de domingo en el pueblo seguían siendo las mismas. A pesar de las múltiples ocupaciones de Vega, acudía junto con su abuela y sus pequeños a misa cada día festivo. Vestía a los niños con sus trajes de domingo y ella misma hacía lo propio. Los cinco enfilaban el sendero y en poco más de media hora estaban en la iglesia.

Las criaturas disfrutaban los domingos. A la salida de misa, Vega y Virtudes charlaban con los vecinos y ellos jugaban con el resto de los chiquillos. Además, Vega les compraba unos caramelos que les daba por la tarde.

Pero si había alguien que esperaba los domingos con ganas, ese era Juanín el Arañón; le llamaban así porque de pequeño le picó una araña en el talón y estuvo a punto de morir con el veneno, pero se salvó casi milagrosamente, aunque le había quedado una leve cojera que nunca superó.

Juanín estaba enamorado de Vega desde niño, pero nunca tuvo valor para acercarse a ella; además tenía mucha relación con la familia del difunto Bernardo y eso, más que otra cosa, se lo impedía. Pero ahora que ya habían pasado los años, no había motivo para no intentar aproximarse a ella. Cada domingo se hacía la promesa de saludarla e intentar hablarle. Pero un rato por otro, y un día por otro, el Arañón no encontraba la ocasión. El destino quiso que la oportunidad se presentara y uno de esos domingos al salir de misa, Almudena tropezó y cayó al suelo. La niña comenzó a llorar, sangraba por la boca. Se había mordido un labio con la caída y ese era el motivo del sangrado. Por suerte, Juanín estaba a su lado y rápidamente la recogió del suelo; al momento, tanto Vega como Virtudes estaban allí para calmar a la pequeña.

—Madre de Dios, pero ¿qué ha *pasau*?

—Yo no he sido, ¡eh! Se cayó *soluca* la *chicuza*.

—Ya, hombre, ya —dijo Virtudes—. No digo yo que hayas sido tú.

—Está bien, solo se mordió el morro.

Vega cogió a Almudena en brazos e intentó calmar su llantina.

—Ya, Almu, tranquila, que Vega te cura. Ven con el ama.

Almudena se agarró al cuello de la pasiega mientras lloraba sin consuelo.

—Muchas gracias, Juanín. El otro día la llevaba de la mano y casi se me cae. Es *pequeñuca* y no la dan bien las piernas para subir el escalón.

Después de lavar la herida que la niña se hizo, los cinco tomaron de nuevo camino a su casa.

Juanín estaba encantado. Mira por dónde, tenía una excusa buenísima para hablar con Vega cuando fuera al monte. El Arañón era el guardamontes desde hacía unos meses y todos los días, tanto a la ida como a la vuelta, pasaba delante de la cabaña de Vega. No porque el camino fuera el que tenía que seguir, sino porque así aprovechaba para verla.

Cuando Juanín entró aquella tarde en la taberna para jugar la partida como solía hacer cada día festivo, todos los hombres le estaban esperando. Era sabido que al Arañón le gustaba Vega y las bromas no cesaron.

—Te vas a poner las botas. Esa lleva mucho sin macho.

—Yo creo que te ha mirado con ganas, Arañón.

—Tendrás que comprar calzones nuevos por si acaso.

Las risas y las burlas le hicieron salir despavorido y enfadado de la taberna.

A ritmo ligero marchó para casa sin mirar para atrás; ni siquiera contestó al saludo de Pedro y Julián, los más ancianos del pueblo, que acostumbraban a pasar la tarde en el banco de la bolera.

—Y a este, ¿qué mosca le picó hoy?

—Se le *subiú* a la cabeza el cargo. Ya sabes que además tiene amistades...

—Ya. Le dieron el puesto ya sabes por qué. El viejo suyo era un lameculos y él igual, al sol que más calienta. Dicen que va mucho para Burgos y que está muy cercano a los de Franco; bueno, y es amigo del conde de Güemes, ¡para qué más!

—Bueno, eso mejor lo dejamos, a mí tampoco me disgusta; ya sabes que eso de la revolución no lo vi.

—Tú no sabes *na*. Como vengan los militares no van a dejar títere.

—Será mejor que los rojos estos, que *na* más que revuelven *to*.

—Me voy para dentro, si no vamos a acabar mal tú y yo.

—Pues como siempre, Pedro, que eres muy rojo tú.

—Y tú, muy *tochu*.

Juanín llegó a casa y Paquita, su madre, se extrañó.

—Qué temprano vuelves.

—Pues sí, ¿que pasa algo?

—A mí no me contestes así, que te pego un chuletón que te da vuelta la cabeza, ¡eh!

—Perdón, madre, me tocaron las narices en la taberna.

—Qué *tochu* eres, hijo. ¿Y por qué?

—*Na*, por la Vega, la de Virtudes.

—¿Qué hay con ella?

—Pues *na*. ¿Está la cena?

Paquita salió con el balde a recoger la ropa tendida y no contestó. No tenía muy buena relación con su hijo. Consideraba que era un vago, aunque ni a palos lo reconocería jamás, pero sus desencuentros eran constantes.

Vega y Virtudes habían pasado la tarde trabajando como siempre, de lunes a domingo. Almudena tenía el labio inferior hinchado y le molestaba, sobre todo al comer. Pero ese no iba a ser el único disgusto del día.

Vidal estaba siempre subiéndose en todos los sitios; parecía una cabra, como Virtudes decía. De repente, las dos niñas entraron corriendo en la casa y gritando como locas.

—¡Mamá, mamá, *güela*!

—¿Qué pasa?

—Vidal se ha caído y tiene los ojos *cerraos* y no nos habla.

Vega salió corriendo como si el diablo la persiguiera.

Vidal se había subido a un quejigo y se había caído. El chico estaba sin sentido cuando las pequeñas le dejaron, pero al oír los gritos de su madre recobró el conocimiento. A Virtudes no le daban más las piernas para correr y a gritos le preguntaba a su nieta cómo estaba el niño.

Vega lo cogió en brazos y lo llevó a la cabaña; el crío quería que su madre le bajara, se encontraba bien. Pero cuando le posó en el suelo volvió a marearse. Vega se temió lo peor. Le acostó y subió corriendo en busca del practicante.

Por fortuna, el pequeño estaba bien; tenía un golpe en la cabeza que le produjo un chichón, pero nada más. El sanitario le aconsejó que vigilara si el crío se sentía mal, tenía dolor de cabeza o vómitos. En caso de que algo así sucediera deberían llamarle rápidamente. Vega no durmió en toda la noche, y junto a ella, Virtudes, por supuesto, también veló a su querido Vidal, por mucho que su nieta le decía que fuera a descansar. Por suerte, el niño pasó la noche sin despertar. Las dos mujeres no dejaban de observar si respiraba o no.

La mañana amaneció cubierta, Vega pasó a la cuadra y ordeñó las vacas. Al rato, oyó el sonido de cazuelas en la cocina. Virtudes, que ella pensaba que se había quedado por fin dormida, ya enredaba para atrás y para adelante.

—Güela, no puede estar quieta, ¡eh! Por qué no se ha quedado un poco tumbada, son las seis nada más.

—Va a llover, el vaquero sopla con ganas. ¿Sabes dónde andan las almadreñas mías? No las veo desde ayer tarde.

—No me cambie de tema. ¿Para qué las quiere ahora? ¿Ya va a salir o qué?

—Pues sí, voy al *cubío*, a por los quesos que hay que preparar para la Carmina, que vendrá a buscarlos para ir al *mercao*.

—Déjelo, que ya voy yo, mujer.

—¡Que no, coña! Que ya voy yo. ¿Dónde están las almadreñas?

Vega sonrió y siguió ordeñando, mientras observaba a su abuela calzarse aquellos zapatos de madera.

—Niña, por cierto, tenemos ahí tres cacharras que podemos quitar del medio, ¿no?

—¿Y qué le molestan ahora las cacharras?

—¡Buf! Haz lo que te dé la gana, que siempre haces lo que quieres. Me voy *pal cubío*.

Tal y como aventuró Virtudes, al rato comenzó a llover.

A lo lejos, envuelto en su gran chubasquero verde asomó Juanín el Arañón. Justo cuando iba a meterse por el camino que llevaba a la cabaña con la intención de interesarse por la pequeña Almudena, apareció de frente Virtudes. No tuvo más remedio que preguntar a la mujer.

—Buenos días, Juanín. ¿Qué haces tú por aquí?

El hombre se puso nervioso. Virtudes le había preguntado de mala gana.

—Buenos días, Virtudes. Pues nada, que venía a ver qué tal la *chicuza*. Como ayer sangraba tanto...

—La niña está muy bien. Nada, que se mordió el morro, pero ya está bien. Ya sabes, los niños son la flor de la maravilla, un día están en la muerte y al otro como una rosa.

Juanín se quedó parado y sin decir palabra.

—¿Algo más?

—No, no, qué va. Voy para el monte, que tengo tarea. Hay mucho furtivo suelto, y ando ahí a ver si los pillo.

—Anda, hijo, ¿no tienes nada mejor que hacer que joder al personal?

—¡Es mi trabajo!

El chico se marchó ofendido. No así Virtudes, que se quedó la mar de tranquila diciéndole a la cara lo que pensaba.

—Tal y como están los tiempos y *tavía* él persiguiendo a la gente que lo hace *pa* comer. Además, ¿los animales *pa* qué son? *Pa* comer, ¿no? Qué *tochu* es —articulaba entre dientes la mujer.

—¿Con quién hablaba, *güela*?

—Con el *tochu* ese del Arañón. ¡Y que digan que quiere casarse contigo!

—¿Conmigo? No tengo yo más que hacer que tirar de este. Calle, mujer, calle.

—Que sí, que venía como un cordero para acá, a preguntar por la *niñuca*. Con el disimulo..., así te veía. Pero ¿tú no le ves que *tos* los días va y viene por aquí?

—Sí, pero es porque va al monte, ¿no?

—¿Al monte? Sí, di qué más, a ver a la montañesa.

Mientras las mujeres hablaban, por allí apareció Vidal tocándose el chichón que se había hecho y que aún tenía en la frente.

—¿Se puede saber qué hacías ayer en el árbol?

—Subí a cortar una rama y me *cinglé* y caí.

—Un día te matas, ¡eh! Deja de subirte en todas las alturas que encuentras.

38

Pablo esperó a llegar a la oficina para abrir el correo. Ricardo se lo entregó justo cuando salía de casa. Había cogido la correspondencia sin fijarse en los remitentes y la había metido en su portafolio de piel marrón. Cuando la sacó y revisó, sus ojos se iluminaron. Una de ellas era de Vega. Hacía tanto tiempo que esperaba su respuesta que tomó el abrecartas de plata, que aún conservaba las letras RV; eran las iniciales del nombre y apellido de su padre. Se quedó mirando el objeto con nostalgia un instante, y recordó la cara de su progenitor. Rasgó despacio el sobre y sacó el papel que contenía.

Vega de Pas, 18 de mayo de 1937

Querido Pablo:

He recibido tu carta esta misma mañana y no quiero dejar pasar más tiempo para contestar, ya que he visto la fecha de la tuya; hace un mes que salió de Madrid.

La pequeña está muy bien, los aires del norte la sientan de maravilla, un catarro no se lo quita a nadie, claro, pero también es cierto que con leche caliente y buenos caldos de gallina que mi abuela prepara, lo arreglamos enseguida.

Tienes mi palabra y con ella mi humilde cabaña a tu disposición. Aunque debo decirte que mi abuela no está muy conforme con que vivas aquí con nosotras. Ya sabes cómo son los pueblos pequeños: los comentarios van y vienen sin pensar en los motivos por los que se hacen las cosas. No obstante, como en su día le dije a Dámaso, esta es tierra de montañas y bosques que se prestan perfectamente si fuera necesario a esconderte. Dios quiera que no.

Casimiro se acerca siempre que puede al pueblo y me cuenta de vosotros.

Por favor, transmite mi recuerdo y un abrazuco muy grande a Olga, Maruja y, cómo no, a mi querido Dámaso.

Un abrazo,

Vega Abascal

Como Vega indicaba en su carta, ella tardó un mes en recibir la misiva, y de vuelta Pablo, igual. Menos mal que las noticias iban y venían por medio de Casimiro, que al menos una vez por semana llamaba a su hermano Pablo y le daba las buenas nuevas sobre su hija y sobre Vega. Y de igual manera le reportaba a la pasiega noticias sobre Pablo.

El hombre se dio cuenta de que Vega le mandaba recuerdos para el personal de la casa. Esperaba que Casimiro ya le hubiera dado a la chica las terribles noticias sobre Olga. Él sabía lo que Vega la quería, igual que todos, porque se hacía querer. Olga había llegado a la vida de Pablo después de su boda con Brigitte. Recordó lo poco que le gustó contratarla; consideraba que con Chefa, Maruja y Dámaso era suficiente servicio en la casa. Pero como siempre, su caprichosa mujer había conseguido convencerle para contratar otra persona más. Hoy no le pesaba en absoluto haber tenido a aquella maravillosa chica trabajando para ellos. Sentía dolor por lo que le había pasado, e impotencia por no haber podido hacer nada por ella.

Olga, aquella fantástica y divertida chiquilla que con su sonrisa iluminaba la casa, aquella joven a la que vieron enamorarse por primera vez, la primera que tendió la mano a Vega cuando llegó, la que él sabía (porque así se lo había comentado la pasiega en más de una ocasión) que en los momentos en que se venía abajo ella siempre estaba a su lado. La que estaba dispuesta a colaborar y a ayudar a cualquiera, la que defendía incluso a Chefa, cuando esta se ponía imposible. Aquella encantadora y dulce niña de Casafranca había muerto. Y su muerte se había producido de una manera vil y cruel.

Olga se enteró de que Luis estaba herido en el hospital de Calamocha. En Ávila se había formado una zona ambigua por donde deambulaban tanto las columnas sublevadas que se dirigían a Madrid como las fuerzas gubernamentales que trataban de impedir el avance de los rebeldes. En una de esas batallas, Luis cayó gravemente herido. La chica se enteró casi de casualidad, gracias a un camarada de su novio. El muchacho se había trasladado hasta Madrid buscando a su hermano pequeño, iba de hospital en hospital para dar con él, pero en lugar de encontrarlo a él, se topó con Olga en el hospital de la Cruz Roja. Al preguntar la chica por su novio, este le contó lo que había pasado y en la penosa situación en la que Luis se encontraba. Olga no perdió el tiempo y pidió ayuda a los compañeros de la Casa del Pueblo. En uno de los numerosos viajes que hacían a las trincheras, la ayudaron a llegar hasta allí. Pero la muchacha llegó tarde, apenas pudo estar con su querido Luis un cuarto de hora. El joven falleció debido a las múltiples heridas que tenía. Su cuerpo estaba lleno de metralla, había perdido un brazo y la parte derecha de su cara estaba totalmente desfigurada. Olga salió destrozada del hospital sin darse cuenta de que aquella era zona nacional. Buscó a los camaradas que la ayudaron a llegar, para volver a Madrid, ya que no había nada que hacer allí. Aunque les había advertido que se quedaría el tiempo que fuera necesario con él para que no la esperaran, salió en su búsqueda. Llegó a tiempo, la cuadrilla aún no había partido. Pero en el camino, la ambulancia camuflada en la que se desplazaban fue interceptada y todos los viajeros fueron capturados por un grupo de soldados del bando nacional. Nada se pudo hacer por ella, fue encarcelada y torturada. Los golpes que recibió la reventaron por dentro y murió en el interrogatorio. Olga fue asesinada. Su cuerpo fue a parar a alguna de las múltiples fosas comunes que ya se repartían por toda España.

Ya solamente quedaban tres personas en aquella casa de la calle Ruiz de Alarcón. El silencio reinaba. No había risas ni llantos infantiles. No había olor a café, a agua de colonia ni a puchero condimentado. Solo había tres almas tristes que ya no hablaban; susurraban frases cortas y concisas a las pocas preguntas que unos a otros se hacían. La pérdida de Olga fue un duro golpe para todos. Pero, sin duda, quien más sintió la muerte de la chica había sido Maruja; ambas mujeres se habían hecho inseparables. Iban juntas a su labor solidaria y así volvían, contándose las penas que habían vivido durante la jornada. El ama de llaves había perdido las ganas de vivir y Dámaso se empeñaba en animarla y en sacarle una sonrisa con chistes y tonterías que a veces le contaba, pero Maruja lo máximo que hacía era dibujar una pequeña mueca en su cara.

¡Qué injusta estaba siendo aquella guerra!

Pablo se levantó, se sirvió una copa de coñac que aún le quedaba de las que su suegro le enviaba en los buenos tiempos, y encendió el aparato de radio. La música le relajaba, aunque fueran boleros tristes que llenaban su corazón de melancolía.

El sonido del teléfono llamó su atención.

—Dime, Isabel.

La secretaria le comunicó que tenía una llamada de Casimiro.

—Buenos días, hermano; te diría que ¿qué hay de bueno? Pero seguro que bueno no hay nada, ¿verdad?

—Hola, hermano. Así es, nada bueno, al contrario. Estos cabrones están a punto de entrar en Bilbao.

—No me jodas, lo van a conseguir, ¡eh! ¡Hijos de puta!

—Sí, han caído sobre las ciudades miles de bombas, y han tenido que decretar la evacuación de la industria. La mayoría lo han hecho, pero otras no del todo; son importantes. Aunque dicen que están casi todas abandonadas. En la ciudad los hombres son trasladados en tren o por carretera en dirección a Santander; están llegando a cientos, los que tienen suerte, porque los Flechas Negras italianos persiguen el avance de la gente y han bombardeado también a los civiles.

—Pero entonces cae seguro.

—Sí, sí. He estado en la Casa del Pueblo hace un momento. Desde allí se han puesto en contacto con Bilbao, y les han dicho que los fachas controlan toda la orilla derecha del Nervión desde la ciudad hasta el mar, y la parte izquierda hasta el puente de ferrocarril. El general Ulibarri está a punto de retirar las tropas que quedan; es cuestión de horas. Es fácil que mañana Bilbao esté desierto.

—Esto es desesperante. Ten cuidado. Por cierto, ¿le contaste a Vega lo de la pobre Olga?

—Sí, quedó destrozada. No la quise dar muchos detalles porque estaba muy afectada.

—Tienes que venir e intentar salir de España antes de que lleguen a Santander; esto no va a parar. Lo peor es que no podemos aguantar más.

—Sí, es cierto, pero aún no sé cómo salir. Si además ahora no puedo atravesar las Vascongadas, esto se complica más. Estoy pensando en partir en barco hacia América.

—¿Tienes allí alguien que te pueda acoger?

—Sí, tengo un gran amigo.

—De acuerdo; puedo ir mirando desde aquí con las navieras.

—Gracias, hermano. Llegaste a mi vida en el momento más oportuno.

—No, compañero, yo llegué hace muchos años. Lo único que tú no sabías que yo estaba aquí. Un abrazo.

Tal y como Casimiro le dijo a Pablo, a mediodía del 19 de junio los tanques franquistas exploraron el Nervión. La ciudad estaba casi vacía. Varios puentes fueron destruidos, pero por suerte la ciudad estaba intacta en su mayor parte. La 5.ª Brigada Navarra a las órdenes de Bautista Sánchez colgó la bandera roja y gualda en el ayuntamiento.

Casimiro comenzó a investigar de qué manera podía salir su hermano de España; su hermano y él, ya que no le iba a quedar más remedio que partir de su tierra.

En Santander era la CNT la que tenía fuerza en muelles y construcción, y aunque él pertenecía a la UGT, tenía buenos amigos que podían ayudarlos. Entre octubre y diciembre de 1937, los barcos partieron del puerto de la ciudad lleno de personas que abandonaban el país. Los buques ingleses se ocupaban de estos transportes, pero también pequeños barcos de carga. La mayoría de ellos iban a Francia y de allí hacia América. El *Inogedo* zarpó en noviembre con ciento sesenta y ocho personas de las cuales en Francia la mayoría transbordarían al *Mexique* con rumbo hacia América. En él marchó la familia de la novia del cura, y aún no tenían ninguna noticia de ellos.

Pablo salió de la fábrica, pero Dámaso no estaba esperándole como de costumbre. Subió de nuevo a su despacho y le preguntó a Isabel si este le había dejado algún recado o si sabía dónde estaba. La secretaria no supo darle razón del chófer y Pablo decidió aguardar. Era pronto, en casa no le esperaba nadie, y prisa no tenía ninguna.

Dámaso había quedado con Maruja; como la mujer estaba muy decaída se ofreció a ir a buscarla al hospital, pero la mujer no terminaba de salir. Él miraba el reloj, consciente de que no había advertido a Pablo. Como se estaba empezando a poner nervioso, decidió entrar a buscarla.

Las ambulancias no cesaban de llegar, el hospital estaba saturado y no había suficientes manos para atender a todos los heridos. Una hilera de casas había caído dañada por los bombardeos y había ocasionado el caos en el hospital. Por más que buscaba a Maruja no conseguía dar con ella.

—¡Dámaso! ¡Dámaso!

El hombre se volvió. Allí estaba la mujer, con la mascarilla en la boca y un niño en sus brazos que acababa de nacer. Se acercó a ella.

—Pero este pequeñín vaya año ha elegido para venir a este mundo.

—Ya te digo. No me esperes, vete. Mira cómo está esto. Tengo que quedarme, hago falta aquí.

—Pero llevas más de diez horas aquí metida; mírate, las ojeras van a comerte la cara. Estás agotada.

—No, estoy bien; vete, Pablo te estará esperando.

Dámaso le dio un beso en la frente a la mujer y salió corriendo en busca de su jefe.

Cuando Pablo se subió al coche lo primero que le comentó a Dámaso era lo que Casimiro le había explicado.

—Tengo que ir haciendo las maletas, amigo. Ven conmigo.

—No. Te acompañaré, como si tengo que llevarte hasta allí, pero no voy a irme del país.

—Ya sabes lo que te espera, ¿verdad? Más pronto que tarde, Madrid caerá y tú serás una víctima más. Ya sabes lo que hacen los facciosos según llegan a una ciudad, ¿verdad?

—Claro que lo sé. Pero ¿sabes una cosa? Lucharé en esa última batalla y procuraré dejar mi vida en ella. No tengo intención de que ningún fascista me ponga contra una pared y me cosa a tiros.

—Piénsalo, aún hay tiempo. Sabes que Gerardo estaría encantado si vienes también, te tiene en mucha estima. Imagínate, ¿qué íbamos a hacer tú y yo en Hollywood?

Los dos rieron a carcajadas.

39

Don José Ramón Mendoza, el conde de Güemes, llegó con su flamante Mercedes 260 D al centro mismo de Vega de Pas. Se comentaba que el coche era regalo de los alemanes por los negocios que tenía con ellos. Como era su costumbre, él mismo conducía el vehículo. Abrió la puerta y posó su bastón en el suelo. Después, con la serenidad que le caracterizaba, bajó y se colocó sobre la nariz el binóculo que habitualmente utilizaba. La expectación se hizo latente en la plaza, que en poco rato se llenó de curiosos. Los niños se acercaban al coche y lo miraban con atención. El conde, al ver que uno de los chiquillos intentaba subirse para ver el interior, le dio con el bastón en las piernas haciendo que este cayera al suelo. Nadie se atrevió a decirle nada, pero la casualidad hizo que doblara la esquina Casimiro justo en ese momento, viendo la agresión del hombre al pequeño.

—¡Eh! —le gritó.

—Hombre, el cura rojo. Vete contando los días, y haz lo que te quede por hacer. Te queda muy poco —le dijo acercándose a su oído, evitando que nadie escuchara su amenaza.

—Quite, no me eche encima su maldito aliento. Huele a muerte, me da asco. ¿No le da vergüenza pegar a un chiquillo? ¿Por qué no me da a mí, ya que es tan hombre?

—Ganas me dan de partirte el bastón en la espalda. Pero todo llegará, ya están aquí. ¿No los oyes llegar?

—Yo no oigo nada más que las tonterías que está usted diciendo. ¿Por qué no se marcha a su caserón y deja tranquila a esta gente que solo quiere vivir en paz? Bastante tienen con lo que están sufriendo como para tener que aguantar a un elemento provocador como usted.

El conde se quitó el binóculo y lo metió en el bolsillo superior de su chaqueta. Con altanería se dirigió hacia el ayuntamiento. Allí el alcalde le esperaba en la puerta; detrás de él estaba Juanín el Arañón. Los tres entraron.

Casimiro cogió de la mano a Esperanza, su novia, que había sido testigo del encontronazo de los dos hombres. Ella sabía todo lo que había pasado entre los dos y tuvo que morderse la lengua para no saltar. Esperanza era una mujer de carácter y le hirvió la sangre al escuchar al conde hablar con tanta desvergüenza de los fascistas. Pero no dijo ni una palabra. Los dos caminaron en silencio hasta Yera.

La última vez que Miro estuvo en la casa de Virtudes, esta le dijo que tenía que traer a comer a su novia. Quería conocerla y le amenazó con no dejarle entrar si no venía con ella la próxima vez. Por lo tanto, no le quedó más remedio que pedirle a Esperanza que le acompañara hasta allí.

Cuando habían hecho aproximadamente la mitad del camino, Miro sintió que alguien le seguía. No le costó mucho descubrir quién era el que iba tras sus pasos. Era el Arañón.

En un recodo del camino, Miro tiró del brazo de Esperanza y le hizo un gesto con el dedo sobre los labios para que guardara silencio. Arrancó una rama y cuando Juanín se acercó, le hizo con ella una zancadilla. El hombre cayó al suelo de cara.

—Hombre, Juanín, que te *esmorras*. Pero ¿dónde vas?

El aludido se levantó rápidamente y sacudió sus ropas. No sabía qué decir ni qué contestar.

—Hola, don Casimiro.

—Miro, Juanín, y quítame el «don», que me sobra. ¿Dónde dices que ibas?

—*Pos, pa ya. Pa* la casa del campanero, que tengo que darle un recado.

—¿Donde el campanero, dices? ¿Ha cambiado de cabaña Julián?

—No. ¿Por qué?

—Pues porque el campanero, hasta donde yo sé, vive en Horneo, y eso está para allá, amigo. Cualquiera diría que no has nacido en este pueblo.

El hombre recogió del suelo el garrote que llevaba siempre con él y salió corriendo sin decir ni adiós.

—Está claro que el conde le ha enviado a acechar dónde vamos, el cabrón.

—Mira que le tenía yo manía a este elemento, pero ahora ya le tengo un asco que... como se ponga a tiro, se lleva seguro —dijo Esperanza.

—Calla, mujer, no seas burra.

Tomaron el camino que los llevaba hasta la casa de Virtudes y a lo lejos ya vieron a los niños jugando en la puerta. Vega salió a recibirlos.

—Buenos días. ¡Cuánto bueno por esta cabaña!

Vega y Esperanza enseguida entablaron conversación. La novia de Miro escuchaba con curiosidad todo lo que Vega la contaba. La enseñó la cuadra, cómo ordeñaba las vacas, le mostró la cántara donde hacía la mantequilla, los cuévanos de su abuelo, que aún estaban en el desván y que guardaba con esmero; sobre todo el cuévano niñero que su abuelo hizo para ella con tanto cariño y que su madre nunca pudo portar.

Esperanza le contó lo que hacía ella en Santander. Su padre era carbonero y su madre planchadora y modista en los ratos perdidos, pero a ella la plancha no se le daba y además llevaba muy mal eso de la servidumbre.

—Chica, que no, que yo no he nacido para servir a nadie. Lo siento, y menos a todos estos que se creen que por tener dinero son más que nadie —le dijo a Vega.

Pero al momento de soltarlo por la boca, se dio cuenta de que Vega había estado trabajando en una casa y rápidamente intentó arreglar lo dicho.

—Perdona, que no lo digo por nada, ¿eh? Que yo a ti te respeto mucho, menuda mujer que eres con todo lo que trabajas aquí. Bueno, además, después de todo, yo también estoy sirviendo a la gente. Tengo un puesto de frutas en el mercado. Así que mira tú.

—No te preocupes, mujer, no tuve en cuenta lo que decías. Te entiendo perfectamente. De todos modos, yo tuve mucha suerte; más que servir, a veces me servían a mí. Yo solo me ocupaba de las *niñucas*. Ahora sí que trabajo.

La voz inconfundible de su abuela llamando la atención de las mujeres para que acudieran a comer les hizo dejar la conversación para más tarde.

Sobre la mesa de madera, Virtudes colocó una puchera montañesa que olía de maravilla.

—Pero ¡cómo huele, Virtudes!

—*Hijucu*, esto es lo que hay. *Pa* más no te creas. Aunque garbanzos, lentejas y alubias no nos faltan nunca. Las cambiamos por los quesos y las mantequillas, y también por la harina para las tortas, que, por cierto, casi no hay.

—Oye, Vega, ¿por qué no me mandas quesos y mantequillas y las vendo en la plaza? Allí los pudientes están dispuestos a pagarlo bien. Pongo un cartel diciendo que es casero de Vega de Pas y seguro que tengo pedidos a mansalva. ¿Cómo lo ves?

—Pues no está mal pensado. También podemos hacer alguna quesada de vez en cuando, ¿no? Leche tenemos de sobra.

—¿Y cómo pensáis llevarla a Santander? Están los tiempos como para ir y venir —intervino Casimiro.

—Le puedo pedir los domingos el coche a mi primo Elías, y subimos a buscarlo. Ellas pueden hacerlo durante la semana y yo lo vendo el lunes todo seguro.

—Esta mujer va a terminar conmigo. Pero ¿tú no te das cuenta de que estamos en guerra, y que dentro de cuatro días, cuando menos lo esperemos, Santander estará en manos de los fascistas y que tú y yo, si no corremos, estaremos en la cárcel en cuanto se hagan con la ciudad?

—Joder, Miro, déjanos vivir. No me había acordado de la puta guerra, y tienes que venir tú a ponerme los pies en el suelo. ¡Me cago en la madre que lo parió, cago en san Pedro!

Virtudes miró a Vega y le hizo un gesto. La pasiega le hizo otro para que no dijera nada, pero la abuela no hizo ningún caso.

—¡Niña! Esa boca. Estamos comiendo, y en esta mesa mientras se come no se jura. Después lo que queráis.

Esperanza se ruborizó; hacía mucho tiempo que nadie le llamaba la atención. Era cierto, tenía muy mala boca. Debía controlar sus impulsos, pero sobre todo su lengua.

Para calmar el ambiente, Casimiro cambió de tema. Pero no salió como él pensaba.

—Bueno, pues un día de estos tendremos aquí a mi hermano Pablo. Vega, ¿ya has pensado dónde le vas a alojar?

Sin dejar que Vega contestase, Virtudes dijo:

—¿Tu hermano? ¿Pablo?...

—Sí, ¿no se lo ha contado Vega?

Virtudes frunció el ceño.

—Yo lo sé desde que naciste. Me lo contó tu madre, que en paz descanse. Pero no sabía que te lo habían dicho. Pensé que había muerto con el secreto guardado.

—Virtudes, lo sé desde chaval. Y tuve trato con mi padre hasta que enfermó. Usted ¿qué piensa?, ¿que yo nunca me había planteado quién pagó mis estudios y el seminario?

—Ya, claro. Bueno, pues... en esta casa desde luego que no. Aquí no entran más hombre que los difuntos... Si vuelven, claro.

—Abuela, ya hemos hablado de eso. Tengo que ayudarle.

—Que le ayude Miro, que para eso es su familia. Nosotras ya tenemos la *niñuca*. ¿Por qué te vas a complicar la vida? ¿Y si entran los nacionales y nos pillan con él, qué hacemos?

Vega cogió la mano de su abuela, la miró a los ojos y le dijo:

—Abuela, le di mi palabra.

La anciana bajó la vista y tiró de la mano que su nieta le cogía. Después de un momento donde no se oía ni el susurro del río, levantó la cabeza y, con la vista clavada en la de su nieta, contestó:

—Si le diste tu palabra... —Silencio—. Cumplirás tu palabra como buena pasiega. La palabra de un pasiego es sagrada. Pero ahora dámela a mí. Promete que nunca te pondrás en peligro por él, aunque rompas la palabra. Una cosa es que le tengamos en casa y otra muy diferente es que nos juguemos la vida.

—De acuerdo, *güela*.

La visita del conde al ayuntamiento se había alargado bastante. El alcalde le puso al día de todas las cosas que pasaban en el pueblo. Días atrás, don José Ramón le había pedido una lista detallada de todos aquellos que actuaban o se definían de izquierdas. Quería tener los datos de la gente del valle preparados para ganarse la simpatía de los sublevados.

La lista era amplia. El alcalde, más que tener en cuenta la condición política de sus convecinos, lo que había hecho era enumerar a las personas por la simpatía que les tenía. Así en ella figuraban tanto unos como otros, sin tener en cuenta las nefastas consecuencias que aquello podía acarrearles.

El conde esperaba sentado en el despacho del alcalde la vuelta de Juanín.

—Ese tonto ¿dónde estará? Ni que hayan ido andando hasta Santander.

Juanín entró, sofocado y con la cara ensangrentada por el golpe que se había dado al caer.

—¿Qué coño te ha pasado? ¿Dónde carajo has estado hasta ahora?

—Me he caído por el camino. Bueno, la verdad es que el cura me descubrió y el muy *chon* me cruzó una vara de avellano en el camino y caí como un saco al suelo. Entonces tuve que volverme hasta donde no me veían. Y cuando me dejaron ir, volví tras ellos.

—¿Y?

—Se metieron en casa de Virtudes y allí siguen *tavía*.

—Está bien. Vete. Y hay que espabilar si quieres tener mando en plaza en los nuevos tiempos.

El conde miró la lista; en ella no figuraba el nombre ni de Virtudes ni de su nieta.

—¿Por qué no me has puesto a estas dos en la lista?

—Hombre, son buena gente. Ellas están al trabajo y *na* más. Déjelas, no merece la pena ponerlas.

—Pero ese cura rojo es muy amigo de ellas. ¿Por qué?

—Siempre las ha tenido de la mano. Han trabajado muchísimo las dos. Son buenas mujeres.

El conde no quedó conforme con la explicación del alcalde, pero dejó las cosas como estaban. Cierto era que las dos mujeres estaban solas en el mundo y, de no haber sido por el trabajo que su amigo Pablo Vaudelet les había proporcionado, les hubiera costado mucho salir adelante. Bastante tenían.

Al dirigirse de nuevo al coche, observó que su flamante Mercedes estaba lleno de huevos que se habían quedado pegados sobre la luna delantera y trasera del vehículo. Miró hacia todos los lados y no vio a nadie. El cura no podía ser porque Juanín le había dicho que aún seguía en casa de las pasiegas; por lo tanto, tenían que haber sido los chiquillos del pueblo. Volvió hacia el ayuntamiento y llamó a gritos al alcalde. El hombre se apresuró a buscar un balde con agua y le lustró los cristales del coche.

El conde salió de la Vega maldiciendo a todos sus vecinos y jurando venganza.

40

Agosto en Madrid era sofocante. Suficiente tenían con el calor de la época estival, que además se añadía el humo, las brasas y el polvo de los bombardeos que hacían de Madrid una ciudad asfixiante.

Pablo ya tenía todo preparado para partir al norte. Al final decidieron seguir la ruta que, aun siendo la más peligrosa, si conseguían camuflarse acertadamente iba a ser la más cómoda. Atravesarían la zona nacional. Dámaso le acompañaría en esta aventura, aunque fuera la última que realizaran juntos por el momento. Iban a viajar en un Lancia Astura, uno de los que utilizaban los mandos militares de Franco. Por supuesto, tanto Pablo como Dámaso irían ataviados con los uniformes del ejército nacional acordes con el rango y, como no podía ser de otro modo, utilizarían documentación falsa. Para que no tuvieran problemas usarían nombres de militares en activo, corriendo el riesgo de que alguien pudiera conocer a los reales y cayeran prisioneros. Pero era el precio a pagar. Confiaban en que esa situación no se produjera.

Pablo quería despedirse de su gente con algún detalle y

mandó preparar una cena en el hotel Savoy, que debía servirse en su casa. Isabel, su secretaria, se encargó de disponerlo todo en el domicilio.

Cuando por la noche llegaron Maruja y Dámaso, al que le había encargado los últimos detalles para el viaje a fin de tenerle ocupado y ausente de la casa, el comedor presentaba un aspecto ya olvidado. La cubertería de plata, la mejor loza que tenían, los candelabros encendidos alegrando la mesa y el mejor mantel de hilo que había, se habían dispuesto para la fiesta sorpresa.

Los cuatro se sentaron a cenar. Charlaron y rieron olvidando por unas horas que estaban en guerra y que iban a separarse al día siguiente. En un momento dado de la cena, Pablo sacó tres sobres blancos personalizados con el nombre de cada uno de los que estaban sentados a aquella elegante mesa. Luego se puso en pie.

—Quiero entregaros un regalo. —Se acercó a cada uno de ellos, les dio un beso y les dio el sobre con su nombre. Volvió a su sitio y tomó asiento de nuevo—. Lamento que no sea más abundante, me hubiera gustado, pero no he podido conseguir más. Os agradezco a todos el trato que habéis tenido con mi familia. Os recordaré siempre, iréis conmigo donde vaya, y en mi corazón siempre habrá una marca imborrable con vuestros nombres. Por favor, aceptad esto y espero que os sirva en estos momentos difíciles y crueles que nos ha tocado vivir.

Los tres se miraron sorprendidos. Maruja no pudo contener la emoción y rompió a llorar desconsoladamente. Isabel, la secretaria, corrió a consolar a la mujer con lágrimas en los ojos y Dámaso fue incapaz de moverse ni de hacer gesto alguno.

Con la voz entrecortada como un niño en pleno berrinche, Maruja intentó hablar, pero su garganta se negaba a emitir sonido alguno. Ante la angustia de la mujer fue Dámaso el que tomó la palabra.

—Amigo mío, no tenías por qué hacer esto. Es fácil que este dinero lo necesites. Se avecinan, como tú bien dices, tiempos muy duros. Nosotros nos arreglaremos como podamos, pero quizá tú no tengas esa posibilidad. Pero no voy a despreciarte el detalle porque te conozco y sé que está hecho desde el fondo de tu corazón y te causaría tristeza que no lo aceptáramos. Ha sido un placer trabajar para ti. Me has hecho sentir una persona. Jamás me has demostrado ningún gesto de desprecio por mi condición sexual, lo cual te agradezco enormemente. Me has ayudado en los peores momentos de mi vida, cuando era solo un chiquillo que caminaba sin rumbo y, lo que es peor, sin cabeza. A tu lado y al de tu padre, me he sentido seguro y, más importante aún, libre. He podido decir lo que sentía en cada momento, y jamás me has tratado como a un chófer, me has tratado como a un amigo. Yo tampoco te olvidaré, puedes tener la certeza, y ojalá algún día cuando todo esto termine podamos encontrarnos de nuevo, porque te aseguro que iba a ser el mejor de los regalos que la vida podía hacerme. No te mereces lo que está pasando. Eres un hombre cabal y de bien que lo único que ha intentado siempre es que las personas que estuvieran a su lado se sintieran especiales. Lo has hecho con tu mujer, que desgraciadamente no lo quiso ver; con tus trabajadores, a los que has dirigido con destreza y educación como nadie en este país ha hecho, y con todo aquel que ha tenido algo que ver contigo. Solo puedo desearte en este momento que consigas tu objetivo, que salgas de este país que es el tuyo y que ahora te empujan a abandonar en contra de tu voluntad. Amigo, aquí tienes mi mano y mi corazón. Gracias.

Pablo bajó la cabeza. Si continuaba sosteniendo la mirada de Dámaso no iba a poder contener las lágrimas.

Maruja había conseguido aplacar el llanto y también quiso dedicarle unas palabras:

—Señor, cuando me planteé venir a trabajar a Madrid, no tenía ni la más remota idea de en qué iba a poder trabajar. Lo único que sabía hacer era limpiar y cocinar. Nunca olvidaré aquella tarde de marzo en la que vine a entrevistarme con su difunto padre y me contrató. Bajaba tan contenta la escalera que cuando estoy triste por algún motivo lo recuerdo para animarme. Estoy de acuerdo con lo que Dámaso le ha dicho; yo no sé hablar tan bien como él, y no me siento capaz de expresar los sentimientos porque me faltan las palabras. Muchas gracias, señor, por haberme permitido formar parte de esta familia, y si alguna vez le he molestado o le he fallado, por favor, no me lo tenga en cuenta, no fue con intención. Yo también le quiero desear lo mejor. Tiene usted una hija a la que debe ver crecer, llevarla del brazo a las fiestas y acompañarla en el altar el día de su boda. Por ella debe luchar y salir de este país lo antes que pueda. Yo sé que Vega le va a ayudar, esa sí que es una buena mujer, ojalá... —No dijo lo que pensaba, no quería entrar en asuntos que no la incumbían; ella también era consciente de que Pablo estaba enamorado de Vega—. Nada, que tenga muchísima suerte y que algún día, aunque no nos volvamos a ver, alguien me diga que todo le ha salido bien y está lejos de aquí y a salvo.

—Muchas gracias, Maruja. También para nosotros fue

una suerte encontrarla. Ha sido una estupenda ama de llaves, y una mejor persona. En el fondo, eso es lo que vale.

Isabel sabía que le tocaba hablar. Era una muchacha muy callada. Su relación con Pablo siempre había sido distante en cuanto a lo personal.

—Bueno, pues yo también quiero darle las gracias. Cuando mi padre murió le faltó a usted tiempo para ofrecerme un trabajo en la fábrica, y además me dio un sueldo superior al que merecía. Gracias a ello, mis hermanos, mi madre y yo hemos salido adelante. A su lado he aprendido mucho, todo lo que sé, y le voy a echar mucho de menos. Muchas gracias por todo y muchísima suerte. Yo le he traído esto. —Le dio un pequeño paquete, envuelto en papel de seda—. Lo ha hecho mi madre, y me ha dicho que le diga que muchas gracias por todo. Para que tenga un recuerdo nuestro.

Pablo abrió el paquete y dentro encontró tres pañuelos blancos con sus iniciales bordadas en una esquina.

—Muchísimas gracias. Dale a tu madre un beso muy grande y dile que me hubiera gustado poder ayudaros más, pero las circunstancias no se prestaron a ello, lo siento mucho. Bueno, creo que es el momento oportuno para tomar una copa. No vamos a llorar más, ya está todo dicho. Terminemos la velada como corresponde a esta cena. Dámaso, en mi despacho, donde guardo los puros, hay unos Montecristo que me regaló mi amigo Menéndez, el cubano; es una marca nueva que ha creado al unirse con un tal García y que según me dijo en Estados Unidos están siendo muy bien acogidos. Trae un par de ellos que vamos a echar un poco de humo. Claro, si a las señoras no les molesta.

Los cuatro, sentados en los cómodos sillones del salón de la casa, hablaron durante horas; ninguno quería retirarse. Recordaron viejos tiempos, anécdotas de todos y cada uno de los que por allí habían pasado, desde el portero hasta el lechero. Se rieron con las cosas que contaba Maruja de Chefa, y con las ocurrencias que a veces tenía Olga. Las horas transcurrieron rápidamente; los primeros rayos de sol les hicieron comprobar que la noche había terminado.

El Lancia Astura ya estaba preparado. Dámaso se acercó al taller que se encargaba de proporcionarle el coche. El Rubio, un joven apasionado de los vehículos, le indicó los detalles necesarios para su conducción. Era un bonito coche en tonos azules. Dámaso, a pesar de confiar en los camaradas, quiso comprobar que el motor estaba en perfecto estado. No podía arriesgarse a que cualquier contratiempo mecánico pudiera echar al traste el plan. Le enseñaron dónde debía colocar la banderita roja y gualda una vez que llegaran a territorio hostil. Dentro del coche, en la parte trasera, cubiertos con una manta marrón estaban los uniformes que debían llevar puestos los dos hombres. Dámaso recogió el coche, se despidió de los camaradas con un abrazo y salió a buscar a Pablo.

En la casa, Maruja dabas vueltas de un lado a otro sin poder ubicarse. Se sentaba y al rato se levantaba, salía al balcón y al instante entraba de nuevo; consultaba sin cesar el reloj. Su corazón latía aceleradamente. Tenía sentimientos encontrados; estaba deseando que partieran, pero a la vez no podía soportar pensar en el camino que tenían por delante.

Dámaso llegó con los uniformes. El elegido para Pablo era de teniente provisional de servicios jurídicos. El de su chófer era de cabo provisional del mismo servicio. Los pantalones y las guerreras eran de lana marrón. La guerrera tenía cinco grandes botones de madera en el frontal para el cierre, dos bolsillos superiores con fuelle y tapa, y otros dos inferiores sin fuelle, con tapa recta. El forro era de seda y la etiqueta del sastre estaba cosida sobre un bolsillo interior; junto a ella otra con el nombre del propietario, «D. Pedro Carral», esa era la identidad de Pablo, y «D. Fernando Castañeda» la de Dámaso; con esos nombres iban a viajar. Los cuellos eran de estilo camisero con el emblema de un fascio laureado, cosido a mano con hilo de plata y oro. En el pecho, las estrellas que correspondían al rango provisional de cada uno. Los pantalones eran de pernera recta con doblez en el bajo.

Los hombres se vistieron y salieron a pedir la aprobación de Maruja, que esperaba sentada sobre el brazo del sillón de lectura en la biblioteca de Pablo.

—Madre de Dios, ¡qué guapos!

—Venga, Maruja, menos cachondeo.

—Que no, que no, que estáis guapísimos. Es que un hombre con uniforme gana mucho, ¡eh! Dámaso, hijo, no te haces ni una idea de cómo te sienta. A usted también, señor, ¡cómo no, con esa planta que tiene! Pero... si salís vestidos así podéis tener problemas hasta llegar a la zona nacional, ¿no?

—Tranquila, eso está controlado. Los camaradas de guardia en los diferentes puntos de vigilancia están al tanto. Además, disponemos de salvoconducto con todos los sellos habidos y por haber. Mira.

Se autoriza al compañero Pedro Carral para que pueda circular libremente por todo Madrid, rogando a las autoridades, milicias antifascistas y demás organismos armados que se le presten la asistencia, los auxilios y cuantas facilidades pueda necesitar, debido a lo extraordinario de su misión contra los sublevados fascistas. Estado Mayor de Madrid.

—¡Madre mía, cuánto sello! ¿Y Dámaso tiene otro igual?

—Sí, pero con su nuevo nombre, Fernando Castañeda.

La mujer hizo un gesto con las cejas elevándolas en señal de sorpresa.

Todo estaba preparado. Repasaron con cuidado la lista que habían confeccionado con todo lo que debían llevar para comprobar que no les faltaba nada. Abrazaron cariñosamente a Maruja y la besaron, le desearon suerte y salud. La mujer se quedaba sola, a la espera de la vuelta de Dámaso. La casa estaba en sus manos, así como los documentos que pudiera necesitar por si alguien la molestaba. Pablo le dio, además, un papel doblado con el teléfono donde podía ponerse en contacto con Casimiro y la dirección postal de Vega.

Ya no quedaban palabras, todas las que se les ocurría ya habían sido pronunciadas. Los dos hombres salieron de casa. Maruja, apoyada en el quicio de la puerta, los despidió de nuevo mientras entraban en el ascensor. Luego cerró con cuidado, sin hacer apenas ruido, y se dirigió al salón. Abrió el balcón de par en par y con los ojos llenos de lágrimas que le nublaban la visión, observó el coche alejándose por las calles de Madrid.

Casi al mismo tiempo que Pablo salía de Madrid, comenzó la ofensiva en el norte.

41

Virtudes entró en la casa llorando desconsoladamente. Vega preparaba un puchero de alubias y se sobresaltó al notar lo nerviosa que estaba su abuela.

—¿Qué ha pasado?

—Madre de Dios, puñetera guerra; pero qué mal hizo esa pobre *mujeruca*, y el *chicuzo*... ¿Ese a quién le hizo daño?

—Mire, *güela*, hágame el favor de hablar claro, que me está volviendo loca.

—El bombardeo de ayer, ¿te acuerdas? —Vega contestó afirmativamente—. Bueno, pues resulta que Asunción, la pequeña de Lucía, la de Pando, la de San Pedro, pues la pobre, que la ha alcanzado una bomba y la mató. No tuvo tiempo de llegar al Churrón y la pobre con el *chicuzo* de meses la han matado estos cabrones. ¡A Asunción, con lo buena moza que era!

—Pero ¡qué me está diciendo, *güela*, pobre, pobre! Mire, me fastidia porque estos al fin van a ganar la guerra, pero... ¡que se acabe ya!

—Sí, hija. Me ha dicho el Fermín que con el bombardeo

han llegado los tanques alemanes también al pueblo. Bien, luego los tenemos aquí, hija.

Vega se quedó pensativa un instante. Casimiro no había aparecido desde hacía más de dos semanas, y tampoco le había enviado a nadie noticias. Posiblemente en Santander las cosas estarían feas.

Pero lo que le preocupaba, además de un montón de cosas, era el no saber si Pablo iba a venir a buscar a su hija o qué iba a pasar.

El conde casi todos los días se pasaba por el pueblo y visitaba al alcalde. Por él sabían cómo se estaban desarrollando los acontecimientos en la región. Estaba eufórico y ya se veía con mando suficiente para controlar el valle.

Los últimos días sonaban campanas por todos los sitios, dependiendo del viento se oían del norte, del sur, este u oeste. Llegó un momento en que no había casi posibilidad de diferenciar por dónde sonaban. Los veganos corrían a los refugios, en las montañas, rezando y rogando a la Virgen que no los alcanzara ningún proyectil.

Desde el día que se enteró del fallecimiento de Asunción y su niño, Virtudes estaba obsesionada con proteger a los chiquillos; no los dejaba moverse de la puerta de la cabaña. Decía que si sonaban las campanas de la iglesia los quería tener a mano.

Los tres pequeños jugaban bajo la solana de la cabaña cuando Juanín, que pasaba por delante de la cabaña de Vega, decidió tomar el camino que se acercaba hasta la casa. Vidal, al verle llegar, llamó la atención de su madre con un grito que la hizo salir de la cocina apresuradamente.

El hombre, con la disculpa de los niños, aprovechaba para hablar con Vega; algo que en los últimos tiempos se había convertido en una costumbre y, aunque la pasiega no le daba demasiada conversación, él no desistía.

—Buen día hace hoy.

—Sí, está bueno, demasiado calor *pa* trabajar.

—Bueno, mujer..., eso es porque tú quieres.

—Ya.

—Quiero decir que si tuvieras un hombre a tu lado no tendrías que trabajar tanto.

Vega lo miró con cara de pocos amigos. No le gustó que Juanín le dijera eso. Cada día le iba haciendo comentarios alusivos a su situación de viuda y a la posibilidad de emparentar con él que no le agradaban en absoluto.

—Hala, tira *pal* monte, no vaya a ser que se te escape algún furtivo. Yo tengo mucho que hacer.

—Un día de estos tú y yo podíamos bajar a Selaya, mujer.

—No están los tiempos para ir a ninguna parte. Y menos para que yo me pasee contigo. Cuando esto termine, igual hablamos.

—Pues esto, como tú dices, está a punto de terminar. Por fin, Franco va a entrar en Santander más pronto que tarde. Ya está Torrelavega y Barreda, en *na*.

Juanín la miró mal. Lo dijo con rabia. Se estaba empezando a cansar de ser rechazado siempre. Dio media vuelta y se volvió desandando el camino.

Virtudes había escuchado la conversación. Estaba a la sombra, sentada en la cocina, y cuando la muchacha entró, volvió a advertirla.

—Este quiere juntarse contigo. Mándalo a freír puñetas y se acabó.

—Déjeme en paz, *güela*, bastante tengo con verle todos

los días. No quiero enfadarle. Me han comentado que es muy amigo del conde y que el conde le ha pedido...

De repente se calló; sin darse cuenta, había estado a punto de decirle a su abuela que existía una lista con los nombres de los afines a la República y que no tenía certeza de que no estuviera en ella. Por suerte, no dijo nada. Pero no quería perder el contacto del todo con Juanín, y mucho menos que este se pudiera enfadar con ella. Con la entrada de los nacionales, le podía causar problemas. Sería mejor llevarle la corriente. Él sabía que ella era un poco seca y aceptaba sus malas respuestas. Se enfadaba, pero al día siguiente volvía de nuevo a saludar como si nada hubiera pasado.

—¿Qué te han dicho? —le preguntó Virtudes.

—*Na, güela, na.*

La aventura había comenzado para Pablo. Atrás quedaba su cómoda vida. Jamás tuvo problemas económicos y personales; fue un niño alegre y feliz, un chico divertido y cabal y un hombre que, hasta que Narciso apareció en su vida y estalló la guerra, había conseguido todo aquello que se había propuesto. Pero tal vez algo que está por encima de todo, la libertad de ideas, había hecho que su pequeño mundo se derrumbase, y que sobre él cayera la losa de la incertidumbre, de la pena por no poder dar más para hacer valer sus ideales. Hubiera sido mucho mejor arrimarse al otro lado; tuvo tiempo de hacerlo, pero se mantuvo firme en sus creencias. Ahora solo tenía un objetivo: salir del país después de recoger a su hija.

Estaba deseando llegar al norte, no solo por abrazar a la pequeña Almudena. También deseaba ver a Vega. Tenían una conversación pendiente y aunque las esperanzas que abrigaba en cuanto a mantener una relación con ella eran remotas, estaba dispuesto a intentarlo.

El automóvil circulaba sin complicaciones. Tal y como les habían indicado, pararían en todos los controles que se encontrasen en zona republicana, ya que de este modo irían recibiendo datos de cómo se hallaba la situación.

No pudieron ser peores las noticias que les dieron. La ofensiva del norte había comenzado días atrás.

Las tropas franquistas atacaban Santander por tres frentes: por la costa desde Bilbao, por el Escudo y Reinosa donde la factoría de la Naval había sido bombardeada, y por Piedras Luengas, descendiendo hasta San Vicente de la Barquera y cerrando así el paso hacia Asturias. Era cuestión de días que Santander fuera tomada. Uno de esos tres frentes se había detenido en Castro Urdiales, pero la ofensiva avanzaba imparable por los otros dos.

Dámaso retiró el coche de la carretera y descansaron un instante. Quizá lo mejor era volver; no era el momento más adecuado para seguir ruta estando en plena batalla. Pero Pablo ya había tomado una decisión y no iba a regresar.

Un miliciano se acercó al coche, saludó a Pablo como si de un alto mando se tratara y le informó de lo que acababa de saber. El Escudo y Reinosa habían sido tomados por el ejército nacional, y avanzaban rápido hacia Torrelavega.

A pesar de las noticias que les acababan de dar, continuaron camino. Decidieron hacerlo más lento, sin prisa. Había que tener en cuenta que los ánimos estarían muy revueltos una vez que entraran en la zona nacional y que posiblemente los controles de carretera serían más exhaustivos.

De ese modo decidieron dejar pasar los días. Era mejor

esperar que todo Santander estuviera en manos nacionales una vez que la ofensiva había comenzado; de otra manera, podrían haberse visto inmersos en alguna batalla. Al menos en la zona libre disponían del apoyo de los camaradas y tenían conocimiento de los acontecimientos.

Descansaban en los puestos de campaña, en alguna casa que les indicaban y hasta en el propio coche. Afortunadamente el tiempo veraniego los acompañaba y el frío no era un problema por las noches.

Pablo y Dámaso continuaban recibiendo noticias diarias cada vez más desalentadoras. Los bombardeos eran continuos y Pablo temía por su hija y por Vega. Además, no había podido ponerse en contacto con su hermano Casimiro; no tenía noticias de él desde el día anterior a su partida. Se temía que, dada la implicación política del hombre, pudiera haber tenido algún incidente.

El 26 de agosto, la ciudad de Santander cayó casi de repente. Unos días después de haberlo hecho Torrelavega y los pueblos colindantes, la ciudad quedó sin defensa. Los mandos de los tres ejércitos desistieron en la lucha y abandonaron por mar y aire la ciudad. Era el momento de continuar camino.

—Pablo, va a ser casi imposible que tomes el barco. Tal y como nos han dicho no hay forma de hacerlo desde el puerto de Santander, y tampoco lo será desde Suances, que era otra posibilidad que habíamos barajado. ¿Qué vas a hacer?

—No lo sé. Llevo dándole vueltas a esto desde hace días. Además, Asturias está ya en puertas, con lo cual la solución no creo que sea ir derecho allí, teniendo en cuenta que no tenemos ningún contacto.

—Eso sería lo de menos. Intentaremos hablar con Madrid y ellos nos lo podrían solucionar, pero creo que no va a ser posible.

—Creo que debemos ir a la Vega. Es lo más seguro. Desde allí prepararé mi partida.

—Bueno, ahora lo que tenemos que hacer es llegar, que no va a ser nada fácil. Tú dices que será mejor ahora, pero yo no acabo de verlo. Estos estarán deseando cazar y como nos echen el guante... ya sabes lo que nos espera.

—Joder, Dámaso, no seas pájaro de mal agüero. Vamos a mantener la calma; seguiremos las pautas que nos han dado y crucemos los dedos.

—Pues ahí tienes la primera. Revisa el asiento, no tengas algo por ahí que nos pueda delatar. Y ten cuidado con el salvoconducto, no vayas a entregar el que no es.

—¿Qué te crees, que soy tonto? Los pusimos en los bajos del coche, ¿o no lo recuerdas?

—Sí, hombre; era para ver si estabas atento. Venga, voy a parar. Suerte.

El coche se detuvo antes de que les dieran el alto. El soldado se acercó hasta ellos, fusil en mano. El coche iba perfectamente identificado, igual que sus pasajeros, algo que, al aproximarse, hizo que el hombre bajara el arma y saludara brazo en alto y mano extendida.

Dámaso se bajó del coche y saludó de igual manera; luego sacó del bolsillo de su guerrera los dos documentos que debían facilitar el paso y se los entregó. El soldado los cogió y se dirigió con ellos al puesto. El cabo primero observó con detenimiento los papeles y volvió a entregárselos. Dámaso respiró al ver que el soldado regresaba con ellos.

—¡Soldado! Traiga para acá eso. Hay algo que no he visto.

El soldado volvió al puesto. Todos los músculos del cuerpo de Dámaso se tensaron.

—Bien..., está bien.

El cabo primero los saludó reglamentariamente desde lejos. Había pasado el peligro.

Continuaron con la congoja de no saber qué era lo que les deparaba el futuro cercano.

42

Casimiro estaba desbordado. Los acontecimientos se sucedían tan rápidamente en la región que no había podido mandar recado a Vega de que su hermano ya estaba de camino. La posibilidad de llegar hasta la Vega era remota. Las tropas nacionales apresaban a todos aquellos que consideraban enemigos. Un montón de conocidos habían sido detenidos y otros asesinados en pocos días.

El 25 de agosto, los republicanos se rindieron ante la imposibilidad de combatir al enemigo. Todos los barcos disponibles, incluso los pequeños pesqueros, fueron utilizados para salir de la ciudad con dirección a Asturias. Los más comprometidos con la causa republicana vivían horas de desconcierto e inquietud en el puerto de Santander, obsesionados con embarcar y con la esperanza de no ser interceptados por los franquistas.

La salida del país por barco que estaba preparada para Pablo no iba a poder llevarse a cabo.

«El cura», como era conocido entre sus camaradas Casimiro, consiguió meter en uno de esos barcos a Esperanza. La chica, junto con su madre y sus sobrinos, partieron, pero él no. Se negó a marcharse. Tenía que ayudar a su hermano. Pablo no conocía a nadie salvo al conde, personaje que no iba a poder ayudarle; al contrario, debía cuidarse mucho de él.

Una vez que el barco partió, Miro se acercó hasta el local que ocupaban sus camaradas de UGT. Pero allí solo estaban Iñaki y Aitor, dos refugiados vascos que habían llegado días antes.

No era seguro moverse; por lo tanto, decidió pasar la noche junto con los otros dos camaradas que allí estaban. Al día siguiente buscaría la manera de salir de la ciudad y llegar a la Vega. Lo mejor sería volver a vestirse de cura, de esa manera nadie le iba a parar. Por suerte, estaba cerca de la parroquia de Consolación en la calle Alta. El párroco era un seminarista al que él había formado y con el que tenía muy buena relación. Manuel, que así se llamaba el cura, era un joven que quedó huérfano de niño y al que Casimiro siempre trató de un modo especial; se le notaba falto de atención y de cariño y eso le hacía ser introvertido. Casimiro le dio atención desde el primer día y el chico siempre le estuvo agradecido. Casualmente le encontró días atrás, cuando el destino hizo que entrara en la iglesia. Esperaba que Manuel le pudiera ayudar tal y como se había ofrecido, al contarle que había abandonado los hábitos y que su futuro era incierto.

La mañana amaneció soleada y cálida, tal y como correspondía al mes. Casimiro salió a la calle con dirección a la iglesia. Cogió su bicicleta, que había dejado en el portal, y salió.

Todo el mundo estaba en la calle, la gente abarrotaba las aceras dando gritos y entonando canciones. A lo lejos divisó las tropas victoriosas que recorrían Santander y que eran recibidas entre gritos, aplausos y todo tipo de manifestaciones de alegría.

Llegó hasta el ayuntamiento y enfiló la empinada calle San Pedro. El empedrado del suelo y el desnivel de la cuesta hicieron que desistiera de subir sobre la bici. Ya no era un joven y además llevaba casi una jornada sin probar bocado; las fuerzas le fallaban.

Al llegar arriba, se sorprendió de lo desértica que estaba la calle. Era una zona siempre animada, con el ir y venir de las mujeres de la fábrica de tabacos, pero aquel día no había nadie; todo el mundo estaba dando la bienvenida al ejército de Franco.

Cruzó la calle e intentó entrar en la iglesia por la puerta central, pero estaba cerrada. Por un lateral, una puerta más pequeña se abrió y apareció una mujer menuda de bastante edad. Le preguntó si estaba Manuel y la señora no le contestó. Se limitó a mirarle de arriba abajo con gesto desagradable. Casimiro se acercó a la puerta por donde había salido la mujer y llamó incesantemente. Desde dentro, oyó la voz del joven cura que anunciaba que estaba llegando para abrir.

Los dos hombres se dirigieron a la sacristía. Manuel, como si ya supiera lo que iba a pasar, sacó las vestiduras sagradas de un pequeño armario y se las entregó a Casimiro. Este se puso la sotana negra y abrochó los botones despacio; hacía tiempo que no se ponía una y tuvo una sensación extraña. Luego se colocó el alzacuellos blanco. Manuel le acercó el fajín y le ayudó a colocarlo alrededor de su cintura. Por último, le dejó unos zapatos y unos calcetines nuevos. Antes de despedirse, Manuel le dio un misal para que llevara en las manos. El joven sacerdote abrazó a Casimiro y le deseó suerte.

—Ahí te dejo la bicicleta, seguro que te vendrá bien.

—La utilizaré. Pero espero que vengas a buscarla.

El cura bajó por la Rampa de Sotileza; allí ya estaban llegando los tanques y los coches llenos de vencedores. Le costaba abrirse paso entre la multitud y caminaba con la cabeza gacha por miedo a que alguien lo pudiera reconocer.

Se dirigía hacia la plaza de Pombo y cuando iba a cruzarla, una mujer llamó su atención. Se acercó a él y le pidió que por favor fuera con ella hasta su casa; su marido estaba a punto de morir y quería recibir la extremaunción. Casimiro se quedó parado, no sabía cómo actuar. Pero no dudó y siguió a la mujer, que lloraba amargamente.

Cuando llegaron, el hombre había fallecido. En la pequeña casa había un grupo reducido de personas que debían de ser familiares cercanos del difunto. Al dirigir la mirada hacia ellos, Casimiro reconoció a uno. El hombre se le quedó mirando pensativo. Era un mancebo de una farmacia donde Esperanza solía adquirir los medicamentos para su madre, y que sabía perfectamente la ideología de la familia. En muchas ocasiones, Esperanza había discutido con él por temas políticos y por la situación que se estaba viviendo en el país.

Después de administrar el sacramento, Casimiro se despidió de la mujer dándole el pésame por la pérdida sufrida; lo mismo hizo con todos los que estaban allí, menos con el mancebo, que había salido de la vivienda cuando el cura entró en la habitación.

Se disponía a bajar la escalera, cuando por el hueco observó cómo una pareja de la Guardia Civil subía en compañía del mancebo. Casimiro no sabía qué hacer y decidió subir. Al llegar al último piso, los guardias ya habían entrado en la vivienda y comprobaron que él ya no estaba allí. Evidentemente, sabían que no había tenido tiempo suficiente de salir del portal; por lo tanto, uno de ellos se encaminó escaleras arriba y el otro volvió a bajar. Estaba perdido, no podía hacer nada. Se arrinconó alejado de la barandilla y sin darse cuenta golpeó una de las puertas.

Una muchacha abrió. El cura le hizo un gesto de silencio. Ella escuchó el revuelo y tiró del brazo del cura hacia dentro de la casa.

Dos golpes secos y duros retumbaron sobre la puerta.

—¡Abra a la Guardia Civil!

La muchacha, parada en el pequeño pasillo, no abrió. Los guardias llamaron al piso de enfrente y una anciana casi ciega abrió la puerta.

—Buenos días, estamos buscando a un sacerdote.

—Yo vivo sola con mi gato. Vivía con mi hijo, pero me lo mató hace dos meses una bomba en la alameda.

—¿Y ahí enfrente vive alguien?

—Sí, Carmina con su sobrina. La sobrina es de Villacarriedo, y viene todos los años a pasar el verano desde que era pequeña; es muy *majuca*, pero seguro que no estará, porque todo el día lo pasa en la playa.

—¿Y la mujer?

—¿Carmina? Esa estará trabajando, es cigarrera.

La muchacha escuchaba la conversación tras la puerta. Cuando la vecina cerró, el guardia se paró delante de la puerta e hizo ademán de llamar, pero al final lo dejó estar. Se agarró a la barandilla y bajó la escalera despacio.

Aquella joven no le había refugiado por casualidad. Le

conocía muy bien y sabía que el cura andaba en líos políticos, pero le estaba agradecida por cómo se había portado siempre con su familia, especialmente con su abuela. Por eso, en cuanto le reconoció, sintió la necesidad de ayudarle tal y como él hizo en su día con su difunta abuela.

—Muchas gracias, Inés. Me acabas de salvar la vida.

—No hay de qué, padre. Para eso estamos. ¿Quiere tomar un vaso de leche? Y, por cierto, ¿qué hace con hábitos? Pensé que los había dejado.

Casimiro le explicó a Inés qué era lo que había pasado y por qué llevaba las vestimentas sagradas puestas de nuevo.

El destino había sido favorable al cura. Por suerte para él, Inés iba a regresar a su casa en unos días. Vendrían a buscarla y la muchacha le propuso llevarle hasta la Vega. Mientras, le ofreció una habitación y hospedaje; allí estaría seguro. Cuando por la noche llegó la tía de Inés, se sorprendió de ver un sacerdote en su casa. Entre los dos les explicaron cuál era la situación. Casimiro sabía que no debía temer nada de la mujer, ya que como le había explicado Inés, su tía Carmina era muy afín a la República, y también ahora debía tener cuidado con sus actos y con sus conversaciones si no quería perder su puesto de trabajo y, lo que era peor, la libertad.

La mujer les contó que había habido un número considerable de detenidos y que a muchos de ellos los habían matado sin ningún tipo de juicio. La cárcel de la calle Alta estaba llena de detenidos; durante toda la mañana no habían dejado de pasar camiones con presos por delante de la fábrica. Y se murmuraba que iban a habilitar el Depósito de Tabaco en Rama para albergar a los prisioneros republicanos.

El llamador de la puerta hizo que los tres detuvieran la conversación.

—Escóndele donde tú sabes. Yo abro —le dijo a Inés su tía.

La casa tenía un cuartito donde la mujer almacenaba trastos viejos. En esa pequeña estancia había una puerta que daba entrada a una habitación. Carmina le había mandado prepararla para su novio republicano cuando un año atrás se produjo el alzamiento militar, por si era necesario esconderle, algo que no hizo falta porque el joven murió en marzo, en la batalla del Cabo Machichaco, cuando escoltaba en un pequeño bou al mercante *Galdame*.

Inés le indicó el camino a Casimiro; luego le metió dentro del cuartito y salió al pasillo.

Carmina abrió la puerta. Era doña Pura, la vecina de enfrente.

—Te he oído llegar hace un rato, a la *niñuca* no la he visto hoy y mira que es raro. Bueno, quería decirte que se murió Mauricio; pobre, estaba hecho un cristo. Pero es que ha pasado una cosa muy rara. Yo he bajado a dar el pésame y entonces me han contado que la extremaunción se la ha debido de dar un cura falso, un rojo. Uno que era cura que se salió y que ahora andaba con Esperanza, la sobrina de Chusca.

—¿Y a mí qué me cuenta?

—Nada, mujer, que resulta que vinieron los guardias para llevarse al cura y, como por arte de magia, desapareció. Llamaron a mi casa y a la tuya. Claro, como no había nadie, no os enterasteis, ¿verdad?

—A ver, si no estamos, ¿cómo nos vamos a enterar? Bueno, doña Pura, que tengo que madrugar mañana. Yo entro a las seis a trabajar, no como otras.

—¡Qué más quisiera yo que poder trabajar! Buenas noches, vecina.

Cuando Carmina estaba a punto de cerrar la puerta, la mujer volvió a preguntar:

—Entonces tú no has visto al cura rojo, ¿no?

Carmina no contestó; le dio las buenas noches y cerró sin más.

Una vez pasado el peligro, Casimiro salió de su escondite. Carmina, que conocía muy bien a doña Pura, le advirtió que tenía que tener mucho cuidado con ella. Si salía de casa, debía cambiarse de ropa; le dejaría unos pantalones y una camisa de su novio para que anduviera por la casa. Pero lo mejor era que no se moviera.

Cuando se despertó por la mañana, Carmina e Inés no estaban; era muy pronto, las siete de la mañana, y se extrañó de que la chica no se encontrara allí. Sobre la mesa de madera blanca de la cocina encontró una nota que decía:

Padre, voy en busca de Luis; es un primo de mi madre que suele subir al valle. Es de toda confianza, seguro que le conocerá. Se dedica a hacer trabajos en las casas, sobre todo a las mujeres viudas. Él tiene una furgoneta bastante grande donde podemos viajar los dos sin problema. No se preocupe por nada. No salga de casa para que la bruja de doña Pura no le vea, y no haga demasiado ruido; está sorda para lo que la conviene.

INÉS

Efectivamente, Casimiro conocía a Luis. Era un buen muchacho del que se podía fiar.

En poco más de dos horas, Inés regresó. Estaba nerviosa y acelerada.

—Rápido, escóndase, están registrando todo el edificio. En nada estarán aquí. Corra.

—Pero ¿quién?, ¿la Guardia Civil?

—No, son militares. No sé si le buscan a usted o a quién, pero mejor escóndase. Rápido, coja la sotana y todo lo suyo, no deje nada por ahí tirado.

Los porrazos en la puerta eran incesantes y fuertes. Inés se revolvió el pelo con las manos, se descolocó la ropa y borró el carmín de sus labios. Abrió la puerta.

Los militares la empujaron y entraron en la casa. Una a una, los hombres revisaron las estancias del piso; abrieron armarios, miraron bajo las camas y tiraron todo lo que encontraron a su paso. El más mayor de todos se paró delante de la puerta del trastero y la abrió, se asomó y comenzó a sacar al pasillo los trastos que allí había; luego se puso a golpear la pared con la culata de su fusil.

Inés se desplomó. Cayó al suelo como un saco; había perdido el conocimiento.

Los militares corrieron hacia la chica al oír el estruendo que produjo la caída. Inés no reaccionaba. El mayor también había salido del trastero y empezó a dar bofetones a la chica hasta que esta abrió los ojos.

—¿Qué me ha pasado?

—Te has desmayado. ¿Estás bien?

—Sí, sí, creo que ya ha pasado. —Comenzó a toser—. Tengo tuberculosis y... me suele pasar esto.

Los hombres se retiraron del lado de la muchacha rápidamente.

—Vamos, aquí no está. Adiós, muchacha, y cuídate.

Casimiro salió de su escondite y corrió hacia la chica interesándose por su estado. No sabía que la muchacha estuviera enferma.

Inés soltó una carcajada que reprimió poniendo la mano sobre la boca, para evitar que pudieran oírla reír.

—Estoy bien. Es un numerito que me he inventado. El cabrón estaba a punto de dar con el escondite. Me ha metido unos bofetones que me ha puesto la cara como un tomate el *chon* este. Es capaz de resucitar a un muerto con esa manaza que tiene. Bueno, tendrá hambre, ¿no?, pues vamos a tomar un tazón de leche con sopas y le cuento cómo vamos a hacer el viaje.

—¿Conseguiste hablar con él?

—Sí, claro. Luis nos ayudará a salir de aquí. Lo haremos de madrugada, cuando los vecinos estén dormidos. De aquí nos va a llevar a la carbonería que tiene, y estaremos allí, bueno, usted, yo iré por la noche. Pero usted estará hasta la hora de salir. Está cerca, en el río de la Pila. Me ha dicho que allí tiene escondidos a dos camaradas más que los van a llevar también para que se puedan esconder en los montes. Dice que él no puede tenerlos mucho tiempo en la bodega, es peligroso. Me ha dicho que son dos vascos que estaban aquí refugiados.

—¿Te ha dicho sus nombres?

—Sí, pero... Iñaki y el otro...

—¿Aitor?

—Sí, Aitor, así se llama.

—Son conocidos míos, estupendo. Temía que fueran desconocidos y ya no se puede fiar uno de nadie. Está mal que yo lo diga, pero...

—Bueno, pues esta madrugada a las cinco, vendrá a

buscarnos. Como a mí no me busca nadie, iré en la parte delantera de la camioneta con él; además, si vamos como pareja será más creíble si nos para la policía. Hay que preparar algo para que se pueda cubrir la boca; el polvillo del carbón es peligroso. Si todo sale bien, en cuanto caiga la noche partiremos, pero si algo se complica no sabemos cuánto tiempo permanecerán escondidos en la carbonería.

43

Pablo y Dámaso estaban a punto de llegar a Santander. El trayecto había sido largo; estaban cansados, doloridos y hambrientos. Los kilómetros recorridos en tensión habían hecho mella en sus cuerpos, y su aspecto también había cambiado, pues los dos lucían barba de varios días. Los controles los fueron superando sin problemas. Algún que otro susto que quedó en meras anécdotas. Se aproximaban al puerto del Escudo, ya estaban cerca. Si todo iba bien, en unas horas estarían en Vega de Pas.

Como no habían tenido noticias de Casimiro, debían buscarse la vida como pudieran. Tampoco sabían si Vega estaba al tanto de su llegada o no, y lo que era peor, no sabían bien dónde estaba la casa de la pasiega. Eso complicaba la llegada, ya que no podían permitirse preguntar a nadie.

—Preparado, tenemos un nuevo control —dijo Dámaso a Pablo.

Como en todos, los guardias saludaron a Pablo y pidieron la documentación y los salvoconductos. Mientras miraba los papeles, uno de los guardias daba vueltas sin parar alrededor del automóvil.

—Bonito coche, ¡eh!, ya me gustaría a mí llevar uno de estos. Estos focos son de primera y está bonito el color. Tiene suerte de viajar tan cómodo, señor. ¿Hacia dónde van, a Santander?

Dámaso no tenía muchas ganas de hablar. Cuanto más se hablara, más posibilidad de meter la pata había, así que dejó que fuera Pablo el que contestara.

—¡Cabo! Vamos a Santander. Voy a ver a mi madre, está muy enferma. ¿Usted cree que, en este momento crucial para nuestro país, iba a abandonar mi puesto si no fuera por algo tan importante?

—No, señor, perdone. Espero que su madre mejore. Pueden continuar.

Al entrar en el coche, Dámaso no pudo dejar de mostrar su sorpresa por la respuesta que Pablo le dio al militar.

—Joder, jefe, me has dejado pasmado. En la vida he visto ese carácter, vaya genio has sacado. Les has dejado de piedra.

—Estoy harto, amigo. Tengo unas ganas de llegar que no te haces una idea. No sé qué pasará una vez que estemos allí, pero me duele hasta el dedo gordo del pie de estar sentado. Tengo ganas de coger una cama, de estirarme y dormir hasta que me canse. Estoy desanimado, ya no sé si esto ha sido buena idea o no. Quizá hubiera sido mejor quedarse o, mejor, pegarse un tiro. Mira, para eso mi mujer ha sido mucho más lista que yo.

—Realmente estás cansado. ¿Por qué no intentas dormir un rato? Seguro que lo verás de otra manera al despertar. Además, piensa que si todo sale bien, en pocas horas vas a ver a Almudena y... lo que es mejor, a Vega. ¡No me digas que eso no te anima, amigo!

Pablo no contestó. Se limitó a mirar por la ventanilla del auto el paisaje, que ante sus ojos aparecía deslumbrante.

En la Vega, las cosas estaban revueltas. La paz que normalmente reinaba había desaparecido. El conde, tal y como tenía pensado, en cuanto tuvo ocasión ordenó a las fuerzas que estaban al mando en la zona la detención de todos aquellos que eran considerados amigos de la República o rojos. La lista que el alcalde le había proporcionado se quedó pequeña, ya que al ir a detener a alguno de los paisanos que aparecían en ella, arrastraba consigo a familiares y amigos que intentaban protegerlos, lo cual los posicionaba en una situación peligrosa que hacía que fueran acusados de traidores al régimen.

Vega y Virtudes apenas se movían de casa. Tenían miedo de aparecer por el centro del pueblo. De momento, tenían comida suficiente, tanto para ellas como para el ganado y las gallinas. Recibían diariamente la visita de Juanín, que no cesaba en su cortejo a Vega. Ella le seguía el juego con cuidado; sabía que había sido él uno de los que habían confeccionado la lista que el conde tenía de vecinos suyos. Ella solo pensaba en proteger a su familia y estaba dispuesta a hacer lo que fuera necesario para ello.

Juanín el Arañón se había convertido en pocos días en un personaje admirado por unos y odiado por otros. Su cercanía al bando nacional le había colocado en una cómoda posición. Ahora se codeaba con los caciques del pueblo: el alcalde, el cura, el médico, el mando de la Guardia Civil, el militar de turno y... Juanín el Arañón; se reunían casi a diario en la casona del conde. Allí maquinaban mil y una intervenciones que iban dirigidas nada más que a localizar y detener a republicanos, rojos o aquellos que ellos pensaban que lo eran porque en algún momento algún comentario no les había parecido apropiado y favorable a los sublevados. Caminaba erguido y saludaba brazo en alto a todos con los que se encontraba a su paso. Los vecinos le miraban con recelo y miedo y procuraban no hacer ningún tipo de comentario cuando este estaba cerca. Los veganos eran tranquilos, no les gustaban los líos. Siempre habían vivido en paz, sin meterse con nadie, pero la situación actual les obligaba a posicionarse o al menos a decir lo que no pensaban por temor a las represalias que les podían costar su vida y la de sus allegados.

Aquella mañana de primeros de septiembre, Juanín salió de su casa con la intención de pedirle a Vega que le acompañara a la feria en Selaya, que en pocos días se iba a celebrar. Iba dándole vueltas a cómo podía hacerle la pregunta sin que esta pudiera negarse. Quería estar con ella. Tenía que conseguir que Vega se convirtiera en su mujer como fuera; no iba a permitir que el pueblo entero se riera de él ni un día más.

Se colgó la escopeta del hombro y tomó el camino hacia Yera.

Vega había subido a buscar las vacas que tenía en el prado y quería acercarlas. Las sacaría por las mañanas al cercado que tenían junto a la cabaña y así resultaría más cómodo para ella. Por otra parte, andaba tarde con la hierba, le quedaba bastante por recoger, además de lo que no había podido segar con tanto bombardeo. Era demasiado el trabajo que se había echado encima, estaba realmente agotada. Quizá el tiempo transcurrido en la capital la había vuelto más perezosa. Estaba contenta de haber vuelto a su tierra, pero no dejaba de reconocer que en Madrid la vida era de otra manera; había muchas más comodidades y todo estaba al alcance de la mano. La pena fue que la guerra rompió todo aquello que tenía. Quién sabía... Si Franco no hubiera levantado el país, quizá ella habría podido vivir en la ciudad con sus hijos.

—Vaya tonterías que estoy pensando yo ahora —dijo en voz alta la mujer.

Mientras bajaba, vio acercarse por el camino a Juanín y no pudo por menos que sentir unas ganas terribles de echar a correr. No le tenía miedo, lo que le provocaba era una repugnancia terrible; más cuando había conocido por boca de Ción, su suegra, que desde niños le tuvo envidia a su marido y que, en una ocasión, cuando Bernardo era un crío, le subió hasta Cornezuelo y allí le dejó solo. Después de buscarle toda la tarde, y de preguntar una y otra vez al Arañón dónde había perdido de vista a Bernardo, por fin consiguieron que dijera dónde estaba. Cuando subieron a buscarle, estaba casi aterido. Ese episodio le había llenado a Vega el alma de repulsa hacia él.

La voz ronca de Juanín soltó el nombre de Vega.

—No me falta más que este tonto ahora me llame a gritos —dijo la chica.

Vega levantó la mano, para que él advirtiera que se había enterado perfectamente de que la estaba llamando. Juanín le hizo un gesto con la mano, que le indicaba que esperara donde estaba, ya subía él. Pero Vega no atendió y bajo rápidamente palu en mano, como si de un hombre se tratara.

—Mujer, un día de estos te matas, el *palu* es cosa de hombres.

—¿Qué quieres? Tengo mucho trabajo.

—Tú siempre tienes mucho trabajo. Quiero que vengas conmigo a la feria de Selaya el domingo.

—Ni en broma. —Vega lo soltó como le salió del alma, sin pensar.

Juanín se molestó y adoptó una actitud dominante hacia Vega. Era hora de que supiera con quién estaba hablando Vega.

—¡Qué dices, mujer! Tú vienes conmigo, vamos a salir del pueblo. Los *chicuzos* los dejas con Virtudes y nos vemos. Pasaremos el día abajo. Y no se hable más, mujer, porque lo digo yo y punto.

Vega soltó el palo, dejando que este cayera al suelo, se arrancó el pañuelo que cubría su cabello y puso los brazos en jarras. La bilis le llegaba hasta la garganta. Tenía la cara colorada de la rabia que estaba intentando contener, pero que no iba a poder aguantar más.

—Mira, Juanín. —Bajó la cabeza y respiró—. Desde que mi difunto marido me dejó, en la vida ningún hombre me ha dicho lo que yo tengo o no tengo que hacer. Desde luego tú no lo vas a hacer. Lo primero, porque no eres quién y lo segundo, porque no me da la real gana de que me mande nadie. ¿Te ha quedado claro? Y mira, no quiero que vuelvas a venir por aquí. Esta es mi casa y no quiero verte más por ella. Yo no tengo necesidad de estar en boca de nadie.

El estómago le dio un vuelco a Juanín. Enfureció. Se acercó a la mujer y la agarró fuertemente por el brazo y comenzó a zarandearla. Cruzó el cincho que sostenía la escopeta sobre su pecho y con ambas manos sujetó a Vega. Se acercó tanto a ella que su aliento penetraba en la boca de la chica, lo que hizo que esta sintiera una náusea. Le sujetó la cabeza y la besó en los labios. Vega consiguió separar sus labios de los del hombre y le escupió en la cara con toda la rabia que llevaba dentro. Él la soltó con tanta fuerza que Vega cayó al suelo como si fuera un saco. Juanín se quitó la escopeta y la dejó en el suelo; luego se abalanzó sobre ella, aferrando con una de sus manos los brazos de la joven y dejando a Vega inmovilizada.

La mujer intentó quitarse de encima aquel cuerpo, pero no podía. Juanín comenzó a acariciar sus pechos y a lamer con ansia su cuello. Buscó bajo la falda la entrepierna de Vega y metió la mano en su sexo agarrándolo con fuerza, mientras le decía que aquello era solo de él. Se soltó el cinturón y se desabrochó la bragueta. Agarró su pene erecto y cuando iba a introducirlo en la vagina sintió en su cabeza el cañón de su propia escopeta.

—¡Hijo de puta! Levántate o te mato. ¡Suelta a mi nieta! ¡Ya, cabrón!

Virtudes estaba totalmente fuera de sí. Como Juanín no respondiera del modo que ella esperaba le iba a reventar la cabeza de un tiro. No tenía la más mínima idea de cómo funcionaba aquella arma, pero no le importaba. Estaba dispuesta a disparar de un momento a otro, o a matarle a golpes si era necesario. Ni la edad ni su condición de mujer iban a consentir que aquel hombre maltratara a su niña. No había nada más importante en esta vida para ella que su nieta.

—¡Que te levantes o te mato aquí mismo y te tiro a los *chones*!

Juanín no abrió la boca; sintió el frío de la muerte sobre su sien. Sabía que la pasiega hablaba en serio.

Soltó a Vega y se levantó muy despacio. Se abrochó el pantalón con las manos temblorosas.

—¡Larga!

—¡Deme la escopeta, mujer!

Virtudes apuntó de nuevo al hombre y sin pensarlo dos veces y sin saber cómo lo hizo, disparó.

El temblor de las manos ancianas de la mujer y su mala puntería hicieron que Juanín librara la bala. Salió corriendo montaña abajo.

Las dos mujeres se abrazaron llorando desconsoladas. Jamás en la vida hubieran pensado que algo así les podía suceder. Lo peor era lo que iba a pasar de ahora en adelante. El poder que ejercía Juanín, junto con los caciques, les iba a traer muchos problemas.

El Arañón salió corriendo hacia el pueblo. Solo tenía un pensamiento: acabar con aquella vieja de una vez por todas. Tenía los medios para hacerlo y no iba a dejar pasar ni un solo instante.

Llegó al cuartel de la Guardia Civil y acusó a Virtudes de haberle atacado y robado el arma.

Sin más explicaciones, una pareja de la Guardia Civil seguida de Juanín pusieron rumbo a la cabaña de Yera.

44

Santander era una ciudad casi fantasma. Si bien los primeros días fueron de revuelo y alborozo, después todo cambió. Se habían producido miles de detenciones y todos aquellos que estaban implicados en el bando republicano y no habían podido abandonar la ciudad, vivían ocultos.

Las colas de racionamiento se hacían interminables. Las raciones no eran nada abundantes y el estraperlo funcionaba con cualquier alimento o cosa necesaria. Las familias obreras pasaban hambre. El trabajo era muy escaso, y quien disfrutaba de la suerte de tener, no podía decir lo mismo del salario que recibía. Se deslomaban trabajando por unas pocas pesetas que apenas llegaban para mantener a la familia.

Cuando Carmina llegó del trabajo, su sobrina la esperaba. Ya habían hablado; la chica subió hasta la fábrica para decirle cuál era el plan que tenían y la mujer estuvo de acuerdo. Era un riesgo que había que correr. Casimiro no podía estar más tiempo en casa, los guardias seguían buscando al cura por los alrededores del edificio y debían de estar seguros de que el hombre no había salido de aquel portal.

Las ropas del novio de Carmina no le quedaban precisamente muy apañadas a Casimiro. Los pantalones le iban estrechos, apenas podía sentarse; las costuras chirriaron cuando el hombre se agachó para ponerse las alpargatas. La chaqueta, además de corta de mangas, le dejaba sin libertad de movimientos. Estaba embutido en un traje prestado, viejo y zurcido.

Cuando Casimiro salió de la habitación, Inés no pudo evitar reírse. Estaba realmente grotesco con aquella ropa. Si la intención era no llamar la atención, no lo había conseguido.

—Quítese esa ropa, está usted ridículo. Ahora vengo.

La chica había visto cómo esa misma mañana la mujer del difunto Mauricio le daba una bolsa con ropa a Pedro, el recadero de la tienda de ultramarinos de la esquina. El chico era muy amigo de ella; siempre estuvo muy interesado por Inés y en más de una ocasión habían dado algún que otro paseo por el paseo de Pereda las tardes de domingo.

Inés se asomó al establecimiento esperando ver por allí a Pedro, pero el chico no estaba. No se atrevió a preguntar a Rufino, el dueño del establecimiento; era un tipo bastante déspota y no tenía fama de agradable precisamente. Tal vez por ese motivo había contratado a Pedro, que era todo lo contrario del hombre.

Una de las veces que Inés asomó la cabeza por la puerta, Rufino, que era la segunda vez que la veía mirar, llamó voceando su atención.

—¡Chica! ¿Qué quieres? ¿Que buscas al Pedrín?

Inés le contestó con un movimiento de cabeza afirmativo.

Rufino le contestó que estaba en un recado, que tardaría un rato porque era un poco lejos donde le había mandado.

Inés esperó sentada en el bordillo de enfrente hasta que el chico llegó.

—¿No me digas que me estás esperando? —le dijo Pedro mientras posaba el cajón donde llevaba los productos que repartía.

—Pues sí. Vengo a despedirme, me vuelvo al pueblo. Bueno, no sé si hoy o mañana, pero quería decirte adiós por si no te veo. Además, te quería pedir un favor.

—Tú dirás, mujer. Si yo puedo ayudarte en algo, aquí me tienes. Para lo que quieras, ¡eh!

—Esta mañana he visto que la señora Adela te ha dado ropa del marido. Me preguntaba si tú me darías un pantalón y una chaqueta, bueno, y una camisa para llevarle a mi hermano. El pobre se pondría muy contento.

—¿A tu hermano? Pero me has dicho que no tenías hermanos.

—En fin, es que es como si fuera mi hermano; es un vecino del pueblo que no tiene padres ni nada y que me da mucha pena. Me gustaría llevarle algo de ropa para que pueda ir un poco curioso a las ferias.

—¿Y por qué me dices que es tu hermano? ¿Para qué mientes? Eres una embustera.

Inés se molestó con el comentario de Pedro, pero al chico no le faltaba razón. Tenía que intentar salir lo más airosa posible de aquella pequeña mentira, y para ello no debía molestarse.

—Bueno, hombre, perdona, es que... no quería que te pusieras celoso y por eso te he dicho que era para mi hermano. ¿Me perdonas? Venga, que si me perdonas te doy un besuco.

—No sabes tú nada. ¿Por qué me iba a poner celoso? Ya

sabes que estoy ennoviado con Soledad, la del zapatero. El beso no me hace falta, que ya tengo los de ella. Te lo puedes ahorrar.

El chico entró en el almacén de la tienda y salió con la bolsa que Adela le había dado. La posó en el suelo y le dijo a Inés que escogiera lo que más le gustara.

Inés tomó la ropa que iba a necesitar y le agradeció a Pedro el gesto. Volvió a pedirle perdón por el embuste y le invitó a visitar su casa cuando quisiera, haciéndole notar que también Soledad sería bienvenida si algún día visitaban su pueblo.

Casimiro consiguió por fin ropas de su talla y un aspecto bastante presentable. Cuando eran las diez de la noche, Carmina y Casimiro salieron de casa. Bajaron la escalera a oscuras y con sumo cuidado. Para lograr que las maderas de la escalera crujiesen lo menos posible, ambos se descalzaron. Los cuatro pisos se les hicieron interminables. Cuando llegaron al portal, Carmina salió primero. Tenía que cerciorarse de que no había policía y militares haciendo ronda.

Cogidos del brazo, la pareja recorrió la calle Arrabal como si de un matrimonio se tratase. Casimiro había dejado crecer su barba durante los días que había estado escondido en casa de la mujer y le daba un aspecto serio y más mayor. Caminaron en dirección a la calle del Río de la Pila. En la esquina los esperaba Inés, que, confundida entre la gente que salía del Teatro Pereda, con disimulo tomó el brazo de Casimiro y dejando atrás a Carmina continuó junto al hombre hacia arriba.

La carbonería estaba en la calle San Celedonio, casi haciendo esquina con la del Río de la Pila. La puerta estaba cerrada e Inés, tal y como le habían dicho, dio dos golpes secos en la baja puerta de madera. Luis abrió y los invitó a entrar con premura.

En el patio interior, una pequeña camioneta los esperaba. Aitor e Iñaki aguardaban la llegada de Casimiro y se saludaron con un abrazo. Luis les dijo cómo iban a viajar y los puntos que podían ser más conflictivos, ya que a la salida de la ciudad había un puesto de la Guardia Civil que controlaba los vehículos.

Los tres hombres subieron a la caja del camión, se tumbaron y Luis los cubrió con un par de mantas; luego colocó sobre ellos una especie de tapa. Después, cargó el resto de la caja con el carbón.

Inés subió a la cabina y esperó que Luis cerrara la carbonería.

Salieron por San Celedonio, en dirección a Vista Alegre. La camioneta notaba el peso que llevaba y le costaba subir la cuesta. Una vez en la calle Alta, el trayecto fue tranquilo. Las casonas que había en la parte izquierda del recorrido tenían sus portones cerrados y solo se divisaban las luces de alguna habitación encendida. A lo lejos, la luna llena se reflejaba sobre el mar que quedaba a su derecha, y que, como buen guardián, acompañaba el recorrido de la camioneta, alumbrando la noche oscura. En unas horas estarían en Vega de Pas. Nada debería salir mal. Era un trayecto más de los que cada dos semanas hacía.

Inés y Luis iban hablando tranquilamente. Él estaba encantado con la conversación de la muchacha; el día había sido largo y la charla le hacía mantenerse despierto. De vez en cuando, paraban la camioneta para que esta no se calentara demasiado y preguntaban a los tres pasajeros cómo se encontraban.

Por fin llegaron a Villacarriedo. Inés había llegado a casa. Le dejó a su primo una nota para que se la diera a Casimiro y se despidió de ellos dando un golpe sobre la chapa de la caja del camión.

Luis, al llegar a Selaya, escondió la camioneta en una cuadra abandonada. Retiró el carbón que cubría el cajón donde estaban los tres hombres y estos salieron. Sus cuerpos estaban sudorosos, desorientados y sedientos. Tenían la cara y las ropas tiznadas del polvillo que desprende el carbón. El chico corrió hacia una esquina de la cuadra y tomó un botijo que había preparado días antes. Luis tomó una pala de ganchos y descubrió una bicicleta que había guardado allí para Casimiro.

Aitor e Iñaki agradecieron al chico la atención y el trato que había tenido con ellos. Su viaje había terminado, subirían desde allí mismo a los montes cercanos.

Casimiro les indicó el camino que él conocía, donde las cuevas que había les podían servir de cobijo. Pero también les dijo que no estuvieran mucho tiempo en ellas, que era mejor que cambiaran cada poco tiempo, ya que era probable que la Guardia Civil hiciera batidas por los montes. Él intentaría localizarlos y les llevaría comida y ropa de abrigo en cuanto solucionara lo que tenía entre manos.

Una vez que los dos vascos se alejaron, Casimiro también le agradeció a Luis lo que había hecho por él. Cogió la bici y se dirigió hacia Vega de Pas por la Braguía. Le quedaba un buen trecho y debía llegar antes de que el día pusiera luz.

Poco a poco, la distancia a su destino iba disminuyendo. Sentía las marcadas curvas de los terrenos montañeses y las pendientes cada vez eran más pronunciadas. Pero apenas notaba cansancio. Solo pensaba en llegar a la cima y descender hasta el pueblo. Desde arriba, la luna iluminaba la pequeña población que parecía diminuta; realmente no la veía, más bien la recordaba de otras tantas veces que había hecho ese mismo recorrido. El descenso fue rápido, el viento acariciaba su cara y el olor a hierba mojada llenaba sus pulmones.

Ya estaba llegando cuando a lo lejos vio un coche que llevaba en su parte delantera una bandera indicativa del bando nacional. Le invadió por un momento una sensación de pánico que enseguida controló. Al acercarse más vio un hombre vestido de militar que fumaba apoyado en el capó del auto. Enseguida le reconoció. El destino había querido que se juntaran en aquel punto. Como si hubieran hablado del lugar donde debían encontrarse. Era Dámaso; dentro del coche, Pablo dormía.

Casimiro se bajó de la bici y salió corriendo al encuentro de los hombres. Dámaso no daba crédito; le reconoció al primer golpe de vista y cuando Casimiro llegó a su altura, Pablo ya había salido del coche y también corría hacia él.

Los dos hombres se fundieron en un abrazo enorme. Ninguno de los dos pudo reprimir las lágrimas de alegría.

—Hermano, jamás pensé que verte iba a causarme esta emoción —dijo Pablo abrazando a Casimiro con fuerza.

45

Vega estaba desolada; había pasado la noche sentada en la cocina llorando a mares.

Los guardias se habían llevado a su abuela la tarde anterior y aún no había regresado. Ella dejó a los niños con Ción y se acercó hasta el cuartel, pero no quisieron atenderla; la enviaron para casa sin darle explicaciones de Virtudes.

Sentada en el suelo de una fría celda, llena de mugre y maloliente, Virtudes esperaba que vinieran a interrogarla de nuevo. Los golpes que le dieron en los costados le debieron de causar algún daño en las costillas que le impedía respirar con normalidad; además, el dolor, a medida que pasaban las horas, se iba incrementando. Le dijeron que el juez estaba a punto de llegar y que él sería el encargado de hablar con ella. Pero eso fue después de llevarse una buena somanta de palos.

Los dos guardias que la sacaron a empujones de su cabaña sin que Vega pudiera evitarlo, siguiendo órdenes del conde, hicieron pasar un mal rato a la mujer. Le preguntaban cosas que ella no sabía responder y de las que no tenía ni idea. En ningún momento le preguntaron qué era lo que había pasado para que encañonara a Juanín con su escopeta, ni por qué no se la había devuelto.

Agotada y dolorida, el sueño la venció y se quedó dormida. Pero no habían pasado ni diez minutos cuando el sonido de unas pisadas fuertes y la voz de alguien que se acercaba la despertaron.

El juez, acompañado de los dos guardias que la habían detenido, entró en la celda.

El juez pronunció el nombre de Virtudes y la mujer levantó la cabeza. En su cara se reflejaba el dolor que sentía; además, los restos de sangre seca en la comisura de sus labios hicieron al hombre fruncir el ceño. Miró a los guardias y les pidió que abandonaran la celda. Ayudó a Virtudes a ponerse en pie y la sentó en la silla que habían traído para él. Le dio un vaso de agua y comenzó a preguntar.

Virtudes le contó al juez lo que había pasado. Por qué tenía en su casa la escopeta de Juanín y por qué le amenazó con matarle. El juez era un hombre joven, apenas llevaba cuatro meses en su cargo, y sintió lástima de la mujer. Después, le preguntó si los guardias la habían maltratado y si tenía enemigos. Ella contó todo lo que había sucedido desde que fueron a buscarla a su casa.

El juez salió de la celda y recorrió el corto pasillo que llevaba hasta el despacho donde le esperaban los guardias.

—¿Por qué han pegado a esta mujer? ¿Por qué no le han preguntado lo que había pasado en lugar de cargar contra ella sin más explicación? ¿Y qué tipo de preguntas le han hecho? No creo, señores, que tenga nada que ver la política con lo que ha sucedido en casa de esta señora.

Uno de los guardias, el más mayor, se sentó frente al juez y le dijo:

—Mire, señor juez, nosotros solo hemos cumplido órdenes. A nosotros, el conde nos dijo que le diéramos una tunda para que aprendiera y que le preguntáramos, y eso es lo que hicimos.

—Y todo eso se lo dijo el conde; imagino que se refiere al conde de Güemes, ¿verdad? Pues no sé quién les ha dicho a ustedes que ese hombre puede darles órdenes de ningún tipo. La nieta de esta mujer ha estado a punto de ser violada por el guardamontes, pero ustedes eso lo han obviado totalmente. ¡Que sea la última vez que se le pone la mano encima a ningún detenido! ¿Me oyen?

—Sí, señor.

—Bien. Esta mujer está en libertad, sin cargos.

—Pero el conde... —intervino el otro guardia.

—¿El conde? A mí no me importa lo que diga el conde. Ese hombre no tiene mando para decidir ni hacer. ¿Les ha quedado claro?

—Sí, señor.

—Bien, en un par de horas ya habrá amanecido y pueden dejarla libre.

—Pero el señor conde ha dicho... que la llevemos a Torrelavega, al Salón Olimpia; allí quedará presa.

No les dejó terminar. Dio un golpe sobre la mesa y se puso en pie furioso.

—¡El conde no es nadie! ¿Presa, por qué razón? Ese hombre no tiene ninguna autoridad. ¡Si va presa o no, lo diré yo! Y a ustedes no puede darles órdenes y mucho menos hacer que mi trabajo no cuente para nada. Lo que esa mujer tendría que hacer es denunciar al hombre que intentó violar a su nieta. Se va a salvar porque ella no quiere ponerle una denuncia, si no al que estaban yendo a buscar ahora mismo sería al guardamontes. ¿Les ha quedado claro? ¡Virtudes Revuelta está libre! Y va a salir por esa puerta después de que ustedes le pidan disculpas por lo que le han hecho. Y además, este asunto está cerrado. Como vuelvan a molestarla, los que van a tener problemas van a ser ustedes.

Los dos guardias se retiraron. El juez se quedó solo en el pequeño despacho. Sacó de su maletín la petaca que siempre iba con él y dio un largo trago. Sabía que iba a tener problemas con el conde. Pero no podía permitir que le hicieran daño a aquella anciana.

Por suerte para Virtudes, el juez era una persona que la conocía. Si bien ella no se había dado cuenta, no le había reconocido. Pero era el nieto del maestro de San Pedro de Romeral y ella desde niña llevó a casa de sus abuelos quesos y mantequilla durante muchos años. Por ese motivo, Ernesto Gutiérrez, el juez, conocía la vida de Virtudes, había oído muchas veces hablar a su abuela de ella.

Dámaso, tal y como le había dicho en muchas ocasiones a Pablo, decidió volver a Madrid. Esa misma noche tomó de nuevo el volante y regresó. No tenía la certeza de que una vez que su jefe no viajara con él el salvoconducto le sirviera de algo, pero lo iba a intentar.

Pablo y Casimiro se encaminaron hacia Yera. Aún la noche era cerrada, tenían tiempo suficiente de llegar a casa de Vega sin ser vistos. Durante el trayecto, ambos iban contando las desventuras sufridas hasta llegar allí.

—No veas cómo han recibido a los nacionales en Santander, toda la ciudad estaba en la calle; parece mentira, hermano —explicó Casimiro a Pablo.

—Lo que yo no entendí nunca es que siendo esta una provincia tan de derechas, no cayera el año pasado con el alzamiento.

—Es sencillo de explicar. Por fortuna para nosotros, José Martín del Castillo, que es uno de los fundadores del sindicato de telégrafos y presidente de la federación de comunicaciones de Santander, interceptó los telegramas que ordenaban a las guarniciones de Santander y Santoña a sublevarse. En lugar de remitirlos al gobernador militar, los enviaba a Bruno Alonso. Por eso no cayó Santander ni el norte. Pero de poco nos ha servido.

—Pues se la jugó bien.

—Ya lo creo, pero mira, salió. Hermano, en el amor y en la guerra todo vale. Nos queda mucho que ver y más que sufrir, desgraciadamente. Pero bueno, vamos a ver qué nos cuenta Vega, seguro que por aquí no lo han pasado nada bien. Sin duda tu amigo el conde está haciendo de las suyas. Tenía unas ganas locas de que los nacionales entraran; además, a sus pies están todos los pesos pesados del pueblo: el cura, el alcalde, bueno, ya sabes, todos estos que de alguna manera tienen mando. Él a la cabeza. Mira, esa es la casa de Virtudes, desde aquí parece que se ve luz. Esta Vega no para de trabajar ni tan siquiera de noche. ¡Qué mujer, hermano!

Tomaron el pequeño camino que daba a la casa y al llegar a la barrera la abrieron con cuidado de no hacer ruido. A pocos pasos de la cabaña la puerta se abrió. Tras ella, salió Vega corriendo.

Angustiada como estaba por lo que le podía pasar a su

abuela y la falta de noticias, pensó que alguien venía a darle malas nuevas de la mujer. Al principio no reconoció a los hombres, los dos habían cambiado físicamente. Pablo estaba mucho más delgado y la barba cubría gran parte de su rostro, además, iba uniformado; y tanto él como Casimiro también con barba, confundieron a la chica. Vega, al ver el uniforme de uno de los hombres, dio media vuelta y entró de nuevo en su casa cerrando la puerta. No supo muy bien por qué lo hacía, si los hombres no podían ir a otro sitio que no fuera su cabaña, pero cerró con el pasador de madera.

Los hombres se extrañaron del comportamiento de la pasiega. No entendieron cómo les había cerrado la puerta en las narices. Evidentemente, ellos no eran conscientes de que su aspecto físico no era el mismo que Vega recordaba y, además, la noche no ayudaba a reconocer a nadie con la misma facilidad que el día.

Casimiro llamó con suavidad al portón de madera. Al ver que Vega no atendía a la llamada, en voz baja pronunció su nombre dos veces seguidas, diciendo además quién era la persona que llamaba a su puerta.

Vega abrió y se tiró a los brazos de Casimiro llorando desconsolada y escondiendo la cabeza en el pecho del hombre.

—¿Qué ha pasado, mujer? ¿Qué te ocurre? Habla, por Dios. Mira quién ha venido conmigo, ya está aquí, es Pablo. Mira, Vega.

La pasiega levantó la cabeza y miró fijamente a Pablo. Él la miraba con los ojos húmedos. Sin separarse de Casimiro, Vega estiró el brazo buscando la mano de Pablo, que agarró con mucha fuerza. Después de unos instantes, los tres entraron en la cabaña.

Vega se repuso, tomó fuerzas y les contó a los hombres lo que había sucedido la tarde anterior.

Los dos enfurecieron. Casimiro se levantó con la intención de salir hacia el cuartel y averiguar lo que estaba pasando con Virtudes, pero Vega se lo impidió. No podían olvidar el momento y la situación en la que los dos hombres estaban. Ellos estaban perseguidos; no podían dirigirse a la boca del lobo sin más. Era triste y duro, pero ahora ellos no podían hacer nada por Virtudes.

Vega intentó saber cómo estaban las cosas por Santander y por la capital. Que le contaran cómo habían llegado ambos hasta el pueblo, cómo habían vivido ese terrible año, y, sobre todo, quería saber de Dámaso y de Maruja.

Mientras los hombres respondían a todas las preguntas de la pasiega, esta les preparó algo de comer; unos huevos fritos con un poco de chorizo, regalo de una buena vecina. También puso sobre la mesa queso del que Virtudes aún hacía y colocó unas tortas de borona, que el día anterior por la mañana había hecho antes de que el sinvergüenza de Juanín intentara violarla.

—Vega, yo no sé mi hermano, pero yo hace días que no como en condiciones. Madre de Dios, qué pinta tiene todo. ¿De dónde has sacado la harina de maíz para la borona?

—De dónde va a ser, del estraperlo. La trae Fonso, el cuñado de mi suegra, que va hasta Espinosa de los Monteros por esos montes de Dios. Al pobre hombre alguna vez ya le ha cogido la Guardia Civil; le han quitado la harina y encima le han dado unos buenos palos. Por eso estoy sufriendo por mi *güela*; no respetan la edad, ni si eres hombre o mujer. Esta pobre se me muere ahí metida. La única persona que nos puede ayudar es el conde, pero estoy convencida de que él ha sido el culpable de su detención. Juanín hace muy buenas migas con él, seguro que le contó lo que había pasado, y como nos tiene ganas desde hace tiempo, ha aprovechado.

—¿Juanín el Arañón es el que ha intentado violarte?

—Sí, claro, ya te lo dije, Miro.

—Ese tonto. Pero ¿por qué? ¿Y... desde cuándo es guardamontes?

—La última vez que viniste con Esperanza, ¿no recuerdas que te siguió por el camino desde el pueblo? Ya era guardamontes. Está *emperrao* en casarse conmigo. Por más que una y otra vez le he dicho que no, él sigue con la suya.

—No sé qué podemos hacer. Quizá el juez; es un buen chico y si no recuerdo mal tu abuela les servía mantequilla y quesos a sus abuelos. Igual podemos hablar con él.

—En cuanto despierten los *chicuzos*, marcho en su busca. Tengo que intentar lo que sea y los voy a llevar a los tres. A ver si se apiada de nosotros.

El sonido de los pequeños pasos de los niños en el piso sobre las lachillas de arriba les hizo esbozar una sonrisa a los tres. Ya estaban despiertos. El primero en bajar fue Vidal, como siempre; tras él, agarrada de su mano, bajaba Almudena, que se había convertido en su compañera inseparable, y tras ellos, Rosario.

Pablo se acercó a la pequeña Almudena y la tomó en sus brazos abrazándola y besándola sin descanso. La niña no decía ni una palabra, miraba a Vega desconcertada. No reconoció a su padre hasta que este pronunció su nombre.

—Es tu padre, Almudena; le conoces, ¿verdad, hija?

—Yo sí —dijo Rosario, que se agarró a la pierna de Pablo.

Ya había amanecido y la luz entraba por el ventanuco de

la escalera. Vega se acercó a los que había en la parte de debajo de la cabaña y abrió las contraventanas que estaban con las trancas puestas, pero Casimiro llamó su atención.

—No las abras del todo, pueden vernos desde afuera.

Vega las abrió, pero solo un poco, lo justo para ver que alguien se aproximaba. La reconoció al momento. Era Virtudes, que andaba por el camino casi arrastrándose, cogiéndose los costados con ambas manos y con la cabeza totalmente baja.

La pasiega dio un grito:

—¡Mi *güela*! —Y salió corriendo a su encuentro.

Casimiro, al ver las condiciones en las que llegaba la mujer, salió de la casa sin tener en cuenta que alguien podía verle, adelantó a Vega y cogió en brazos a la anciana, que se desmayó al sentirse segura.

Durante todo el día, Vega se ocupó de su abuela. La aseó, le dio de comer, le curó las heridas de la cara y la colmó como pudo llenándola de besos y abrazos continuamente. Pero Virtudes apenas podía respirar; necesitaba que el médico la viera. Según lo que les había contado, le habían dado unos puñetazos en los costados que posiblemente le habían dañado las costillas.

—Tengo que ir a buscar al médico. No puede estar así, de un momento a otro le puede pasar algo. Venid aquí los dos —les dijo a Pablo y a Casimiro.

Los tres pasaron a la cuadra. Allí las vacas estaban intranquilas, mugían sin parar. Con tanto lío no las había ordeñado. Vidal, que entró también con ellos, se dio cuenta y cogió el banco donde su madre se sentaba a ordeñar y comenzó a estirar las ubres de una de las vacas. Tuvo suerte, la leche empezó a salir. Miró a su madre, que a la vez observaba atónita lo que el chico hacía, y le sonrió. Ya sabía ordeñar. Lo cierto era que Vidal lo había intentado muchas veces, pero no lo había conseguido. Sin embargo, ese día que precisamente era necesario que le saliera, acertó.

Vega continuó hasta el fondo de la cuadra. Allí estaba la entrada a la pallada. Abrió la boquera y subió. Tras ella, los hombres también subieron.

—Aquí estaréis bien. Lo preparé para uno, pero os podéis acomodar los dos. Cuando mi *güela* esté mejor, subiremos a la finca que hay arriba, la más alta, en la Armaza; hasta allí no creo que vaya más que algún paisano de paso. Por las noches os llevaré comida y ropa de abrigo.

—¿Y los niños? Quizá si alguien les pregunta, digan algo —dijo Pablo.

—Los niños no dirán ni pío. De eso me encargo yo. Además, apenas se menean de la finca, por ellos no hay problema. A las niñas este año no las mandaré a la escuela, aún son chicas. Vidal no es problema; entiende todo lo que pasa y no dirá nada.

Casimiro bajó a la cuadra de nuevo y se puso a ordeñar con Vidal. Sabía que Pablo estaba deseando quedarse a solas con Vega, lo intuía solo con mirarle a la cara y ver cómo la observaba desde que llegó. Arriba quedó la pareja.

—Vega, me sabe mal las molestias que te estoy causando. Quizá sería mejor que Miro y yo nos fuéramos; te podemos dar problemas. Sé que Almudena está bien contigo, me diste tu palabra y la has cumplido como buena pasiega que eres. Pero no es necesario que te arriesgues teniéndonos aquí.

—Pablo, ahora mismo sois lo único que tengo en este mundo. Ya ves cómo está mi abuela; si ella muere, me quedaré sola con los pequeños. Son tiempos malos, lo sabemos todos. Hay que arriesgarse para poder ser libres, para respirar tranquilos. Voy a ayudaros hasta el final, no dejaré de hacerlo. Hasta que estéis a salvo lejos de aquí. Yo me ocuparé de vosotros, sois mi familia.

Pablo se acercó a ella y la abrazó. Vega se dejó querer por aquel hombre del que se había enamorado casi sin darse cuenta. Sus labios se aproximaron lentamente, con miedo, como queriendo resistirse a besar. Pero sus cálidos labios se unieron como si de imanes se trataran. Sus cuerpos se estremecieron y sintieron la fuerza del deseo recorriendo su piel. Pero no era el momento de dejarse llevar por la pasión. Vega bajó la mirada y saboreó sus húmedos labios queriendo conservar el sabor de su amado. Pablo cogió las manos de la muchacha y las besó.

46

Virtudes poco a poco se iba recuperando de los golpes sufridos en el cuartel. Ya caminaba y había recobrado las fuerzas. Aunque el médico le había recomendado reposo absoluto, en cuanto se encontró mejor puso los pies en el suelo sin atender a las palabras de su nieta. Iba y venía airosamente; de vez en cuando su cara reflejaba un síntoma de dolor, pero, como ella decía, era poca cosa.

Los vientos otoñales acompañaban ya. La noche caía antes y los días, aunque soleados, ya no calentaban como en verano.

Vega hacía días que había terminado de recoger la hierba. Pablo y Dámaso la veían trabajar de la mañana a la noche sin poder ayudarla en nada. Eso sí, estaban atendiendo a las niñas. Se habían propuesto que, a pesar de lo pequeñas que eran, aprendieran a leer y a escribir y en eso se afanaban un día tras otro.

Con la ayuda de Virtudes habían aprendido a natar y meneaban la cántara con destreza. La anciana se reía viéndolos; ese era un trabajo de mujeres, pero no se les daba nada mal.

Lo que peor llevaban los dos era no poder salir de la cabaña; durante el día estaban por ella tranquilamente, atentos de que nadie se apareciera, y cuando alguien asomaba corrían hacia la pallada.

El pueblo estaba tranquilo. No había habido más detenciones importantes. Pero el miedo rondaba a los veganos. Nunca sabías cuándo podían venir por ti.

Vega se acercaba al menos una vez a la semana a ver a su suegra. Ción ya estaba en la cama desde hacía semanas. Una caída inoportuna le produjo una rotura de cadera que no le estaba resultando fácil curar. Además, tenía muchas otras cosas que agravaban su estado de salud.

—*Güela*, voy a ver a Ción. ¿Necesita algo del pueblo?

—Acércate donde Dolores y dila que Fonso no se olvide de nosotros. Se nos está acabando la harina.

A Vega no le gustó nada el encargo de su abuela. Con un poco de suerte se encontraría allí con Dolores, era hermana de Ción. Pero si no estaba allí, tendría que acercarse a su casa, y para eso debía pasar por delante de la de Juanín.

Alargó el tiempo de visita donde su suegra, con la esperanza de que Dolores apareciera, pero no llegó y ya no podía estar más tiempo. Se despidió de la mujer y salió.

Solo había dado unos pasos cuando a lo lejos vio a Juanín, estaba apoyado en la barrera de su casa. Sus piernas comenzaron a temblar. Igual era mejor darse la vuelta y decirle a su abuela que había olvidado el mandado. Pero no lo hizo. Levantó la cabeza y caminó erguida por la cambera.

El hombre estaba entretenido con algo que miraba. «Qué mirará el burro, si no debe de saber ni leer», pensó Vega. Pero Juanín levantó la cabeza y la vio aproximarse. Se puso derecho y se plantó en medio del camino, cerrando el paso de Vega. Ella continuó. Sin mirarle, intentó esquivarle, pero el hombre le cortaba el camino a cada paso que daba. Estaba casi pegada a él.

—Te quedaste con las ganas, ¡eh! Ya sabía yo que la vieja te había estropeado el revolcón que estábamos a punto de darnos. Has *venío* a por más, ¿verdad?

Vega intentaba que no se acercara a ella, pero el hombre continuaba acosándola.

—Ven, pasa *pa* dentro, mi madre no está. Tenemos la casa *pa* nosotros solos. Tú verás, pero ya sabes, se llevaron a tu *güela*; la próxima igual eres tú. Te voy a mirar de cerca, ¡eh! Si no eres *pa* mí, no vas a ser *pa* nadie. ¿No dices *na*? Si yo sé que estás deseando que te...

—Cállate, déjame en paz. No quiero nada contigo. ¿No lo entiendes? Me das asco. Quítate de mi camino, *chon*.

Vega no sabía de dónde, pero había sacado fuerzas suficientes para apartarle con un empujón y salir corriendo hacia casa de Dolores. Juanín, enfurecido, juró que algún día se las iba a pagar todas juntas.

Más tarde, la pasiega llegó a casa acalorada, no recordaba cuándo había sido la última vez que había corrido tanto. Al entrar, su abuela notó que algo le pasaba; la conocía demasiado bien para saber en qué estado se encontraba su nieta. Preguntó, pero no obtuvo respuesta. Decidió dejar pasar un rato. Seguro que más adelante se lo diría sin problema.

Así fue. Por la noche, cuando los niños ya dormían y Miro y Pablo ya estaban escondidos en el desván, mientras Vega remendaba unos viejos pantalones de Vidal, le contó a Virtudes lo que aquella tarde le había ocurrido con Juanín.

La mujer montó en cólera y sin darse cuenta subió la voz al hablar. Pablo, que aún estaba despierto, bajó sigilosamente y atravesó la cuadra, se colocó detrás de la puerta de la misma y escuchó la conversación. No podía dar crédito a lo que oía. Cómo podía ser que aquel hombre estuviera acosando a Vega y ellos no pudieran hacer nada.

Y así fue. El guardamontes volvió a pasar por su casa todos los días. Pasaba la barrera y se acercaba desafiante, intimidando a las mujeres. Las amenazaba con detenerlas, con quitarles a los pequeños y llevarlos a un orfanato.

Desde su escondite, Pablo y Casimiro escuchaban las palabras amenazadoras de Juanín y en más de una ocasión estuvieron a punto de salir, pero no podían correr el riesgo, no por ellos, sino por el peligro en el que ponían a Vega y a Virtudes. Pero no podían consentir que Juanín siguiera acosándolas así.

Pablo y Casimiro, aprovechando que las mujeres estaban ocupadas en las tareas de la casa, salieron por la puerta de la cuadra. Respiraron hondo; hacía tiempo que el viento no les daba en la cara, que no sentían el frío del norte colándose hasta sus huesos. Se notaba que el invierno estaba en puertas y más teniendo en cuenta que no iban suficientemente abrigados.

Enfilaron el camino en dirección al bosque de las Garmas. Al adentrarse, buscaron un lugar seguro y esperaron agazapados entre unos matojos. Habían cogido de la cuadra una azada y unas cuerdas. Esas eran las únicas armas de las que disponían. Esperaron.

En silencio, los dos hombres se hacían señas para comunicarse evitando hablar. Escuchaban con mucha atención. El viento interrumpía el silencio que reinaba en el bosque y hacía que las ramas de los árboles oscilaran constantemente, pero eran capaces de distinguir las pisadas de hombres sobre las hojas secas.

El murmullo de unas voces lejanas los hizo estar a la defensiva. La conversación de dos hombres que se acercaban los hizo ponerse aún más nerviosos de lo que estaban. Se quedaron muy quietos, tanto que hasta su respiración se ralentizó. Era una pareja de la Guardia Civil que hacía su ruta diaria. Pasaron sin advertir que Pablo y Casimiro se escondían cerca del camino.

De nuevo oyeron pisadas. Por un momento pensaron que eran los guardias que regresaban, pero no, era un solo hombre el que caminaba en aquella ocasión y a juzgar por los silbidos que le acompañaban, se trataba de la persona a la que estaban esperando.

Tal y como tenían su plan marcado, cuando el hombre estuvo cerca, Pablo salió a interponerse en su camino. Se plantó delante de él y le dio el alto. El hombre encañonó a Pablo con la escopeta. Le temblaban las manos; preguntaba una y otra vez quién era y qué quería de él, y al no tener respuesta por parte de Pablo, más nervioso se mostraba.

Mientras, por detrás, con sumo cuidado y evitando hacer ruido, Casimiro se aproximó. Agarró con fuerza los dos extremos de la soga y con un movimiento rápido y certero la colocó sobre el cuello del hombre. Este intentó liberarse de la cuerda, pero era casi imposible. Poco a poco se iba asfixiando, las fuerzas le fallaban y cayó al suelo, mientras intentaba liberar con las manos la cuerda que le ahogaba. Casimiro siguió apretando con rabia la soga hasta que dejó de respirar.

417

Pablo tomó la cuerda y la lanzó sobre la rama de uno de los árboles cercanos. Entre los dos, levantaron el cuerpo sin vida y rodearon su cuello con la cuerda que pendía del árbol. Después, ambos tiraron con fuerza del cuerpo hasta que este quedó colgando. El balanceo del cuerpo inerte de Juanín era contemplado por Pablo y Casimiro, que no pudieron evitar abrazarse. Después, intentando dejar todo bien atado, recogieron la escopeta y la colocaron cerca del ahorcado. Jamás imaginaron que serían capaces de hacer algo así, pero no podían consentir ni un solo día más el acoso que aquel hombre infligía a las pasiegas. Los dos temblaban por lo que acababan de hacer. Habían matado a un hombre. La guerra había calado en sus venas.

Aprovechando la tranquilidad que reinaba en el pueblo, Vega subió hasta el escondite de los hombres con la idea de pedirles que bajaran a cenar. Pero no los encontró. Bajó deprisa y se lo comentó a su abuela. No tenía idea de dónde podían estar. No le habían dicho nada. ¿Dónde estaban?

Al poco rato, oyó el crujir de las maderas viejas del desván y volvió a subir.

Los hombres estaban allí sentados en el rincón donde solían ponerse. Vega los miró y notó en sus caras algo que le llamó la atención. Su tez estaba blanca y la expresión de sus ojos era triste y decaída.

—¿Dónde estabais? He subido hace un momento y...

—Hemos salido un rato. Teníamos ganas de respirar un poco de aire fresco. Pero hace frío, no te creas, ¡eh!

Vega no dijo nada. Mejor era no saber. Les ofreció la cena, pero los dos denegaron la invitación. Solo querían un tazón de leche caliente y un trozo de quesada de la que hacía Virtudes.

La abuela esperaba junto a la lumbre que Vega bajara y le contara dónde habían estado, pero al igual que Vega se quedó con las ganas de saber.

—*Güela*, sé que algo pasó, pero nada me han dicho y se acabó. Voy a preparar dos tazones de leche. Parta usted dos trozos de quesada. No quieren *na* más.

47

Toda el agua que había en el cielo caía sobre Vega de Pas. Era un domingo de esos que no apetecía ir a misa. Ninguna de las dos mujeres eran amigas de asistir a los oficios dominicales, pero no quedaba más remedio que ir.

Por el camino, Virtudes comentó a Vega que hacía dos días que Juanín no había aparecido por la cabaña. Vega no contestó; bastante tenía con pensar que se lo encontraría en la iglesia junto a los caciques del pueblo y la volvería a mirar como desnudándola, y que se acercaría mucho a ella para decirle alguna tontería y que su aliento le causaría náuseas.

Los niños andaban delante de ellas. Vega llevaba del brazo a su abuela y su caminar era más lento. Los críos, al acercarse a la plaza, echaron a correr hacia la iglesia.

Observaron que había corrillos de paisanos en todos los rincones. Se respiraba un ambiente enrarecido que no sabían a qué se debía.

Vega y Virtudes se arrimaron a uno de ellos. En él estaban sus vecinas de toda la vida, sus amigas Luisa y Merceditas.

—¿No os habéis enterado?

—¿De qué? —dijo Vega sorprendida.

—Juanín apareció *horcao* en el bosque. Ignacio, el de Marcelina, le encontró hace un rato y dio parte a la Guardia Civil. Están esperando que venga el juez. No le pueden descolgar hasta que él lo diga.

Vega se llevó la mano a la boca en señal de sorpresa. Virtudes no pudo evitar el comentario:

—Muerto el perro acabó la rabia.

Su nieta le dio un codazo y le recriminó su frase. Pero el resto de las mujeres que formaban en corro aplaudieron el dicho de Virtudes.

Estaban a punto de entrar en la iglesia cuando el coche del conde llegó.

Se bajó con su arrogancia inconfundible y pasó delante de todos con prepotencia. Los veganos abrieron paso al conde. Los hombres descubrieron su cabeza a medida que pasaba y las mujeres saludaron con respeto. Cuando el conde pasó por el lado de Vega, esta no se movió, no hizo ningún tipo de gesto de respeto hacia el hombre. Al advertir que la pasiega no le había saludado con el respeto que merecía, retrocedió, se paró delante de ella y esperó que esta lo hiciera. Vega no se movió. Los ojos del conde brillaron de rabia, pero no dijo nada. Continuó hacia la parte delantera de la iglesia, al primer banco, donde siempre se sentaba.

La homilía del cura estuvo dedicada casi por completo a Juanín. En ella, el párroco señaló las virtudes de aquel hombre que, según dijo, dio su vida por España defendiendo los bosques y los montes. Cualquiera que no le conociera hubiera pensado que se trataba de una gran eminencia, o un gran militar; le convirtió en mártir de la patria. Los veganos, mientras escuchaban el sermón, se miraban atónitos los unos a los otros. Todos sabían que lo que sí que había sido Juanín era un chivato y un lameculos del conde y que, a fuerza de denunciar a sus vecinos, se había ganado los favores del alcalde, de la Guardia Civil y, cómo no, del conde de Güemes.

A la salida de misa, el conde se encaminó junto con el mando de la Guardia Civil y el alcalde, al cuartelillo. Todo el pueblo se le quedó mirando. No había duda de que el conde tramaba algo en relación al ahorcamiento de Juanín.

Virtudes estuvo tentada de decirle a su nieta que deberían acercarse a casa de la madre de Juanín para darle el pésame, pero no lo hizo. Estaba deseando que todas las mujeres que las acompañaban en el trayecto de vuelta a casa desaparecieran. El corazón, a pesar de la frase que dijo, se le había subido a la boca; tenía una corazonada que deseaba compartir con su nieta, y no cesaba de darle vueltas a la cabeza.

Por su parte, Vega estaba igual que su abuela. Sin saber cómo ni por qué, sentía que Pablo y Casimiro tenían algo que ver con la muerte del guardamontes. Pero le costaba creerlo; uno había sido cura y el otro era más bueno que el pan. Jamás serían capaces de matar a nadie.

Efectivamente, el conde ordenó a los guardias que buscaran pruebas; estaba convencido que de Juanín no se había suicidado. Alguien le había matado y había que encontrar al asesino. Eran muchos los que estaban en la lista. Ignacio le encontró, pero de todos era sabido que era un cazador furtivo desde hacía años. Manuel, desde que detuvieron a su hermano Ezequiel, se la tenía jurada al guardamontes.

Ricardo, el panadero, discutió días atrás con él por el paso del ganado por su finca. Y también estaban otros como Mauricio el del bar, o Cándido el de Selaya. Todos ellos debían ser detenidos e interrogados. Pero el conde no se quedó conforme y, sabedor como era de la relación que tenía con Vega, también pronunció su nombre y exigió incluirla en la relación de detenidos.

Vega mandó a los niños a poner la mesa y a sentarse para comer. Ya les había dicho a Pablo y Casimiro lo que había pasado y ninguno de ellos mostró gesto alguno que le hiciera pensar que ellos habían tenido nada que ver.

En la mesa ya estaba puesta la olla con el cocido cuando la barrera se abrió. Vidal entró corriendo en la cocina llamando la atención de su madre.

—Madre, vienen los guardias.

Vega salió a la puerta al encuentro de los guardias civiles. Estos pronunciaron su nombre y ella asintió con la cabeza.

—Acompáñanos al cuartelillo, mujer.

—¿Por qué? Yo no tengo que ir a ningún cuartel, nada he hecho. ¿Quién dice que tengo que ir?

—El conde de Güemes. O nos acompañas, o te llevamos a la fuerza. Tú eliges.

Vega pidió un momento. Entró y le dijo a su abuela que cuidara de los niños. Ella debía ir al cuartel, pero seguro que volvería pronto, ya que no había nada que la inculpara.

Virtudes no pudo contener las lágrimas. Recordó lo que ella había sufrido solo meses antes y no quería que su nieta pasara por lo mismo. Intentó aguantar el llanto para no asustar a sus bisnietos.

—Hija, llévate un abrigo, esos calabozos son muy fríos; y toma.

Le dio un mendrugo de pan y un trozo de queso.

—Mételo en el bolsillo —dijo.

Después de decirle a Vidal que cuidara de la abuela y de las niñas, le tranquilizó. No tardaría demasiado, le dijo.

Pablo y Casimiro estaban al tanto de todo. En cuanto los guardias se alejaron con Vega, bajaron de su escondite para acompañar a Virtudes.

—No se preocupe. Ella no ha hecho nada; por lo tanto, la tendremos pronto de vuelta. Tranquila, Virtudes. Ya verá.

—No quiero que hagan daño a mi niña. Ella ya ha sufrido bastante. Ese hijo puta hasta muerto la va a seguir jodiendo la vida.

Pablo y Casimiro no sabían qué hacer. No podían moverse de la casa. La detención de Vega había sido ordenada por el conde. Quizá deberían actuar de nuevo. Esa iba a ser la manera de hacer su guerra.

Esperaron en la casa hasta que la noche lo volvió todo oscuro. Vega no había vuelto, nada se sabía de la muchacha y los hombres estaban nerviosos, eran incapaces de calmar la ansiedad de Virtudes. La mujer no hacía más que dar vueltas de un lado al otro y llorar. Los pequeños estaban asustados y preguntaban incesantemente por su madre.

En el cuartel, las preguntas se repetían sin cesar, iban preguntando a todos los detenidos. Uno tras otro, entraban y salían de la sala de interrogatorios. Alguno se había llevado sus buenos golpes, pero Vega de momento no había sufrido maltrato, no había sido interrogada. La mujer esperaba sentada en una esquina de la fría y húmeda celda junto a sus compañeros detenidos. Solo había una celda; por lo tanto, todos estaban juntos. Ninguno de ellos era culpable de aquello, todos tenían coartadas que avalaban sus declaraciones.

La puerta de la celda se abrió y el nombre de Vega fue pronunciado por el guardia. La mujer se levantó y salió. Tras ella, el guardia la iba increpando. Dentro de la habitación la esperaban dos personas: el mando de la Guardia Civil y el conde.

—Siéntate, y más vale que digas la verdad. Si no, no vas a salir de aquí tan pronto. Eres muy guapa tú, ¡eh! —El guardia tomó la barbilla de Vega y la levantó, luego dejó que Vega volviera a echar la vista al suelo.

El conde se sentó frente a ella y comenzó a preguntar. Las respuestas de Vega no gustaron al hombre y cansado de escuchar que ella no había hecho nada, el guardia le dio un bofetón que la hizo caer al suelo. El conde salió de la habitación. Después de ese golpe, vinieron otros más, siempre después de la respuesta que Vega daba a la misma pregunta.

—¿Quién ha matado a Juanín? Has sido tú, ¿verdad? Di que sí y acabaremos pronto con esto.

Pero Vega se mantenía firme, aunque los golpes estaban a punto de hacerla perder el sentido. Recibió otro más y la mujer se desvaneció. Un cubo de agua fría cayó sobre ella haciéndola recobrar el conocimiento. El conde entró de nuevo.

—Entonces tú no has hecho nada. Tú eres una santa, ¿verdad? Una santa que ha estado trabajando en casa de un traidor a la patria. Una santa que iba de digna y no quería casarse con un buen hombre y entonces para quitárselo de en medio le mató, ¿verdad?

Vega ya no contestó. No tenía fuerzas ni ganas.

—Mira, te voy a dejar ir para casa. Pero cuidadito con lo que haces. Te vamos a vigilar día y noche y, a la mínima oportunidad, me voy a encargar personalmente de que pagues. Tu abuela se salvó, pero tú no vas a tener la misma suerte. Lárgate, puta roja. Algún día tendré pruebas suficientes para darte lo que merecen las revolucionarias como tú.

Vega apenas podía ponerse en pie. Un guardia la ayudó a levantarse, acompañándola a la puerta. No estaba en condiciones de llegar hasta Yera.

Se acercó a casa de su amiga Merceditas, que vivía cerca del cuartel.

Merceditas abrió la puerta y se asustó al ver a su amiga. Tenía la cara ensangrentada e hinchada por los golpes. Las ropas, manchadas y húmedas. La metió dentro con la ayuda de su marido. La tumbó en su cama, la secó y le curó las heridas. Vega le pidió que por favor la llevara a su casa, seguro que su abuela estaba preocupada por ella. Merceditas así lo hizo. Sacó el carro con el burro, y llevó a la mujer hasta Yera.

Una vez en casa, cuando Merceditas y su marido se marcharon, Pablo y Casimiro bajaron.

—Vega, no podemos estar así. Estás marcada y hasta que no acaben contigo no van a descansar. Cuando no es por una cosa, es por otra; van a estar deteniéndote constantemente. Tenemos que irnos —dijo Pablo.

—Esta es mi tierra y mi casa. Nadie me va a echar de mi país.

—¿No te das cuenta de que te van a matar? Hazme caso, vámonos.

—¿Dónde? ¡Dónde vamos a ir con tres niños pequeños, sin dinero, sin nadie que pueda ayudarnos! ¿Dónde, Pablo? ¡Es una locura!, ¿no lo ves?

—Vega, yo te quiero. Y quiero ,que tu vida y la mía sea diferente. Sé que merecemos vivir en paz y tranquilos. El dinero no es problema, eso lo tengo resuelto. Yo quiero paz, quiero abrir las ventanas y ver el mundo. No soporto esta España gris, negra, oscura y cruel. Yo quiero algo mejor para mi pequeña Almudena, para ti y para tus hijos, que ya son como míos.

Vega cogió la mano de Pablo y le besó. Él la abrazó con fuerza y se acercó con delicadeza a su dolorido cuerpo; buscó su aliento y acarició los labios de la mujer con los suyos con sumo cuidado. No podía evitar sentir la pasión llenando su cuerpo. La cercanía de Vega le excitaba de tal manera que se le nublaba hasta la vista.

Pablo y Casimiro volvieron a su escondite después de dejar a Vega descansando. Junto a ella, sentada en una vieja silla de madera, Virtudes pasó la noche.

Los dos hombres no podían dormir. Daban vueltas sobre la paja de su camastro sin conseguir pegar ojo. Pablo se levantó y comenzó a caminar por la pequeña estancia. Casimiro hizo lo mismo.

—Sé lo que estás pensando, hermano —le dijo Casimiro.

—No creo que lo sepas; si tan siquiera te lo imaginases, me estarías echando un buen sermón.

—Eso me lo dices tú. ¿No recuerdas que Juanín pasó a mejor vida de mi mano tanto como de la tuya?

—Calla, por favor. Mi cabeza me dice una y otra vez

que tenemos que hacer algo. Ese conde es un hijo de puta que tiene a todo el pueblo acojonado. Estaría bien darle matarile, ¿verdad?

—Joder, hermano, nos vamos a convertir en asesinos de verdad.

—Estamos en guerra. ¿Acaso lo has olvidado? Ojo por ojo, hermano. No queda más.

—Pero ¿cómo lo vamos a hacer? El camino hasta Selaya estará vigilado, no será tan fácil llegar. Bueno, podemos hacerlo por los montes y caminos escondidos, pero no conozco muy bien esa zona. No podemos arriesgarnos a perdernos en el monte. Si tuviéramos a alguien que nos ayudara todo sería más fácil. Pero estamos solos, nadie desde fuera nos ayuda.

—Pues vete pensando cómo lo podemos hacer. Mañana hay que quitarse de en medio a José Ramón Mendoza, conde de Güemes. ¿Qué tal te llevabas con el mayordomo?, ¿cómo se llamaba...?

—Tomás.

—Eso es, Tomás. Parecía un buen hombre, pero claro, a saber con qué ideas comulga.

—Si crees que sirve de algo, hablaré con él. Sé cómo localizarle por la noche. Y por sus ideas no te preocupes, es más republicano que Azaña.

—Entonces ya tenemos quien nos ayude.

—Bueno, yo no diría tanto. Este hombre vive de su trabajo con el conde; si se entera de que nos lo vamos a cargar, no creo que nos quiera ayudar. Bueno, o sí. Nunca se sabe.

48

Con los primeros rayos de sol, Vega se levantó. Caminaba con dificultad; tenía dolorido el cuerpo, aunque el dolor no era lo suficientemente fuerte como para mantenerla en la cama. Tomó de nuevo las riendas de su casa; ordeñó con dificultad las cuatro vacas que tenía y colocó en el cuévano los quesos que iba a llevar al mercado. Virtudes dormía en la silla donde había intentado velar a su nieta.

Vega se acercó a ella y tocó su hombro suavemente. Le dijo que se iba a San Pedro; había mercado y tenía que aprovechar para vender los productos que tenían. No podían dejarlos más días, si no, se iban a poner malos y, además, las veceras esperaban. Merceditas ya había llegado, la esperaba con el carro a la puerta.

—Déjalo, que voy yo, hija. Tú quédate en casa, estás aún mal, mira cómo andas, y ¿cómo vas a ir por ahí con esa cara llena de golpes?

—No, *güela*, me voy, y cuando me pregunten, contestaré sin reparo qué es lo que me ha pasado. Que vea *to* el mundo lo que están haciendo estos hombres con la gente de bien.

—Estás loca, no se te ocurra abrir la boca.

Vega cargó sobre sus hombros el cuévano y se dispuso a salir, pero la llamada de Casimiro hizo que volviera de nuevo.

—¿Dónde vas? ¿Cómo estás?

—A San Pedro, hay mercado.

—Escucha, si ves a Tomás, el mayordomo del conde, dale esto.

Vega cogió el papel que Casimiro le dio y lo guardó en la faltriquera.

Las dos mujeres hicieron el camino sin decir apenas una palabra. Por los montes, los pasiegos iban de un lado a otro con sus vacas; el invierno despuntaba y había que buscar pastos para el ganado. Las cimas comenzaban a blanquear y el frío ya cortaba el rostro de las mujeres, que se cubrían con pañuelos estampados. Pronto se unieron a ellas otras dos vecinas que también acudían a San Pedro del Romeral. Antes de llegar al mercado y colocarse cada una en el lugar que normalmente ocupaban, canjearon sus productos. Mercedes llevaba huevos, mantequilla y quesadas. Vega, queso, leche y un poco de harina. Rosario y Concha siempre llevaban sobaos; estaban muy cotizados y eran los más ricos del valle.

Vega sabía que Concha siempre llevaba preparados los que iban a la casa del conde y que era Tomás el que venía a buscarlos. Por lo tanto, le dijo que cuando apareciera el chófer le pasase la nota que ella le daba.

No tardó en aparecer Tomás. Como hacía siempre, pasó por los puestos de fruta de los comerciantes que venían de Santander, luego por las legumbres y, por último, iba a por los sobaos. Vega le vio pasar, pero no pudo salir a su encuentro porque estaba atendiendo a una de sus mejores veceras. La mujer siempre le daba propina y, además, algunas veces le traía ropas que sus pequeños dejaban y que a sus hijos le servían muy bien.

Tomás se acercó a Concha; esta ya tenía preparado el hatillo. El hombre sacó los cuartos, pagó a la mujer y se despidió. Al meter la mujer la mano en el bolsillo para guardar el dinero, se encontró el papel que Vega le había dado. Pero al levantar la cabeza en busca de Tomás para reclamar su atención, según se iba, otro comprador se acercó a su puesto. Concha metió de nuevo el papel en el bolsillo y continuó con sus ventas.

Pasado el mediodía, el mercado comenzó a recoger sus puestos. Unos y otros recogían rápidamente; el cielo se había vuelto gris y la lluvia no tardaría en aparecer.

Las cuatro mujeres regresaron al carro de Merceditas y tomaron rumbo a la Vega.

—Concha, ¿apareció Tomás? ¿Le diste el recado?

Concha hizo como que no había oído la pregunta de Vega y no contestó, pero la mujer volvió a preguntar y, ante la insistencia, Concha contestó que sí, que había aparecido y que tal y como ella le pidió, le había entregado la nota. Vega se quedó tranquila.

Cuando Vega llegó a la cabaña eran casi las cinco de la tarde. Estaba cansada y hambrienta. Virtudes le había dejado sobre la lumbre un pocillo con sopa y un huevo cocido. Los niños jugaban con un montón de piedras que apilaban unas sobre otras, formando un pequeño muro tal y como hacían los mayores para cerrar sus prados.

Cuando se tomó la sopa, Vega subió al escondite. Allí Pablo y Casimiro estaban tumbados.

—¿Qué tal te ha ido? ¿Has vendido bien? —preguntó Casimiro.

—No me voy a quejar, pero otros días ha estado mejor. Se nota la miseria, la falta de pesetas y tristeza, mucha tristeza. La gente mira recelosa, no hay sonrisas en la cara de nadie. Las mujeres andan con la cabeza gacha y los hombres apenas se paran. Esta guerra va a terminar con todos nosotros.

—Qué razón tienes, Vega. Como esto dure mucho van a conseguir un país cansado y triste que se dejará adoctrinar como borregos. Eso es lo que quieren; que no pensemos, que no hablemos, que no decidamos, que trabajemos para los ricos para que sean aún más ricos, que nos dobleguemos y nos partamos el lomo en su beneficio. Son unos cabrones y no podemos hacer nada. A estas alturas, a saber lo que ha pasado. Desde que estamos aquí, no tenemos noticias de nada. Tal vez España entera sea ya un país que viva bajo el yugo de Franco. ¿Le diste la nota a Tomás?, ¿le viste?

—No; bueno, le vi a lo lejos. Quise acercarme, pero justo en ese momento tenía clientas y no pude dejar el puesto. Pero no te preocupes. La nota se la di a Concha, la de Selaya; sé que ella le ve siempre, y me ha dicho que se la ha entregado.

Casimiro y Pablo se miraron.

—¿Qué pasa?, ¿qué le decías al mayordomo del conde?

—Nada, cosas mías. Ya sabes que Tomás también comulgaba con la República y solo quería que supiera que estaba bien.

—No sé si debes fiarte. ¿No me digas que le has dicho dónde te escondes?

—Mujer, no soy tan tonto como para eso. Puedes estar tranquila, eso no se lo he dicho.

Con la certeza de que Tomás había recibido la nota, Pablo y Casimiro, cuando todos dormían en la cabaña, salieron. Llovía a mares y la noche estaba cerrada; las nubes no dejaban ver la luna y el silencio era total.

Caminaron durante dos horas por senderos y veredas poco transitados. Pararon un momento para descansar y oyeron pasos que se acercaban tras ellos. Se escondieron en una cueva a la espera de ver quién era el que los seguía.

Los hombres no daban crédito a lo que estaban viendo. Quien los seguía era Vega. La muchacha andaba a buen ritmo.

Pablo estuvo a punto de pronunciar su nombre, pero Casimiro le tapó la boca para que no gritara. Salieron de la cueva y fueron tras la muchacha. Cuando casi estaban a su altura, esta se volvió y observó. Al ver que eran ellos, se detuvo a esperarlos.

—¿Dónde vas?

—Con vosotros. No penséis que esta vez vais a ir solos. Sé lo que vais a hacer; lo imagino y quiero ayudar. No voy a quedarme sentada esperando en casa. Me hubiera gustado ponerle la soga al cuello al Juanín; en mi lugar lo hicisteis vosotros. Ahora haré lo que sea necesario para que el conde le acompañe.

Los dos hombres se miraron extrañados. No sabían muy bien qué hacer.

—No, tú vete a casa, espera allí. Nadie sabe que estamos en tu casa. Somos los indicados para hacerlo. Deja que esto lo hagamos nosotros. Vuelve a casa, Vega, hazme caso. Tienes que ocuparte de los niños. Si te pasa algo, ¿quién se haría cargo de ellos? Vete, de verdad, no seas cabezona. Larga —le dijo Pablo, mientras le indicaba con el índice el camino de vuelta.

Vega, aunque no estaba conforme, decidió volver. Ellos tenían razón. Si algo le pasaba, sus hijos se iban a quedar muy solos.

Pablo y Casimiro llegaron al punto donde habían quedado para encontrarse con Tomás, pero el hombre no estaba. Esperaron un rato, pero la noche pasaba y no podían dejar que el día los descubriera. Decidieron seguir.

Pablo conocía a la perfección la casona del conde; había pasado en ella grandes temporadas y sabía por dónde podían entrar sin necesidad de ayuda. Se dirigieron a la parte trasera. Tal y como él recordaba, allí había una trampilla que comunicaba con la bodega. Consiguieron abrir y bajaron. El candil que llevaban y que durante todo el trayecto los había alumbrado, se apagó. Sus ojos quedaron ciegos. Se mantuvieron parados; era mejor no moverse hasta que consiguieran alumbrar de nuevo la estancia para evitar tropezar con algo y hacer ruido que pudiera alertar a los habitantes de la casa. Casimiro de nuevo encendió el candil. Allí había de todo; lo que Pablo recordaba como una hermosa bodega se había convertido en un cubil sucio y lleno de trastos. Subieron la escalera que daba a la planta principal de la casa y abrieron con sumo cuidado la puerta. La sorpresa fue mayúscula: frente a la puerta, escopeta en mano, estaba el conde apuntando a Pablo, que era el primero que subía. Casimiro volvió a bajar; por suerte no le había visto.

—¡Hombre, esperaba tu visita, amigo! —le dijo el conde con retintín—. Pasa, no te quedes ahí, hombre. Lamento el recibimiento, pero los enemigos del Gobierno no son bienvenidos en esta casa. Ahora mismo mandaré recado para que vengan a buscarte. Aunque has entrado en mi casa como un vulgar ladrón, no voy a manchar mis manos con sangre de un rojo, no merece la pena.

Pablo no dijo ni una sola palabra; con los brazos en alto caminó donde le dirigía el arma del conde.

Casimiro continuaba agazapado bajo la escalera esperando la oportunidad de subir. Había oído atentamente las palabras del conde y pensó en lo que Vega le había dicho respecto a Tomás. El mayordomo, sin duda, los había traicionado; no había sido buena idea pasarle aquella nota.

El conde gritó el nombre de Tomás y este apareció en un momento. El hombre, en calzones y camiseta tal y como dormía, se sorprendió con la imagen que encontró.

—¡Hostia! ¿Qué pasa, señor?

—Pareces tonto, ¿acaso no ves que tenemos visita? Es el señorito Pablo, el madrileño. Le recuerdas, ¿verdad?

Tomás asintió sin pronunciar palabra.

—Baja y coge una cuerda. Hay que atarle las manos y los pies.

El mayordomo acató la orden del conde y bajó al sótano.

Casimiro continuaba escondido bajo la escalera, pero cuando Tomás comenzó a subir de nuevo, entre los huecos de las mismas vio los ojos de alguien, se fijó con atención y reconoció al exsacerdote. Casimiro le hizo un gesto de silencio y él confirmó que así lo haría. Se agachó y le dijo:

—Miro, ¿qué coño estás haciendo aquí? Este hijo de puta te va a matar.

—¿No recibiste mi nota? Vega me dijo que se la dio a Concha, la de Selaya, para que te la entregara.

—A mí no me dio nadie *na*. Quédate ahí. Vamos a ver cómo arreglamos esto. —Comenzó a subir de nuevo, pero retrocedió—. Estoy hasta los cojones de este cabrón. Ha llegado su hora, ¿verdad?

Casimiro le dijo que sí.

Tal y como él imaginaba, Tomás estaba harto del conde. Seguramente los iba a ayudar en lo que pudiese, pero de momento la situación era tensa.

Tomás subió con la cuerda. Pablo estaba sentado en una silla en la cocina, tal y como don José Ramón le había ordenado. El mayordomo, siguiendo las instrucciones de su jefe, ató las manos y los pies del hombre, pero no lo hizo con mucha fuerza, Pablo lo notó.

—Hay que ir a avisar a la Guardia Civil. Vístete, coge el coche y conduce al cuartel. Dile al cabo que tengo aquí una buena presa, que venga preparado.

Tomás se retiró a su habitación. Se vistió y salió apresuradamente. Puso en marcha el coche y se alejó. Pero no hizo lo que le había pedido el conde. Dejó el vehículo a unos metros de la casona y regresó. Al igual que Pablo, él también conocía la entrada trasera.

Levantó la trampilla y se reunió con Casimiro.

—¿Qué coño haces aquí?

—Calla, no pensarás que iba a ir a buscar a la Guardia Civil, ¿verdad? Están en la cocina, hay que tener cuidado. Pablo está allí atado, pero no he apretado las cuerdas, se podrá liberar con facilidad. El cabrón seguro que se irá a la biblioteca. No creo que esté mucho tiempo allí con él. En cuanto se tome dos copas se quedará dormido; toma unas pastillas para dormir que le dejan roque al momento, y que yo sepa las ha tenido que tomar ya. La cocinera duerme en una habitación que está pegada a la mía. Le he dicho que, oiga lo que oiga, aunque la llame el conde, no se mueva del cuarto.

—¿Qué propones?

—De momento, esperar. Vamos a esperar a tenerle a tiro para poder darle bien.

Tal y como Tomás había dicho, el conde dejó a Pablo en la cocina y se fue a la biblioteca. Allí se sirvió un jerez y se sentó en su sillón.

Pero como también había vaticinado Tomás, en un momento se quedó dormido. Pablo, en la cocina, intentaba liberarse de las ligas que sujetaban sus manos hasta que lo consiguió. Con las manos libres se soltó la cuerda que ataba sus pies. Despacio, se levantó y bajó a la bodega.

Los dos hombres se sorprendieron al verle.

—¡Vámonos! Rápido, antes de que despierte.

—De eso nada, hemos venido a algo. Y no nos vamos de aquí sin terminar el trabajo, hermano —le dijo Casimiro.

—Será sencillo. El primer sueño lo coge como un *chon*; entramos y le rebanamos el cuello.

—¿Y la cocinera?

—Ella no sabe nada, le he dicho que no se mueva y no se moverá. Esa está más harta que yo, y además me la tengo camelada. No es problema.

Los tres subieron con cuidado de no hacer ruido y entraron en la biblioteca. El sillón del conde daba la espalda a la puerta; por lo tanto, no podían verle, pues las orejeras del mismo cubrían por completo al hombre. Casimiro, con la cuerda en las manos, se acercó por detrás con intención de rodear su cuello, pero justo cuando iba a echarse sobre él, don José Ramón se levantó y disparó a bocajarro contra el exsacerdote; este cayó al suelo. Pablo salió corriendo de la habitación y en su huida observó que Tomás no estaba tras él, tal y como pensaba. Realmente no era así. El mayordomo, en lugar de seguir a Pablo y a Casimiro, había ido por la otra puerta que tenía la estancia.

El conde continuaba con la escopeta en la mano buscando a Pablo; caminaba despacio por su casona mientras le llamaba a voces. Entró de nuevo en la cocina, apoyó la escopeta en la silla donde Pablo había estado retenido y se sirvió un vaso de agua. Pero se le atragantó. Delante de él apareció Casimiro; el excura solamente estaba herido en un brazo, y le apuntaba con una pequeña pistola que había cogido del armero y no lo pensó ni un momento.

Los sesos del conde quedaron esparcidos por la cocina. Rápidamente aparecieron Pablo y Tomás, que se habían ocultado.

—¡Hermano! Qué alegría, pensé que te había matado.

—Bicho malo nunca muere. Pero no veas cómo me duele. ¡Vámonos! Casi está amaneciendo y tenemos un largo camino.

—Esperad —dijo Tomás—, yo os acercaré; sé por dónde ir para que no vean el coche. Además, de paso, tendré que dar parte a los guardias de que algún ladrón ha asaltado la casa y... se ha cargado a este hijo de puta.

49

Los vientos del norte enfriaban las casas y las chimeneas desde las primeras horas del día, y comenzaban a llenar de humo el cielo que cubría el valle. No había amanecido aún y Vega atizaba la lumbre. Colocó sobre ella una olla llena de leche recién ordeñada y la puso a hervir. Las natas, una vez que la leche se enfriara, las retiraría con cuidado y las pondría en la cántara. Esta vez la mantequilla era para casa; le llevaría a su pobre y enferma suegra dos buenos trozos y el resto se lo quedaría ella. Cada vez escaseaban más los alimentos. No tenían harina, pues en el último viaje que había hecho su vecino a Espinosa de los Monteros, los guardias, a su vuelta, justo en el muro de Peñallana, le dieron el alto y le quitaron todo lo que llevaba. Tampoco en el mercado pudo haber muchos trueques, apenas unas legumbres, un poco de azúcar y patatas.

Vega oyó ruidos arriba; posiblemente Pablo y Casimiro ya estaban despiertos. Los llamó desde la cocina, pero no obtuvo respuesta.

La pasiega salió a la leñera que estaba situada bajo la solana. Como en todas las cabañas se cobijaba allí para evitar que las heladas y la lluvia mojaran la leña. Ese era un trabajo de Vidal, que desde muy pequeño colocaba los trozos de madera tal y como la abuela Virtudes le había enseñado a hacer, del mismo modo que lo hacía Demetrio, su marido. También había heredado la destreza con las varas de avellano e intentaba hacer cestos y cuévanos, pero aún no había conseguido terminar ninguno. No sabía cómo hacerlo, pero los apilaba uno sobre otro en un rincón a la espera de que Pepín, el de Luena, se acercara algún día y le enseñara.

Vega sonrió al ver el orden en el que estaban colocados aquellos gruesos y pesados tacos de madera. Un crío tan pequeño que levantaba poco más de un metro del suelo y ya era todo un hombre. Apenas había tenido niñez y ya se atrevía incluso con el dalle. Sus cortos brazos casi no le daban para sujetarlo, pero él seguía intentándolo cada día. Saltaba con su palo las paredes de los prados y los riachuelos como los mozos del pueblo. Pero no era justo, Vega no pudo reprimir las lágrimas al pensar en lo que estaba ocurriendo. Con rabia, golpeaba el hacha sobre los troncos haciendo que se abrieran de un solo hachazo. Aquella guerra les había robado todo; a cambio tenían hambre, desolación, miedo y desconcierto. Cada día que pasaba se notaba más el odio en los ojos de los vecinos. Apenas había conversaciones, ni risas, ni bromas; solo se iba y se venía con el ganado y en compañía de la soledad y el silencio de los montes pasiegos.

Por el camino que atravesaba su cabaña, vio correr a la pareja de la Guardia Civil. Iban a toda prisa como si algo hubiera pasado en el pueblo. Vega clavó la cuchilla en el tocón y entró en casa cerrando la puerta.

Pablo bajó a buscar un par de tazones de leche; no quería que Vega viera que Casimiro estaba herido. Cuanto menos supiera, mejor sería para ella.

—¿Qué hace la mujer más guapa del mundo?

—Uf, muy zalamero estás tú hoy.

—Ya, pero me da igual. No consigo que esos labios me besen por más zalamerías que te diga. No consigo rodear tu cintura, ni acercar mis manos, ni rozar tan siquiera un dedo sobre esa piel que me tiene loco.

—Calla, nos van a oír. Sabes que no puede ser.

—Porque tú no quieres. Si tú quisieras...

—Calla, loco; soy viuda y viuda seguiré hasta que me muera.

—Eres una cabezona. ¿Acaso crees que no veo el brillo de tus ojos cuando me miras, o tus mejillas sonrojarse cuando me aproximo? Sientes tanto como yo, pero luchas en contra de tus sentimientos. No puedo entender por qué me alejas de ti. Estoy seguro de que tu marido no iba a poner impedimento ninguno. Tienes derecho a ser feliz. Eres una mujer deseada que necesita de unos brazos fuertes que te arropen, unos labios que te besen y el aliento del hombre sobre tu cuello que te haga perder la razón. Y esos brazos, ese cuerpo, esa boca y ese aliento lo tienes delante de ti pidiendo en silencio que cedas, que te dejes llevar, que abandones por un momento esa responsabilidad con la que vives y sientas de nuevo cómo tu cuerpo arde y busca el amor desde las entrañas.

—Cállate, por favor. Respeta esta casa. Me muero por sentirte a mi lado; no soy de hielo, tengo sentimientos por ti, claro que los tengo. Tengo más que eso. Tengo ganas de sentirte dentro, tan dentro que me duela. Pero... no es el momento.

—Quiero pedirte algo. Quiero que me des tu palabra, que me prometas que algún día, aunque pasen los años, aunque estemos lejos, aunque sea tan difícil que parezca imposible, en algún momento, tú y yo estaremos juntos. Solo te pido eso, aunque solo sean los últimos días de nuestra vida.

Vega bajó los ojos y pensó por unos instantes lo que iba a decir.

—¿Sabes lo que vale la palabra de un pasiego?, vale más que nada. Algún día todo esto pasará, mis hijos serán mayores y tu hija también. Nosotros seremos viejos, pero... ahí tienes mi palabra, espero que la tuya pese tanto y no olvides lo que acabas de decirme.

La entrada en la cocina de Virtudes hizo que la pareja cambiara de conversación radicalmente. Pero la anciana se dio cuenta de lo que pasaba y miró con desagrado a su nieta.

Pablo cogió los tazones de leche y se retiró. Tras él, corrió Vega con dos trozos de bizcocho en un plato.

En la cuadra, lejos de la mirada de Virtudes, Vega besó a Pablo. Un simple beso, un beso amable y lleno de sentimiento, un beso cargado de palabras por decir, un beso humedecido por las lágrimas que recorrían el rostro de Vega y mojaban la comisura de los labios de ambos.

Las manos ocupadas de Pablo dejaron de sujetar los tazones y cayeron al suelo derramando la leche que contenían, lo cual ocasionó un estruendo que hizo entrar a Virtudes y asomarse a Casimiro. La pareja simultáneamente se agachó a recoger los tazones de porcelana que habían quedado más descascarillados de lo que ya estaban.

—¡Vega, hay mucho que hacer! —gritó Virtudes, mostrando su desagrado por lo que acababa de presenciar. Si bien no había llegado a ver nada, intuyó lo que pasaba.

Tomás no consiguió llegar muy lejos. Cuando entró en el cuartel para comunicar el robo y asesinato de su señor, fue detenido inmediatamente. Sentada en un banco de madera estaba Teresa, la cocinera.

La mujer había estado escuchando todo lo que había pasado en la casa y a pesar de que mantenía una relación sentimental con Tomás, no estaba dispuesta a guardar silencio. El miedo y pensar en los interrogatorios a los que iba a ser sometida le hizo salir de casa. Nada más hacerlo Tomás, Pablo y Casimiro, comunicó ante la Guardia Civil lo que había pasado aquella noche, pero sin acusar a nadie excepto a él.

Los ojos de Teresa pedían perdón a gritos a Tomás, esperaba que este lo entendiera. La mujer no quiso denunciarlo directamente a él. Dijo que otros dos hombres habían sido los que entraron en la casa, y que Tomás no pudo hacer mucho por ayudar a su amo. Pero también comentó que un momento antes, este salió de su cuarto y le ordenó que no se moviera, escuchara lo que escuchase.

Los guardias se llevaron a Tomás esposado. El hombre gritaba que no había hecho nada, y que no sabía qué había pasado. Pero no le sirvió de mucho.

Durante horas, recibió golpes de unos y otros hasta que su cuerpo dejó de sentir dolor. La cabeza le giraba; era incapaz de reflexionar, solo tenía en mente un pensamiento. No delatar a Pablo y Casimiro. Total, ya estaba a punto de morir, unos cuantos golpes más y caería seguro. Pero de repente los golpes cesaron. Le arrastraron hasta la húmeda celda del pequeño cuartel, le arrojaron un cubo de agua helada y le dejaron allí tirado toda la noche.

Tanto el juez como los guardias sabían que Tomás protegía a alguien, pero no había manera de que el hombre hablara. La única persona que estaba en la casa era Teresa y seguramente sabía algo más de lo que había dicho al principio. Decidieron ir a buscarla.

Teresa, ante la posibilidad de que volvieran a por ella, se había ido de la casona. Recogió sus cosas, limpió la sangre de la cocina y se marchó a casa de su tía Ción.

Vega, como cada día, cogió la olla de leche, el queso y unos trozos de tocino que aún le quedaban y se fue a ver a su suegra. Cuando salía, Vidal decidió acompañarla.

Ción cada día estaba peor; llevaba años sufriendo unos dolores insoportables que en ocasiones la hacían gritar y pedir a voces la muerte que no acababa de llegar. La pasiega no soportaba verla sufrir de esa manera y, por más que le había pedido que fuera con ella a casa, la anciana se negaba a aceptar el ofrecimiento de su nuera.

Aquella mañana, Ción apenas hablaba. Su mirada estaba perdida y su boca sangraba. Por la noche los dolores habían hecho que perdiera la dentadura ya desgastada, de tanto apretar los dientes intentando contener el sufrimiento. Vega no pudo reprimir las lágrimas y le pidió a Vidal que volviera a casa y le dijera a la abuela Virtudes que viniera.

El niño salió corriendo, saltando con su palo la cerca de la casa de su abuela y atravesando los prados colindantes, así llegaría antes; se había dado cuenta de lo que estaba pasando, sabía que su abuela estaba a punto de morir, le bastó con ver los ojos llorosos de su madre cuando le habló.

Pegada a la cama de Ción estaba Teresa, que sujetaba su mano e intentaba descifrar las palabras de la mujer. Vega le pidió que saliera un momento; quería despedirse de su suegra, agradecerle todo lo que había hecho por ella, demostrarle el cariño que sentía por ella y que jamás le había manifestado.

—Ción, esté tranquila. Pronto va a terminar el sufrimiento. Quiero que sepa que ha sido usted una gran mujer, una maravillosa madre que trajo a este mundo a un hombre extraordinario al que amé con toda mi alma. Quiero darle las gracias por haber cuidado del pequeño Vidal cuando me marché, por haber estado atenta a mi *güela*. No tenga miedo, suegra, seguro que su querido Carpio y su hijo Bernardo la esperan con los brazos abiertos allí donde vaya.

Ción no era capaz de hablar, solo una lagrima rodó por su mejilla; mientras, apretó ligeramente la mano de su nuera antes de morir.

—Ha muerto, Teresa. Ya no sufrirá más.

—Dios la tenga en su gloria bendita. Descanse en paz, porque se lo ha ganado.

Las dos mujeres se abrazaron. El silencio de la muerte se apoderó de la cabaña de Ción durante unos minutos hasta que Teresa lo rompió.

—Estoy metida en un lío; creo que acabo de cometer un error, Vega.

—¿Qué ha pasado?

—Sabes lo del conde, ¿verdad?

—No. ¿El conde de Güemes, tu amo?

—Sí. Esta noche fue asesinado. Lo mataron dos hombres que entraron en casa. Tomás los ayudó, lo sé. Yo intenté ayudarle diciéndoles a los guardias que él estaba, pero no había sido y lo han detenido; lleva toda la noche en el cuartel. Creo que no debería haber dicho nada, le metí sin querer en la boca del lobo.

—Pero... ¿quién ha podido matar al conde?

—Dos hombres.

—Ya, eso me lo has dicho, pero... ¿sabes quiénes son?

—Sí. Sé quiénes eran esos hombres.

—¿Quieres hablar de una vez, mujer? Me estás volviendo loca.

—Uno de ellos era el hombre para el que has estado trabajando en Madrid, Pablo Vaudelet, y el otro... Casimiro, el antiguo cura. Los vi cuando huían de la casa con Tomás. Sé que eran ellos, oí su voz, incluso cómo se llamaban el uno al otro. La Guardia Civil va a venir a por mí, lo sé. Estoy segura de que Tomás no hablará, no los delatará, y vendrán a buscarme. Y yo no puedo callar, no podré soportar los palos.

Vega confirmó sus sospechas. La noche anterior cuando los siguió estaba convencida de que iban a la casa del conde. Sintió pesar por no haber impedido aquella muerte, pero ya no había marcha atrás.

Teresa se derrumbó. Comenzó a temblar de miedo, le faltaba la respiración; se ahogaba entre las lágrimas y el nerviosismo. Vega no sabía cómo tratar aquella situación. Se había quedado totalmente desconcertada con lo que Teresa había contado. No sabía que Pablo y Casimiro hubieran hecho lo que la chica decía. Pero tampoco le extrañó; sabía del odio que ambos le tenían. Mantuvo como pudo el tipo e intentó tranquilizar a Teresa, pero de poco le sirvió.

El ruido de pisadas les hizo prestar atención a lo que pasaba fuera. Se acercaba la pareja de guardias hasta la cabaña.

—Escóndete, vamos. Sube a la *pallada* y atraviesa bien el cierre.

—¡¡Abra a la Guardia Civil!!

—Un poco de respeto, mi suegra acaba de morir.

—Lo sentimos mucho. Que salga Teresa.

—Aquí no está. Hace días que no aparece. Estará en casa del conde, allí trabaja.

—¡Paso, apártate, mujer!

Los guardias empujaron con el fusil a Vega y entraron en la cabaña sin más. Miraron todas las estancias, incluida la pequeña habitación donde yacía el cuerpo sin vida de Ción. Cuando comprobaron que la mujer no estaba allí, salieron sin despedirse. En la puerta se cruzaron con Virtudes, que se quedó parada al verlos.

—¿Qué buscan estos aquí? No saben respetar ni la muerte.

Vega le explicó a Virtudes lo que había pasado, obviando decirle quiénes habían sido los asesinos del conde. Pero la mujer, que sabía más por vieja que por sabia, no necesitó que su nieta le diera nombres. Teresa bajó de la *pallada* y las tres amortajaron a la difunta. Luego, volvió a subir. En breve, la casa se llenaría de vecinos que vendrían a mostrar sus condolencias a la familia de la difunta.

La situación cada vez se complicaba más. Por un lado,

ella tenía en casa a dos hombres escondidos y ahora, también Teresa se ocultaba bajo su mismo techo. No sabía cómo iba a poder solucionar todo aquello.

Los días posteriores transcurrieron entre el dolor por la pérdida de su suegra y el desconcierto por lo que sucedía. El entierro del conde congregó un montón de gente en el pueblo e hizo que los oficios por su suegra se retrasaran.

De acuerdo con Merceditas, consiguió que esta bajara a Teresa escondida en el cuévano hasta Selaya. Una vez allí, la línea la llevaría a Santander y después su futuro quedaba en manos del destino. La chica había comentado que tenía un primo segundo que trabajaba en la fábrica de betún en la ciudad; el hombre, ya mayor, la había cortejado y no le resultaría difícil conseguir que la acogiera en su casa; en más de una ocasión le había pedido que se casara con él. Quizá era el momento de aceptar aquella proposición.

Merceditas acaldó como pudo en su cuévano a la joven. Le pidió que estuviera lo más quieta posible; si se movía iba a dificultar el caminar de la mujer ante la oscilación del peso que llevaba en el cuévano.

Comenzaba a alejarse de la casa cuando vio aparecer a la pareja de la Guardia Civil; las piernas le temblaron, pero continuó su camino con la cabeza alta.

—Buenos días, Merceditas.

—¿Qué hay de bueno, teniente?

—Vengo a registrar tu casa. Estamos buscando a Teresa, la cocinera del conde; ¿la has visto?

—¿Yo? Qué voy a ver. Yo estoy a lo mío. Ahí tiene la casa, puede entrar. —Continuó caminando, pero apenas había dado cuatro pasos cuando se volvió y llamó la atención de los guardias—. Miren bien, me da miedo pensar que puede estar en mi casa, ¿eh?

—Tranquila, mujer.

Merceditas continuó caminando. No pudo por menos que esbozar una sonrisa burlona.

50

El ambiente enrarecido hacía todo más complicado. El invierno cegaba los caminos a horas tempranas, la comida era un bien más que preciado y los ánimos cada vez estaban más débiles. Vega continuaba con el peso de la casa y de la conciencia. A pesar de que la crueldad de la guerra le había endurecido el corazón, su cabeza le jugaba malas pasadas de vez en cuando y en la noche, en la soledad de su cama, lloraba amargamente por lo que había pasado. Sentía remordimiento por las muertes de Juanín y del conde, y aunque su abuela le repetía una y otra vez que ella no era culpable de nada, no podía remediar pensarlo a cada momento.

Los niños acudían cada día a la escuela; caminaban sobre la nieve con sus pequeños barajones con destreza. Estaban delgados, pero eran fuertes. Habían aprendido a callar y ni tan siquiera Almudena dijo nada sobre su padre a nadie. Pero las cosas no iban a durar siempre.

Un día, la nueva maestra preguntó a los niños sobre sus padres; sus nombres, a qué se dedicaban... La pequeña Almudena cometió un error, sin darse cuenta habló de más. La maestra era sobrina del cura, había llegado hacía solo unos días, después de que don Ambrosio, el anterior maestro, fuera detenido y no se hubiera vuelto a saber nada de él; con toda seguridad, y al igual que había pasado en otras ocasiones, su maltrecho cuerpo yacería en alguna cuneta del camino.

Almudena dejó a Piluca confusa. Su tío le había comentado que la pequeña vivía en casa de su ama de cría porque su madre había fallecido y su padre estaba en paradero desconocido, posiblemente huido de España por sus ideas políticas. Pero la respuesta de la niña daba a entender todo lo contrario, contestó como si le hubiera visto aquella misma mañana. Piluca, la maestra, no perdió el tiempo y en cuanto tuvo ocasión se lo contó a su tío. El cura, por su parte, tampoco dejó en el olvido aquella información que su sobrina le había dado y se acercó al cuartel en busca del cabo.

Para entonces, y por suerte, Vidal había contado en casa lo que había pasado y Vega rápidamente se había puesto en marcha, pero ya tenían encima a los guardias.

Avisó a Pablo y Casimiro de lo que había ocurrido y les pidió que recogieran todas sus cosas; aquel ya no era un lugar seguro, los guardias estarían de camino.

Así era; cuando Vega bajó a la cocina, descorrió con cuidado un poco las blancas cortinas que cubrían los pequeños cristales. A lo lejos vio cómo se aproximaban una pareja de la Guardia Civil, el cabo y el cura.

No sabía cómo iba a conseguir que Pablo y Casimiro salieran de la casa sin ser vistos. Afortunadamente la noche estaba cayendo y la oscuridad no tardaría en convertirse en una aliada, pero necesitaba tiempo.

Sin darse cuenta, los golpes sobre la puerta resonaron en toda la casa. Vega abrió nerviosa.

Los guardias entraron sin pedir permiso; tras ellos, el cabo acompañado del cura comenzó a preguntar:

—Vega, buscamos a dos hombres, Pablo Vaudelet y Casimiro, el cura rojo.

—Yo no sé dónde están. A don Pablo no lo he visto desde que volví de Madrid, como sabe trabajé en su casa. —Calló un instante y añadió—. De Casimiro no sé nada de nada.

—¡No mientas! No quiero detenerte, pero no me dejas otra opción. Sé que están en tu casa.

—Pase y mire, no tengo ningún problema en que usted mismo vea que aquí solamente están mis hijos y mi *güela*.

Los guardias registraron la cabaña de arriba abajo. Incluso subieron al desván, que por suerte no tenía rastro alguno de los hombres. Después de comprobar que no estaban allí, salieron. El cabo dejó que tanto los guardias como el cura se alejaran, y habló con Vega en la puerta de la casa.

—Tienes tres críos, espero que lo pienses bien. Si escondes a alguien eres tan culpable como ellos. Son enemigos del régimen y serán castigados por los hechos cometidos en días pasados. Sabemos que ellos entraron en la casa del conde de Güemes y le asesinaron vilmente. Son criminales, Vega; piénsalo, aún estás a tiempo. Dime dónde están y olvidaré que les has dado cobijo. Lo haré en pago del favor que le debo aún a tu abuelo. Salvó la vida de mi madre y eso no lo podré olvidar nunca. Cuando quieras hablar, ya sabes dónde encontrarme.

El hombre salió de la casa clavando los ojos en los de la pasiega, que soportó la mirada firmemente.

En cuanto se alejaron de la cabaña, Vega corrió a la cuadra. Allí, dentro de la angarilla y cubiertos de estiércol, estaban escondidos los dos hombres. Vega se apresuró a sacarlos de allí. Se habían envuelto en mantas para evitar en lo posible el insoportable olor y habían cubierto sus vías respiratorias con una toalla mojada, pero a pesar de ello salieron casi desmayados. Tomaron aliento y limpiaron sus cuerpos con cubos de agua fría que Vega y Virtudes tiraron sobre ellos. Después, recogieron sus cosas. Vega les preparó un hatillo con alimentos y sin más se despidieron en espera de la noche cerrada. Los hombres ascenderían hasta la Marrulla; allí había un grupo de cabañas que podían servirles para descansar durante el día y planificar la siguiente noche. Era más seguro caminar de noche para evitar ser vistos. Lo tenían preparado hacía tiempo; habían conseguido los mapas necesarios y el camino estaba trazado, solo había que confiar en la suerte.

Cuando la oscuridad era total, los hombres estuvieron dispuestos para partir. Pablo se despidió de su hija. La besó innumerables veces, le prometió que volvería y le pidió que siempre hiciera caso de los consejos de Vega. Luego se acercó a la mujer y le pidió unos minutos de intimidad. Los dos se apartaron del resto, que dejaron que ambos se despidieran. Fue Virtudes quien recogió a los niños y los llevó a la habitación. Casimiro acompañó a la anciana y aprovechó la oportunidad para agradecerle lo que habían hecho por ellos.

—Virtudes, gracias por todo. Nunca sabré cómo agradecerle lo que ha hecho por mi hermano y por mí.

—Calla, no digas *tontás*. Yo sí que tengo que agradeceros a vosotros.

Virtudes se acercó a Casimiro y muy bajo, para evitar que los niños escucharan, le dijo:

—Gracias por cargaros a ese malnacido del conde, y al otro sinvergüenza que tan mal se lo hizo pasar a mi Vega.
—A la vez le guiñó un ojo.

Casimiro la miró con sorpresa y cuando iba a contestar, la mujer le hizo un gesto de silencio con el dedo índice cruzando sus labios.

Vega y Pablo se quedaron a solas junto a la lumbre; el silencio solo se rompió con el crujir de los troncos que devoraba el fuego.

Pablo tomó las manos de la mujer y las acercó a su pecho. Luego, con una dulzura infinita, besó cuidadosamente sus cálidos labios que temblaban por la emoción.

—Este es el viaje más penoso de mi vida, tal vez el último. No sé si seremos capaces de salir de aquí vivos. Tal vez no resistamos el frío, la lluvia o el ataque de cualquier animal que se nos venga encima, pero lo vamos a intentar. Te llevo conmigo, en mi corazón y en mi cabeza; te llevo dentro de mi alma, tan dentro que me oprime el pecho y me impide respirar. Odio esta guerra injusta que me aparta de ti, que no me permite ser feliz a tu lado. No entiendo el sinsentido de este país que se ha vuelto loco, que se mata entre sí por unos absurdos ideales que no nos llevan a ninguna parte. Tengo que ser sincero y realista. Es posible que muera en esta loca aventura, pero quiero que sepas que mi corazón está lleno de ti; de tu risa distraída, de tus ojos tristes, de tu caminar acelerado y tu trasiego diario, de tu olor a limpio, de tu pañuelo estampado que cubre tu linda cabellera, de ti, de todo tu ser. Te quiero, Vega, te quiero como jamás pensé que se podía querer.

Vega lloraba en silencio manteniendo firme la mirada con los ojos clavados en los de Pablo. Intentaba contestar las palabras del hombre, pero las lágrimas ahogaban su garganta. Respiró hondo comiéndose la angustia que llenaba su pecho e intentó responder.

—No sé qué decirte, no soy mujer de muchas palabras. No me enseñaron a expresar mis sentimientos. Pero yo también te quiero; he aprendido a quererte en silencio, a desear tus besos. ¿Recuerdas el verano pasado cuando aquella tarde subimos al Castro Valnera y tú mirabas asombrado el verde de los prados y el azul del cielo? Nos cogimos de la mano y me faltó valor para dejarme llevar, aunque me sobraban ganas para hacerlo. Pero mi maldita educación no permitió que mi cuerpo fuera tuyo. Me arrepiento enormemente de ello. Si tuviera otra oportunidad no lo pensaría dos veces; tengo necesidad de ti, de llenar mi cuerpo con el tuyo. Necesito tener el recuerdo de tus manos abrazándome, besándome, haciéndome el amor locamente. Pero eso no va a poder ser, ya no, pasó el momento y ahora solo puedo despedirme de ti. Yo también te quiero; te lo he dicho, ¿verdad? No importa, debería haberlo hecho antes, hace mucho tiempo cuando el sol se posaba sobre nuestras cabezas y las estrellas y la luna alumbraban nuestras interminables conversaciones. Siempre que huela el verde mojado pensaré en ti, cuando escuche el sonido del agua del Yera pensaré en ti, cuando camine por los prados, cuando siegue, cuando llueva, truene y relampaguee también estarás conmigo, cuando suba los *pindios* prados recordaré lo que te costaba subir y cuando *empalle* la hierba sonreiré pensando cuando lo hacías tú. Todo me recordará a ti. Además, los bellos ojos de Almudena serán los tuyos siempre. La cuidaré como he hecho hasta ahora, como si fuera uno de mis *chicuzus*, te lo prometo, Pablo.

Casimiro entró para romper la magia que envolvía a la pareja.

—Pablo, es hora de irnos. No podemos esperar más, queda mucho camino por recorrer.

Los dos hombres salieron por la parte de atrás de la cabaña y comenzaron su viaje. Un viaje sin destino definido, pero deseando que los llevase a la libertad.

Virtudes y Vega observaron cómo la figura de los dos hombres se perdía entre la oscuridad de la noche. Después de un rato, ya no quedaba rastro de ninguno de ellos, ni tan siquiera la luna los acompañaba; era una noche oscura, cerrada y silenciosa.

La pasiega arropó a los pequeños que ya dormían y se sentó pensativa sobre su colchón de lana mullido y cálido. Soltó las cintas de sus alpargatas y posó sus pies descalzos sobre las maderas frías. Mientras se desabrochaba los botones de su camisa blanca, oyó en la distancia tres tiros que retumbaron en sus oídos como cañones y que paralizaron su respiración. Virtudes, que descansaba al otro lado de la cama, abrazó a su nieta calmando el temblor de su cuerpo y consolando el llanto cerrado de Vega.

Las mujeres no consiguieron dormir en toda la noche. Los peores augurios rondaban sus cabezas; no veían el momento para poder salir de casa.

Casi no había amanecido y Virtudes se acercó al pueblo; tenía que saber qué había pasado. Los comentarios confirmaron sus malos presagios. Dos hombres habían caído, dos maquis que se escondían en el bosque, según dijeron, y que con toda seguridad habían sido los asesinos del conde de Güemes.

51

Santander, enero de 1976

Cuando el tren comenzó a frenar, el duermevela en el que estaba desapareció por completo. Se revolvió en el asiento inquieto, se levantó deprisa y bajó el equipaje del altillo. Miró a su alrededor y no vio a nadie; probablemente se habían bajado antes del final del trayecto. Para él había llegado el momento, tan ansiado y deseado que las manos le temblaban por los nervios Al salir de la estación un coche le esperaba a la puerta. Tal y como su hermano Casimiro le dijo, allí estaría su gran amigo Dámaso para acompañarle donde gustase.

No le costó nada reconocerle. A pesar de que los años habían pasado, los rasgos de su cara se mantenían casi intactos; alguna arruga adornaba el rostro de su amigo y también la barba tupida y salpicada de canas al igual que su cabello, que eran sin duda el reflejo de la edad. Tiró el cigarrillo que llevaba entre los labios y lo pisó, agarró sus maletas y se acercó hasta él. Dámaso estaba distraído pero Pablo caminaba sonriendo, esperando que de un momento a otro se volviera y le viera, pero no fue así. Al llegar a su altura la otra persona que conversaba con él le advirtió que tenía a alguien detrás.

—¡Dámaso, amigo mío, qué ganas tenía de verte de nuevo!

—¡Pablo!

El abrazo fue largo y sentido; se saludaron efusivamente porque a pesar de los años que habían transcurrido, el cariño que ambos se profesaban se mantenía intacto. Con las palmas de las manos, Dámaso se secó de las mejillas las lágrimas que la alegría del encuentro le había producido.

—Se te ve... ¡estupendo! Sigues siendo el señor con el que tan gratamente trabajé.

—No digas tonterías, anda; estoy mayor, como tú. Pero tengo que confesar que poner los pies en esta tierra me ha hecho rejuvenecer. En este momento me siento como un chiquillo con zapatos nuevos.

—Vamos, trae acá esas maletas.

Dámaso acomodó el equipaje e intentó que la pequeña bolsa que Pablo llevaba en la mano también fuera colocada en el maletero del viejo y destartalado auto que conducía, pero Pablo con un gesto de cabeza evitó que la pusiera allí. En ella traía regalos para todos y prefería tenerla cerca. Entre risas Dámaso le pregunto qué le parecía el modelo de coche que tenía y, de alguna manera, se disculpó por no tener nada mejor que ofrecerle. Atrás quedó el tiempo en el que manejaba el lujoso Renault Nervastella de color crema y capota negra que lucía impecable cada día.

—¿Te apetece tomar algo antes de emprender el viaje? Estarás cansado, son muchas horas de tren las que llevas encima.

—No, amigo. Me muero de ganas por llegar, estoy deseando ver a Vega y a mi pequeña; han sido muchos años sin saber apenas de ellas y ahora que estoy a unas horas no quiero perder ni un segundo.

—De acuerdo, pues acomódate, que vamos para allá. Correr, este trasto no corre mucho, tiene más años que Matusalén, pero llegar, ya te aseguro que llegamos, aunque tengamos que empujar para subir el puerto.

Pablo sonrió con la ocurrencia de Dámaso. No tenía muchas ganas de hablar. Quería admirar el paisaje y recordar, cerrar los ojos y sentir, respirar profundamente todos los aromas y llegar, sobre todo llegar.

Dámaso se dio cuenta del recogimiento de Pablo y condujo su Seat 1500; solamente la música de Triana entonando *Abre la puerta, niña* se oía dentro del coche. Pablo le miró sonriendo y comentó:

—Has escogido la canción, ¿eh? Me gusta. Espero que mi niña me abra la puerta con las mismas ganas que yo voy a aporrearla.

—Disfruta de la música porque dentro de un rato ya no oiremos nada, se me ha olvidado cambiarle las pilas y en un rato dejará de funcionar. Como ves el aparato es de primera, eh. —Sonrió—. Me lo trajo el hijo de un amigo que estuvo haciendo la mili en Canarias, allí son mucho más baratos y además me lo llevo a casa para que no me lo roben.

Dámaso había ideado una pinza que pegó en el salpicadero, y allí tenía colocado el pequeño transistor rojo cuya antena movía de un lado al otro intentando localizar la señal constantemente.

Pasaron Selaya y comenzaron a subir la Braguía. Pablo sintió que su corazón se aceleraba, ya estaba cerca. Al llegar al alto le pidió a Dámaso que parase el coche un momento.

A pesar de ser invierno el día estaba claro; desde allí podía ver todos los picos que rodeaban el pueblo. Respiraba despacio mientras admiraba el bello paisaje que, cubierto con una fina capa blanca, dejaba ver el verde de los prados y los tejados de las cabañas que, cuajadas de nieve, mostraban una espectacular imagen. Estaba tal y como lo recordaba, parecía que los años no habían pasado. Echó la vista a los montes y no pudo por menos que recordar aquella noche en la que Casimiro y él tuvieron que salir huyendo. ¡Cuánto habían pasado! Qué largo y penoso fue el camino. Anduvieron de noche y se escondieron de día en cuevas, entre matojos, en cabañas abandonadas, como si fueran forajidos. Recordaba el hambre y el frío que sufrieron, las heridas en los pies y en las manos que se hicieron subiendo y bajando colinas hasta que, por fin, la suerte se alió con ellos y en un recodo del camino se cruzaron con dos curas amigos de Casimiro que después de contarles su peripecia los ayudaron.

Estuvieron escondidos durante un par de meses en el convento de Soto Iruz. Los franciscanos se portaron muy bien con ellos: curaron sus heridas y alimentaron sus cuerpos; habían perdido mucho peso y sus fuerzas estaban limitadas. Pasaron un montón de días durmiendo en un colchón de lana mullido y caliente del que solo se levantaban para comer. Apenas hablaron para no hacer ruido; solo en las horas de misa, cuando el sonido de las campanas del convento les indicaba que todos los monjes estaban en oración, podían permitirse el lujo de charlar tranquilamente un rato.

Una noche fray Lorenzo y fray Andrés entraron sigilosamente en la celda donde Casimiro y Pablo se escondían y dejaron sobre sus camas un par de hábitos.

—Poneos esto y salid. Cuando os presentemos diremos que sois monjes menores que venís de las misiones y os dirigís a Roma. No habléis mucho, alegaremos que sois italianos aunque os preguntarán en latín.

—No es problema, podemos contestar —dijo Casimiro.

Los dos se miraron y sonrieron. No tenían muy claro cuál era la estrategia que los frailes iban a seguir; se limitarían a seguir la corriente que ellos marcasen y así evitarían problemas.

Casimiro comenzó a vestirse con cuidado. Mientras, Pablo observaba como lo hacía y copiaba cada uno de los movimientos de su hermano. De nuevo la puerta se abrió. Fray Lorenzo les dio unos camisones blancos para que pudieran colocarse debajo.

—Remangaos las mangas, que no se os vean bajo el hábito —susurró al oído de Casimiro.

Los hombres agradecieron enormemente el gesto; la aspereza de la tela con la que estaba confeccionado el hábito dejó de rozar sus cuerpos. Casimiro colocó delicadamente el capucho corto del atuendo de Pablo y ató el cordón alrededor de su cintura; asimismo, colgó sobre el lado izquierdo un rosario de madera. Cuando terminó de retocar los detalles de la vestimenta franciscana le pidió que ojeara si su capucho estaba bien colocado, del resto se ocupó sin problema. Después ambos se pusieron las sandalias y salieron al pasillo.

Fray Lorenzo y fray Andrés esperaban fuera. Con un gesto les indicaron que los siguieran.

Caminaron durante un rato por los largos y oscuros pasillos hasta que salieron al patio central, el cual también bordearon casi en su totalidad. Al entrar en una de las estancias esquinadas fray Lorenzo los hizo parar con un gesto de la mano.

—Esperad un momento; vais a pasar a ver al padre prior, nosotros hablaremos. Usted —dijo mirando a Pablo— no es necesario que hable. Le hemos dicho que sufre de las cuerdas vocales y desde hace días ha perdido el habla, ese es uno de los motivos de su regreso. Por cierto —dijo mientras se acercaba a la puerta—, las misiones las estaban llevando a cabo en China.

A partir de ese momento, todo fue mucho más sencillo, los dos frailes se ocuparon de todo. Bajo el cobijo del hábito franciscano, consiguieron salir de España sin problema ninguno. Viajaron en autobús por todo el norte de España hasta alcanzar la frontera francesa. Lo hicieron por Hendaya. Pablo nunca olvidó el aire de libertad que respiró en aquel momento.

Allí encontraron miembros del partido comunista que los ayudaron. A Casimiro le proporcionaron un pasaje para viajar a Argentina, tal y como era su deseo, y a Pablo le pagaron el tren con destino a París. Sus caminos se separaron definitivamente.

Casimiro metió la mano en el bolsillo de su abrigo y sacó un reloj; lo miró y volvió a acariciarlo como había estado haciendo durante todos aquellos años.

—Toma, es lo único que tengo de ella. Me lo regaló mi pobre madre el día que canté misa por primera vez. Posiblemente no nos volvamos a ver, quiero que lo tengas tú. A juzgar por mi trayectoria puedo decir que me ha dado suerte. Te lo dejo; cuando volvamos a vernos me lo devuelves. Mientras, espero que el sonido incesante de su tictac te acompañe, hermano.

Con estas pocas palabras y un largo abrazo se despidieron en la estación de Hendaya.

Tanta soledad y tanto esfuerzo, durante mucho tiempo pensó que no habían merecido la pena. ¿De qué le servía vivir si no estaba al lado de Vega, de su hija y de los hijos de ella que eran también parte de su vida? Pero al fin aquello había terminado, ya estaba de vuelta. La sonrisa apareció en su rostro y los ojos se le iluminaron, un bonito arco iris resplandeció en el cielo para acompañar tan grato momento.

Dámaso se acercó y puso la mano sobre el hombro de Pablo.

El sonido de la voz de su amigo le hizo volver a la realidad; este sabía perfectamente que su mente estaba pensando en el pasado, en la soledad sentida, en las penurias sufridas y en los años perdidos.

—Vamos, camarada, que ya hemos llegado. Ya terminó el calvario. El viejo está bien muerto y enterrado, ese no va a jodernos más la vida. Todo lo que esté por venir será bueno, aunque cueste. ¿Qué valor tienen las cosas si no cuestan? ¡Vamos!

—Razón no te falta, Dámaso, vaya que si cuestan, fíjate cuánto, que llevo cuarenta años lejos de lo que más quiero. Casimiro al menos tuvo suerte. Esperanza le aguardaba en Argentina y allí, por lo que sé, han vivido bien, han tenido dos hijos y no les falta salud, de lo cual me alegro inmensamente. Mi hermano es un gran hombre al que admiro por su coraje; dejar los hábitos en aquellos años y salvar la vida fue casi un milagro. Muchas veces me dijo que fuera con ellos, pero no quería irme tan lejos. En París he vivido bien, mis suegros se portaron de maravilla conmigo. A pesar de no tener ninguna obligación, me dieron cobijo y me buscaron un buen trabajo. Pero otra vez la maldita guerra volvió a aparecer, fue horrible. Como sabes, mis suegros eran judíos y cuando entraron los alemanes en París aquello no se pudo parar. Intenté por todos los medios que salieran de Francia, que pasasen a España, pero fue imposible, se negaron los dos. Una noche, cuando regresaba a casa después del trabajo, las calles aparecieron tomadas. Veías cómo sacaban familias enteras de sus casas y las metían en camiones como si fueran animales; otros caminaban cabizbajos y llorosos por las aceras mientras los fusiles nazis les apuntaban. Entonces me temí lo peor y para mi desgracia no me equivoqué. Al doblar la esquina vi cuatro coches de las SS apostados en el portal de casa de mis suegros... Me escondí como un cobarde, Dámaso, no hice nada por ellos, pero no podía intervenir; no solo me ponía en riesgo yo, sino que también podían caer los camaradas que me ayudaron. Me quedé quieto, totalmente inmóvil, y desde mi escondite vi cómo mi suegro salía de casa gritando el nombre de su mujer y llorando. Cuando se marcharon corrí al apartamento. Todo estaba destrozado, los cuadros por el suelo, los muebles volcados, cristales rotos y... —calló un instante— el cuerpo sin vida de doña Margot con un tiro en la cabeza. Estaba enferma y en más de una ocasión me había dicho que era capaz de revolverse lo suficiente para que le dieran un tiro y... así lo hizo. De mi suegro hasta terminada la guerra no supe nada. Me dijeron que fue trasladado al campo de Drancy en el norte de París y que allí murió. Perdió la cabeza después de ver cómo asesinaban a su mujer y, por lo que sé, no dejaba de insultar a los guardias hasta que uno de ellos le dio un golpe con el fusil y le reventó por dentro. Una pena. Tengo que agradecerles muchas cosas; también ellos sufrieron con la actitud de Brigitte y me llenaron de atenciones hasta el final. Fue duro y cruel, la barbarie nazi fue tremenda. Era doloroso ver a cantidad de personas, hombres, mujeres y niños, marcados con aquella horrible estrella amarilla en sus ropas. Personas respetables; muchos eran amigos de mis suegros y yo mismo tenía trato con ellos, grandes hombres y estupendas mujeres que solo cometieron un delito, ser judíos. También los franceses lo pasaron mal. Ver cómo su Gobierno se rendía y apoyaba los desprecios, los insultos y las vejaciones que les hacían a sus ciudadanos fue terrible para ellos; se sentían impotentes ante todo aquello, por eso al final decidí ayudar y estuve un tiempo en la Resistencia, no en primera fila sino colaborando en lo que podía con los camaradas del partido y por suerte... no me pillaron. Por cierto, ¿sabes que hace veinte años intenté atravesar la frontera?

—¿Qué dices?

—Como lo oyes. Pero la mala suerte se cruzó en mi camino en forma de Guardia Civil y tuve que salir por patas. Estuvieron a punto de pillarme; es lo que tenía el estar en las listas negras del dictador.

—Pues ¿sabes qué te digo?, que mejor. Al menos estos años una vez terminada la guerra habrás vivido bien, ¿no?

—Sí, las cosas se normalizaron y continué con mi trabajo en el ayuntamiento. Tenía un buen puesto de ingeniero y pude vivir en casa de mis suegros. Antes de que ocurriera hicimos una venta falsa y así los alemanes no pudieron quitarme el apartamento. Oye, Dámaso, quiero agradecerte que durante estos años le hicieras llegar a Vega el dinero y las cartas. Gracias a ti pude hacerlo; no era mucho, pero seguro que ella lo ha sabido administrar.

—No tienes nada que agradecer, para eso estamos. Lo que siento es que no pudiera ser más a menudo, se pueden contar con los dedos de una mano. Para mí también ha sido muy complicado, cada dos por tres estaba en la cárcel, o detenido varios días. Me asediaban continuamente, hasta que me encerraron; salí hace dos meses, de esta última me tiré diez años dentro, escuchando el sonido del mar desde el Dueso, y eso que tuve suerte; mira Ricardo, ¿te acuerdas de él? —Pablo asintió, recordaba al portero—. Ese no aguantó algún mal golpe y murió tirado en una celda como si fuera un perro... pero no vamos a recordar viejos y oscuros tiempos, hoy es un gran día para ti. Te diré que recuerdo la cara que se la ponía a Vega cada vez que llegaba. Los ojos se la iluminaban y a la chiquilla también; para ellos saber que tú estabas bien era el mejor de los regalos. ¡Vamos, hombre, que está empezando a llover!

—No me digas que te da miedo el agua, esto es una maravilla; siente cómo huele a limpio, a hierba mojada.

Los hombres volvieron al interior del coche y después de unos segundos de silencio Pablo preguntó:

—¿Sabes algo de Maruja?

—Qué buena mujer Maruja, si no hubiera sido por mi condición me habría casado con ella. —Pablo sonrió—. Pero ya sabes que las mujeres no me van y lo he pagado con creces además; con lo fácil que hubiera sido vivir en un engaño. Bueno, que me enrollo; Maruja, según tengo entendido, lo pasó mal en el pueblo, estuvo cuidando a los padres hasta que fallecieron. Su madre estuvo muchos años encamada y padeciendo dolores. Total, que cuando faltó le salió un pretendiente y hace unos años se casó con él, un vecino que estaba viudo, pero le duró poco, murió una noche de repente. Y... no sé más. Esto me lo contó un paisano de ella que trabajaba en un taller de bicicletas en Madrid y que alguna vez coincidió con nosotros aquellos domingos que paseábamos por el Retiro.

—Y tú, ¿cómo es que viniste para Santander?

—¿Tú qué crees? ¡Por amor! Bueno... cuando Madrid fue tomado tenía que trabajar en algo y conseguí entrar de camarero en el Palace. Allí conocí a un hombre entrado en años y en carnes que se enamoró de mí. Yo al principio no estaba muy receptivo, pero con el tiempo le cogí cariño. Una vez al mes viajaba a la capital por negocios y me ofreció irme con él, pero no acepté. A los pocos días me denunciaron unos compañeros del hotel y me detuvieron; me dieron una somanta de palos que estuve andando cojo meses y aún me duele la pierna. Él estaba muy bien relacionado y me sacó de la cárcel. Entonces volvió a proponérmelo y acepté. Esta ciudad es más pequeña, aquí estaba menos controlado. Bueno, al principio, porque un antiguo novio al enterarse de que estaba conmigo se puso celoso y también me denunció, y de esa me tiré los diez últimos años en el penal.

—Entonces ¿él era de aquí?

—No, qué va. Él era de Oviedo, estaba casado y tenía cuatro hijos. Pero me buscó un trabajo en la fábrica de betún y me consiguió una habitación en una pensión que luego me enteré que era suya, por la que yo pagaba dos duros.

—Vaya aventura, amigo, no se te puede dejar solo. En

París podrías haber estado tranquilo, allí las cosas son diferentes, aunque durante la guerra... igual te hubiesen apresado los nazis, tampoco eran muy amigos de las personas de tu condición. Pero a lo que vamos, ¿sabes algo de Vega?, ¿cuánto hace que no hablas con ella?

—Pues la verdad, Pablo, no sé nada de ellos. Una vez que salí de prisión he estado un poco liado; por suerte encontré trabajo de camarero en el Rhin y he estado trabajando casi todos los días. Ya siento no poder darte razón de ellos.

—Bueno, no importa, en breve estaremos allí.

En un momento el cielo se tornó gris, cubriéndose de nubes negras. El coche se puso en marcha y el silencio se estableció entre sus ocupantes. Sus cuerpos se inclinaban al ritmo que iban marcando las curvas de la carretera, de un lado a otro, de derecha a izquierda. Dámaso dirigía el volante con destreza y pisaba el freno levemente de vez en cuando.

—Había olvidado las curvas. Veo que apenas ha mejorado la carretera en todo este tiempo.

—Cambiar, aquí no ha cambiado nada, amigo. Todavía en la ciudad se notan los cambios, aunque la culpa la tuvo el incendio; si no, seguiría igual.

—Estoy nervioso, Dámaso, me sudan las manos. Me siento como un chiquillo que llega a buscar a su novia en la primera cita. No veo el momento de encontrarme con ella. Quizá lo que voy a decir no esté bien, pero... el corazón se me sale del pecho pensando en el momento de besarla, de tenerla entre mis brazos, de sentir su olor a fresco, de acariciar su pelo. Solo quiero verla, no me importa que esté allí mi hija; también quiero verla, pero mi corazón en este momento solo late por ella.

—Respira hondo, ya sé que tuviste un problema cardíaco, no me gustaría que te pasara nada. Las emociones no son buenas, Pablo; tómalo con tranquilidad, por favor.

—Sosiega, hombre, lo tengo controlado. Solo faltaba que fuera a darme un patatús ahora, cuando estoy a punto de verla.

Los dos rieron a carcajadas y continuaron los escasos metros que quedaban haciendo bromas y diciendo tonterías sin sentido.

52

La plaza del pueblo estaba llena de gente que se agolpaba junto a la puerta de la iglesia de Nuestra Señora de la Vega.

Un coche fúnebre llegaba y un nutrido grupo de personas se situaba tras él a la espera del féretro.

—Para el coche, Dámaso, por favor, quiero ir caminando. Me gustaría recorrer el pueblo. ¿Te importa? Creo que será una buena forma de tranquilizarme. Quiero impregnarme de esta maravillosa tierra que llevo tanto tiempo recordando, quiero que el agua, esta lluvia fina y continua que tanto echaba en falta, moje el poco pelo que me queda y me haga sentir que estoy más vivo que nunca.

—No, hombre, qué me va a importar. Tu tira, yo te espero por aquí, aunque imagino que vienes con idea de quedarte. Igual... me vuelvo, ¿no? ¿Quieres un paraguas?, tengo en el maletero.

—No, ya te he dicho que necesito mojarme, así sentiré que esto no es el sueño que he tenido durante tantos años, sino que es real. Vete hasta la cabaña si quieres o tómate un chiquito en el bar.

—Pues sí, me voy a tomar un chiquito, tengo la boca

seca. Ya nos vemos; es mejor que estéis solos, no quiero estorbar.

Pablo se bajó del coche y recorrió las callejuelas que le llevaban hasta la casa de Vega. Intentaba caminar despacio, pero las ganas del reencuentro le hacían correr, aunque a la vez el miedo a encontrarla le frenaba. Hacía mucho que no sabía de ellos. ¿Y si Vega se había casado? ¿Quizá había encontrado un hombre bueno que la había enamorado? Habían pasado muchos años y ella no tenía ninguna obligación con él. Bueno, le había dado su palabra, lo mismo que había hecho él, pero la distancia es mala compañera y la soledad es dura, aunque él la había llevado bien. Había tenido ocasión de tener alguna novia y nunca aceptó; solo tenía cabeza y corazón para una, para la única, para su Vega. Las dudas y los temores le encogían el corazón, sus latidos ahora eran más acelerados y sus pasos cada vez más rápidos. Era el momento, ya era hora de encontrarse, de despejar las dudas que tenía. Con una mirada, con la primera mirada, él estaba convencido de que sabría lo que ella sentía.

A lo lejos, divisó la cabaña con la que tantas veces había soñado, la casa donde había sido tan feliz, donde tuvo que dejar a su amada hija y donde vivía la mujer de su vida. Corrió como un niño sin importarle los charcos que encontraba en el camino. La ropa blanca colgaba del tendal tal y como él recordaba, las vacas campaban alrededor como siempre y el sol volvió a aparecer luciendo sin calentar lo suficiente. Respiró profundamente el olor de la hierba mojada y se dejó llevar por el sonido incesante del río que tantos recuerdos le traían. Se fijó sin querer en todos los detalles; el carro bajo la solana, el banco de piedra bajo la ventana de la cocina, las gallinas a un lado de la casa dentro del gallinero como a Vega le gustaba. Escuchó todos los sonidos que recordaba; los campanos de las vacas, el silbido suave del viento, el agua cantarina del Yera y hasta el crecer de la hierba como Vega decía que escuchaban los pasiegos.

Se paró delante de la portilla y la abrió. Caminó despacio en dirección a la puerta de entrada. Sabía que siempre estaba abierta, pero no quiso empujarla, prefirió llamar.

Tocó dos veces sobre las viejas maderas y esperó que la puerta se abriera. La sonrisa inundaba su rostro y un escalofrío recorrió su cuerpo. La puerta no se abrió. Tras él, oyó el sonido inconfundible de los campanos de las vacas que un paisano dirigía por el camino que él acababa de andar y se volvió.

El pasiego se había fijado en el hombre y se paró delante de la casa; levantó la cabeza y saludó con un gesto tocando su boina.

—Estarán en la iglesia —dijo.

A Pablo le dio un vuelco el corazón. Cuando Dámaso le había dejado en el pueblo había visto un coche fúnebre. Tal vez había fallecido algún vecino y estarían acompañando a la familia en el funeral.

Deshizo el camino andado y llegó a la plaza. El féretro ya estaba dentro de la iglesia y decidió ir al encuentro de Dámaso.

El hombre estaba apoyado en la barra de la taberna con el vaso en la mano. Su rostro se veía desencajado y Pablo no pudo por menos que preguntarle si se encontraba bien.

—Sí, estoy bien. Vamos fuera y nos sentamos un poco.

Al salir dos paisanos charlaban a la puerta del bar.

—Pobre Vega, vaya vida ha tenido, siempre trabajando y sola que ha estado.

—Sí. Y ahí la tienes. Ella sola ha sacado adelante a tres *chicuzus*, y bien *listucos* le han salido los tres, todos colocados y con carrera.

Pablo no pudo evitar escuchar la conversación de aquellos hombres y miró sobrecogido a Dámaso. El corazón acelerado apenas le dejaba pronunciar palabra, pero tenía que preguntar.

—Perdón, ¿el difunto...?

—La difunta, amigo.

—Sí, claro. La difunta ¿quién era?

No quería escuchar la respuesta. Cierto era que había más personas con el mismo nombre, pero que estuvieran solas criando tres hijos... no era fácil que hubiera muchas.

—Vega Abascal, una mujer extraordinaria.

Pablo cerró los ojos y sintió que su cuerpo se desplomaba, todas sus energías se perdían por los poros de su piel. Sintió cómo las fuertes manos de Dámaso le sujetaban y asió con la suya el brazo del hombre. Respiró hondo, cerró los ojos, se tragó las lágrimas y caminó hasta la iglesia. Dámaso fue tras él, pero Pablo se volvió y le pidió que no lo hiciera. Quería y debía ir solo.

El golpe que dio la puerta al cerrar hizo que las personas que estaban dentro giraran la cabeza a la vez. Todos lo hicieron menos los que ocupaban los bancos primeros que, sobrecogidos por el dolor, no apreciaron el ruido. Pablo intentó buscar entre la gente con la mirada la cabeza de su hija Almudena. Esperaba que algún gesto la distinguiera; ya no era para nada la niña que dejó, era toda una mujer.

El funeral terminó y el féretro con los restos de Vega

comenzó a recorrer el pasillo de la iglesia portado por cuatro muchachos. Al llegar a la altura de Pablo sus piernas comenzaron a temblar, pero sacó fuerzas de donde no las tenía y extendió la mano para acariciar el ataúd con la vista clavada en el suelo; sus ojos llenos de lágrimas le impedían ver con claridad. Levantó la vista y su mirada se topó con los ojos verdes y llorosos de una mujer que de repente le pareció familiar. Era Almudena, no podía ser otra; su porte elegante, su pelo rubio y esos ojos verdes formaban la misma imagen que la de su madre.

—Hija —le dijo cuando la mujer llegó a su lado.

Almudena le cogió la mano y le acercó a ella; luego le miró sin decir una palabra y se agarró de su brazo. Bajo el umbral de la puerta de la iglesia sintió cómo sobre su hombro se posaba una mano; giró la cabeza y vio que era la de su amigo Dámaso.

De camino al cementerio solo se oían los campanos lejanos del ganado y los llantos controlados de algunas personas que acompañaban el cortejo.

Pablo se paró junto al hoyo excavado en la tierra que iba a dar cobijo eterno a Vega. El destino, tan injusto y tan cruel, no le había permitido llegar a verla con vida. Quería gritar, salir corriendo de allí. No podía ser cierto que ella estuviera dentro de una caja de madera y que nunca más volviera a oír su voz, ni a escuchar su risa. Terminado el responso, Vidal se agachó y tomó un puñado de tierra que dejó caer sobre el féretro de su madre; después volvió a recoger tierra, pero esta vez la puso sobre la mano de Pablo. Sin apenas fuerza dio un paso al frente, se arrodilló y extendiendo la mano dejó que la misma se deslizara lentamente entre sus dedos, cayendo con suavidad sobre el ataúd.

Después escuchó cómo las paladas de tierra húmeda lo golpeaban y cada una de ellas lastimaba su corazón como si fueran puñaladas. Cuando ya no quedaban restos visibles, se quedó allí parado esperando que todos salieran.

Almudena, Vidal y Rosario se retiraron unos metros respetando la intimidad que con los ojos había pedido Pablo.

No pudo contener el llanto. Quería decirle tantas cosas, tenía tantos besos guardados para darle, tanto amor escondido en su corazón que ahora le ahogaban como una soga rodeando su cuello.

—Vega, me diste tu palabra y me encuentro la muerte. He venido a envejecer contigo, a subir las colinas sin aliento pero con la mirada libre y la vista serena, a compartir contigo lo que tengo, a darte descanso, a arroparte en las noches frías de invierno, a quererte, a regalarte las palabras más bonitas, a dedicarte lo que me quede de vida, a compensar tu espera, a hacerte el amor sin cortapisas, a tantas y tantas cosas, mi vida. —El llanto ahogaba sus palabras—. Y ahora lo único que tengo es el recuerdo, el mismo que me ha acompañado durante años, pero con la pena de no poder abrazarte nunca porque el destino traicionero nos ha separado sin nosotros quererlo. Nunca te olvidaré, fuiste una constante en mi vida. El miedo a perjudicarte me hizo vivir en el más absoluto silencio, pero siempre intenté saber de ti, aunque cometí un gran error, el de ser un cobarde y no volver a buscaros. ¿Por qué no me has esperado un poco, un día? El tiempo justo para poder abrazarte, el tiempo justo para decirte lo que te quiero, mi vida.

De repente sintió que alguien se acercaba y calló. Eran Almudena, Vidal y Rosario.

—Padre, vamos a casa. Allí podemos hablar tranquilamente. Aquí desgraciadamente no podemos hacer nada por madre.

Todo estaba tal y como él recordaba. Algunos muebles habían cambiado y la casa tenía un aspecto más actual, pero la esencia era la misma, el olor de aquellas paredes continuaba impregnado en las mismas y los recuerdos invadieron de golpe la cabeza de Pablo.

—Siéntate, padre. Ahora mismo te pongo un café o mejor un vaso de leche caliente para que no te altere más los nervios.

—Qué ha pasado, ¿estaba enferma?

—Todo ha sido muy rápido, apenas hemos tenido tiempo para asimilarlo. La semana pasada se desmayó mientras tendía la ropa; estaba sola, nosotros ya no vivimos aquí. Suerte que un vecino que caminaba por la cambera la vio desplomarse y acudió rápidamente. Pero no ha servido de nada. Cinco días, en cinco días se nos ha marchado, sonriendo pero con el corazón partido en dos. Nos dijeron que había sufrido pequeños infartos que habían ido dañando su corazón, y el último era del todo irreversible. Se ha despedido de todos, nos ha dado consejos, nos ha dicho infinidad de veces lo que nos quería, nos ha pedido perdón por tantas cosas, algunas insignificantes de las cuales ya ni nos acordábamos, reprimendas o castigos que nos había puesto por alguna trastada que hacíamos. Era todo corazón. Nunca tuvo nada para ella; todo nos lo dio y jamás se quejó. Ni una sola vez la escuchamos un reproche ni un mal gesto hacia nadie —dijo Vidal con la voz entrecortada.

La cocina se inundó de llanto, un llanto apagado y mudo que impedía que las cuerdas vocales de todos los allí presentes desarrollasen su trabajo.

—Yo sí que tengo que pediros perdón a todos. He sido un cobarde. Qué clase de hombre huye por salvar su vida dejando en desamparo a dos mujeres y tres niños. Perdonadme, por favor. Ya que ella no puede hacerlo necesito que vosotros lo hagáis.

—No digas tonterías. La situación era muy difícil; todos sabemos que si no os hubierais ido del pueblo en un momento u otro nos habrían descubierto a todos y entonces sí que hubiéramos estado en peligro. Hay que aceptar y olvidar el pasado —alegó Rosario mientras le besaba en la mejilla y le abrazaba con cariño.

—Padre, tengo algo para ti.

Almudena se acercó a un pequeño aparador que había en la estancia y sacó un sobre blanco; luego extendió el brazo y lo posó sobre la mesa frente a su padre, deslizándolo con sumo cuidado hasta él.

—Esto es para ti. Lo escribió hace más de tres años, como si supiera que nunca más volvería a verte. Me lo dio y me dijo que te buscara y te lo entregara si algún día ella faltaba, pero que si no conseguía verte lo rompiera, que bajo ningún concepto la leyera. Era solo para ti, que solamente tú podías leerla. Parecía que sabía lo que iba a pasar. Me enfadé con ella y no lo quise coger. Entonces me miró y me dijo: «Ahí lo dejo, no se te olvide», y efectivamente, ahí estaba, en el mueble. Además, antes de irse me volvió a decir que debía dártelo.

Pablo la miró con tristeza, sus ojos apagados fueron incapaces de mirar los de su hija. Recogió el sobre y lo besó. Se levantó disculpándose y salió de la casa. Se sentó sobre la fría piedra del banco, bajo la ventana de la cocina, y olió durante un instante el sobre.

Al abrirlo encontró una pequeña foto donde estaba Vega con el cochecito de bebés que él preparó para que pudiera pasear a las dos pequeñas. Estaba a la puerta del Retiro y llevaba aquel vestido de florecitas, el primero que se puso después de quitarse las ropas negras. Los ojos llenos de lágrimas le impedían ver con claridad; sacó un pañuelo blanco de su bolsillo e intentó apartarlas con rabia. Después extrajo el papel amarillento y lo desdobló despacio, con sumo cuidado.

Vega de Pas, 14 de agosto de 1973

Querido Pablo:

No sé por qué tengo una sensación extraña, algo me dice que nunca más volveremos a vernos. Si entre tus manos tienes esta misiva, es porque desgraciadamente no me he equivocado.

He cuidado a tu hija igual que si fuese mía. Guardé el dinero que me enviabas para sus estudios y también lo utilicé como ayuda para los de los míos, espero que no te importe.

Han sido años muy duros y muy tristes. La soledad me inundaba el alma por las noches, sobre todo cuando el silencio llenaba el entorno. Me perdía en los recuerdos, en las miradas que me regalabas cuando estabas aquí escondido, en las palabras que me decías y en los besos que me robabas. Imaginaba que volvías, que me abrazabas con fuerza y me hacías estremecer. He llorado tanto que apenas tengo lágrimas, siempre pensando por ti, sufriendo por lo que te pudiera pasar. Estuve años sin saber de ti, sin saber si habíais conseguido pasar a Francia o si estabais presos, o muertos quizá. Cuando Dámaso me dio noticias tuyas no podía creerme que estuvieras bien; fue tanta mi alegría que corrí como una loca a contárselo a mi abuela; la pobre apenas entendía lo que le estaba contando, pero dejó asomar una media sonrisa. Después de tanto tiempo que pasó con la cabeza perdida, creo que aquello lo comprendió perfectamente aunque no pudiera decirme nada.

Nunca pensé que se pudiera querer tanto a una persona. Te amo tanto Pablo. Quizá idealicé nuestra historia porque entre nosotros solo hubo cosas bonitas.

Recuerdo tus caricias delicadas y tus susurros al oído que me ponían la piel de gallina. Cuánto me he arrepentido de no haber tenido contigo eso que tanto deseábamos los dos. Si volviera a nacer no te dejaría escapar. Me hubiera gustado tanto sentirte dentro de mí, sentir el calor de tu cuerpo desnudo pegado al mío, deleitarme en tu pecho y que tú lo hicieses con el mío... Mi amor, cuánto tiempo perdido, cuántos besos presos en nuestras bocas, cuántas caricias sordas y cuántos abrazos rotos por la distancia. Pero ya es tarde. Tarde para esos besos presos no dados, para esos abrazos rotos, para que esas caricias sordas griten de gozo. Ahora ya es tarde para todo. Para todo menos para decirte, aunque sea por escrito, que mi palabra, como buena pasiega, es sagrada y la he cumplido. Te he amado con toda mi alma, en la distancia, en el recuerdo, en los días de lluvia y en los de sol espléndido.

Ya no me queda nada que decirte. Disfruta de nuestros hijos, ahora te toca a ti. Son unas personas maravillosas llenas de vida y de proyectos, independientes, activos y felices.

Mi amor, créeme si te digo que te quiero con toda mi alma, y que este corazón mío, maltrecho y herido, hasta en el otro mundo será solamente tuyo. Te di mi palabra y ahora, te doy mi alma.

Te quiero, amor mío,

VEGA

Pablo dobló de nuevo el papel amarillento pero lleno de contenido. Las palabras escritas por Vega eran simplemente lo que él había vivido; los mismos sentimientos, los mismos sueños, los mismos deseos dormidos. Sintió un dolor intenso en el pecho que le hizo doblarse y se desplomó.

Detrás de la ventana, Vidal, Rosario y Almudena habían estado atentos observando cómo el hombre leía, y al verle caer salieron en su auxilio.

—¡Padre!

Pablo se levantó lentamente.

—Tranquilos, estoy bien. Son demasiadas emociones para este corazón que al igual que el suyo también está tocado, pero no hundido. Tranquilos.

Los cuatro se dieron un largo y sentido abrazo que rompió Almudena.

—No se ha ido, nunca se irá de nuestro lado, porque su huella es infinita, tanto como sus palabras. ¿Recordáis lo que siempre nos decía?

Rosario y Vidal asintieron y los tres a la vez dijeron: «En la vida hay que ir dejando huella, nunca cicatrices».

Vocablos pasiegos
y cántabros utilizados

Acaldar: Arreglar, concertar, poner en orden.

Angarillas: Armazón de madera para sacar y transportar el estiércol de las cuadras.

Barajones: Raquetas de madera para caminar sobre la nieve.

Bodega: Fresquera, enfriadora. Puede ser subterránea. Se utilizaban como nataderos.

Bombo: Cuévano grande.

Branizas: Prados y cabañas de altura.

Cabaña vividora: Tipo de vivienda propia de la zona.

Cacharra: Recipiente metálico para cuarenta litros de leche.

Cambada: Porción de hierba cortada en cada golpe de dalle.

Cántara: Recipiente de barro utilizado para natar la leche.

Chicuzos/us: Niños.

Chon: Cerdo.

Cinglar: Columpiar.

Covanero: Artesano que teje cestos.

Cubío: Covacho natural o artificial, utilizado como frigorífico para natar la leche.

Cuévano/a: Cesto de mimbre para transportar, hierba, alimentos y a los bebés. Puede ser de diferentes tamaños.

Dao de la matanza: Partes del cerdo que se regalan después de la matanza.

Empallar: Distribuir la hierba en el payu y pisarla para que quepa más cantidad.

Esmorronarse: Romperse los morros.

Garrote: Palo («el palu»).

Guciar: Dar voces una persona.

Hacina: Montón de hierba.

Lachilla: Ripia. Tablas que conforman la armadura de la cubierta de una cabaña.

Lastra: Cada una de las losetas que cubren un tejado.

Masera: Recipiente donde se adoba y deposita la matanza.

Muda: Traslado que el pasiego y su familia hacen de una cabaña a otra.

Muhojos: Pequeños montones de hierba.

Natadero: Lugar donde se pone la leche a natar. Se dice de los cubíos y bodegas/os.

Palu: Palo, garrote. Palu pasiego utilizado por el ganadero-pastor.

Pallada: Desván. Espacio existente entre la techumbre de la cocina y la cubierta de una cabaña. Se utiliza para dejar todo tipo de útiles de labor y enseres viejos.

Payu: Piso superior de la casa-cabaña.

Pindio: Se dice de un terreno muy inclinado.

Solana: Terraza o balconada en la fachada principal de una cabaña.

Tochu: Tonto.

Tranca: Cierre del acceso a una finca hecho con ramas fuertes de árbol.

Varizas: Partes con las que se elaboran las cestos para los cuévanos.

Vaquero: Viento del oeste.

Agradecimientos

Me gustaría dar las gracias a Javier Gómez Arroyo; él ha tenido la deferencia de perder un poco de su valioso tiempo en leer *Te di mi palabra* para comprobar que las palabras utilizadas, los montes y barrios de Vega de Pas estaban bien indicados.

A Leticia Mena, por su ayuda y apoyo.

A Ana González Cortés, por su inestimable colaboración y por hacerme compañía en un momento tan importante para mí.

A Cristina Oliba, mi editora, por encontrarme, por su entusiasmo contagioso y sus ganas. Gracias por acompañarme y guiarme en esta maravillosa aventura.

A Fernando, mi marido, porque siempre está pendiente de todo, apretando mis clavijas y empujando cuando pierdo fuerza, porque lee con atención y ojo crítico lo que escribo, porque se encarga de los detalles como solo él sabe hacerlo y se implica tanto que hace que esta aventura resulte bonita, haciéndome más cómodo el camino.

A mis hijos, porque son una de mis razones de vida.

A mis sobrinos y mis hermanos, porque siempre me apoyan en todo lo que hago.

A Noelia Revilla, por intentar darle la vuelta a lo escrito, pidiendo a gritos que escriba escenas que a su juicio faltan, pero... lo siento, esta vez no serán escritas.

A Pablo Bolado, por la grata sorpresa que me dio cuando me expresó sus maravillosos comentarios sobre *Te di mi palabra*.

A Miguel Villegas Fernández, porque fue un placer compartir con él esta historia según la iba escribiendo. Descansa, amigo.

A Belén Alcibar, por ser simplemente como es, especial.

A mi hermana Tere, porque es la persona que siempre lee lo que escribo. Aunque esta vez no me haya pasado las correcciones.

A mi cuñada Mari Fe, porque lee la obra y no dice nada, me lo escribe mucho tiempo después, casi cuando no lo espero. Y eso me gusta.

A mi padre, Roberto, y a mi madre, Tere, que se han leído la historia y han sido críticos en aquello que les ha parecido.

A todos mis lectores, porque con su interés en mi próxima publicación han colaborado sin querer en que hoy *Te di mi palabra* sea realidad.

Y cómo no, a todos los que en este momento tengan en sus manos *Te di mi palabra*. Espero que haya sido grata su lectura.

Descubre tu próxima lectura

Si quieres formar parte de nuestra comunidad,
regístrate en **libros.megustaleer.club**
y recibirás recomendaciones personalizadas

Penguin
Random House
Grupo Editorial

megustaleer